Christi Caldwell

Die Versuchung des Herzogs

Montlake
Romance

Das Buch

Gabriel Egerton, der Marquis of Waverly, sucht dringend eine Gesellschaftsdame, die das Temperament seiner widerspenstigen Schwester in die richtigen Bahnen lenkt. Er ist Chloe von Herzen zugetan, aber ihr Eigensinn geht ihm gehörig gegen den Strich.

Für Jane Munroe ist die Stelle als Gesellschafterin im Hause Waverly die Rettung – als uneheliche, mittellose Tochter des Duke of Ravenscourt braucht sie dringend ein Einkommen und ein Dach über dem Kopf. Allerdings ist die unkonventionelle »Mrs Munroe« nicht ganz das, was der Marquis sich für seine Schwester vorgestellt hat und Gabriel möchte Jane schleunigst wieder loswerden.

Die aber lässt sich nicht so einfach abweisen und Gabriel findet sich wieder in einer höchst unerwünschten Lage – noch eine schwierige Frau braucht er nun wirklich nicht in seinem Haus, vor allem keine, die sein Herz jedes Mal zum Klopfen bringt, wenn sie in der Nähe ist.

Die Autorin

USA-Today-Bestsellerautorin Christi Caldwell entdeckte die Welt der historischen Liebesromane durch Judith McNaughts »Sturm der Leidenschaft«. Eines Tages saß sie in ihrem Apartment an der University of Connecticut und beschloss, ihre Skripte beiseitezulegen, ihren Laptop zu holen und sich selbst an einem Roman zu versuchen. Sie glaubt fest daran, dass die besten Helden und Heldinnen die mit Fehlern sind, und sie genießt es sehr, sie ein wenig zu quälen, bevor sie sie mit einem wohlverdienten Happy End belohnt.

Christi Caldwell wohnt im Süden von Connecticut, wo sie ihre Zeit mit dem Schreiben von Historicals verbringt, ihren frechen kleinen Sohn durchs Haus jagt und sich um ihre zwei Prinzessinnen in Ausbildung kümmert.

Christi Caldwell

DIE VERSUCHUNG DES HERZOGS

Roman

Aus dem Amerikanischen von
Ute-Christine Geiler

Montlake
Romance

Die amerikanische Ausgabe erschien 2015 unter dem Titel »To Love A Lord«
im Selbstverlag.

Deutsche Erstveröffentlichung bei
Montlake Romance, Amazon Media EU S.à r.l.
5 Rue Plaetis, L-2338, Luxembourg
Juli 2018

Die Übersetzung wurde ermöglicht durch Amazon Crossing.

Umschlaggestaltung: bürosüd° München, www.buerosued.de
Umschlagmotiv: © Richard Jenkins Photography / © StevanZZ /
Shutterstock; © Serg64 / Shutterstock: © Mikhail Gnatkovskiy /
Shutterstock
Lektorat und Korrektorat: Verlag Lutz Garnies, Haar bei München,
www.vlg.de
Gedruckt durch:
Amazon Distribution GmbH, Amazonstraße 1, 04347 Leipzig /
Canon Deutschland Business Services GmbH, Ferdinand-Jühlke-Str. 7,
99095 Erfurt /
CPI Books GmbH, Birkstraße 10, 25917 Leck

ISBN 978-2-919-80150-3

www.montlake-romance.de

Für Doug

Ich bin so dankbar, dass du auf dieser Reise, die wir Leben nennen, mein Partner bist. Diese Geschichten gäbe es nicht, wenn du mir nicht die Zeit gelassen hättest, in meiner Schreibhöhle zu verschwinden, um sie zu erzählen. Du bist die Nummer 1 der Welt und der beste Ehemann, Vater, Koch, Hausmann und Lehrer, den ich kenne. Du trägst viele Hüte. Aber der für dich perfekte ist der des Helden. Ich liebe dich von ganzem Herzen.

KAPITEL 1

London, England, Frühling 1817

»Nein.«

Dieses eine knappe Wort störte die gewohnte Ruhe im Studierzimmer von Gabriel Edgerton, dem Marquis of Waverly.

Seine Schwester nahm seinen Vorschlag dennoch deutlich besser auf, als er angenommen hatte. Gabriel lehnte sich in seinem Stuhl zurück. »Chloe«, begann er, schloss jedoch klugerweise den Mund wieder, als sie ihn wütend anfunkelte. Mit einem leisen Anflug von Schuldgefühlen beugte er sich vor.

Chloe legte ihre Handflächen auf die Kante seines Schreibtisches. »Ich habe nichts gesagt, als du die Aufgabe, mich überallhin zu begleiten, Alex aufgehalst hast.«

»Er ist ja auch dein Lieblingsbruder«, erinnerte Gabriel sie.

Ihre Augen wurden schmal. »Das ist hierbei doch völlig unerheblich.«

Seine Lippen zuckten belustigt. Er machte Chloe kaum einen Vorwurf daraus, dass sie ihren anderen Bruder – den früheren Lebemann, aber nun ganz gesittet verheirateten Lord Alex – ihm vorzog, denn er war lange ihr unterhaltsamer, charmanter Begleiter gewesen. Ganz anders als er selbst, der immer so förmlich und pflichtbewusst war. Gabriel rieb sich mit Daumen und Zeigefinger die Nasenwurzel. »Du brauchst eine Gesellschafterin.«

»Nein, du meinst, ich brauche eine Anstandsdame.« Sie fixierte ihn mit ihrem vorwurfsvollen Blick, sodass er sich wie ertappt fühlte.

»Ich habe doch auch schon für dich den Anstandswauwau gespielt«, wandte er beschwichtigend ein.

Sie beugte sich vor. »Das war für Philippa.« Seine andere, dankenswerterweise verheiratete und damit wesentlich weniger schwierige Schwester. Oder, besser gesagt, die einzige nicht schwierige unter allen Geschwistern der Familie Edgerton. »Mich hast du zu Alex abgeschoben.«

»Mit deiner Billigung«, fühlte er sich bemüßigt, hinzuzufügen.

Ihr Blick funkelte zornig auf. »Ich will keinen von Mrs Beldens Drachen!«

Damit hatte er gerechnet. Gabriel rieb sich mit der Hand über die Augen. Er war froh, dass Philippa ihr zweites Kind erwartete, wirklich. Nur hatte sich Philippa nach den Schwierigkeiten während ihrer ersten Schwangerschaft gewünscht, dass ihre Mutter ihr bei dieser zweiten beistand, und nun musste sich Gabriel mit seiner immer noch unverheirateten Schwester Chloe herumärgern. Er unternahm einen letzten verzweifelten Versuch, an ihre Vernunft zu appellieren. »Diese Frau soll ja keine Anstandsdame sein, sondern deine Gesellschafterin.« Die zudem *auch* die Rolle einer Anstandsdame übernehmen würde. Der wissende Blick seiner Schwester deutete an, dass sie ihn durchschaut hatte. Er legte die Hände auf den Schreibtisch. »Es sind doch nur zwei Monate.«

»Zwei Monate?« Ihre Brauen hoben sich. »Und dann sag mir bitte, was passiert am Ende dieser beiden Monate?«

Nun, zum einen würde die Saison vorüber sein. Aber nicht annähernd früh genug. Er machte eine vage Handbewegung. »Du wirst heiraten.«

»Ich werde heiraten?«

Ah, jetzt waren sie also wieder an dem Punkt, an dem sie einfach alles wiederholte, was er sagte. Das kam in der Regel unmittelbar vor der frostigen Gekränktheit. Er verschränkte seine Finger. »Ich rechne damit, dass du am Ende der Saison verheiratet sein wirst.«

Sie kniff die Augen zusammen. »Du erwartest, dass ich zum Ende der Saison verheiratet sein werde?« Ihr Tonfall blieb bemerkenswert ruhig.

Gabriel zog nervös an seinem Halstuch und warf einen sehnsüchtigen Blick auf das Sideboard mit den Kristallkaraffen. Sein Mund war ganz trocken, so dringend brauchte er auf einmal einen Drink, er sehnte sich förmlich nach flüssiger Stärkung. Natürlich war er sich über die Vorbehalte, die alle seine Geschwister gegenüber der Ehe hatten, im Klaren. Vor allem weil es ihm nicht anders ging. Nachdem ihrer aller Kindheit von den Misshandlungen ihres brutalen Vaters, des ehemaligen Marquis of Waverly, überschattet gewesen war, wussten sie, wie gefährlich es war, jemandem mit Leib und Seele zu vertrauen. Er schob das Kinn vor. Als Ältestem der Edgerton-Geschwister wäre es damals seine Pflicht gewesen, die jüngeren zu beschützen, er hatte dabei jedoch kläglich versagt – aber auch sich selbst hatte er nicht schützen können. Dieses Versagen war das Motiv hinter all seinen aufrichtigen Bemühungen, seine Schwestern und seinen Bruder glücklich zu sehen.

Er räusperte sich, schob dann seinen Stuhl zurück und stand auf. »Ich verspreche dir hoch und heilig, dass ich dir helfen werde, so wie ich es auch bei Philippa getan habe«, erklärte er und ging zu dem Chippendale-Sideboard. »Du bist jetzt in deiner vierten Saison, und da du allmählich älter wirst, ist Zeit von entscheidender Bedeutung.« Er griff nach einer Karaffe und einem bauchigen Glas. »Aber lass dir versichern, der Gentleman, den ich für dich aussuche, wird ein gütiger, ehrenwerter und fürsorglicher Mann sein.« Gabriel schenkte sich mehrere Fingerbreit von dem Brandy ein und gönnte sich dann einen großzügigen Schluck. Er starrte in die bernsteinfarbene Flüssigkeit, während er sie langsam im Kreis schwenkte.

Erst dann bemerkte er die Stille hinter sich.

Er drehte sich um und wäre beinahe mit seiner Schwester zusammengestoßen. »Verdammt, hast du mich erschreckt«, fluchte er, als er zurückwich und gegen das Möbelstück stieß. Der Rest aus seinem Glas schwappte über den Rand. Sie hatte immer schon ein bemerkenswertes Talent dafür besessen, sich an Leute anzuschleichen. Andererseits hatten ihr die Jahre, die sie sich vor ihrem brutalen und cholerischen Vater hatte verstecken müssen, sicherlich einige unerwünschte, aber zweifellos notwendige Lektionen erteilt.

Seine Schwester stand keinen halben Meter von ihm entfernt, die Hände in die Hüften gestemmt, die Augenbrauen finster zu einer einzigen Linie zusammengezogen. »Ich werde *allmählich älter?«,* wiederholte sie und betonte dabei jedes Wort auf eine Art und Weise, die selbst dem größten Dummkopf klargemacht hätte, dass er in ernsthaften Schwierigkeiten steckte.

»Ja, aber du konzentrierst dich dabei auf den unwichtigsten Aspekt dessen, was ich …«

»Du hast vor, mich an irgendeinen …«

»An einen gütigen und ehrenwerten Gentleman«, unterbrach er sie, so wie sie es eben bei ihm getan hatte. Schließlich war das das Wesentliche an seiner Äußerung gewesen. Er stellte den Rest seines Brandys mit solchem Nachdruck auf das Sideboard, dass ein paar Tropfen auf seinen Rock spritzten.

»Nein!«

Schon wieder. Und das war auch der Grund, warum er die Hilfe eines weiblichen Wesens brauchte, denn Chloe hatte noch nie etwas getan, wenn er sie darum gebeten hatte.

Einmal mehr beklagte er insgeheim, dass sie so gar nicht wie Philippa war. Natürlich nicht ganz, denn das hätte grundlegend geändert, wer sie war. Es ging ihm nur um die schwierigeren Aspekte ihrer Persönlichkeit. Und um ihre Einstellung zum Heiraten.

Also, vor die Wahl gestellt, ihr entweder die Vorteile und Notwendigkeiten ihrer Heirat mit einem dieser ehrenwerten, fürsorglichen und sanften Männer begreiflich zu machen, oder dem Konflikt völlig aus dem Weg zu gehen, entschied er sich für Letzteres. »Nun gut.« Er würde Mrs Beldens bewährter Angestellten dieses schwierige Thema überlassen.

Leider äußerte seine Schwester gleich darauf ihren unverrückbaren Standpunkt. »Ich habe keinerlei Absicht, jemals zu heiraten.«

Sein Magen krampfte sich zusammen. Angesichts der schrecklichen Kindheit, die sie erlebt hatte, war es da ein Wunder, dass sie keine Ehe eingehen wollte? »Sicherlich siehst du ein, dass du irgendwann heiraten musst.«

»Nein.« Chloe schüttelte den Kopf. »Nein, das sehe ich überhaupt nicht ein. Ich werde mehr als zufrieden sein, wenn ich die alte, jungfräuliche Tante sein darf, die ihre Nichten und Neffen auf dem Schoß schaukelt.« Sie verschränkte die Arme vor der Brust. »Vielleicht wäre es für uns beide lohnender, wenn wir unsere Aufmerksamkeit darauf richten würden, für *dich* eine passende Ehefrau zu finden.«

Er blinzelte verwirrt. »Für mich?«

Sie nickte bekräftigend. »Für dich.«

Seine Handflächen wurden ganz feucht, und er musste sich mit den Händen über die Hosenbeine streichen. »*Mein* Familienstand steht doch gar nicht zur Debatte«, erklärte er und griff wieder zu seinem Brandyschwenker. Für ihn würde es keine Heirat geben. Er trank einen weiteren Schluck, leerte dann das Glas und stellte es ab.

Seine Schwester schnaubte empört, was nicht sonderlich damenhaft klang. »Natürlich nicht.« Sie machte eine kurze Pause. »Ebenso wenig wie meiner. Aber du«, sie hielt einen Finger in die Höhe und fuchtelte damit mahnend vor seiner Nase herum, »du brauchst viel dringender einen Ehepartner als ich.«

»Ach ja?«, fragte er gedehnt und heuchelte Nonchalance.

Anhand des triumphierenden Funkelns in ihrem Blick zog er den Schluss, dass seine scharfsichtige Schwester seine Unruhe bereits bemerkt hatte und das zu ihrem Vorteil ausnutzen würde. Himmel, sie war wirklich erbarmungslos. Napoleons Streitkräfte hätten auf verlorenem Posten gekämpft, hätte sie das Kommando aufseiten der Engländer übernehmen können. Sie hob noch einmal mahnend den Zeigefinger. »O ja. Es geht schließlich darum, dass du einen Erben brauchst.«

Er rieb sich mit der Handwurzel über die Augen. »Ich werde das Thema meines Erben nicht mit dir diskutieren.« *Oder mit irgendwem.*

Leider hatte Chloe allerdings noch nie zu den jungen Damen gehört, die lange still waren. »Ich möchte ja nur darauf aufmerksam machen, dass es wesentlich wichtiger ist, dass *du* heiratest.« Scharfsinn blitzte in ihren Augen auf. »Vor allem angesichts *deines fortgeschrittenen Alters.«*

Lange Zeit hatte er wegen dieser Verpflichtung und den Erwartungen an ihn mit sich gerungen – zu heiraten und einen Erben zu zeugen, der die Familienlinie fortführen würde, die schon einmal ein wahres Monster hervorgebracht hatte. Was für ein befriedigender Sieg über diesen Bastard, von dem er und seine Geschwister abstammten, wäre es, wenn er sich dieser Verpflichtung entzog. Seinem Erzeuger hatte der Fortbestand der Familienlinie mehr als alles andere bedeutet, und wenn sein Ältester zuließe, dass die Linie ausstarb und das Herzogtum an irgendeinen entfernten Cousin fiel, wäre das eine späte Rache, die Gabriel durchaus genießen könnte. »Es gibt doch auch noch Alex«, merkte Gabriel an. Denn da sein jüngerer Bruder nun verheiratet war, schwebte die Linie ja auch gar nicht in der akuten Gefahr, mit ihm auszusterben.

Sie wollte gerade ansetzen, um ihre Argumentation weiterzuführen, aber er ging mit dem leeren Glas in der Hand an ihr vorbei durch den Raum. »Daher ist mein Familienstand völlig bedeutungslos«, beschied er ihr in knappem Ton und nahm seinen vertrauten Platz hinter dem Schreibtisch ein. »Und im Moment mache ich mir Sorgen darum, dass du nun, da Alex und Imogen verheiratet sind, niemanden mehr hast, der dir Gesellschaft leistet.«

Chloe war schon immer ein eher einsames Mädchen gewesen, bis sie Lady Imogen kennengelernt hatte. Jetzt jedoch, nach der Hochzeit ihrer besten Freundin mit ihrem Bruder, war Chloe wieder allein.

»Und Mutter hat mir geschrieben«, fuhr Gabriel ungerührt fort, »sie ist beunruhigt deinetwegen und wegen deiner Saison.« Vielleicht hatte er mehr von seinem schrecklichen Vater in sich, als er vermutet hatte, denn er scheute nicht davor zurück, die Schwäche seiner Schwester auszunutzen. »Sie wird von Philippa hierhereilen, wenn sie meint, dass du sie brauchst.« Das war eine unverhohlene Lüge.

»Nein.« Die Ablehnung war nicht zu überhören, aber etwas von Chloes Widerspruchsgeist schien verflogen. Sie trat zum Schreibtisch und setzte sich in den Ohrensessel davor. Eine goldene Locke fiel ihr in die Stirn. »Ich möchte auf keinen Fall, dass sie Philippa von der Seite weicht.«

Er verspürte Gewissensbisse. Es hätte ihm klar sein müssen, dass ihre schwesterliche Solidarität alle seine Argumente ausstechen würde. Doch er tröstete sich damit, dass er lediglich wiedergutzumachen versuchte, wobei er als junger Mann so kläglich versagt hatte – seine kleine Schwester zu beschützen. »Ich rechne damit, dass eine von Mrs Beldens Lehrerinnen innerhalb der nächsten vierzehn Tage hier eintrifft.«

Chloe stöhnte und ließ sich gegen die Lehne sinken. »Muss es denn eine von Mrs Beldens Lehrerinnen sein?« Mit übertriebener Geste schlug sie sich die Hand vor die Stirn. »Ich weiß ja, dass Imogen und Alex durch ihre familiären Verpflichtungen derzeit bei gesellschaftlichen Anlässen verhindert sind.« Sie verdrehte die Augen, um zu zeigen, was sie davon hielt, dass ihr Lieblingsbruder und ihre beste Freundin sie so im Stich gelassen hatten. »Aber sicherlich gibt es doch noch irgendjemand anderen als eines dieser trübseligen, ständig finster blickenden und durch und durch elenden Geschöpfe.«

Trotz allem zuckten Gabriels Lippen belustigt. »Ich fürchte, nein.« Wie sie so dasaß, erinnerte sie ihn an das kleine Mädchen mit dem Hang zur Dramatik, das aus dem Kinderzimmer geschlüpft war, sich in verborgenen Ecken ein Versteck gesucht und Zauberschlösser ersonnen hatte, in die es entkommen konnte. Sein Lächeln erstarb. Wann hatte sie aufgehört, tatsächlich an Hoffnung und Zauberkraft zu glauben? Schließlich vergaß man, wenn man in der Hölle lebte, nie den besonderen Augenblick, in dem alle Illusionen zerbrochen waren.

Eine Locke rutschte Chloe in die Stirn, und sie blies sie verärgert zurück. »Alles, wovon diese furchtbaren Lehrerinnen reden, sind Heirat und Ehemänner und Anstand und Sitte und …« Sie winkte ab. »Lauter langweiliges Zeug.«

Kurz gesagt, die Frau, die seiner Schwester in den nächsten zwei Monaten Gesellschaft leisten würde, war einfach perfekt und würde ihr hoffentlich – so Gott wollte – Vernunft beibringen können, anders als es ihm je möglich gewesen war. »Es ist nur vorübergehend«, versicherte er Chloe.

»Ich habe eingewilligt, dass du mich zu einer Gesellschafterin abschiebst, damit du dich nicht selbst um mich kümmern musst, aber ich will auf keinen Fall einen von den Belden-Drachen.«

Schuldgefühle regten sich in ihm. »Glaubst du wirklich, ich will dich abschieben?« Seine Geschwister hatten alle eine so geringe Meinung von ihm.

Sie hob eine Augenbraue. »Stimmt das nicht?«

Er starrte über ihre Schulter hinweg nachdenklich auf das hölzerne Türblatt. Ja, er konnte ihren Vorwurf auf jeden Fall nachvollziehen. Hatte nicht sogar sein eigener Vater des Öfteren hocherfreut darauf verwiesen, dass Gabriel die gleichen Charaktermängel hatte wie er selbst? Er war stolz darauf gewesen, dass Gabriel dazu neigte, seine eigene Bequemlichkeit vor das Wohl anderer zu stellen.

»Nein, das stimmt nicht«, erwiderte er ruhig. Seit er erwachsen war, hatte er sein Leben der Aufgabe gewidmet, gegen diese Verhaltensmuster anzukämpfen, die er von Kindesbeinen an von seinem Vater gelernt hatte. Mittlerweile bemühte er sich insgeheim darum, das Wohlergehen seiner Geschwister immer an die erste Stelle zu setzen. »Ich genieße deine Gesellschaft sehr, Chloe.« Seine Lippen verzogen sich zu einer Grimasse.

Seine Schwester lachte spöttisch auf. »Das klingt nicht sehr überzeugend«, bemerkte sie mit leiser Ironie. »Du genießt die Gesellschaft von niemandem, Gabriel.«

Chloe hatte recht. Als er zehn Jahre alt gewesen war, hatte sein Vater die Erziehung seines Stammhalters übernommen, und ab da hatte Gabriel eine wahre Festung um sein Herz errichtet. Das war aus purem Selbstschutz notwendig gewesen: Hätte er sich irgendwelche Gefühle anmerken lassen, so hätte er nur noch mehr Schmerz durch die Hände seines Vaters erlitten.

Und nun, nachdem er so viele Jahre damit verbracht hatte, zu beweisen, dass er nichts für andere empfand, musste er allerdings ziemlich überzeugend darin sein, denn seine Geschwister glaubten alle an diese Lüge. In Wahrheit wollte er Chloe nur glücklich verheiratet sehen, denn dann wären alle, die ihm am Herzen lagen, sicher und versorgt. Ihre Sicherheit und ihr Glück wären für ihn eine Art Absolution. Wenn Chloe verheiratet war, würde er vielleicht die Befriedigung erfahren, dass er seinem Vater bewiesen hatte, wie sehr er sich in seinem Sohn geirrt hatte.

»Das stimmt nicht, Chloe«, verteidigte er sich daher. »Da gibt es dich und Alex und …« Er machte eine abschließende Handbewegung. »Diese Diskussion werde ich nicht fortsetzen.«

Chloe sprang auf. »Natürlich nicht.« Sie beugte sich über den Schreibtisch und tätschelte ihm die Hand. »Weil ich sagen würde, außer deinem ebenso steifen Lord Waterson gibt es keine einzige Seele, die du hinzufügen könntest.«

Gabriel kannte seinen Freund Lord Waterson seit seiner Schulzeit in Eton. Und dieser Mensch, der sich als hingebungsvoller Unterstützer des armseligen schwachen Feiglings, der er früher gewesen war, erwiesen hatte, verdiente ewige Freundschaft.

Da Gabriel nicht an seine verdammte Jugend denken wollte, räusperte er sich. »Wenn du mich entschuldigen willst, ich muss mich noch um Geschäftliches kümmern.«

Wieder verdrehte Chloe die Augen. »Himmel, du genießt meine Gesellschaft aber wirklich.« Mit einem leisen Lachen drehte sie sich um und ging zur Tür. Auf der Türschwelle hielt sie inne. »Oh, und Gabriel?«

Er neigte den Kopf, um ihr anzudeuten, dass er das Gespräch für beendet ansah.

»Falls du eines von Mrs Beldens Biestern hast kommen lassen, um mich in eine heiratswillige junge Frau zu verwandeln, dann warne ich dich. Solche Bemühungen haben sich schon auf der Schule als vergeblich erwiesen, und hier wird es nicht anders sein.« Mit einem frechen Winken schlüpfte sie aus dem Raum, schloss die Tür hinter sich.

Nach ihrem Weggang herrschte Schweigen, einzig unterbrochen vom Ticken der Standuhr. Die Vorwürfe seiner Schwester gingen ihm durch den Sinn. Er betrachtete die letzten Tropfen am Rand seines Brandyglases.

Gabriel genoss die Gesellschaft von Menschen durchaus. Er genoss nur seine eigene noch mehr. Einsamkeit bedeutete Sicherheit. Er hatte wenig Interesse daran, die Anzahl der Menschen zu vergrößern, die von ihm abhängig waren – beispielsweise indem er etwas so Närrisches tat, wie sich eine Ehefrau zuzulegen, wie seine Schwester es vorgeschlagen hatte. Mit einer Frau käme auch der Erbe und vielleicht noch ein zweiter Sohn. Eine Familie bot lediglich mehr Gelegenheit für Versagen und Enttäuschung. Er hatte genug von diesen Gefühlen, dass es ihm für sein Leben und darüber hinaus reichte.

Sobald Chloe verheiratet war, nein, *glücklich* verheiratet war, wäre seine Pflicht erfüllt.

Ja, der Titel würde an Alex und dessen Nachkommen fallen. Und was war mit ihm selbst?

Ein bitteres Lachen entrang sich seiner Brust und zerriss die Stille. Seine Lippen verzogen sich zu einem triumphierenden Lächeln. Er würde ultimative Rache an seinem verstorbenen Vater nehmen, der gewiss in genau diesem Moment in der Hölle schmorte.

Kapitel 2

Surrey, England, Frühling 1817

Seit ihrer Kindheit hatte man Jane Munroe erzählt, ihr lockeres Mundwerk werde sie noch in jede Menge Schwierigkeiten bringen. Eigentlich hatte Mrs Crouch, ihr Kindermädchen, diese Warnung mit derart niederschmetternder Häufigkeit wiederholt, dass der Vorwurf praktisch so etwas wie eine Grußformel geworden war. Mrs Crouch war nach Janes fester Überzeugung dumm, unfreundlich und schrecklich streng. Schon als kleines Mädchen hatte Jane nie viel Vertrauen in irgendetwas gesetzt, was die dürre, große Frau, die mit der Fürsorge für sie betraut war, von sich gegeben hatte.

Was der Grund dafür war, weshalb sie es nun, als sie vor ihrer Arbeitgeberin Mrs Belden saß, als große Ironie empfand, dass Mrs Crouch am Ende doch noch bei etwas recht behalten hatte – immerhin bei einer Sache.

Aber warum musste es ausgerechnet bei dieser Sache sein?

Mrs Belden nahm ihre Drahtbrille ab, klappte sie aufreizend langsam zusammen und legte sie vor sich auf den makellos aufgeräumten Schreibtisch. Und dann sprach sie die Worte aus, von denen Jane gewusst hatte, dass sie kommen würden.

»Ich fürchte, Sie sind in Ihrer neuen Stellung nicht am rechten Platz, Mrs Munroe.« Sie legte ihre gespreizten Finger aneinander. »Lady Clarisse hat mich auf den Umstand hingewiesen, dass Sie ihr und den anderen jungen Damen Flausen in den Kopf gesetzt haben – Ideen über Unabhängigkeit und darüber«, sie rümpfte die Nase, »lieber nicht zu heiraten.«

Lady Clarisse. Die eheliche Tochter des Duke of Ravenscourt. Goldblond und eisig wie Frostwetter im Januar stand sie für all das, was eine Herzogstochter sein sollte. Und unglückseligerweise für Jane war die junge Dame scharfsinnig genug, um das Geflüster mitzubekommen und daraus den zutreffenden Schluss zu ziehen, ihre Lehrerin sei niemand anderes als ihre Halbschwester. »Ich habe den jungen Damen keinerlei Ratschläge erteilt, nicht zu heiraten.« Obwohl das ein wirklich kluger Rat gewesen wäre. »Sondern ich habe die jungen Damen nur dazu ermutigt, ihren Verstand zu benutzen und ihre Überzeugungen und …«

Die Rektorin schlug mit der flachen Hand auf den Schreibtisch, so fest, dass ein einzelnes Blatt Papier, das auf der ansonsten leeren Tischplatte lag, aufflatterte. »Es reicht, Mrs Munroe!« Das Blatt wehte bis zum Rand des Schreibtischs, blieb aber dort liegen, nur einen Lufthauch davon entfernt, zu Boden zu segeln.

Selbst das Wissen, dass es so kommen musste, half Jane wenig, die Welle der Panik einzudämmen, die sie zu überwältigen drohte. Sie legte ihre zitternden Hände in den Schoß. »Mrs Belden«, begann sie. Da sie bereits vor einer Viertelstunde zur Rektorin bestellt worden war, hätte sie versuchen sollen, sich vorher die angemessenen und notwendigen Worte zurechtzulegen, um ihre Weiterbeschäftigung zu retten. »Ich werde den gleichen Fehler nicht noch einmal begehen.« Sobald sie die Worte ausgesprochen hatte, biss sie sich auf die Innenseite ihrer Wange. Eine Lüge, und auch noch eine offensichtliche.

Für sie beide.

»Ja, das sagten Sie bereits«, erwiderte Mrs Belden und musterte sie missbilligend und von oben herab. »Schon vier Mal.«

»Bestimmt nicht vier Mal«, murmelte Jane. Sie hätte ihre Stellung, die sie so dringend benötigte, um ihren Lebensunterhalt zu sichern, darauf verwettet, dass es bereits sechs Mal gewesen waren.

»Wie auch immer, Mrs Munroe, ich kann Sie hier nicht länger halten.«

In Jane wuchs die Panik, in ihrem Inneren zog sich alles zusammen und ihre Kehle war wie zugeschnürt. Sie umklammerte die Sitzfläche ihres Stuhles. »Ich habe keinen anderen Ort, an den ich gehen könnte.« Das erwies sich als die zweitschlimmste Antwort, für die sie sich hatte entscheiden können.

Die gestrenge Rektorin des angesehenen Mädchenpensionats lehnte sich auf ihrem Stuhl zurück. »Das ist leider nicht mein Problem, Mrs Munroe. Ich hatte …« Sie ließ ihren kühlen Blick über Jane wandern. »Ich hatte von Anfang an Vorbehalte gegenüber Ihrer Anstellung, habe mich jedoch überreden lassen.« Was höchstwahrscheinlich bedeutete, dass sie sich mit einer erklecklichen Summe hatte bestechen lassen, sie zu nehmen. »Ich wollte Ihnen eine Chance geben. Aber in Ihrer Zeit hier haben Sie meinen Mädchen in verantwortungsloser Weise Flausen in den Kopf gesetzt, Sie haben zu Hochverrat aufgerufen und einen Aufruhr geschürt, der die Stützpfeiler der Gesellschaft ins Wanken bringen kann.«

»Ich glaube kaum, dass es als Hochverrat zählt, junge Damen dazu zu ermutigen, ihren Verstand zu benutzen, statt einem Mann blinden Gehorsam zu leisten.« Jane konnte den ironischen Unterton nicht ganz aus ihrer Stimme heraushalten.

Und prompt zog ihr Gegenüber die Brauen zu einer geraden Linie zusammen.

Verdammtes loses Mundwerk. Jane räusperte sich. »Was ich eigentlich sagen wollte, ist, dass ich mich stets bemüht habe, den jungen Damen beizubringen, wie wichtig es ist, eigenständig sinnvolle Gedanken zu fassen.« Die über die Frage hinausgingen, was für eine Partie man wohl einmal machen werde, und sich stattdessen auf die eigenen Stärken und Fähigkeiten zu verlassen. »Und …«

»Und ihnen die Worte Ihrer Mrs Mary Wollstonecraft nahezubringen.«

Es war wohl kaum *Janes* Mrs Wollstonecraft. Doch diese streitbare Frau hatte sie inspiriert und in ihr die Hoffnung geweckt, dass ihr Leben mehr sein könnte als die bloße Verfügungsmasse anderer. »Ja«, sagte sie ruhig. »Ich habe mit den Schülerinnen über Mrs Wollstonecrafts Theorien gesprochen, damit sie sich eine eigene Meinung bilden können.«

Mrs Belden setzte sich auf ihrem Stuhl kerzengerade auf. Sie schlug erneut so heftig auf den Schreibtisch, dass das Blatt Papier zu Boden flatterte, wo es unbemerkt liegen blieb. »Mrs Munroe, Frauen haben keine Meinungen. Sie sind gehorsame, gesittete Geschöpfe, werden von ihrem Ehemann behütet und versorgt, und Ihre Mrs Wollstonecraft mit ihren illegitimen Kindern ist kein angemessenes Thema für irgendeine der jungen Damen hier.« Scharlachrote Flecken bildeten sich auf den Wangen der Rektorin, und sie starrte Jane voller Herablassung an.

Denn jeder Arbeitgeber in den Haushalten, in denen sie zuvor eine Anstellung gefunden hatte, bis hin zu dieser strengen Gestalt vor ihr, kannte die Wahrheit: Die Bitte des Duke of Ravenscourt, Jane eine Beschäftigung zu geben, war in Wahrheit jedes Mal eher ein Befehl gewesen, und er entsprang allein einem vagen Pflichtgefühl seiner unehelichen Tochter gegenüber.

Jane reckte trotzig ihr Kinn, forderte sie mit ihrem Blick heraus, die Wahrheit auszusprechen.

Mrs Belden entschied sich jedoch, zu schweigen, denn sie fürchtete wohl Vergeltung, wenn sie diese Tatsache laut aussprach. »Ich habe mich der Bitte Seiner Gnaden gebeugt, doch ich verfügte dabei über die Umsicht, dies nur unter der Bedingung zu tun, dass Sie meinen Schützlingen nicht schaden, in welchem Fall ich mich gezwungen sähe, Sie umgehend von Ihren Pflichten zu entbinden. Schließlich hatte ich schon gerüchteweise von Ihnen gehört.«

Gerüchte ... Also hatte sich der Anlass für ihre Kündigung durch ihren vorherigen Arbeitgeber selbst in dieser entlegenen Ecke von Kent herumgesprochen. Nicht mal der Herzog hatte dieses skandalöse Gerede zum Verstummen bringen können. Wut ballte sich in Janes Innerem zusammen beim Anblick des verächtlichen Zugs um den Mund der Rektorin. Diese Frau, die jungen Damen blinden Gehorsam lehrte, würde niemals der unehelichen Tochter eines Herzogs mehr Glauben schenken als dem rechtmäßigen Sohn und Erben eines mächtigen Earls. Daher schwieg Jane.

»Ich kann Ihnen leider auch kein Empfehlungsschreiben ausstellen ...«, fuhr Mrs Belden fort.

Das flaue Gefühl in ihrem Magen sorgte dafür, dass Jane beinahe schlecht wurde.

Da klopfte es, und sie richtete den Blick von ihrer gnadenlosen Richterin zur Tür. Mrs Belden runzelte die Stirn und schaute ebenfalls kurz dorthin, dann wandte sie sich wieder Jane zu. »Wie gesagt, ich kann Ihnen kein Empfehlungsschreiben ausstellen. Das kann ich mit meiner Ehre als Schulleiterin leider nicht vereinbaren.«

Ehre. Was wussten diese Frau oder auch die Earls of Montclair und die Dukes of Ravenscourt dieser Welt schon von Ehre?

Vor lauter Angst bekam Jane einen ganz trockenen Mund. Wohin konnte sie nun gehen? Einen flüchtigen Moment lang erwog sie, ihrem Vater einen Brief zu schreiben. Sie schloss die Augen. Der Himmel möge ihr beistehen, aber sie wollte nicht so schwach sein, sich auf die Hilfe eines Mannes zu verlassen, für den ihre Mutter alle Hoffnung auf Ansehen und Ehre aufgegeben hatte. Sie konnte und würde sich nicht an ihren Vater wenden. Das hatte sie von sich aus auch noch nie getan. Doch ihre närrische Mutter, die alles Glück für die Liebe dieses Mannes aufgegeben hatte, hatte es getan. Und Janes bisherige Arbeitgeber, die sie ein ums andere Mal entlassen hatten, hatten sie überhaupt nur aus Respekt für den allseits geachteten Duke of Ravenscourt eingestellt.

»Ich bitte mir von Ihnen, Mrs Belden, eine Frist von zwei Wochen aus«, sagte Jane schließlich.

»Sie…« Ein erneutes scharfes Klopfen unterbrach die Rektorin. Mit einem verärgerten Schnauben stand sie auf. »Ja?«

Die Tür öffnete sich, und eine der Lehrerinnen – eine Mrs Smythe – stand auf der Schwelle. Sie blickte kurz zu Jane, und in ihren Augen lag Mitgefühl. Ah, es wussten also alle Bescheid. Nichts, das mit ihr zu tun hatte, war privat. »Mrs Belden, es gibt einen Streit zwischen Lady Clarisse und Lady Nora.«

Lady Clarisse. Die überaus legitime Tochter des Duke of Ravenscourt – jene, die nicht auf die Gnade grausamer Arbeitgeber angewiesen war oder sich gegen lüsterne Gentlemen zur Wehr setzen musste. Bitterkeit erfüllte Jane.

»Ein Streit?«

Vom ersten Moment an hatte die junge Frau Jane verabscheut, als diese an ihrer neuen Wirkungsstätte eingetroffen war. Vermutlich auch, weil sie genau wusste, dass Jane diesen Posten nur auf Bestreben ihres Vaters erhalten hatte.

»Ja, sie streiten sich.« Die Überbringerin der Nachricht räusperte sich. »Über Mrs Wollstonecraft.« Dabei wandte sie ihren Blick ab, als ertrüge sie es nicht, Jane in die Augen zu sehen.

Die Rektorin bedachte Jane mit einem finsteren Blick. »Ich bin sofort wieder zurück, dann führen wir dieses Gespräch zu Ende.«

Gemeinsam eilten die beiden Frauen aus dem Büro und ließen Jane allein. Eine angespannte Stille füllte den Raum. Jane holte ein paar Mal tief Luft, da ihr Herz so heftig klopfte, dass das Rauschen in ihren Ohren alles übertönte. Rastlos erhob sie sich und begann vor Mrs Beldens ordentlichem Mahagonischreibtisch auf und ab zu gehen.

»Fünfundzwanzig«, flüsterte sie. Noch nie hatte sie sich stärker nach diesem magischen, beinahe mystischen, ihr manchmal unerreichbar erscheinenden Alter gesehnt, das ihre Freiheit bedeuten würde.

Dann würde das Geld, das Janes Vater gütigerweise für sie ausgesetzt hatte, in ihren Besitz übergehen. Nach dem Tod ihrer Mutter hatte das Leben ihr die Erniedrigung nicht erspart, von den Beziehungen des mächtigen Herzogs abhängig zu sein. Dieser Mann, den sie insgesamt nur zweimal getroffen hatte, und das auch nur, als sie noch ein kleines Mädchen gewesen war, hatte sie aus seinem Leben verbannt. Er sorgte lediglich dafür, dass sie eine Anstellung hatte, sonst hatte er nichts mit ihr zu tun.

Jane presste die Lippen zusammen. Die ihr verheißene Geldsumme würde sie ohne Bedauern und mit dem Gefühl, ein Anrecht darauf zu haben, annehmen. Denn dieser für ihre Verhältnisse beeindruckende, für seine jedoch völlig bedeutungslose Betrag, von dem ihre Mutter immer geredet hatte, stand für Janes künftige Freiheit.

Eine Freiheit, die es ihr ersparen würde, die Beine für irgendeinen gelangweilten Edelmann zu spreizen, wie es ihre Mama hatte tun müssen. Die Freiheit, nicht irgendwelchen lüsternen Adligen oder ihren verderbten Söhnen ausgeliefert zu sein, bloß weil sie Angestellte in deren Haus war. Und die Freiheit, selbst eine kleine Schule für höhere Töchter zu eröffnen, die völlig anders sein würde als die von Mrs Belden. In dieser Schule sollten junge Damen dazu ermutigt werden, zu lesen und bedeutsame Angelegenheiten zu diskutieren. Es würde nur noch zwei Monate dauern, bis sie in den Genuss dieser Freiheit kommen würde. Nur dass zwei Monate nahezu unendlich waren für eine Frau ohne Empfehlungsschreiben, ohne Anstellung und mit der eigensinnigen Entschlossenheit, den verachteten Herzog nicht noch einmal um irgendetwas bitten zu müssen.

Aufkommende Panik schnürte ihr die Kehle zu, und einen Moment lang schloss Jane die Augen. Einer ledigen jungen Frau von unehrenhafter Herkunft standen nicht viele Möglichkeiten offen. Eher gar keine. Sie senkte ihren Blick und bückte sich geistesabwesend, um das Blatt Papier aufzuheben, das kurz zuvor von Mrs Beldens Schreibtisch zu Boden gesegelt war.

Jane war nie eine dieser neugierigen Personen gewesen, die fremde Briefe lasen, andere belauschten und es nicht schafften, sich nur um ihre eigenen Angelegenheiten zu kümmern. Nein, sie hatte gar nicht erst die Absicht, irgendetwas zu erfahren, das mit dieser garstigen Schulleiterin zu tun hatte. Aber dann erhaschten ihre Augen doch einen Blick auf ein mit kühner Hand geschriebenes Satzfragment auf diesem Blatt Papier.

… Anstellung … benötige eine Gesellschafterin …

Jane nagte an ihrer Unterlippe und sah schuldbewusst zur Tür, dann wieder auf das Blatt. Rasch überflog sie den Inhalt eines kurzen Briefes.

Sehr geehrte Mrs Belden,
ich bedarf der Dienste einer Ihrer werten Lehrkräfte für meine Schwester Lady Chloe.

Jane las unwillkürlich weiter.

Ihr Herz klopfte schneller, sie hob den Kopf und starrte tief in Gedanken versunken zum Fenster. Ein Zeichen. Janes Mutter hatte ihr immer wieder von solchen Zeichen des Schicksals erzählt und sie ermutigt, daraus Hoffnung zu schöpfen. Trotz ihres Zynismus wegen ihres Loses und ihrer schwierigen Stellung im Leben hatte sie doch stets nach diesen Zeichen Ausschau gehalten und sich an ihnen erfreut.

An diesem Silberstreif des Optimismus hielt sich auch Jane fest, an ihrer Hoffnung auf eine bessere Welt – für sich selbst und für andere. Nur noch zwei Monate. Sicherlich war das Anliegen in diesem Brief ein Wink des Schicksals, den sie beachten sollte.

Jane schüttelte ungläubig den Kopf, warf noch einen vorsichtigen Blick zur Tür und wandte dann ihre Aufmerksamkeit dem Rest des Schreibens zu.

… Hochachtungsvoll
Marquis of Waverly

Waverly. Jane ließ sich den Namen durch den Kopf gehen und versuchte sich zu erinnern, ob ihr eine Schülerin an Mrs Beldens Schule einfiel, die die Schwester des Marquis sein konnte. Jane war zwar erst seit einem Jahr an dieser Schule, aber die junge Frau, eine gewisse Lady Chloe Edgerton, war ihr völlig fremd. Sie deutete das als ein weiteres Zeichen, das eine Wendung zum Besseren für sie einläuten könnte. Ein plötzliches Hochgefühl vertrieb den Druck auf ihrer Brust. Doch dann hörte sie Schritte auf dem Flur, sie faltete rasch das

Blatt zusammen und steckte es sich unter Missachtung aller Gewissensbisse unter die Schürze ihres schlichten Kleides.

Mrs Belden kam in energischem Tempo durch die Tür, setzte sich an ihren Schreibtisch und fixierte Jane erneut mit strengem Blick. Der entwendete Brief in Janes Tasche fühlte sich plötzlich so heiß an, als würde er gleich in Flammen aufgehen, und einen furchtbaren Moment lang dachte Jane, sie sei ertappt worden. Solch ein Diebstahl würde todsicher dazu führen, dass sie unverzüglich und ohne Gnadenfrist entlassen würde. Jane schob die Schuldgefühle beiseite. Ihr Leben war von Anfang an ein Spielball der Launen adeliger Herrschaften gewesen. Doch von jetzt an würde sie ihre Sicherheit und ihre Zukunft nicht mehr von vornehmen Leuten bestimmen lassen.

»Wie ich bereits sagte, Mrs Munroe, kann ich Sie hier nicht länger als eine meiner Lehrerinnen beschäftigen. Sie haben noch zwei Wochen, dann erwarte ich, dass Sie Ihre Sachen packen und uns verlassen.«

Zwei Wochen. Zeit genug, um einen Brief an Janes Vater zu schicken, und für den Herzog, um eine weitere Anstellung für seine Tochter zu arrangieren. Mrs Belden schob energisch das Kinn vor. Die Frau ging irrigerweise davon aus, dass sie sich Hilfe suchend an ihn wenden würde.

Das sah Jane anders. Das hatte sie schon zuvor nicht getan, und sie würde das auch jetzt nicht tun. Ebenso wenig vermutete sie, dass die strenge Rektorin darauf aus sei, dem Herzog eine Mitteilung zu senden, dass seine uneheliche Tochter entlassen worden war. »Danke«, erwiderte sie daher mit äußerlicher Ruhe, die von dem verzweifelten Klopfen ihres Herzens Lügen gestraft wurde.

Mrs Belden neigte den Kopf, und mit einer Handbewegung gab sie Jane zu verstehen, dass das Gespräch zu Ende war.

Mit dem entwendeten Brief in der Schürzentasche marschierte sie erhobenen Hauptes aus dem Zimmer, eilte über die schmalen, weiß getünchten Korridore. Als sie einen gewissen Abstand zwischen sich und Mrs Belden gelegt hatte, blieb sie neben der Ritterrüstung stehen, die in einem Mädchenpensionat völlig fehl am Platze wirkte, zog den Brief hervor und überflog das Blatt erneut.

Der Marquis of Waverly benötigte für seine Schwester eine Gesellschafterin. Mit einundzwanzig Jahren unterschied sich diese Lady Chloe vermutlich nicht sonderlich von den unfreundlichen, selbstsüchtigen jungen Frauen, die sich früher über sie lustig gemacht hatten – über das uneheliche Kind, das auf dem Land in einem Häuschen lebte, für das der Herzog bezahlte. Jane würde die Unannehmlichkeiten einer solchen Anstellung auf sich nehmen. Gedankenversunken zog sie ihre Unterlippe zwischen die Zähne und nagte daran. Konnte sie tatsächlich mit reinem Gewissen einen Posten antreten, der vielleicht schon einer anderen zugedacht war?

Aber andererseits war ja vermutlich noch gar keine Entscheidung gefallen. Und jede von Mrs Beldens anderen Lehrerinnen hatte ja bereits einen Posten. Sie waren, anders als Jane, gar nicht auf eine neue Anstellung angewiesen.

Dennoch war der Brief nicht an sie adressiert gewesen. Jane schloss die Finger fester um das Blatt Papier und zerknitterte es. Den Brief an sich zu nehmen war eine Unehrlichkeit, die sie eigentlich verachtete, und sie hasste sich selbst in diesem Augenblick dafür, dass sie so verzweifelt war und alle Ehre aufgab.

Doch dann lockerte sie ihren Griff wieder. Es wäre nicht richtig, den Brief zu vernichten. Mit der Fingerspitze fuhr sie nachdenklich über das in Tinte geschriebene Wort »zwei«.

Zwei Monate.

Sie würde ihre Ehre und ihren Stolz für eine Anstellung, die zwei Monate währte, opfern. Jane schob energisch alle Skrupel beiseite und presste entschlossen die Lippen aufeinander. Nach all den Misshandlungen und Ungerechtigkeiten, die sie in ihrem bisherigen Leben durch Aristokraten erfahren hatte, scheute sie nicht davor zurück, sich unberechtigterweise zu einem adeligen Haushalt Zutritt zu verschaffen, um zwei Monate später ihre materielle Freiheit zu erlangen. Schließlich waren alle adeligen Familien gleich. Sie würde niemandem Schaden zufügen.

Jane seufzte. »Lügnerin«, sagte sie tonlos zu sich selbst.

Vor die Wahl gestellt, ihr eigenes Überleben zu sichern, oder sich für Schuldgefühle wegen ihrer Täuschung zu schämen, wählte Jane das Überleben.

Kapitel 3

Auf den schlammigen Straßen von London kamen Jane, während ihr der Regen ins Gesicht peitschte, schließlich doch Zweifel daran, ob es eine gute Idee gewesen war, die Schule mit einem für Mrs Belden bestimmten Brief einfach ohne irgendeine Erklärung mitten in der Nacht zu verlassen.

Sie zuckte zusammen, als der Kutscher der Mietdroschke ihre Reisetasche auf den Gehsteig warf. Sie landete mit einem harten Aufprall in einer Pfütze. Wasser spritzte auf den Saum ihrer Röcke und ihre Stiefeletten wurden nass. Sie warf dem Mann mit der Zahnlücke, der ihr auffordernd seine ausgestreckte Hand hinhielt, einen finsteren Blick zu.

Dennoch fischte sie eine Münze aus ihrem Retikül und wünschte sich, der ungewaschene Kerl mit dem dreisten Grinsen würde dann schnellstmöglich verschwinden. Es würde keinen günstigen Eindruck machen, wenn sie dabei beobachtet wurde, wie sie mit einer gemieteten Droschke eintraf. Der Kutscher steckte sich die Münze in die Tasche, stieg wieder auf seinen Sitz – und fuhr rasch davon.

Und dann stand Jane in dem kalten Londoner Regen vor den Eingangsstufen zur Stadtresidenz des Marquis of Waverly. Seit dem Moment, in dem sie in London eingetroffen war und am blauen Himmel düstere Gewitterwolken aufzogen waren, hatte sie eine ungute Vorahnung beschlichen, die nun noch stärker wurde, als in der Ferne unheilvoller Donner grollte. Sie warf einen Blick nach oben und blinzelte, als Wassertropfen auf ihre Brille fielen und die Welt verschwamm. Mit einem leisen Fluch nahm sie die Sehhilfe ab und wischte mit dem feuchten Stoff ihres Umhangs über die Gläser. Es nützte nichts. Jane setzte sich das Drahtgestell wieder auf, auch wenn sie nun ihre Umgebung nur durch einen Wasserschleier erkennen konnte.

Sie seufzte. Das war ein schlechtes Omen.

»Sei nicht albern«, murmelte sie vor sich hin. Aber wie wahrscheinlich war es schon, dass ausgerechnet für zwei Monate jemand gesucht wurde, genau die Zeitspanne, bis sie Zugriff auf ihr Vermögen erhielt?

Blitze zuckten über den Himmel, und sie schrak zusammen. Sie hob ihre Reisetasche vom Boden auf und eilte in völlig undamenhaftem Tempo, das zu ihrer Entlassung durch Mrs Belden geführt hätte – wenn dem nicht das verräterische Gerede über Mrs Wollstonecrafts Thesen zuvorgekommen wäre –, die paar Stufen zur Eingangstür empor. Sie legte es lieber nicht darauf an, auf der Türschwelle eines potenziellen Arbeitgebers vom Blitz getroffen zu werden, stellte ihre Tasche ab und hob die Hand. Ein ohrenbetäubender Donner krachte über ihr und übertönte ihr vorsichtiges Anklopfen.

Ein weiteres lästiges Omen.

»Ich habe langsam genug von Omen«, erklärte Jane und bedachte die Tür mit einem Stirnrunzeln. Ein metallisches Glitzern erregte ihre Aufmerksamkeit. Sie wischte sich den Regen aus den Augen und starrte wie gebannt auf den imposanten Messingdrachen, der den Türklopfer in seinen Klauen hielt. Er schien sie herauszufordern, sich zu trauen und ihn zu betätigen.

An dem Tag, an dem sie den Posten bei Mrs Belden angetreten hatte, hatte sie auch die anderen Lehrkräfte kennengelernt – allesamt hatten sie missmutig und mit permanent finster zusammengezogenen Brauen dreingeblickt, als hätten sie insgeheim Angst, ein Lächeln würde zu ihrer unverzüglichen Entlassung aus ihrer ach so angesehenen Stellung führen. Drachen waren das gewesen, allesamt – und sie selbst hatte sich dort wohl auch in einen verwandelt.

Ein Drache. Jane fuhr mit den Fingerspitzen über das Fabelwesen vor sich. Ein leises Lächeln trat auf ihre Lippen. Sie klopfte energisch. Ihr blieb auch gar nichts anderes übrig. Sie klopfte noch einmal. Nein, sie hatte keine Alternative. Erneut klopfte sie. Entweder erschlich sie sich für die nächsten zwei Monate eine Anstellung oder ihr stand ein ungewisses Los auf den Straßen Londons bevor. Sie presste die Lippen zu einer schmalen Linie zusammen. Oder aber sie schluckte ihren lästigen Stolz herunter und suchte Hilfe bei dem Mann, der sie gezeugt hatte … »Das kann ich mir nicht vorstellen«, sagte sie in energischem Ton zu sich selbst und klopfte mit zusammengebissenen Zähnen ein weiteres Mal, diesmal noch fester, an die Tür.

Die öffnete sich schließlich, allerdings recht unvermittelt, sodass der Ruck Jane nach vorn riss. Sie ließ den Drachen-Türklopfer so rasch los, dass sie das Gleichgewicht verlor und im Foyer des Stadthauses des erhabenen Marquis of Waverly auf die Knie fiel. Trotz des kalten Regens trieb ihr das die Schamröte in die Wangen. Sie rang sich dennoch ein Lächeln ab und schaute zu dem grauhaarigen Butler auf, der über ihr aufragte. Die Falten auf seinen wettergegerbten Wangen verrieten sein hohes Alter. Jane runzelte die Stirn. Gehörte der Marquis etwa zu den schrecklichen Adeligen, die ihre Bediensteten ausbeuteten und ihnen am Ende ihres Arbeitslebens keine wohlverdiente Pension aussetzten?

Der ältere Mann räusperte sich.

Jane zuckte zusammen und erinnerte sich zu spät daran, dass sie noch vor ihm kniete und die Tür offen stand, sodass jeder, der zufällig vorbeikam, sie in dieser unwürdigen Lage sehen konnte. Sie blickte auf seine ausgestreckte Hand, und das Brennen in ihren Wangen wurde nahezu unerträglich. »Äh, ja. Danke.«

Mit der Hilfe des älteren Mannes richtete sich Jane auf. Ihr durchweichter Rocksaum tropfte, und um ihre Füße hatte sich auf dem sonst makellos sauberen Marmorboden eine kleine Pfütze gebildet. O je. Bisher war es kaum ein Beginn, der sie dem Marquis empfehlen würde. Sie wappnete sich gegen die verächtliche Herablassung in den kühlen blauen Augen des Butlers, erstarrte dann aber, als sie darin stattdessen ein amüsiertes Glitzern entdeckte.

Er gehörte ganz offensichtlich zu den freundlichen Bediensteten. Da sie mit dem Makel der unehelichen Geburt behaftet war, verfügte sie über eine Menge Erfahrung darin, die freundlichen von den hochnäsigen Hausangestellten zu unterscheiden. Unseligerweise hatte sie bislang nur wesentlich weniger aus der ersten Kategorie kennengelernt als aus der zweiten.

Sie räusperte sich ebenfalls. »Ich bin Mrs Munroe.«

Der Mann starrte sie verwirrt an.

»Ich bin hier, um den Marquis of Waverly zu sprechen.« Jane tastete nach ihrem Retikül und öffnete das durchweichte Accessoire. Sie holte die leicht zerlesene Nachricht heraus und hielt sie dem Butler hin. »Ich komme von Mrs Beldens Mädchenpensionat auf Bitte des Marquis hin, um seiner Schwester als Gesellschafterin zur Verfügung zu stehen.« Der ältere Mann nahm ihr den Brief aus den zitternden Fingern. Ihr stockte der Atem in Erwartung eines Blitzschlages, der als Strafe für ihre Lügen aus dem Himmel auf sie herniedergehen würde.

Der Butler betrachtete das Blatt Papier in seinen Händen, und sie rechnete schon halb damit, dass er empört »Lügnerin« ausrufen würde. Doch er faltete es einfach wieder zusammen und gab es ihr zurück. In seinem freundlichen Blick war nichts zu erkennen, das darauf hingewiesen hätte, dass er sie als die Hochstaplerin entlarvt hatte, die sie tatsächlich war. Stattdessen neigte er lächelnd den Kopf. »Gestatten Sie mir, Sie zum Marquis zu geleiten.« Er machte eine auffordernde kleine Handbewegung.

Jane verstand seine Geste zunächst nicht und sah ihn fragend an.

Ein angedeutetes Lächeln umspielte seine Lippen. »Ihr Umhang, Mrs Munroe.«

»Oh!« Sie riss die Augen auf. »Natürlich.« Mit abgehackten Bewegungen machte sie sich am Verschluss ihres schlichten braunen Wollumhangs zu schaffen und überantwortete dann das Kleidungsstück seiner Obhut.

Ein Lakai eilte herbei, um ihn in Empfang zu nehmen, und verschwand damit. Sie wollte schon protestieren, als sie das einzige warme Kleidungsstück entschwinden sah, das sie ihr Eigen nannte.

»Wenn Sie mir bitte folgen wollen, Mrs Munroe?«

Jane zuckte bei der freundlichen Aufforderung erneut zusammen und befeuchtete sich die Lippen. Ihre Furchtsamkeit wählte stets den schlechtestmöglichen Zeitpunkt, um sie zu plagen. Sie stand weiter wie angewurzelt da, und das Unbehagen über ihre momentane Situation drehte ihr den Magen um. Ihre Zukunft hing von der bevorstehenden Begegnung ab, von dem Wohlwollen eines Adeligen, der eine Gesellschafterin für seine Schwester suchte. Doch stattdessen erhielt er nun eine gefeuerte ehemalige Lehrerin und – das war nicht von der Hand zu weisen – eine Lügnerin. Ihre Gewissensbisse lähmten sie geradezu. *Ich bin eine Lügnerin.*

Ihre Lüge entsprang zwar purer Verzweiflung, war also eine Notlüge, aber nichtsdestotrotz war sie eine Lügnerin, denn auch eine Notlage rechtfertigte das Lügen nur, wenn es um Leben und Tod oder die Ehre ging. Allerdings war Überleben derzeit für sie wichtiger als ihre Ehre.

Der Butler hüstelte und löste sie damit aus ihrer panischen Erstarrung. Er stand am Beginn eines langen, breiten Korridors und sah sie erwartungsvoll an.

»Ich …« Sie schaute sich rasch im Foyer um, und ihr Blick fiel auf ihre Reisetasche. »Ich kann nicht …«

Der Butler klatschte in die Hände, und augenblicklich erschien ein anderer Lakai. Er tauchte so plötzlich auf, dass sie unwillkürlich erschrak. Prompt rutschte sie auf der nassen Stelle rund um ihre Füße auf dem Marmorboden aus und wäre beinahe wieder hingefallen. Mit klopfendem Herzen gelang es ihr in letzter Sekunde, diese Katastrophe zu verhindern. Ein zweiter Sturz binnen weniger Minuten ging einfach nicht. Wie viele Lakaien brauchte ein solcher Haushalt eigentlich? Sie brachte ein verlegenes Lächeln für den Butler zustande.

»Wenn Sie mir bitte folgen wollen«, wiederholte er. Dieses Mal wartete er nicht, um zu sehen, ob sie das auch tat, sondern betrat den Flur.

Jane zwang ihre Beine, sich in Bewegung zu setzen, und mit steifen Schritten ging sie ihm zögernd nach. Während sie so durch das prächtige Stadthaus schritten, drohten ihre Bedenken, die sie schon den ganzen Morgen plagten, sie mit betäubender Panik zu überwältigen.

Was, wenn sie als Betrügerin und als Hochstaplerin entlarvt wurde? Sie blickte an sich hinab auf das dunkle, schlichte Gewand, wie es alle Lehrkräfte von Mrs Belden tragen mussten. Sicherlich würde sie dank des Briefes und ihrer Kleidung keinen Verdacht erregen. Und die Alternative, vom Marquis abgewiesen zu werden und vor die Wahl gestellt zu sein, entweder zu verhungern oder sich vor ihrem Vater zu erniedrigen, war für Jane geradezu unvorstellbar. Sie kannte ihren Vater schließlich kaum, hatte ihn nur als Kind ein- oder zweimal gesehen, wenn er ihrer Mutter einen Besuch abstattete.

Vertraute Wut erfasste Jane und erinnerte sie daran, warum sie die Aristokratie verachtete, die auf sie herabblickte, Leute wie sie – eine Schauspielerin und ihre uneheliche Tochter – als nicht ebenbürtig betrachtete. Auf Leute wie sie musste keine Rücksicht genommen werden. Diese Gentlemen konnten mit einem einzigen Blick oder einem Wort über das Schicksal eines Menschen niederen Standes entscheiden.

Sie umklammerte ihr Retikül fester. Diese hohen Herrschaften konnten mit ihren Belästigungen dafür sorgen, dass eine Frau entlassen und als Hure beschimpft wurde …

Als der Butler plötzlich vor einer geschlossenen Tür stehen blieb, wäre Jane beinahe mit ihm zusammengestoßen. Ihre Brille rutschte ihr auf die Nase hinunter. »Verzeihung«, sagte sie rasch. Sie rückte die Brille wieder zurück. Der Mann bewegte sich weiß Gott behänder, als sie das von jemandem seines fortgeschrittenen Alters erwartet hätte. »Ich …« *… bin außer mir vor Panik*, ergänzte sie in Gedanken. »Verzeihen Sie«, beendete sie ihre Erklärung reichlich lahm.

Er schenkte ihr ein weiteres freundliches Lächeln und sie wollte verdammt sein, wenn das nicht das erste Lächeln war, das sie seit … Sie zerbrach sich den Kopf, konnte sich aber nicht erinnern, wann sie jemand zum letzten Mal so herzlich angelächelt hatte. Der Butler klopfte an. Jane musste sich im Geiste korrigieren, es hatte jede Menge Lächeln gegeben. Auf sein Klopfen hin herrschte Stille. Aber es hatte auch jede Menge lüsternes Grinsen gegeben. Er klopfte noch einmal. Und auch oft genug ein wissendes Lächeln.

»Herein«, rief eine dröhnende Stimme.

Sie straffte die Schultern, als der alte Mann die Klinke hinunterdrückte. Jane blieb am Eingang stehen und dachte an die unterschiedlichen Arten von Lächeln, die sie im Laufe ihres Lebens gesehen hatte. Es waren auch grausame oder höhnische darunter gewesen.

»Mylord, eine Mrs Munroe von Mrs Beldens Pensionat ist eingetroffen.«

Aber nie freundliche. Janes Sicht verschwamm hinter einem feuchten Schleier. Dämlicher Regen. Sie nahm die Brille ab und rieb sich mit der Hand über die Augen. Was sonst sollte für die Feuchtigkeit in ihren Augenwinkeln verantwortlich sein?

Schweigen folgte auf die Ankündigung des Bediensteten. Jane setzte sich das Drahtgestell wieder auf die Nase und blickte durch den Raum zu dem Marquis, der hinter seinem Schreibtisch saß. Mit seinen harten, wie in Stein gemeißelten Zügen, der hohen Stirn und dem energischen Kinn war er wahrhaftig ein Musterbeispiel vornehmer Vollkommenheit.

Vage nahm Jane wahr, dass der gütige Butler sich mit einer Verbeugung aus dem Raum zurückzog. Ein irrationaler Drang, den netten älteren Mann zurückzurufen, machte sich in ihr bemerkbar. Die Tür schloss sich hinter ihr mit einem ruhigen Klicken, bei dem sie dennoch zusammenzuckte. Verunsichert durch den bohrenden Blick des Marquis tat Jane einen tiefen Knicks. »Mylord.«

Verspätet erhob er sich, richtete sich zu seiner vollen Größe auf. »Mrs Munroe.« Sie schluckte schwer. Er war einen guten Kopf größer als sie mit ihren ein Meter sechzig, und über seinen breiten Schultern und kräftigen Armen spannte sich der Stoff seines Rocks aus feinster mitternachtsblauer Wolle. Bis auf sein leicht zerzaustes dunkles Haar hatte dieser Mann nichts Sanftes, Weiches oder Freundliches an sich. Die schiere Stärke von einem Hünen wie ihm vermochte Angst und Schrecken in den erfahrensten Soldaten zu wecken. Dann fiel ihm eine einzelne Locke in die Stirn, wodurch er sogleich zugänglicher wirkte. Mit langen, kräftigen Fingern schob er sie sogleich zurück, als würde ihn ein solches Zeichen von Schwäche ärgern.

Luzifer.

Sie hatte einmal irgendwo gelesen, dass Luzifer in Gestalt eines wunderschönen Mannes auf die Erde gekommen war und die Menschen zur Sünde verleitete. Jane schob sogleich energisch derart närrische Gedanken beiseite.

Der Marquis trat hinter seinem Schreibtisch hervor und auf sie zu, worauf sie sogleich einen Schritt zurückwich, was natürlich ebenfalls närrisch war. Mehr als zwanzig lange Schritte trennten sie, und sie war wirklich nicht leicht zu ängstigen. Dennoch stieß sie mit dem Rücken hörbar gegen das Türblatt.

»Mrs Munroe«, begann er und blieb in der Mitte des Zimmers stehen. »Haben Sie vor, den ganzen Nachmittag an meiner Tür zu lehnen, oder möchten Sie sich nicht doch lieber hinsetzen?«

Auch diese tiefe, wohlklingende Stimme konnte nur dem Teufel persönlich gehören. Glatt und kultiviert, dennoch knapp und kühl. In dieser Stimme war nichts weich.

»Hinsetzen?«, presste sie hervor.

Er machte eine elegante Bewegung aus dem Handgelenk, und sie folgte der schlichten Geste zu dem ledernen Sofa, dann schaute sie ihn erneut an. Umspielte da etwa ein Lächeln seine Lippen? Das hatte sie sich gewiss nur eingebildet, oder? Ein Gentleman wie er lächelte nicht. Sie betrachtete den Marquis argwöhnisch durch ihre Brillengläser, konnte aber kein Anzeichen für Belustigung bei ihm erkennen.

Der Marquis seinerseits musterte sie unter seinen schweren Lidern mit den dichten, mädchenhaft langen Wimpern hervor, und die Intensität seines Blickes trieb sie an. Jane reckte ihr

Kinn und rauschte zu dem nahen Sofa. Sie zögerte, weil es sie störte, dass er, wenn sie sich hinsetzte, ihr gegenüber noch mehr im Vorteil war. Ihre vorherigen Anstellungen in den Häusern all dieser hoch angesehenen Aristokraten hatten sie gelehrt, dass die Herren sich einfach nahmen, was sie wollten, auch und gerade, wenn es ihnen gar nicht angeboten worden war. Ein Muskel zuckte neben ihrem Auge. Und sie würde ihm oder seinen Standesgenossen absolut nichts anbieten.

»Mrs Munroe?«

Jane setzte sich hastig und verschränkte die Hände auf ihrem Schoß. Und wartete. Schließlich hatte sie ihre kürzlich erfolgte Entlassung aus Mrs Beldens Diensten gelehrt, wie gefährlich ein unüberlegtes Wort sein konnte. Sicherlich würde es ihr doch gelingen, zwei Monate lang die züchtige, höfliche Gesellschafterin zu sein, die der Marquis für seine Schwester suchte.

Der Marquis of Waverly nahm auf dem Stuhl ihr gegenüber Platz. Er betrachtete sie weiter auf diese abschätzende Art und Weise, bis sie unruhig wurde. Sie hatte sich die längste Zeit ihres Lebens darum bemüht, möglichst unsichtbar zu bleiben, keinerlei Aufmerksamkeit auf sich zu ziehen. Bemerkt zu werden bedeutete, ruiniert zu werden, vor allem für eine junge Frau, die bei einem Adligen angestellt war. Jane senkte den Blick auf ihre Hände. Das Feuer knisterte und zischte im Kamin, dennoch vermochten die lodernden Flammen sie nicht wirklich zu wärmen. *Er weiß es.* Sie bemühte sich, ihre bebenden Finger ruhig zu halten. Natürlich wusste er es nicht. Wie auch? Sie warf ihm verstohlen einen Blick zu. Oder doch?

Er lehnte sich auf seinem Mahagonistuhl zurück, elegant und lässig, stets der unbeeindruckte Adelige. Schließlich brach er das Schweigen. »Verzeihen Sie. Ich hatte geglaubt, ich hätte Mrs Belden deutlich genug mitgeteilt, dass ich eine Kutsche senden würde, um Sie abzuholen.«

Jane verkrampfte ihre Hände, bis die Fingerknöchel weiß durch die Haut schimmerten. Sie sollte sich besser schnell auf eine hinreichende Erklärung für ihre überhastete Anreise konzentrieren. *Abholen.* Stattdessen blieb sie an diesem anmaßenden Wort hängen. *Abholen* – als wäre sie ein hilfloses Kind.

»Mrs Munroe?«

»Verzeihen Sie, mir war nicht bewusst, dass das eine Frage war.«

Seine dunklen Augenbrauen zogen sich zu einer einzelnen Linie zusammen, und sie verfluchte ihre vorlaute Zunge. Dennoch gelang ihr ein bescheidenes Lächeln. Oder wenigstens versuchte sie sich an einem.

Aber hatte ihre Mutter nicht stets gesagt, Jane besäße mehr Geist als die verstorbenen Seelen, die an Allerheiligen herumspukten? Also war sie um eine schlüssige Erklärung nicht verlegen: »Mrs Belden wusste, dass Ihre Bitte dringend war, Mylord.« Da, eine vernünftige Erwiderung.

Mrs Belden machte sich stets Sorgen um den guten Ruf ihrer Schule und um die mächtigen Adeligen, die ihre Töchter ihrer Obhut anvertrauten. Sie hätte jeden Brief aus der Feder des Marquis als dringende Angelegenheit betrachtet.

Der Marquis neigte den Kopf, als fände er ihre Antwort befriedigend. Hoffnung regte sich in Janes Brust, und ein Teil ihrer unguten Vorahnungen verflog. Doch dann fuhr er fort: »Ich gehe davon aus, dass Mrs Belden sich mit Ihnen über meine Schwester ausgetauscht hat?«

Er hätte ebenso gut das mächtige Breitschwert von seinem Ehrenplatz über dem Kamin herunternehmen und damit ihre aufkeimende Hoffnung durchbohren können. Natürlich würde die von Mrs Belden ausgesuchte Gesellschafterin wenn schon nicht eine frühere Lehrerin, so doch zumindest eine in die familiäre Problematik des Marquis eingeweihte Dame sein.

»O ja«, log sie kurz entschlossen. Ihre Gedanken überschlugen sich, während sie an all die jungen Zöglinge dachte, die sie während ihrer Zeit im Mädchenpensionat kennengelernt hatte. Langweilig. Züchtig. Außerordentlich höflich. Ausnahmslos und in jeder Beziehung sittsame junge englische Damen. »Mrs Belden hat voll herzlicher Zuneigung von Ihrer Schwester gesprochen.«

Er erstarrte. »Ach ja?«

Da diese beiden Worte keinerlei Empfindung ausdrückten oder etwas darüber verrieten, was er dachte, nickte sie bestätigend. »Immer so gesittet.« *Das heißt, ohne einen einzigen eigenen Gedanken*, überlegte Jane, wie Mrs Belden das so gern hatte, und dann fuhr sie mit perfekt gespielter Aufrichtigkeit fort: »Praktisch veranlagt und im Besitz all der damenhaften Fähigkeiten, für deren Vermittlung diese Bildungsanstalt berühmt ist.« Zuckte es da etwa um seine Lippen?

Der Marquis streckte die Beine aus, wodurch Janes Blick auf seine Oberschenkel gelenkt wurde. Sie schluckte schwer und ermahnte sich, wegzuschauen. Solches Starren war nicht höflich oder anständig und widersprach all den damenhaften Eigenschaften, die sie soeben für ihn aufgezählt hatte. Aber vielleicht hatte sie tatsächlich mehr von ihrer schamlosen Mutter in sich, als sie immer geglaubt hatte. Denn sie konnte ihre Augen nur mit großer Mühe von den muskulösen Schenkeln ihres Gegenübers abwenden.

Eigentlich hätte sie gedacht, ein Marquis müsste eigentlich spindeldürr und gertenschlank sein, weil ranghohe Adelige doch keinerlei körperlicher Betätigung nachgingen. Ganz bestimmt hatte sie nicht erwartet, einen so gut gebauten … Sie fächelte sich kühle Luft zu.

»Ist Ihnen warm, Mrs Munroe?«

»Ja, allerdings.« Jane ließ ihren Blick aufwärts wandern und entdeckte einen leichten Anflug von Amüsement in seinen

Augen, als wüsste er, dass sie seine Beine betrachtet hatte, was natürlich gänzlich unmöglich war. Denn Jane Munroe, die uneheliche Tochter eines Herzogs, Verächterin von Männern und ihrer glatten Worte, bewunderte Männer nicht.

Dann wurde ihr wieder bewusst, wie kalt es in dem Raum war. »Nein, keineswegs«, korrigierte sie sich daher rasch.

Er zog die Brauen zusammen und wirkte verwirrt. Für Jane war das jedoch eindeutig der Alternative vorzuziehen, dass er davon erfuhr, welche Wirkung sein attraktives Äußeres auf sie hatte. »Verzeihung«, erklärte sie und war stolz auf die Ausdruckslosigkeit dieser Äußerung. »Was wollten Sie sagen, Mylord?«

»Ich habe gar nichts sagen wollen.« Erneut sprach Belustigung aus seinen Worten.

Sie zog die Brauen zusammen. »Ach, nicht?«

»Wir redeten gerade über meine *höfliche und gesittete* Schwester.«

Die Betonung dieser zwei Wörter ließ Jane innehalten, und eine Warnglocke in ihrem Inneren begann leise zu läuten. Etwas weckte in ihr den Argwohn, dass da mehr hinter seiner Bemerkung steckte. Doch sie schob den Gedanken sogleich zurück. Natürlich würde jeder stolze Adelige in dieser Gesellschaft so über seine Schwester sprechen. »Ja, ganz recht«, murmelte sie.

»Bitte, erzählen Sie mir doch«, verlangte er in seiner gedehnten Sprechweise, »was hat Mrs Belden noch über meine Schwester erzählt?«

Janes Kopf war wie leer gefegt. Buchstäblich. Jeder einzelne Gedanke ergriff vor dieser Frage die Flucht. Etwas in seinem Tonfall verriet, dass er damit auf etwas Bestimmtes hinauswollte. »Erzählt?« Sie verzog das Gesicht, als ihr auffiel, dass sie der nervösen Macke verfallen war, die Worte ihres Gegenübers zu wiederholen.

Er machte eine ausladende Handbewegung, und ihr Blick folgte seinen Fingern.

»Sicherlich hat sie doch noch mehr über meine Schwester Chloe gesprochen, nicht?«

»Allerdings.« Aber das wusste Jane natürlich nicht. Wobei der Oberdrache sicherlich irgendetwas zu irgendjemandem gesagt hätte, aber natürlich niemals zu Jane, die dank ihrer Abstammung in der Achtung der Schulleiterin ungefähr auf einer Stufe mit dem Staub auf ihren schwarzen Stiefeletten rangierte.

Der Marquis wollte bei ihr jetzt wohl irgendeine besondere Information über seine Schwester erfahren. Also würde sie ihm genau die Unwahrheiten auftischen, die Mitglieder der guten Gesellschaft wohl zu hören begehrten. Sie spreizte ihre Finger. »Ich versichere Ihnen, Mylord, Mrs Belden hat mich gründlichst in Kenntnis gesetzt über Ihre Schwester, die hochgeschätzte Lady Chloe, die sich wünscht, eine möglichst vorteilhafte Partie zu machen.«

Das endlich brachte den eingebildeten Lord zum Schweigen. Schließlich hatte Jane schlicht nichts weiter von sich gegeben, als das, was die meisten Mitglieder der guten Gesellschaft sich erhofften – für ihre Töchter, Schwestern und sich selbst.

Kapitel 4

Die hochgeschätzte Schulleiterin Mrs Belden hatte entweder einen Sprung in der Schüssel, wenn sie ihm Mrs Munroe schickte, um auf seine Schwester Chloe aufzupassen, oder die Frau kannte ihre Schützlinge nicht so gut, wie ihr Ruf es behauptete.

Gabriel ließ seinen kritischen Blick über die leicht zerknitterte Erscheinung der Frau in ihrem langweiligen braunen Kleid wandern. So, wie sie ihr blondes Haar straff nach hinten frisiert und zu einem Knoten gebunden hatte und wie ihre Brille auf der kecken Nase saß, bot sie das perfekte Bild einer Gesellschafterin für eine sittsame junge Dame.

Aber nicht für seine Schwester.

Laut Mrs Munroes Auskunft wünschte sich seine Schwester, eine gute Partie zu machen. Dabei würde sich seine Schwester eher den Arm abhacken, als eine Ehe überhaupt nur in Erwägung zu ziehen. Er verkniff sich einen verärgerten Fluch. Seine temperamentvolle, sturköpfige Schwester würde eine Frau mit Mrs Munroes verlegenem Lächeln und ihrem Gerede von sittsamen jungen Damen zum Frühstück verspeisen. Nein, wenn er Mrs Munroe die Stelle der Gesellschafterin überließ, würde seine Schwester eine weitere Saison unverheiratet bleiben, und Gabriel wäre verpflichtet, eine weitere Saison zu erdulden und ein weiteres Jahr, in dem seine kleine Schwester unverheiratet war. Seine Verantwortung würde also kein Ende haben. Er trommelte mit den Fingerspitzen auf die Armlehnen seines Stuhls.

»Ich möchte Ihnen nicht den notwendigen Respekt absprechen«, begann er. Weil es in Wahrheit keine behutsame oder höfliche Methode gab, eine Frau aus einer Stellung zu entlassen, die sie noch gar nicht angetreten hatte. Aber Zeit spielte für ihn eine entscheidende Rolle.

Mit einer unerwarteten Zurschaustellung von Temperament beugte Mrs Munroe sich vor. »Verzeihung, Mylord?« Ihre Mundwinkel bogen sich nach unten.

Gabriel öffnete schon den Mund, um ihr schonend beizubringen, dass sie die Stellung als Gesellschafterin nicht erhalten würde, doch stattdessen blinzelte er erstaunt. Sein Blick blieb an den vollen, perfekt geformten Lippen hängen. Merkwürdig, dass eine unscheinbare Frau mit einem so strengen Wesen wie sie einen solch verlockenden Mund besitzen sollte, der förmlich darum flehte, geküsst zu werden. Gabriel ballte seine Hände zu Fäusten. Der Himmel möge ihm helfen, er war wahrhaft der Sohn seines verderbten Vaters. »Ich fürchte, Sie sind nicht richtig«, platzte er heraus. Was für ein Wahnsinn war das hier? Er bewunderte den Mund einer kleinen Angestellten, jemand, der zu ihm gekommen war auf der Suche nach einer Beschäftigung? Er schüttelte angewidert den Kopf.

Verwirrt legte sich ihre Stirn in Falten. »Nicht richtig? Wofür?«

Er machte das hier völlig falsch. »Sie sind nicht die Richtige für die Stelle als Gesellschafterin.« Mit einem Seufzer stand er auf. »Natürlich sind Sie herzlich eingeladen, über Nacht zu bleiben, und ich werde Sie morgen in meiner eigenen Kutsche zu Mrs Belden zurückbringen lassen.« Er deutete eine Verneigung an und ging zurück zu seinem Schreibtisch, als ihm das leuchtende Blau ihrer Augen auffiel. Die Farbe erinnerte ihn an einen Sommerhimmel und an unerforschte Gewässer. Trotz ihrer sonstigen Unscheinbarkeit war das Blau ihrer Iris von atemberaubender Schönheit.

Mrs Munroe erwiderte seinen Blick erstaunlich unerschrocken. »Mich zurückbringen lassen?« Trotz ihrer äußerlichen Ungerührtheit enthielt ihr Tonfall einen Anflug von Panik.

Die Frau hatte die durchaus lästige Neigung, einem wie ein Papagei nachzuplappern. Er nickte. »Ich werde Ihnen ein Schreiben mitgeben, in dem ich Mrs Belden die Lage erkläre.« Denn sie war ja durchaus geeignet für jede andere junge Frau, nur eben nicht für seine eigenwillige Schwester. Er begab sich zu der Klingelschnur, läutete nach einem Bediensteten und nahm dann wieder an seinem Schreibtisch Platz. Er zog die Schublade auf, holte ein Blatt Papier hervor und griff nach seinem Federhalter, als er plötzlich spürte, wie seine Haut prickelte. Mit einem Stirnrunzeln blickte er auf.

Die junge Frau stand in der Mitte des Zimmers, die Hände in die Seiten gestemmt in einer Pose, die kein bisschen sittsam, anständig oder temperamentlos war. »Haben Sie mich gerade entlassen?« Ein unnachgiebiger Unterton lag in der leise gestellten Frage.

Er öffnete den Mund, um sich zu erkundigen, was sie damit meinte, aber da er sie ja im Grunde genommen sogar doppelt entlassen hatte, entschied er sich klugerweise, zu schweigen. Ein Muskel im Augenwinkel der Dame zuckte leicht, ein Hinweis auf ihre Verärgerung.

Er legte seinen Federhalter hin und lehnte sich auf seinem Stuhl zurück.

Sein Interesse war geweckt. Seltsam, er hatte das farblose Geschöpf für jemanden gehalten, der leicht einzuschüchtern war. Doch diese Frau mit ihren empört funkelnden Augen und den missbilligend verzogenen Lippen zeigte mehr Mut, als er ihr zugetraut hätte. Trotzdem, durch ihre bisherigen Worte hatte sie sich als ungeeignet für die Stellung erwiesen. »Sie sind erregt, Mrs Munroe«, sagte er geduldig mit der Stimme, die er benutzte, um sein Pferd zu beruhigen, beispielsweise wenn es bei einem Ausritt in Gestrüpp voller Kletten geriet.

Sie kniff die Augen zusammen und machte einen Schritt nach vorn. »Reden Sie etwa mit mir, als wäre ich ein verletzter junger Hund?«

Er hatte seine treue Stute im Sinn gehabt, aber angesichts von Mrs Munroes kaum verhohlener Empörung glaubte er eher nicht, dass sie es schätzen würde, auf diesen kleinen, aber feinen Unterschied hingewiesen zu werden.

Die Tür des Arbeitszimmers öffnete sich und sie blickten beide dorthin. Der treue Butler Joseph, der seit Gabriels Kindheit zu diesem Haushalt gehörte, erschien auf der Schwelle. »Sie haben geläutet, Mylord?«

»Würden Sie bitte …«

Jane stemmte erneut die Hände in die Hüften. »Wollen Sie mich etwa entlassen?«

Die indignierte Frage unterbrach ihn. War ihm diese unverschämte junge Frau ins Wort gefallen – in Anwesenheit seines Dieners? Er schaute seinen Butler an. Angesichts des Lächelns um Josephs Lippen lag die Vermutung nahe, dass der alte Mann Mrs Munroes Verhalten durchaus genoss – und zwar auf Gabriels Kosten. Der drängte seine Verärgerung zurück und sah erneut zu Joseph. Der alte Diener zog sich klugerweise aus dem Zimmer zurück und schloss die Tür hinter sich.

Gabriel wandte seine Aufmerksamkeit wieder der Gesellschafterin zu.

Sie richtete ihren Blick von der Tür wieder auf Gabriel. »Sie planen, mich fortzuschicken.« Da war es wieder. Diese Panik, die in ihren Augen aufflackerte.

Schuldgefühle regten sich in ihm. »Ja, das habe ich vor.« Trotz allem – das Wohlergehen seiner Schwester war wichtiger als der Stolz dieser Fremden.

Mrs Munroes erschreckter Aufschrei hallte durch den Raum.

Das Leben hatte Gabriel gelehrt, wie wichtig es war, in solchen Dingen schonungslos ehrlich zu sein. Das schützte andere davor, auf einem Pfad gepflastert mit falschen Hoffnungen zu wandeln. Trotzdem verspürte er ein gewisses Mitgefühl für die junge Frau, auch wenn er sich davon nicht würde beeinflussen lassen. Fürchtete sie sich etwa davor, unverrichteter Dinge zu Mrs Belden zurückgeschickt zu werden? Unbehagen, Verzweiflung und Wut spiegelten sich nacheinander auf ihren ausdrucksstarken Zügen. Er wappnete sich dafür, dass sie sich auf Tränen oder andere weibliche Ränke verlegen würde.

Was der Grund war, weshalb ihn ihre ruhige Sachlichkeit verblüffte.

»Aber Sie kennen mich doch gar nicht«, entgegnete sie mit einer wesentlich festeren Stimme, als er ihr in diesem Augenblick zugetraut hätte.

Gabriel trommelte mit den Fingerspitzen auf die Armlehnen seines Stuhls. Jane senkte ihren Blick auf seine Hände. Verärgerung blitzte in ihren Augen auf, und er beendete das ablenkende Geräusch. »Sie sind wild entschlossen, diese Stellung anzutreten, oder, Mrs Munroe?«

Sie hob ihr Kinn. »Allerdings. Ich bin hergekommen, um die Rolle einer Gesellschafterin auszufüllen, und ich möchte diese Aufgabe gern übernehmen.« Dann fügte sie als Nachsatz hinzu: »Mrs Belden wäre enttäuscht, falls eine ihrer Lehrkräfte, die sie für diese Rolle vorgesehen hatte, zurückgewiesen würde.«

Obwohl er nicht umhinkonnte, die Beharrlichkeit der jungen Frau zu bewundern, es änderte nichts daran, dass sie nicht geeignet war. Sie passte einfach nicht. Des Austauschs müde stand er auf. »Mrs Munroe, wie gesagt, ich bin mir der Unannehmlichkeiten, die das für Sie bedeutet, durchaus bewusst.« Sie öffnete den Mund, entschied sich dann jedoch dankenswerterweise dafür, nichts zu sagen, sodass er weitersprechen konnte. »Ich werde Ihnen eine Nachricht aufsetzen, die dafür sorgt, dass Ihre Stellung bei Mrs Belden nicht in Gefahr ist«, fuhr er fort, als sie zu einer Erwiderung ansetzte. »Meine Schwester ist viel zu temperamentvoll für Sie«, setzte er mit einer Unverblümtheit hinzu, die sie wirkungsvoll zum Schweigen brachte. »Ich muss sie verheiraten, und die junge Dame, die Sie mir beschrieben haben«, er schüttelte den Kopf, »ist nicht meine Schwester, und daher ist es notwendig, dass ich eine Gesellschafterin finde, die dem Temperament meiner Schwester besser entspricht.« *Und die dafür sorgen wird, dass Chloe heiratet, auch wenn sie fest entschlossen ist, eher alles andere zu tun als das.* »Und jetzt«, erklärte er und neigte den Kopf, »wenn Sie mich entschuldigen wollen?« Er marschierte an der jungen Frau vorbei, die mit großen Augen dastand. »Ich habe Geschäftliches zu erledigen.« Er zog erneut an der Klingelschnur.

Sogleich öffnete sich die Tür, und Joseph mit seinem segensreichen Gespür für den rechten Zeitpunkt betrat erneut den Raum. »Bitte führen Sie Mrs Munroe zu einem der Gästezimmer, in dem sie heute übernachten kann, und lassen Sie ihr eine Mahlzeit servieren.«

Joseph forderte Mrs Munroe mit einer Geste auf, ihm zu folgen. Mit ihren blitzenden Augen sah sie ganz so aus, als bräuchte es nur noch ein falsches Wort von ihm, und sie würde schnurstracks zu dem Schwert marschieren, das die Wand zierte, es abnehmen und ihm in den Leib rammen. Der Himmel bewahre ihn vor empörten jungen Damen. Wenigstens würde er von dieser hier bald genug befreit sein.

Und dann sank sie mit bewundernswerter Haltung, die ihr vermutlich überhaupt erst die Anstellung bei Mrs Belden eingebracht hatte, in einen ehrerbietigen Knicks. »Mylord«, sagte sie mit einer kühlen, knappen Stimme, die besser zu einer Königin gepasst hätte als zu einer größenwahnsinnigen Gesellschafterin. Mit einem letzten finsteren Blick folgte sie Joseph aus dem Raum. Das leise Klicken der sich hinter Mrs Munroe schließenden Tür hallte laut im ganzen Raum wider.

* * *

Himmel, er hatte sie entlassen. Wobei, eigentlich nicht nur einfach entlassen. Der arrogante, komplett gefühllose Schuft hatte sie rausgeworfen, noch bevor sie überhaupt angefangen hatte. Während Jane stumm neben dem Butler mit den freundlichen Augen herlief, schüttelte sie den Kopf. Das hier war auf jeden Fall das erste Mal, dass ihr so etwas in ihrer beileibe nicht mit Höhepunkten gefüllten Karriere als Bedienstete passiert war. Ein nervöses Lachen stieg in ihr auf, und sie verschluckte sich fast daran, woraus ein Laut halb Schluchzer, halb Kichern resultierte.

Der Butler warf ihr von der Seite einen Blick zu. Sie wappnete sich gegen höhnische Missbilligung, aber stattdessen sah sie in seinen alten Augen Sorge. Glücklicherweise sagte er nichts und ließ ihr so das Restchen Stolz, das ihr noch geblieben war.

Gemeinsam folgten sie den langen Fluren, kamen an Familienporträts vorbei, die allesamt die vornehmen Vorfahren zeigten, die – einmal abgesehen von ihren gepuderten Perücken und ihrer altmodischen Kleidung – allesamt auch der Marquis of Waverly hätten können, denn ihre Blicke waren genauso kalt wie seiner.

Sie konzentrierte sich auf die Wut, die in ihr brodelte, denn das hielt sie davon ab, sich der rasch wachsenden Panik zu ergeben, die sie zu verschlingen drohte. Der Marquis konnte natürlich nicht wissen, dass eine Rückkehr zu Mrs Belden für sie unmöglich war, weil keine Stelle mehr auf sie wartete. Jemand mit Janes unbedachter Zunge war dort nicht wohlgelitten.

Die Ironie ihrer absurden Situation entging ihr dabei nicht. Der vermaledeite Marquis hielt sie für eine rückgratlose, schüchterne Frau, die sich gegen seine zu temperamentvolle Schwester nicht würde durchsetzen können – dabei hatte der Umstand, dass sie genau das Gegenteil davon war, überhaupt erst zu ihrem gegenwärtigen Dilemma geführt. Aber so erging es nun einmal denen, die sich unter Vorspiegelung falscher Tatsachen eine Anstellung zu erschleichen suchten.

Jane und der Butler gingen stumm zu einer breiten, im Dunkeln liegenden Treppe. Sie erreichten einen Absatz, an dem ein düsterer Korridor begann. Jane folgte dem älteren Mann und blieb dann neben ihm stehen.

»Ich habe mir die Freiheit herausgenommen, Ihre Habseligkeiten in dieses Zimmer bringen zu lassen.«

Der Butler hatte also vorausgesehen, dass sie eines der Gästezimmer erhalten würde. Hatte er auch geahnt, dass sie ihren Posten verlieren würde, bevor sie überhaupt eine Chance erhalten hatte, ihn anzutreten? »Danke, Mister …?« Sie schaute ihn freundlich an, und er erschrak.

Überraschung sprach aus seinem Blick. »Joseph«, antwortete er.

So also ging es in dem Haushalt zu, den dieser gefühllose Schuft führte? Waren seine Bediensteten derart wenig an kleine Höflichkeiten und Freundlichkeit gewöhnt? »Danke, Joseph.«

Er drückte die Klinke herunter und öffnete ihr die Tür. Mit einem aufgesetzten Lächeln trat sie vor ihm ein, dankte ihm noch einmal und schloss die Tür hinter sich. Es war still hier, das einzige Geräusch war das stetige Prasseln der Regentropfen gegen die Fensterscheiben. Jane atmete einmal bebend ein, lehnte sich mit dem Rücken gegen die Tür und schüttelte langsam den Kopf, während ein ungläubiges Lachen in ihr aufstieg. Bei all ihren Befürchtungen, die sie bei der Vorstellung geplagt hatten, sich zu dem Haushalt des Marquis Zutritt zu verschaffen und die Stelle als Gesellschafterin zu erschwindeln, war ihr diese Entwicklung hier nie in den Sinn gekommen. Eine viel größere Herausforderung war für sie die Organisation der Reise gewesen und überhaupt erst im Haus vorgelassen zu werden. Fälschlicherweise hatte sie angenommen, dass alles glattgehen würde, sobald sie erst einmal sein Studierzimmer betreten hatte.

Mit rastloser Energie stieß sich Jane von der Tür ab und schaute sich in dem prächtigen Raum um. Die Gästezimmer des Marquis of Waverly waren eleganter als irgendeines der Häuser, in denen ihr adeliger Vater Jane und ihre Mutter untergebracht hatte. Zögernd schritt sie zu der Frisierkommode, fuhr mit den Fingerspitzen über die Mahagonioberfläche und nahm geistesabwesend die perlenbesetzte Bürste zur Hand. Der glatte Griff fühlte sich fest und beruhigend an.

Ihr Blick blieb an der zerknitterten und mitgenommen wirkenden Erscheinung im Spiegel hängen, und sie musterte sich mit kritischem Auge. Mit ihrem zerdrückten Kleid und den Haaren, die sich aus dem strengen Knoten im Nacken gelöst hatten, war es kein Wunder, dass sie von dem Mann, dessen Haus sich in Bezug auf Pracht und Opulenz gewiss mit den Palästen der meisten Könige messen lassen konnte, gewogen und für zu leicht befunden worden war. Sie verzog das Gesicht zu einer Grimasse und legte die Bürste wieder ab.

Zu Mrs Belden zurückzukehren war keine Option. Es gab dort nichts, wohin sie zurückkehren konnte. Sie nahm ihre Brille ab und rieb sich den Nasenrücken. Allerdings würde sie eher bei Mrs Belden zu Kreuze kriechen, als sich um Hilfe an den Duke of Ravenscourt zu wenden. Der Marquis of

Waverly hatte sie in all seiner unermesslichen Kälte und eisigen Verachtung fortgeschickt. Sicher, er hatte ihr die Benutzung dieses Zimmers …

Es klopfte an der Tür.

Dann wurde die Klinke runtergedrückt und eine kleine Armee von Dienstboten schwärmte in den Raum. Janes Augen weiteten sich, und sie wich schockiert einen Schritt zurück, als sie einen riesigen Badezuber aus Porzellan hereintrugen. Binnen kürzester Zeit war der mit heißem Wasser gefüllt, und die Dienerschar zog sich wieder zurück.

Eine einzelne junge Frau mit einem Silbertablett voller Essen betrat den Raum, nachdem die anderen gegangen waren. Sie fing ihren Blick auf und lächelte. Eine weitere freundliche Bedienstete. Trotz ihrer schwierigen Lage gelang es Jane, das Lächeln zu erwidern.

»Ich bin Cora«, begrüßte die junge Dienerin sie, während sie das Tablett auf dem schmalen Sekretär abstellte. »Gibt es irgendetwas, das Sie benötigen, Mrs Munroe?«

»Jane«, verbesserte sie die junge Frau automatisch. Sie war nicht anders als diese Leute. Genau genommen hätte sie darauf gewettet, dass sie im Grunde genommen auf der gesellschaftlichen Rangleiter noch unter den Bediensteten des Marquis stand, denn die hatten ihren Posten aufgrund ihrer eigenen Leistung erhalten. »Bitte sagen Sie einfach Jane, und nein, ich benötige weiter nichts.« *Es sei denn, Sie hätten die Möglichkeit, mir eine Stelle für die nächsten zwei Monate in einem sicheren Haushalt zu verschaffen.*

Die junge Frau lächelte breiter. »Also gut, Jane.« Mit einem kleinen Knicks ging Cora hinaus und schloss leise die Tür hinter sich.

Das Badewasser dampfte verlockend. Jane sank neben dem Porzellanzuber auf die Knie und stützte die Arme auf den Rand.

Er würde sie vor die Tür setzen. Er würde sie zurückschicken zu Mrs Belden, weil er sie für unpassend hielt, obwohl er keine zehn Minuten mit ihr gesprochen hatte. Jane zog ihre Finger durch das Wasser und betrachtete ihr Spiegelbild auf der welligen Oberfläche. Er glaubte, sie sei temperamentlos und leicht einzuschüchtern? Und er hatte vor, sie morgen früh fortzuschicken? Also gut, der eingebildete Marquis würde schon noch herausfinden, wie temperamentvoll sie eigentlich war, und dann sollte er mal versuchen, sie wieder loszuwerden.

Kapitel 5

Gabriel saß hinter seinem Schreibtisch und betrachtete die feinsäuberlich eingetragenen Zahlenreihen in dem aufgeschlagenen Rechnungsbuch vor sich. Er tunkte die Spitze seines Federhalters in das gläserne Tintenfässchen, markierte eine zusätzliche Spalte, legte dann aber die Feder hin. Die Ländereien der Familie hatten sich unter seiner sorgfältigen Verwaltung wesentlich rentabler entwickelt als zuvor. Er ließ die Schultern kreisen und verzog die Lippen zu einem harten Lächeln. Seinem Vater hätte das gefallen. Dieser Gedanke reichte aus, einen Mann wie Gabriel dazu zu bringen, allen Erfolg in den Wind zu schlagen.

Ja, am liebsten wäre es ihm sogar gewesen, wenn das gesamte Vermächtnis, das von seinem verhassten Vater auf ihn übergegangen war, verrottete und verfiel, während er selbst voller Genugtuung zuschaute. Doch das ging nicht, denn seine Geschwister waren auf das Einkommen angewiesen.

Es wurde angeklopft, und er schaute zur Tür. »Herein«, rief er.

Sein Butler erschien. »Mylord«, begann er mit ernster Miene.

Gabriel runzelte die Stirn. Der Mann stand seit Gabriels Kindheit bei seiner Familie in Diensten. Er war geblieben, hatte seine Treue bewiesen und sogar manchmal die bemitleidenswerten Kinder seines Arbeitgebers in Schutz genommen und sie versteckt. Jetzt weigerte sich Joseph trotz seines hohen Alters, seinen Posten aufzugeben. »Haben Sie dafür gesorgt, dass Mrs Munroe meine Nachricht heute Morgen erhalten hat?«, erkundigte sich Gabriel und stand dabei auf.

»Äh, ja, Mylord«, sagte Joseph und trat zur Seite, als Gabriel an ihm vorbei aus dem Studierzimmer ging.

»Und Sie haben die Kutsche fertig machen lassen?«, wollte er weiter wissen, als der Butler ihm folgte. Er musste an die kristallklaren Augen der Frau denken, die ihn wütend angefunkelt hatten – der interessanteste Zug an diesem sonst so farblosen Geschöpf.

Joseph neigte den Kopf. »In der Tat, Mylord, allerdings …«

»Ich nehme an, Mrs Munroe war nicht erfreut darüber, unverrichteter Dinge ihrer Wege geschickt zu werden.«

Der alte Diener kratzte sich an der Stirn. »Ich würde sagen, da haben Sie recht, Mylord. Allerdings gibt es da noch ein paar Angelegenheiten, über die ich gerne mit Ihnen sprechen würde.« Sie bogen am Ende des Korridors rechts ab und begaben sich zum Frühstücksraum. »Es geht um Lady Chloe.«

Bei diesen fünf Worten hielt Gabriel abrupt an. Er drehte sich zu dem treuen Diener um. »Was ist denn?«, erkundigte er sich mit barscherem Ton, als er eigentlich vorgehabt hatte, denn er wusste, ohne die Bestätigung seiner Befürchtungen aus dem Munde des Butlers gehört zu haben, was Chloe plagte.

»Sie hat einen weiteren Migräneanfall, Mylord.«

Die Muskeln in Gabriels Bauch zogen sich schmerzhaft zusammen. Mit einem Fluch beschleunigte er seine Schritte. »Lassen Sie …«

»Ich habe mir die Freiheit herausgenommen, Dr. Talisman rufen zu lassen«, unterbrach Joseph ihn.

Dr. Talisman. Der alte Arzt diente der Familie Edgerton schon viele Jahre lang. Wie oft war er schon herbestellt worden, um sich um Chloe zu kümmern, die als Folge der Misshandlungen in ihrer Kindheit unter häufigen Kopfschmerzattacken litt?

Der alte Butler lief schneller, um mit Gabriel mithalten zu können. Aus Rücksicht auf ihn wurde Gabriel langsamer. »Ich möchte mit Talisman sprechen, sobald er bei ihr fertig ist.«

»Natürlich, Mylord. Aber es gibt noch etwas, über das ich gerne mit Ihnen sprechen würde.«

Sie bogen am Ende des Korridors ab und folgten dem langen Flur weiter. »Und was ist das?«

Die bloße Andeutung von Licht oder Geräuschen reichte aus, um das Leiden seiner Schwester zu verstärken, daher besuchte Gabriel sie nicht, wenn sie unter einer ihrer Migräneattacken litt, aber er hielt sich oft in der Nähe ihrer Räume auf, für den Fall, dass sie nach ihm rief. Chloe sagte immer, nur absolute Dunkelheit und Stille konnten ihr ein gewisses Maß an Linderung verschaffen. Allerdings rief sie nie nach ihm. Das war wohl zu anstrengend.

»Es geht um Mrs Munroe.«

Gabriel war in Gedanken weiter bei Chloe. Bitterkeit erfüllte sein Herz. Vermutlich war es auch besser, wenn Chloe nicht nach ihm rief. Warum sollte er der Bruder sein, dessen Unterstützung sie suchte? Es war kein Wunder, dass sie Alex den Vorzug gab und ihn selbst verabscheute. Nein, er nahm keinem seiner Geschwister die Abneigung ihm gegenüber übel. Dann endlich drangen die Worte des Dieners zu ihm durch, und er schaute ihn an, allerdings ohne stehen zu bleiben. »Mrs Munroe interessiert mich nicht. Ich habe ihr einen Brief mitgegeben und sie ihrer Wege geschickt. Ihre Stelle bei

Mrs Belden ist sicher, und meine Verpflichtung ihr gegenüber ist erfüllt.«

Die Muskeln in Josephs Hals bewegten sich auf und ab, als er krampfhaft schluckte, dann blieb er abrupt stehen. Er schaute besorgt zum Frühstückszimmer. »Mylord, wie bereits erwähnt, gibt es noch eine weitere Angelegenheit, über die ich mit Ihnen sprechen muss.« Sorge spiegelte sich auf den Zügen des alten Mannes.

Gabriel warf seinem Butler, der dazu neigte, mit den Füßen zu scharren, wenn er nicht weiterwusste, einen Blick über die Schulter zu, seufzte leidgeplagt und kehrte zu Joseph zurück. »Ich gehe davon aus, dass die junge Dame nicht erfreut war.« Er erinnerte sich an die eisige Kälte ihrer Worte, als sie um eine Anstellung bei ihm gekämpft hatte.

»Äh.« Joseph blickte leicht gequält über Gabriels Schulter. »Sie …«

Ungeduldig unterbrach Gabriel ihn. »Sie … was?« Er musste sich um Chloe kümmern und wollte nicht über die junge Frau nachdenken, die ihm Mrs Belden geschickt und die er prompt wieder zurückgesandt hatte. Unerwartet verspürte er Gewissensbisse, weil er keinen Gedanken an Mrs Munroes Lage verschwendete. Sie konnte ja eigentlich gar nichts dafür, und er wünschte ihr auch gar nichts Böses. Er wollte einfach nur, dass seine Schwester angemessen versorgt wurde. Ungeduldig wegen Josephs Schweigen fixierte er ihn streng.

»Sie ist hier«, platzte der andere heraus.

Gabriels Mundwinkel verzogen sich nach unten. Joseph war mindestens siebzig Jahre alt, und sein Sehvermögen hatte schon vor zwei Jahrzehnten begonnen, nachzulassen. Jetzt hatte es ganz den Anschein, als würde ihm allmählich auch der Verstand abhandenkommen. Gabriel blickte sich um. »Wer ist hier?«

Joseph zupfte an seinem Kragen, und seine Augen traten leicht vor. »Mrs Munroe«, erwiderte er mit einem Flüstern, das eigentlich viel zu laut war. Er deutete mit einem Finger auf das Frühstückszimmer.

Gabriel folgte dieser verzweifelten Geste und trat dann mit schmalen Augen auf die Türschwelle. Er ging hinein und erstarrte. Tatsächlich, Mrs Munroe saß, als wäre sie die Dame des Hauses, am Tisch und bestrich sich eine knusprige Toastscheibe mit Butter. Er musterte ihren Teller, auf dem sich kalter Schinken, Eier, Salzheringe und Brot türmten.

Dann, als hätte sie nicht jedes seiner Worte, die er im Flur gesprochen hatte, gehört, blickte sie von ihrem Teller auf. »Oh, hallo, Mylord.« Die nicht mehr so zerknittert wirkende junge Dame mit der Brille erhob sich und knickste. Ohne auf seine Erlaubnis zu warten, setzte sie sich wieder und widmete sich erneut ihrem Frühstück.

Gabriel öffnete und schloss den Mund mehrere Male, dann schaute er sich sprachlos um. Joseph hatte klugerweise die Flucht ergriffen und Gabriel die wenig beneidenswerte Aufgabe überlassen, mit der sturen jungen Dame fertigzuwerden. »Mrs Munroe?«

Sie hielt inne und blickte auf. »Ja, Mylord?«

»Was verdammt noch mal tun Sie hier?«

Ein breites Lächeln trat auf ihre Lippen. »Ich glaube, das sollte ziemlich offenkundig sein. Ich frühstücke.«

Verblüfft fiel ihm auf, dass sie trotz ihrer strengen Frisur und der blassen Wangen erstaunlich schön war, wenn sie lächelte. Dann drangen ihre Worte zu ihm durch.

»Das sehe ich«, antwortete er, und ihr Lächeln verschwand. Sie hob das Brot, um ein Stück abzubeißen. »Warum sind Sie hier?«

Mrs Munroe erstarrte, die Lippen leicht geöffnet, und die luftig lockere Scheibe Brot der Köchin verharrte unmittelbar vor ihrem Mund. »Soll ich meine Mahlzeit lieber woanders einnehmen, Mylord?«

Seinetwegen konnte sie essen, wo sie wollte – aber nicht in seinem Zuhause. »Sie hätten schon vor Stunden frühstücken und dann aufbrechen sollen«, sagte er und betrachtete das unverschämte junge Ding finster. Himmel, was für Spielchen spielte sie hier?

Dann biss sie in das vermaledeite Brot, ihre Lippen schlossen sich darum, und wäre sie irgendeine andere Frau gewesen als diese missbilligend dreinschauende Lehrerin von Mrs Belden, dann hätte er ihre unschuldig sinnliche Geste für beabsichtigt gehalten. Er stöhnte auf.

Mrs Munroe beugte sich auf ihrem Stuhl vor. »Ist etwas nicht in Ordnung, Mylord?«

»Mein Stuhl.«

Sie legte ihren Kopf schief. »Wie bitte?«

»Das ist mein Stuhl.«

Mehrere steile Falten zwischen den Augenbrauen der Dame zeugten von ihrer Verwirrung, während sie sich umschaute. »Wo ist Ihr Stuhl, Mylord?«

Oh, verdammt und zugenäht. Er war Mrs Munroe und ihre verzögerte Abreise leid und zudem in Sorge wegen seiner Schwester, daher marschierte er ungeduldig zum Tisch und baute sich vor der jungen Frau auf, sodass sie gezwungen war, sich den Hals zu verrenken, um ihn anzusehen. Eigentlich hätte er damit gerechnet, in ihren ausdrucksvollen Augen einen Tränenschleier zu sehen, doch stattdessen entdeckte er ein energisches Funkeln in den blauen Tiefen. Bei Gott, dieses unverschämte Ding genoss die Situation. Sie hatte diese gesamte Unterredung geplant.

»Ja, Mylord?« Sie wölbte eine goldblonde Augenbraue.

»Was tun Sie hier noch, Mrs Munroe?«, fuhr er sie an.

»Ich frühst…«

»Und sagen Sie nicht, Sie würden frühstücken.«

Sie schloss den Mund und griff dann nach ihrer Kaffeetasse. Schweigen breitete sich zwischen ihnen aus, nur unterbrochen durch ihre leisen Schluckgeräusche. Jetzt schwieg sie? Er schloss die Augen und betete um Geduld. »Mrs Munroe?«

»Ja?«

Er hielt große Stücke auf seine unerschütterliche Selbstbeherrschung. »Haben Sie nichts darauf zu erwidern?« Kam dieses harsche Grollen wirklich aus seiner Kehle?

Seine ganze schöne Selbstbeherrschung war von dieser zierlichen Person, die über einen Kopf kleiner war als er und deren Taille so schmal war, dass vermutlich schon ein kräftigerer Windstoß sie hätte umwehen können, einfach so ins Wanken gebracht worden.

Mrs Munroe hob die Schultern zu einem leichten Achselzucken. »Sie haben mir doch selbst geraten, nicht zu erwähnen, dass ich frühstücke, daher habe ich es nicht getan.« Dann hielt sie ihm mit ihren langen, schlanken Fingern ihre teilweise gefüllte Tasse hin. »Jetzt trinke ich Kaffee.« Um das zu demonstrieren, nahm sie einen kleinen Schluck.

Gabriel betrachtete ihre wohlgeformten Lippen, die den Porzellanrand berührten, und das plötzliche Verlangen, seinen Mund darauf zu pressen, vertrieb jeden vernünftigen Gedanken aus seinem Kopf. Er blinzelte mehrmals. Was zur Hölle? Er schüttelte ein paar Mal energisch den Kopf, um seine lüsternen Gedanken zu vertreiben.

Gestern, als er die stille, stammelnde Gesellschafterin mit den großen Augen das erste Mal gesehen hatte, hatte er sie sogleich als unpassend für seine temperamentvolle und unkonventionelle Schwester befunden. Chloe brauchte eine Gesellschafterin, die sich nicht dazu überreden ließ, ihren Schützling zu irgendwelchen hirnverbrannten Vorhaben zu begleiten, dafür aber entschlossen darauf hinarbeitete, sie davon zu überzeugen, wie gut und richtig es wäre, eine Verbindung mit einem ehrenwerten Gentleman einzugehen.

Diese irgendwie buntere, unverschämtere und wesentlich aufreizendere Version der Mrs Munroe von gestern würde hingegen aus einer Reihe ganz anderer Gründe nicht infrage kommen. Er würde mit jemanden wie ihr in seinem Haushalt verrückt werden.

Energisch schob er das Kinn vor. »Erklären Sie mir bitte Ihre Anwesenheit hier, Mrs Munroe.«

* * *

Auch wenn Jane nach außen hin gelassen wirkte, klopfte ihr Herz heftig und es verwunderte sie, dass er das nicht sehen konnte. Ihr gezwungenes Lächeln drohte ihre Wangen zu sprengen. Sie hätte schon so taub wie eine alte Witwe sein müssen, um die kaum verhohlene Wut in der Äußerung des Marquis zu überhören.

Sie hätte darauf wetten, dass ein so mächtiger, befehlsgewohnter Lord wie er es schlicht nicht gewohnt war, dass seine Anweisungen missachtet wurden. Doch trotz ihres Unbehagens klammerte sie sich an ihren Ärger über die abfälligen Worte, die er auf dem Flur gesagt hatte. Die Tatsache, dass ihm ihre Sicherheit oder ihre Anstellung restlos egal waren, kam zwar für sie nicht überraschend. Alle Adeligen, die sie das Missvergnügen hatte zu kennen, hatten sie als jemanden betrachtet, der weit unter ihnen stand und nur dazu da war, ihnen zu dienen und ihre Bedürfnisse zu erfüllen.

»Mrs Munroe?«, fragte Gabriel scharf.

Jane erschrak und stellte rasch ihren lauwarmen Kaffee ab. Sie verschränkte die Hände im Schoß, außerhalb des Bereichs, den er sehen konnte, und verbarg so das leichte Zittern, das sonst verraten hätte, wie stark er sie eingeschüchtert hatte. Ein

Marquis hatte eigentlich nicht das Recht, so auszusehen, wie er es tat. Muskulös und mit braun gebrannter Haut – er hätte eigentlich genauso gut ein ehrenwerter Mann sein können, der von seiner Hände Arbeit lebte, irgendwo auf dem Land wie beispielsweise in Kent, wo sie und ihre Mutter lange Zeit ihr Zuhause gehabt hatten.

In dem Versuch, die Kontrolle über die heikle Lage zurückzuerlangen, rieb Jane die Hände aneinander. Gabriel beobachtete die kleine Handbewegung und betrachtete Jane dann aus schmalen Augen.

»Sie, Mylord«, erklärte sie in bestimmtem Ton, »haben mich ungerechtfertigterweise abgelehnt. Sie haben sich über meine Befähigung einzig aufgrund einer kurzen und überaus oberflächlichen Unterhaltung ein Urteil gebildet. Das ist völlig unzureichend.« Aber es war natürlich sein gutes Recht, so zu handeln. Sie war hier völlig machtlos, ganz den Launen und Wünschen des Arbeitgebers ausgeliefert, und dieser völlige Mangel an Kontrolle über ihr Leben erbitterte sie zutiefst. »Sie meinten, Ihre Schwester und ich würden nicht zueinander passen.«

Er beugte sich zu ihr herunter, wodurch der Abstand zwischen ihnen bedrohlich schrumpfte. »Ich meinte, dass *Sie* nicht passen«, verbesserte er Jane mit einer Unverblümtheit, die ihr Stirnrunzeln vertiefte.

Was für ein Mistkerl. »Genau«, sagte sie mit einem energischen Nicken.

Das jedoch brachte ihr Gesicht noch näher an seines heran, sodass sie beide nur noch wenige Zoll trennten. Ein Muskel zuckte verräterisch an seinem Mundwinkel. Aus seinen Augen sprach unterdrückte Wut. »Bitte verzeihen Sie, Mrs Munroe.« Und Gott möge ihr helfen, sie sollte wirklich nichts anderes an ihm bemerken außer seinem Hochmut und seiner Gleichgültigkeit ihrer Zukunft gegenüber. Allerdings hätte sie schon blind sein müssen, um die wie gemeißelten Linien seines Gesichtes nicht zu bewundern, denn seine Züge verdienten es, für die Ewigkeit in Stein festgehalten zu werden.

»Sie haben geglaubt, ich würde mit Ihrer Schwester nicht zurechtkommen, dabei können Sie das gar nicht wissen.«

Er durchbohrte sie mit seinem Blick, und sie sprach rasch weiter, bevor der Mut sie im Stich ließ und sie am Ende dann doch wieder die Flucht ergriff: »Falls Ihre Schwester wirklich so lebhaft und temperamentvoll ist, wie Sie behaupten …«

»Das ist sie«, unterbrach er sie.

»Dann sollte sie doch eigentlich gefragt werden, was sie von mir als Gesellschafterin hält.« Das war ein verzweifelter Plan, den sie gestern Abend ersonnen hatte, irgendwann zwischen dem wunderbar heißen Bad und den langen Stunden, die sie sich schlaflos im Bett herumgewälzt hatte.

Der Marquis richtete sich auf. »Sie wollen also, dass ich meiner Schwester gestatte zu entscheiden, ob sie Sie als ihre Gesellschafterin passend findet?«

Jane nickte knapp. Sie wappnete sich gegen den spöttischen Hohn, den sie von Männern wie ihm zu erwarten gelernt hatte. Für solche Männer durften Frauen keinen eigenen Willen haben, und daher hatten sie auch nicht mitzureden.

Seine Lippen verzogen sich zu einem spöttischen Lächeln. Das erste Anzeichen für Jane, dass ihr ach so brillanter Plan von letzter Nacht sie in falscher Sicherheit gewiegt hatte.

»Sehr wohl, Mrs Munroe. Ich werde meiner Schwester die Entscheidung überlassen, ob sie Sie zur Gesellschafterin haben möchte.«

Sie betrachtete ihn argwöhnisch. »Wirklich?« Die Adeligen, in deren Häusern sie gewohnt hatte, hatten alle Entscheidungen für ihre Ehefrauen und Töchter selbst getroffen. Diese Männer hatten stets bei allem ihre eigenen Wünsche vor die von allen anderen gesetzt. Was den Marquis anging, musste mehr auf dem Spiel stehen, wenn er so reagierte.

Gabriel musterte sie von Kopf bis Fuß. »Das werde ich, und wenn« – er benutzte »wenn« und nicht »falls« – »meine Schwester entscheidet, dass sie Sie als Gesellschafterin ablehnt, dann erwarte ich, dass Sie unverzüglich abreisen.«

Jane ballte ihre Hände zu Fäusten. »*Wenn* ich sie getroffen habe und *falls* sie zu dem Schluss kommt, dass wir nicht zueinander passen« – seine Augen wurden immer schmaler, bis nur noch die schwarzen Pupillen zu sehen waren – »dann gehe ich.«

Und nicht vorher. Von Lady Chloe Edgerton zurückgewiesen zu werden, kam für Jane schlicht nicht infrage.

Der Marquis richtete sich nun zu seiner vollen Höhe auf und ging nach einem letzten entschlossenen Blick zur Tür.

Erleichterung durchströmte Jane, und sie sprang auf. »Mylord«, rief sie. Er erstarrte auf der Türschwelle und drehte sich wieder zu ihr um. Schweigend betrachtete er sie. »Wann darf ich damit rechnen, Lady Chloe kennenzulernen?«

Seine Kiefermuskeln mahlten. »Meine Schwester ist derzeit unpässlich.«

»Unpässlich?«, wiederholte sie.

Einen Moment sagte er nichts, und sie rechnete damit, dass er vorhatte, diese Frage unbeantwortet zu lassen. Schließlich hatte sie kein Recht, ihm irgendwelche Fragen zu stellen. Andererseits hatte sie noch nie nur das getan, was man von ihr erwartete. Ihre Lippen verzogen sich zu einem bitteren Lächeln. Dieser Aspekt ihres Charakters war letzten Endes dafür verantwortlich, dass sie sich jetzt in dieser unmöglichen Lage bei dem Marquis of Waverly befand.

Schließlich sprach er doch. »Sie leidet unter Migräne, Mrs Munroe.«

Schuldgefühle regten sich in ihr. »Das tut mir leid«, sagte sie fast automatisch.

Der Marquis nickte einmal knapp und verschwand dann. Jane ließ die Schultern sinken und griff Halt suchend nach dem edlen Holz der Stuhllehne. Jeder Tag, den sie hier verbringen konnte, bedeutete einen Tag näher an der Freiheit, die das für sie bestimmte Geld ihres Vaters für sie bedeutete. Dann würde sie auf das, was ihr zustand, zugreifen können und nie mehr abhängig sein vom Duke of Ravenscourt oder von seinen Beziehungen, der Güte von Fremden oder den Launen eines Aristokraten. Sie würde frei sein. Frei, so ganz anders als ihre Mutter, die abhängig gewesen war von der Großzügigkeit ihres Beschützers.

Nach Tagen mit düsteren Wolken und Regen drang ein unerwarteter Sonnenstrahl durch den Spalt zwischen den Goldbrokatvorhängen. Das Licht funkelte auf dem Kristallkerzenleuchter und warf einen leuchtenden Regenbogen durch das Zimmer. Sie wurde ganz ruhig. Als Mädchen hatte ihre Mutter Jane immer Märchen, Fabeln und Sagen erzählt. Das erste Mal, als Jane einen Regenbogen gesehen hatte, war sie sechs Jahre alt gewesen. Ihre Mutter hatte ihr die Geschichte erzählt, dass am Ende dieses bunten Wunderwerks der Natur eine Kiste Gold lag. Alles, was man tun musste, war, sich gegen den bösen Kobold durchzusetzen, und all der Reichtum gehörte dem Finder.

Ein Lächeln spielte um Janes Lippen. Wie es aussah, endete ihr Regenbogen im Haus des Marquis of Waverly, und am Ende dieses besonderen Kampfes wären die Reichtümer in ihrem Besitz – und dann wäre sie ein für alle Mal fertig mit ihrem Vater, mit dem Marquis of Waverly und allen anderen arroganten, anmaßenden Adeligen.

»Mrs Munroe?«

Jane erschrak und wirbelte herum. Der Butler stand auf der Türschwelle. Sie entspannte sich. »Joseph«, begrüßte sie ihn.

Das Hochgefühl dank ihres kürzlich errungenen Triumphs über den Marquis und seine Absichten, sie ihrer Wege zu schicken, ließ nach, und stattdessen geriet sie in Verlegenheit über ihre Kühnheit, sich einfach in den Frühstückssalon des Marquis zu setzen.

»Da Sie ein Mitglied im Haushalt Seiner Lordschaft sein werden, soll ich Sie da ein wenig im Haus herumführen?«

Falls es nach dem Willen des Marquis ging, gab es für Jane wenig Grund, sich mit irgendeinem Teil dieses prächtigen Gebäudes vertraut zu machen – höchstens mit der schwarzen Eingangstür mit dem Drachen-Türklopfer. »Sehr gerne«, antwortete sie nichtsdestotrotz.

Er neigte den Kopf, und ohne zu warten, ob sie ihm folgte, verließ er den Raum. Jane eilte ihm hinterher. Joseph bewegte sich unerwartet behände für jemanden in seinem Alter. Doch immer wieder knickte sein rechtes Bein ein wenig ein und bremste ihn. Dieses Stocken in der Bewegung erlaubte ihr, mit ihm Schritt zu halten.

Er verzog das Gesicht, als litte er Schmerzen.

Mitgefühl erfasste sie und zugleich Abscheu für den Marquis, der diesem loyalen Butler den verdienten Ruhestand vorenthielt. Sie öffnete den Mund, um Joseph zu versichern, dass sie keine Führung benötigte, aber er warf ihr einen herausfordernden Blick zu. Jane schloss sogleich den Mund. Zu oft war sie selbst das Objekt des Mitleids anderer gewesen. Das wollte sie dem freundlichen Diener nicht antun.

Allerdings würde sie die Gelegenheit nutzen, mehr über ihren Arbeitgeber und seine eigenwillige Schwester herauszufinden. »Sie stehen schon länger in den Diensten des Marquis, nicht wahr, Joseph?«, erkundigte sie sich, während sie über den Flur gingen.

»Ich diene dem Marquis und seiner Familie nunmehr seit vierzig Jahren, Mrs Munroe.«

War es dann Treue dem Vater des Marquis gegenüber, die ihn auf diesem Posten hielt? Gelegentlich deutete Joseph auf eine bestimmte Tür – einen Salon, ein Studierzimmer – und machte Jane mit ihrem neuen, vorübergehenden, aber hoffentlich zwei Monate währenden Aufenthaltsort vertraut. »Und Seine Lordschaft verlangt von Ihnen, weiter Ihrer Arbeit nachzugehen?«

Er warf ihr einen Blick von der Seite zu. »Der gegenwärtige Marquis of Waverly hat mir eine Ruhestandsregelung angeboten. Ich habe mich dafür entschieden, in seinem Dienst zu bleiben«, antwortete er halblaut. Bevor sie die Frage stellen konnte, die ihr als Nächstes in den Sinn kam, deutete er auf eine geschlossene Tür. »Die Bibliothek, Mrs Munroe.«

Es entging ihr nicht, dass er versuchte, ihren Fragen auszuweichen und sie vom Thema Marquis of Waverly abzulenken. Hm. Der Mann weckte Loyalität in seinen Bediensteten. Sie runzelte die Stirn und überlegte, wieso ein steifer, unnachgiebiger und gefühlloser Mann irgendetwas anderes als Furcht und Verärgerung bei seinen Untergebenen auslösen konnte. Doch das war ohnehin egal. Die einzige Person, die letzten Endes über ihr Schicksal entscheiden würde, war niemand anders als die Schwester des Marquis, Lady Chloe.

Als sie am Ende des Flures ankamen, stellte Jane dem Butler denn auch eine Frage, die ihr auf den Nägeln brannte: »Und was ist mit Lady Chloe?«, wollte sie wissen. »Gibt es irgendetwas, das Sie mir über Lady Chloe sagen könnten?« Irgendetwas, das sich als nützlich erweisen würde, wenn es darum ging, die höchstwahrscheinlich sehr verwöhnte junge Dame für sich einzunehmen.

Joseph verzog die Mundwinkel nach unten. Der freundliche Gentleman wurde sichtlich wesentlich weniger freundlich, wenn man ihm neugierige Fragen über seinen Arbeitgeber und dessen Familie stellte. »Sie ist eine ehrenwerte, temperamentvolle junge Dame.«

Temperamentvoll. Da war das Wort wieder. Und ehrenwert. Zusammengenommen zwei unerwartete Worte, um eine ehemalige Schülerin von Mrs Belden zu beschreiben.

Während sie durch das Haus gingen, prägte sich Jane die langen Flure und Korridore gut ein. Da sie schon in den Häusern von anderen einflussreichen Aristokraten angestellt gewesen war, war sie sich bewusst, wie wichtig mögliche Fluchtrouten sein konnten.

Einige Zeit später erreichten sie die Tür zu Janes Zimmer. »Seine Lordschaft wird Ihnen die Benutzung der öffentlichen Räume gestatten, Mrs Munroe.« Das bezweifelte sie. Nicht, wenn er genau jetzt vermutlich schon Pläne schmiedete, wie er sie am wirkungsvollsten aus seinem Haus entfernen konnte.

Mit einem gemurmelten Dank verabschiedete sich Jane. Sie blieb noch eine Weile stehen und blickte den Flur entlang, noch lange nachdem Joseph fortgegangen war, und dachte über den gestrengen Marquis von Waverly nach, der dennoch solche Loyalität in seinen Bediensteten zu wecken vermochte.

Kapitel 6

Gabriel stand in einer Ecke der dunklen Bibliothek und schaute auf die stille Straße hinunter. Der Halbmond, der am Himmel stand, warf sein sanftes Licht auf das Kopfsteinpflaster und schimmerte in den tiefen Pfützen, die der tagelange Londoner Regen hinterlassen hatte.

Er verschränkte die Hände hinter seinem Rücken und folgte mit seinem Blick einer einzelnen, langsam fahrenden Kutsche, die vorbeiratterte. Seine Schwester lag immer noch im Bett, unpässlich wegen ihrer Migräneattacke. Oft genug dauerte es einen ganzen Tag, bis es ihr allmählich besser ging, und manchmal benötigte sie auch länger, um sich ganz zu erholen. Jedes Mal plagten ihn Schuldgefühle, dass sie so litt.

Er lehnte seine Stirn gegen die kühle Fensterscheibe und hing seinen gequälten Gedanken nach. Welcher Bruder würde nicht einschreiten und die brutale Misshandlung eines kleinen Kindes verhindern? Der ehrenwertere, der jüngere, hatte ihren Vater schließlich mit bloßen Händen beinah umgebracht. Aber was hatte Gabriel getan? Nichts, was die Situation verbessert hätte. Er verspürte Durst auf einen Drink, verzweifelt und unwiderstehlich. Er trat zum Sideboard und traf seine Wahl. Dann ging er mit der Karaffe und einem Glas in der Hand zu dem ledernen Polstersessel in der Ecke des Zimmers. Er setzte sich, füllte das Glas bis zum Rand und stellte die Karaffe zu seinen Füßen ab.

Da wurde die Türklinke mit einem leisen Klicken heruntergedrückt, und er erstarrte. In das Dunkel im Zimmer gehüllt spähte er zum Eingang. Seine Mundwinkel verzogen sich nach unten, als Mrs Munroe ins Zimmer schlüpfte. Er hätte sich entschuldigen und lieber das Weite suchen sollen. Zumindest hätte er seine Anwesenheit kundtun sollen. Stattdessen blieb er reglos sitzen und beobachtete die von Mrs Belden geschickte Gesellschafterin, die sich in der Bibliothek umblickte. Dann schloss sie die Tür hinter sich und hielt inne. Nur mithilfe des fahlen Mondlichts konnte Gabriel sie erkennen. Sie nahm ihre ein wenig zu volle Unterlippe zwischen die Zähne, als würde sie mit sich selbst darüber debattieren, ob sie bleiben sollte. Dann schüttelte sie leicht den Kopf und trat zu der langen Regalreihe voller Bücher.

Der bernsteinfarbene Inhalt seines Glases war vergessen, während er die Frau weiter betrachtete, die sich gegen seinen Willen den Verbleib in seinem Haus ertrotzt hatte. Sie fuhr mit den Fingerspitzen über die Lederbände und hielt bei einem schwarzen Buch inne.

Gabriel blinzelte, aber es war zu dunkel, um den Titel zu erkennen. Interessiert verfolgte er, wie die junge Frau zögerte, das Buch herauszog und es dann aufschlug. Sie beugte den Kopf darüber und konzentrierte sich ganz auf den Inhalt. Er nutzte die Gelegenheit, sie genau zu betrachten. Was las wohl jemand wie sie? Und wer war sie überhaupt? Eine unsichere, furchtsame Miss? Oder eine unerschrockene kleine Xanthippe?

Vorsichtig nahm er einen kleinen Schluck von seinem Drink. Die ganze Zeit über steckte Mrs Munroe die Nase ins Buch und las konzentriert weiter, ohne etwas von seiner Anwesenheit zu ahnen. Denn hätte sie etwas bemerkt, wäre sie vermutlich längst entfleucht. Er würde wetten, dass sie am ehesten Bücher über Anstand, Sittsamkeit und andere langweilige Dinge interessierten, die sich für junge Damen gehörten. Was sonst sollte die Aufmerksamkeit einer gestrengen Lehrerin an einem renommierten Mädchenpensionat zu fesseln vermögen? Und daraus folgend ergab sich eine weitere Frage: Wie gelangte eine Frau überhaupt in eine solche Position?

»Guten Abend, Mrs Munroe.« Er verspürte eine unangemessene Befriedigung, als sie vor Schreck aufschrie. Sie riss die Arme hoch, der Lederband entglitt ihren Händen und landete zu ihren Füßen.

»Autsch.«

Oder genauer gesagt: auf ihren Füßen.

Er stellte sein Glas auf einem Tischchen ab und erhob sich. Trotz der Dunkelheit im Zimmer konnte er sehen, dass Mrs Munroes sonst blasse Wangen scharlachrot anliefen. Er widerstand der Versuchung, zu lächeln, während sie auf einem Bein auf und ab hüpfte und sich den getroffenen Zeh hielt, was weder damenhaft noch sittsam und auch ganz bestimmt nicht das angemessene Verhalten für eine von Mrs Beldens Lehrkräften war.

Die Dame wählte just diesen unseligen Moment, um ihn anzuschauen, und kniff die Augen zu schmalen Schlitzen zusammen. »Macht es Ihnen Spaß, wenn andere Schmerzen haben?«, erkundigte sie sich in scharfem Ton.

Ihre Worte vertrieben jäh jeden Anflug von Belustigung. Ein Mann, der noch die Narben von Misshandlungen auf seinem Rücken trug, würde nie Freude an dem Schmerz anderer haben. »Verzeihen Sie. Es war nicht meine Absicht, Sie auszulachen.«

»Was war denn sonst Ihre Absicht?«, verlangte sie zu wissen.

Er schüttelte leise den Kopf. Weiß Gott, wie hatte er sie für temperamentlos halten können? »Mich hat die Aufrichtigkeit Ihrer Reaktion überrascht.«

Mrs Munroe hätte jetzt diese Worte als Beleidigung auffassen können – und es vermutlich auch sollen. Sie spähte ihm eine Weile ins Gesicht, dann überraschte sie ihn mit einem langsamen Nicken. »Ich habe gedacht, ich sei allein.« Ha, da war es wieder, diese leise Anschuldigung in ihren Worten, kein offener Tadel und auch keine Beleidigung.

Ja, sie mit Chloe zusammenzubringen wäre aus vielerlei Gründen höchst gefährlich. Glücklicherweise würde er seinen ganzen Besitz darauf verwetten, dass sich seine Schwester, mit dem Vorschlag konfrontiert, eine von Mrs Beldens gestrengen Lehrerinnen als Gesellschafterin zu akzeptieren oder doch lieber – wenn auch nur vorübergehend – unbehelligt zu bleiben, ganz gewiss für die zweite Option entscheiden würde.

Die arme Mrs Munroe hatte nicht den Hauch einer Hoffnung. Als jemand, der schon vor langer Zeit aufgehört hatte, zu hoffen, begriff er das. Die Frau mit der Brille gab sich jedoch ganz offensichtlich noch dieser nutzlosen Empfindung hin. »Genießen Sie Ihren Aufenthalt hier, Mrs Munroe?«, fragte er. *Ihren sehr kurzen Aufenthalt.* Es würde ihn mit tiefster Befriedigung erfüllen, wenn er sie erst mal in eine Kutsche setzen konnte, die in Richtung Mrs Belden abfuhr, wohin sie gehörte.

Das Rot ihrer Wangen vertiefte sich. »Joseph hat angedeutet, dass ich die Bibliothek aufsuchen dürfte. Ich …« Ihre Worte erstarben. »Bitte verzeihen Sie. Ich bin gleich wieder fort.« Sie wandte sich zum Gehen.

»Mrs Munroe?« Die leise gesprochenen Worte hielten sie auf. Sie erstarrte, dann drehte sie sich wieder zu ihm um.

»Mylord?« Sie öffnete leicht die Lippen und fuhr sie mit der Zungenspitze nach.

Er folgte dieser unschuldigen, aber gleichzeitig betörend sinnlichen Mimik. Ein gequältes Stöhnen blieb ihm in der Kehle stecken. Der Himmel möge ihm beistehen, aber ihm gefiel die unscheinbare Mrs Munroe in ihren farblosen Kleidern.

»Natürlich dürfen Sie die Bibliothek nutzen oder irgendeinen anderen Raum, solange Sie hier sind.«

»Danke«, murmelte Jane. Sie machte einen Knicks und betonte damit den Standesunterschied zwischen ihnen.

Gabriel musterte eindringlich dieses widersprüchliche Geschöpf. Im einen Augenblick zischte und fauchte sie wie eine in die Ecke gedrängte Küchenkatze, im nächsten war sie schüchtern und vorsichtig. Da er selbst lange genug Schutzwälle um sich herum errichtet hatte, erkannte er, dass sich Mrs Munroe – die Frau ohne Vornamen – hinter einer sorgfältig konstruierten Fassade verbarg. »Wie kommt es eigentlich, dass Sie Lehrerin bei Mrs Belden geworden sind?« Es war schwer zu entscheiden, wer von beiden schockierter war von dieser unerwarteten Frage – er oder Mrs Munroe, die ihn mit offenem Mund anschaute.

Sie befeuchtete sich die Lippen und blickte sich rasch um. »Ich hatte ähnliche Gründe wie jede andere Frau auch.«

Die absichtliche Vagheit ihrer Antwort entging ihm nicht. Und sie weckte seine Neugier. »Und welche Gründe wären das gewesen?« Gabriel stellte die Frage aus echtem Interesse, auch wenn er selbst nicht sagen konnte, warum er das wissen wollte. Es war einfach so.

Mrs Munroe schürzte die Lippen. »Ich dachte, Sie interessiert das nicht?«

Er legte den Kopf schief, und seine Mundwinkel verzogen sich. Die Frau zeigte für jemanden, der noch so jung war, einen ungewöhnlich ausgeprägten Zynismus.

Jane machte eine wegwerfende Handbewegung. »Ach, kommen Sie«, erwiderte sie. »Sicherlich wollen Sie doch kein Interesse an mir heucheln, Mylord.«

Gabriel verschränkte die Arme vor der Brust und hob eine Augenbraue. »Ich versichere Ihnen, Mrs Munroe, ich heuchle kein Interesse an irgendjemand.«

»Es ist so, wie Sie bereits sagten.« Sie hob die Schultern zu einem leichten Achselzucken. »Ich interessiere Sie nicht. Schließlich haben Sie mir einen Brief mitgegeben und mich meiner Wege geschickt. Meine Stellung bei Mrs Belden ist sicher, und Ihre Verpflichtungen sind erfüllt.«

Die Worte, die er so achtlos zu seinem Butler gesagt hatte und die sie offenkundig mit angehört hatte, weckten Schuldgefühle in Gabriel. Wie mussten diese Worte auf Mrs Munroe gewirkt haben? »Das war nicht als Beleidigung gedacht«, erklärte er schließlich.

Sie reckte ihr Kinn in jenem trotzigen Winkel, der, wie er inzwischen wusste, bedeutete, dass sie sich für eine verbale Auseinandersetzung rüstete. »Das war keine Beleidigung, Mylord. Es war mangelndes Mitgefühl. Fehlende Rücksichtnahme. Kein Anstand.«

»Worauf fußt dieser Vorwurf?« Die knappe Frage ließ sie verstummen. Er war ihrer Vorwürfe müde, die ihn als selbstsüchtigen Adeligen hinstellten, dem an niemandem etwas lag als an sich selbst.

Dennoch machte er einen Schritt auf sie zu, und Mrs Munroe wich zurück. »Sie machen abfällige Bemerkungen über mich und meinen Charakter. Aber warum? Weil ich Sie für die angedachte Stelle als Gesellschafterin meiner Schwester für ungeeignet befunden habe?«

Er ging weiter auf sie zu, und mit jedem Schritt, den er machte, wich sie weiter zurück. Glaubte sie etwa, er wolle ihr was antun? Bei dem Gedanken regte sich tief in ihm Zorn – und zwar aus völlig anderen Gründen als ihrer wenig schmeichelhaften Meinung über ihn. Er blieb jäh stehen. »Hätte ich

Ihrem Stolz auf Ihre Fertigkeiten als Gesellschafterin größere Bedeutung zumessen sollen? Hätte mir das wichtiger sein sollen als die Bedürfnisse und Interessen meiner Schwester?« Nur noch eine Handbreit trennte sie beide, und er rechnete fest damit, dass sie zurückweichen würde.

Stattdessen blieb sie wie angewurzelt stehen, schaute ihn mit sich heftig hebender Brust an. Mit Furcht? Wut? Verlangen? Aber wo sollte *das Verlangen* herkommen?

Dann versenkte er den Blick in ihre blauen Augen und, Gott steh ihm bei, wenn ihre Augen Bergseen gewesen wären, hätte er in ihren Tiefen versinken wollen. Er schluckte und zwang seine Füße, sich von ihr fortzubewegen, beging jedoch den Fehler, den Blick noch einmal auf ihre vollen Lippen zu richten.

Keine Gesellschafterin sollte das Recht haben, so einen Mund zu besitzen wie sie. Mit einem gequälten Stöhnen senkte er den Kopf und betete darum, dass sie ihm eine wütende Ohrfeige geben würde. Noch inständiger hoffte er aber darauf, dass sie ihm erlauben würde, die weichen Umrisse ihrer perfekt geformten Lippen zu erkunden.

Doch als sich ihre Münder berührten, blieb sie ganz ruhig. Ein bebendes Einatmen verriet ihr Verlangen. Dadurch ermutigt vertiefte er seinen Kuss.

Sie erstarrte, und einen quälenden Augenblick lang dachte er, sie würde sich von ihm losreißen. Dann drehte sie den Kopf ein wenig und empfing seinen Kuss mit einem Zögern, das von Unschuld zeugte und das Mrs vor ihrem Namen Lügen strafte. Er bewegte seine Lippen langsam und mit Bedacht, rieb sie über ihre Mundwinkel. Sie schmeckte nach Honig und duftete, als wäre sie durch Lavendelfelder gelaufen.

»Du hast doch gewiss einen Namen?«, fragte er. Wie kam es, dass er ihren Vornamen nicht kannte?

»J-jane«, hauchte sie und legte dann den Kopf in den Nacken, um ihm den Zugang zu erleichtern.

Als er die seidige Weichheit der Haut an ihrem langen, anmutigen Hals spürte, dröhnte Gabriels Puls in seinen Ohren. Oder war das ihr wild klopfendes Herz unter seinen Lippen? »Jane«, wiederholte er ihr Flüstern und kostete den Geschmack ihres Namens aus. Er war kurz, und doch lag eine Kraft darin, die sich mit einer Anmutung von Weichheit mischte. »Perfekt«, flüsterte er und bedeckte ihre Lippen erneut mit seinen. Der Name passte in jeder Hinsicht zu ihr. Er schlang seine Arme um ihre Taille, zog sie näher und küsste sie ein weiteres Mal. Ein erschreckter Ausruf entfuhr ihr. Er erstarrte und löste sich von ihr, gerade als Jane mit der Faust ausholte. Sie traf ihn mitten im Gesicht.

Während sie von ihm zurückstolperte, fasste sich Gabriel an die Nase. Er schnitt vor Schmerz eine Grimasse. Weiß Gott, er hatte unzählige Runden gegen Gentleman Jackson überstanden, ohne dass er eine gebrochene Nase davongetragen hatte, doch jetzt, mit einem einzigen geschickten rechten Haken hatte die Dame genau das vollbracht. Verspätet bemerkte er, dass er blutete. Er zerrte sein Taschentuch aus der Jacke, presste es sich an das verletzte Riechorgan und blickte Jane über das sich rasant verfärbende Stück Stoff hinweg an. Er zuckte unter dem Schmerz seiner eigenen Berührung zusammen. »Verflucht.«

Was für eine Gesellschafterin wusste sich schon auf so kompetente Weise zu verteidigen? Wenn er sich nicht bereits fest vorgenommen hätte, sie zu entlassen, und zudem den unausgesprochenen Schwur geleistet hätte, sich niemals mit einer Bediensteten einzulassen, würde er sie als Gesellschafterin einstellen. Und das aus keinem anderen Grund, als damit er sich sicher sein konnte, dass seine Schwester Chloe unter

Mrs Munroes starken Fittichen und vor allem geschützt von ihren durchaus schlagkräftigen Händen wohlbehütet wäre.

* * *

Jane presste sich die Hände auf die Lippen. Auf ihre geküssten Lippen. O zur Hölle, sie hatte ihn geschlagen.

Der Marquis zog ein Taschentuch hervor und hielt es vor die Nase. Entsetzen erfüllte Jane, als sie sah, wie sich ein roter Fleck auf dem zuvor makellos weißen Tuch ausbreitete. »Ich …« Das erstickte Wort blieb ihr im Halse stecken, als sie sich an den letzten Mann erinnerte, den sie geschlagen hatte, und an die Folgen ihres damaligen – wenn auch verdientermaßen – gewalttätigen Ausbruchs. Sie war anschließend aus dem Hause ihres Arbeitgebers verwiesen und zu Mrs Belden geschafft worden.

Doch diese Umstände hier waren völlig anders. Der Marquis hatte ihr seine Aufmerksamkeit nicht aufgedrängt. Stattdessen hatte sie sich an ihn gepresst wie die schamlose Frau, die ihre Mutter gewesen war, und seinen Kuss voller Eifer erwidert.

Über sein Taschentuch hinweg betrachtete er sie. Leise Belustigung glomm in seinen smaragdgrünen Augen auf, was natürlich für Jane kaum nachvollziehbar war. Ein mächtiger, einflussreicher Adeliger würde es nicht dulden, dass ihm eine Angestellte einen Fausthieb verpasste. Und ganz bestimmt nicht eine junge Frau, die bloß deshalb hier war, weil sie seinen Frühstückssalon mit Beschlag belegt und sich geweigert hatte zu gehen, solange sie nicht mit seiner Schwester gesprochen hatte.

»Ein einfaches Nein hätte gereicht«, erklärte er und betastete vorsichtig seinen Nasenrücken.

»Mein Gott, ist sie gebrochen?« Das wäre das Allerschlimmste, wenn diese aristokratische Nase wegen ihrer impulsiven Reaktion fortan auf immer krumm wäre.

»Gewöhnlich spricht man mich mit ›Mylord‹ an, was völlig reicht. Lassen Sie sich versichern, ich bin kein Gott«, entgegnete er.

Wie konnte er jetzt Witze machen, nachdem sie ihn so hart geschlagen hatte? Sie wich zurück, bis sie gegen ein Tischchen mit Rosenholz-Intarsien stieß. Eine Figur in Weiß und Rosa, eine Porzellanschäferin, die darauf stand, geriet dadurch ins Rutschen, fiel zu Boden und zerbarst in tausend Scherben. Jane starrte entsetzt auf das Chaos, das sie verursacht hatte, dann richtete sie ihren Blick zurück auf den Marquis. »Mylord. Verzeihen Sie mir«, sagte sie und hasste sich für die Heiserkeit ihrer Stimme. Dieser eingeschüchterte Tonfall war es gewesen, der ihn davon überzeugt hatte, wie unpassend sie für den vorgesehenen Posten der Gesellschafterin war.

Er winkte mit seiner freien Hand ab. »Es war ungehörig von mir, Sie zu küssen.« Hitze durchströmte sie bei diesen Worten, die in ihr die Erinnerung an seine Umarmung heraufbeschwor. Der Marquis ließ das Taschentuch sinken, und sie seufzte leise vor Erleichterung, als sie bemerkte, dass das Blut nicht länger floss. Er lächelte sie schief an. »Und wenn man diesen Kuss berücksichtigt, würde ich sagen, es ist völlig angemessen, wenn Sie ab jetzt meinen Vornamen benutzen.«

Sie blinzelte. Es war nicht angemessen für sie, ihn oder irgendeinen anderen Aristokraten mit dem Vornamen anzusprechen. Und doch wünschte sie sich verzweifelt, ihn zu kennen, nein, sie *musste* einfach den Namen erfahren, den dieser einflussreiche Mann mit dem beeindruckend muskulösen Körper trug.

»Ich heiße Gabriel«, sagte er.

Gabriel. Einer der sieben Erzengel, ein Krieger der himmlischen Armee. Stark, mächtig. Das passte perfekt zu ihm.

»Es wäre niemals angemessen, Sie so zu nennen«, erwiderte Jane errötend.

»Nein. Das wäre es wohl kaum, *Jane.*« Seine dichten schwarzen Wimpern verbargen jeglichen Ausdruck in seinen Augen. Er betonte ihren Vornamen vermutlich mit voller Absicht. Dieser Mann hätte mit seiner Ausstrahlung allein über ein Königreich herrschen können, doch er zollte ihr mit seiner Bemerkung Anerkennung dafür, dass sie den Anstand wahren wollte – aber er zeigte damit auch, dass er sich selbst keinen Deut um diesen Anstand scherte.

Jane ballte die Hände zu Fäusten. War das nicht ein Luxus, den sich nur jemand von seiner hohen Stellung erlauben konnte? Jane erstarrte, als er sich vorbeugte und etwas vom Boden aufhob. Er hielt ihr die Brille mit dem Drahtgestell hin. »Ist das Ihre?«

Jane berührte mit den Fingern ihr Gesicht, und ihr Herz klopfte ängstlich, als sie ihm die Sehhilfe einfach so aus den Fingern nahm. »Danke.«

Wie war es möglich, dass sie sich nicht daran erinnern konnte, sie fallen gelassen zu haben? Diese hässlichen – und völlig nutzlosen Gläser –, die sie sich nach ihrer ersten Anstellung als Gesellschafterin bei einer alternden Countess zugelegt hatte. Der hingebungsvolle Sohn dieser Dame hatte Hände gehabt, die gern auf Wanderschaft gingen. Er war es auch gewesen, der Jane die wichtige Lektion erteilt hatte, was der Adel von ihr und von jeder anderen Frau in ihrer Stellung hielt: Sie war jemand, der nur für ihr Vergnügen da war. Rasch klappte sie die Brille auf und setzte sie sich wieder auf die Nase. Dann strich sie sich mit den Händen über ihre Röcke. »Ich möchte mich gerne erneut dafür entschuldigen, Sie geschlagen zu haben, Mylord.«

»Gabriel.«

»Gabriel«, verbesserte sie sich. Schließlich sollte man, wenn man versuchte, eine Stellung zu erhalten, nicht mit demjenigen, der darüber zu entscheiden hatte, streiten.

Er machte einen Schritt auf sie zu. »Und ich habe bereits gesagt, es gibt nichts, wofür Sie sich entschuldigen müssten.«

»Aber doch.« Hand an einen Adeligen zu legen, war ein Vergehen, das nicht ungestraft bleiben konnte und zumindest zur sofortigen Entlassung führte. Unwillkürlich sprudelte es aus ihr heraus: »Ich bitte Sie, dass Sie mich nicht einfach fortschicken, sondern mir gestatten, weiter hierzubleiben, damit ich Ihre Schwester kennenlernen kann.«

Ein leises Lächeln spielte um seinen Mund. »Und Sie glauben immer noch, dass meine Schwester mit Ihnen als Gesellschafterin einverstanden sein wird?« Darin schwang eine leise Belustigung mit, die ihr zu denken gab. Er war so fest davon überzeugt, dass seine Schwester sie zurückweisen würde, und ihre Erfahrung aus der Arbeit mit den Schülerinnen bei Mrs Belden stützte seine Einschätzung, trotzdem hatte sie noch Hoffnung.

Die Standuhr schlug elf, und sie erschrak. Ein Lächeln erschien auf ihren Lippen bei diesem unübersehbaren Omen. »Ich glaube, Sie werden mich nicht so rasch los, wie Sie wünschen, My... Gabriel«, sagte sie.

»Glauben Sie das?« Er hob eine Augenbraue. »Dass ich Sie dringend loswerden möchte?«

»Ist das nicht der Fall?«

»Ich versuche lediglich, dafür zu sorgen, dass meine Schwester angemessen versorgt ist.« Seine ernste Miene wies auf eine Traurigkeit in ihm hin, die sie innehalten ließ. Sie trug dieses schmerzliche Gefühl selbst in sich, und es gefiel ihr nicht, dass sie eine ähnliche Empfindung bei ihm wahrnahm. Denn es wäre eigentlich für sie wesentlich einfacher gewesen, ihn herauszufordern und ihn wegen seiner anmaßenden Art zu verabscheuen.

Es war jedoch etwas völlig anderes, sich einem Gentleman entgegenzustellen, der aufrichtig an seiner Schwester und ihrem

Wohl interessiert schien und der zudem eine gewisse Traurigkeit ausstrahlte. Das ließ ihn auf eine Weise menschlicher werden, die für ihre Voreingenommenheit gefährlich war. »Ich muss jetzt gehen.« Sie verzog das Gesicht. Sie *sollte* gehen.

Er neigte den Kopf und unternahm nichts, um sie aufzuhalten. Stattdessen trat er zur Seite, sodass der Weg zur Tür frei war. Jane zwang ihre Beine, sich zu bewegen.

Gabriel rief ihr nach. »Jane?«

Sie blieb stehen und warf einen Blick zu ihm zurück.

»Haben Sie nichts vergessen?«

Ja, ihre Vernunft, ihre Logik und ihre Fähigkeit, klar zu denken. Er deutete jedoch auf das Buch, das sie vor Schreck hatte fallen lassen und das seither immer noch irgendwie vorwurfsvoll auf dem Boden lag.

Jane eilte hin und hob es auf, barg den schwarzen Lederband beschützend an ihrer Brust, während sie aus dem Zimmer eilte, in dem verzweifelten Wunsch, Abstand zwischen sich und diesen plötzlich sehr menschlichen Marquis zu legen.

Gabriel.

Kapitel 7

Als Gabriel am folgenden Morgen seinen Kaffee trank, verzog er unwillkürlich bei dem vertrauten, bitteren Geschmack des schwarzen Gebräus den Mund. Gelegentlich schaute er zur Tür. Jane, die unerschrockene Gesellschafterin mit dem kraftvollen rechten Haken, hatte seine Gedanken von dem Moment an beherrscht, als sie aus der Bibliothek geflohen war. Sobald sie fort gewesen war, hatte auch er seine Räume aufgesucht. Doch ihm war der Schlaf verwehrt geblieben. Stattdessen hatte er sich mit widerstreitenden Gefühlen herumgeschlagen – dem Wunsch, ihren Mund erneut zu erkunden, und einem Schuldgefühl wegen seines Verhaltens am gestrigen Abend. Nichts lag Gabriel ferner, als seinen weiblichen Angestellten seine Aufmerksamkeiten aufzudrängen.

Er umklammerte das zerbrechliche Porzellan in seiner Hand. Den größeren Teil seines Lebens hatte er damit verbracht, sich von dem vorherigen Marquis, seinem Vater, zu distanzieren. Und doch hatte er dem Duft aus Lavendel und Honig nicht widerstehen können und sie geküsst.

Zwar war er irgendwann eingeschlafen, doch als er nach der mit rastlosem Umherwälzen verbrachten Nacht aufgestanden war und ihm die Gedanken an die Gesellschafterin keine Ruhe gelassen hatten, war in ihm der Entschluss gereift, es nicht länger zuzulassen, dass ihn Jane Munroe noch länger plagte. Ihre Anwesenheit hier führte ihm nur seine Ähnlichkeit mit seinem verhassten Vater vor Augen, der sein Vergnügen überall nach Lust und Laune gesucht hatte – sowohl mit Damen der guten Gesellschaft als auch mit weiblichen Hausangestellten.

Er starrte in die Tasse und nahm dann einen weiteren Schluck. Nur – war sie überhaupt eine Mrs? War sie tatsächlich eine junge Witwe, die sich auf ihre eigenen Fähigkeiten verlassen musste, um in einer Gesellschaft zu überleben, die Frauen in ihrer Lage nur wenige Möglichkeiten bot? Er blickte finster zu der leeren Türschwelle, dann schaute er auf seine Taschenuhr. Jane hatte gestern Morgen um diese Zeit ihr Frühstück eingenommen. Bei der Aussicht, die Gesellschafterin zu treffen, regte sich in seiner Brust eine seltsame Unruhe.

Mit einem Stöhnen stellte er seine Tasse ab und rieb sich mit beiden Händen übers Gesicht. Was für ein Wahnsinn war das, dass er die ganze Zeit an die Frau denken musste und dabei durchaus etwas anderes als Verärgerung verspürte? Je eher die spitzzüngige, wenn auch äußerst küssenswerte junge Dame ihre Koffer packte und verschwand, desto besser. Er benötigte keine Ablenkung in Form einer auf den ersten Blick sittsamen Gesellschafterin, unter deren dünner Eisschicht feurige Glut brodelte. Aber jetzt, da er Janes Feuer gekostet hatte, mochte Gott ihm beistehen, wenn er nicht für sie brannte.

Leise Schritte erklangen auf dem Flur, und er schaute hoch. Seine Schwester stand in der Tür. »Chloe!«, rief er aus und schaute erfreut hoch.

Chloe lachte leise. »Es ist ebenfalls schön, dich zu sehen.«

Gabriel blinzelte, dann wurde ihm bewusst, was ihre Anwesenheit hier bedeutete. »Chloe!« Er sprang auf und die hölzernen Stuhlbeine scharrten laut über den Fußboden. »Wie geht es dir?« Wieder fühlte er sich schuldig. Er war so auf

Mrs Munroe fixiert gewesen, dass er überhaupt nicht mehr an das Wohlbefinden seiner Schwester gedacht hatte.

Chloe machte eine Handbewegung. »Ich hab mich ausgeruht und fühle mich gut«, erklärte sie mit einem Lächeln. Und wie um diese Behauptung zu unterstreichen, betrat sie schwungvoll das Zimmer und ging zum Sideboard. Dem Lakaien, der danebenstand, schenkte sie eines ihrer seltenen Lächeln, dann füllte sie sich den Teller und setzte sich auf den Platz neben Gabriel. Dann jedoch erstarrte sie. »Was ist denn mit deinem Gesicht passiert?«

Sein Gesicht. Beim Aufstehen war sein eines Auge unten herum lila verfärbt gewesen, dank Janes Geschick im Boxen. Und da er ja wohl schwerlich einräumen konnte, dass er die Frau geküsst hatte, die unbedingt ihre Gesellschafterin werden wollte, und dafür von ihr einen beeindruckenden rechten Haken verpasst bekommen hatte, sagte er das Erste, was ihm einfiel. »Ich weiß gar nicht, wovon du sprichst.« Er verzog den Mund, sobald ihm die Lüge über die Lippen gekommen war. Seine Schwester war viel zu hartnäckig, um sich damit abspeisen zu lassen.

Chloe beugte sich vor und berührte mit dem Finger die verfärbte Stelle. Er zuckte zusammen. »Das hier. Ich meine das hier.« Sie verfiel dabei in den Tonfall, den ihre Mutter beim Schelten benutzte. »Du schlägst dich doch nicht etwa, Gabriel?«

Nein, er verabscheute jegliche Form von Gewalt. Nachdem er Opfer von zu vielen Misshandlungen und Schlägen geworden war, hatte er sich geschworen, niemals selbst die Faust zu erheben, es sei denn, um sich oder seine Familie zu verteidigen.

Und so – während seine Schwester ihn genau anschaute – tat er, was jeder Gentleman, der die Gesellschafterin seiner Schwester geküsst hatte, tun würde. Er log: »Ich war bei Gentleman Jackson.«

»Oh.« Das leichte Nicken signalisierte ihre Billigung. »Und?«, erkundigte sie sich, als sie Platz genommen hatte.

Was gab es dazu noch zu sagen? »Und was?«, fragte er und setzte sich ebenfalls wieder.

Chloe zerteilte sorgsam eine Scheibe Schinkenspeck. »Ist sie eingetroffen?«

Ach so, sie sprach von Mrs Munroe. Gabriel warf einen weiteren Blick zur Tür. »Allerdings.«

»Und?«, wiederholte Chloe, während sie zu kauen begann.

Sein Kopf war wie leer gefegt. Was gab es über die Frau zu sagen, die im einen Moment eine wütende Hexe war, und im nächsten eine stille, sittsame junge Dame?

Chloe verdrehte die Augen. »Jetzt stell dich nicht so dumm. Aber egal, ich muss ganz entschieden Einspruch erheben gegen deinen Plan, mir für den Rest der Saison einen von Mrs Beldens Drachen aufzuhalsen.«

Die Dielenbretter knarrten leise, und die Geschwister blickten gleichzeitig zum Eingang. Jane Munroe, die schon vor zwei Tagen hätte abreisen sollen, stand auf der Schwelle. Sie wirkte zögernd und unsicher.

Gabriel stand auf, ein breites Lächeln auf den Lippen. »Chloe, darf ich dir eine von Mrs Beldens Lehrkräften vorstellen? Das ist Mrs Munroe.« Belustigung erfasste ihn, und er merkte, dass er grinste, als er sich wieder setzte.

Seine Schwester besaß den Anstand, rot zu werden. Schließlich bestand kaum ein Zweifel daran, dass Jane die wenig schmeichelhaften Worte über sich gehört hatte.

Chloe stand ebenfalls auf. »Mrs Munroe«, murmelte sie.

Jane führte einen makellosen Knicks aus. Ihr Blick zuckte kurz zu Gabriel, dann richtete sie ihre Aufmerksamkeit rasch wieder auf Chloe. »Mylady, es ist mir ein Vergnügen.«

Chloe betrachtete sie misstrauisch, als fürchtete sie, dass ein falsches Wort reichen würde, damit die Frau sie für ein weiteres Jahr zurück an Mrs Beldens Schule holen könnte. Sie richtete ihre Aufmerksamkeit wieder auf ihren Teller.

Über ihren Kopf hinweg fing Gabriel Janes Blick auf und hob seine Tasse in stummer Herausforderung. Jane kniff die Augen zusammen und ging dann mit steifen Schritten hinüber zum Sideboard. Dort häufte sie sich Eier, Bücklinge, Schinken und Brot auf ihren Teller. Seine Lippen zuckten amüsiert angesichts dieses Beweises für einen gesunden Appetit bei einer so schlanken jungen Frau. Seine Haut prickelte, und er sah zu seiner Schwester, die ihn sinnierend betrachtete.

Schweigen legte sich über den Frühstückssalon, was bei seiner sonst so redseligen Schwester seltener war als eine Sonnenfinsternis. Jane nahm auf dem leeren Stuhl neben Chloe Platz, den ein Lakai ihr hinschob. Sie bedankte sich leise und machte sich mit geneigtem Kopf daran, ihr noch warmes Brot mit Butter zu bestreichen, so wie sie es auch gestern Morgen getan hatte.

Gabriel lehnte sich zurück und nahm die Kaffeetasse in eine seiner großen Hände. Er beobachtete Jane über den Rand hinweg. Nach zwei Tagen, in denen sie Zeit gehabt hätte, sich eine überzeugende Argumentation für seine Schwester zu überlegen, mit der sie ihre Eignung für die Anstellung als Gesellschafterin begründen konnte, brachte sie nun keinen Ton hervor. Gabriel entschied sich, die Sache selbst in die Hand zu nehmen und wandte sich an Chloe.

»Ich gehe davon aus, dass du nun mehrere Tage Zeit hattest, dich mit dem Gedanken zu versöhnen, dass du eine Gesellschafterin brauchst, Chloe. Weil du auf der Suche nach einem Ehemann bist, ist es sogar unverzichtbar, dass du eine passende« – er warf einen Seitenblick zu Jane – »Gesellschafterin an deiner Seite hast.«

Chloe kaute zu Ende und betupfte sich die Lippen mit ihrer weißen Serviette. »Es besteht keine Notwendigkeit für eine Gesellschafterin.« Sie machte eine Pause. »Ich bin zu dem Schluss gekommen, dass deine Anwesenheit ausreicht.« Sie warf

Jane einen verlegenen Blick zu. »Bitte verstehen Sie das nicht falsch, Mrs Munroe. Es richtet sich nicht gegen Sie, ich brauche Sie nur einfach nicht.« Mit dieser Handvoll Worte zerstörte sie Janes Hoffnungen sehr wirkungsvoll.

Höflich neigte Jane den Kopf und nahm Chloes Entscheidung zur Kenntnis. Einen Augenblick lang flammte Panik in ihren klaren, ausdrucksvollen Augen auf, und die Intensität dieser Furcht ließ Gabriel erstarren. Dies hatte nichts mehr mit Stolz zu tun. Sie öffnete den Mund, als wollte sie Einspruch erheben, aber dann zitterte ihre Unterlippe.

Die Muskeln in seinem Magen zogen sich schmerzhaft zusammen, und er hasste es, dass er das kaum merkliche Beben wahrgenommen hatte, aber es war da. Und jetzt ließ sich das nicht mehr rückgängig machen.

Ohne etwas von dem zu merken, was vor sich ging, widmete sich Chloe wieder ihrem Frühstück. Sie ahnte nichts davon, dass sie soeben abschließend das Urteil über Janes Los gefällt hatte.

Die Angelegenheit von Jane und ihrer Anstellung als Gesellschafterin für Chloe war erledigt. Wie er es von Anfang an gewollt hatte, würde Jane seine Kutsche besteigen und zu ihrem Posten bei Mrs Belden zurückkehren. Warum also weckte diese Aussicht ein so merkwürdiges leeres Gefühl in seiner Brust? Wo blieb das Triumphgefühl? Die Befriedigung? Er starrte auf das Essen auf seinem Teller.

»Trotz deiner Hoffnungen und Erwartungen für mich«, begann seine Schwester, und er hob den Kopf, »möchte ich noch einmal klarstellen, dass ich nicht auf der Suche nach einem Ehemann bin.« Das sagte sie zu ihnen beiden. Sie schürzte die Lippen und bedachte Gabriel mit einem finsteren Blick. »Ich habe nicht die Absicht zu heiraten«, verkündete sie mit genau der Sturheit, die sie schon als kleines Mädchen gezeigt hatte.

Aus dem Augenwinkel sah er, wie Jane sich vorbeugte, als wäre sie von der Erklärung seiner Schwester fasziniert.

Verdammte Hölle. Er verkniff sich ein Stöhnen. Chloe wollte die ganze Diskussion noch mal von vorne beginnen. Ohne weiter an Jane zu denken, trank Gabriel seinen Kaffee aus und stellte die Tasse hin. Er winkte dem Lakaien, ihm nachzuschenken, was dieser auch sofort tat. »Chloe, du bist nun einundzwanzig, beinahe zweiundzwanzig«, fuhr er fort, als sie etwas erwidern wollte. »Du hattest ja mehrere Tage Zeit, um unsere letzte Unterhaltung zu überdenken, sodass du sicherlich begreifst, wie wichtig es ist, dass du heiratest. Ich habe dir bereits versichert, dass der auserkorene Mann ehrenhaft, rücksichtsvoll und fürsorglich sein wird.«

»Der auserkorene Mann?« Seine Schwester starrte ihn an.

Was war das für eine neue Sitte unter jungen Frauen, dass sie immer wie ein Papagei wiederholten, was man gerade zu ihnen gesagt hatte?

Jane sprang so abrupt auf, dass das Geschirr auf dem Tisch schepperte.

Er warf ihr einen Blick zu und dachte flüchtig daran, dass ihre Küsse ihn letzte Nacht um den Verstand und um den Schlaf gebracht hatten. Allein deswegen musste sie von hier fort. Einen Augenblick lang dachte er, sie habe genau das vor: auf dem Absatz kehrt zu machen, das Zimmer zu verlassen, ihren Koffer zu holen und dann zu gehen. Für immer. Plötzlich hatte er das Gefühl, als schnüre ihm etwas die Luft ab. Er zog an seinem Halstuch. Das verdammte Ding war einfach nur zu eng gebunden.

Doch Jane ging zum Sideboard. Er warf einen Blick auf ihren unberührten Teller und die durchaus beeindruckende Ansammlung von verschiedenen Frühstücksgerichten.

»Und ich habe dir gesagt, dass ich das nicht will«, empörte sich Chloe.

Gabriel fuhr herum und sah seine Schwester streng an. Ganz klar, jetzt musste er auf der Hut sein und Mrs Munroe konnte gar nicht bald genug fort sein.

»Jetzt pass mal bitte genau auf, Gabriel.« Er verzog das Gesicht, als ihm Chloe einen Klaps auf die Finger gab. »Wenn du etwas Wichtiges mit mir besprechen möchtest, so wie beispielsweise, ob ich heirate oder nicht, dann ist das Mindeste, was ich verdiene, dass du mir zuhörst.«

Ja. Diese Sache mit dem Ehemann für sie. Da es noch nie in den vergangenen Jahren etwas gebracht hatte, ihr Anweisungen zu geben, bemühte er sich um einen sanfteren Ton, als er nun erneut an die Vernunft seiner Schwester appellierte. »Alles, was ich von dir erbitte, ist, mir zu vertrauen und mir zu erlauben, dir einen Ehemann zu suchen, wie ich das bei Philippa getan habe.«

Angesichts der Wut in Chloes Augen wusste sie vermutlich seine beschwichtigende Sprechweise ebenso wenig zu schätzen wie Jane vor zwei Tagen; »Ich habe dir bereits dargelegt …«, begann sie, brach dann jedoch ab und Gabriel folgte ihrem Blick.

Jane kam mit einem leeren Teller zurück und hielt ihn Gabriel unter die Nase. Er beäugte das Porzellan und schaute sie dann verwirrt an. Was sollte das? »Jetzt nehmen Sie ihn schon.«

Das war vermutlich der Ton, mit dem sie sich den Ruf als einer der Drachen von Mrs Belden erworben hatte. Rasch tat er das Verlangte. »Und was soll ich Ihrer Meinung nach mit diesem Teller anfangen, Ja…« Seine Schwester zog die Augenbrauen hoch, und er verbesserte sich rasch. »Mrs Munroe?«

Chloes Augen wurden vor Staunen rund, und sie schaute neugierig zwischen ihm und Jane Munroe hin und her.

Ein rebellisches Glitzern flackerte in den blauen Augen von Jane auf, als sie Gabriel mit eisiger Stimme vorschlug: »Da Sie so wenig Vertrauen in die Entscheidungen Ihrer Schwester bezüglich ihrer Zukunft und des Mannes, den sie dereinst einmal heiraten möchte, haben, sollten Sie vielleicht auch beginnen, ihr die Gerichte auszusuchen, die sie zu sich nehmen möchte.«

Gabriel riss entsetzt die Augen auf. Bei Gott. Hatte sie ihn gerade in seine Schranken gewiesen? Jane wirbelte herum und ging zur Tür – und zwar überhaupt nicht wie eine der sittsamen Lehrerinnen von Mrs Belden, sondern mit unverkennbar wütenden Schritten. Und sie hatte ihn zurechtgewiesen. Wie hatte er sie jemals für ein temperamentloses, schwaches Geschöpf halten können?

Jane blieb jäh stehen und drehte sich noch einmal um. Ihre Wangen hatten Farbe bekommen, und er rechnete eigentlich damit, dass sie sich entschuldigen würde. »Verzeihen Sie, Lady Chloe.«

Chloe? Und was war mit ihm? »Es tut mir leid, dass wir nicht zueinander passen, und ich wünsche Ihnen alles Glück der Erde.« Sie warf einen Blick in Gabriels Richtung. »Mit Ihrem Bruder.« Dieses Mal marschierte sie aus dem Zimmer, ohne sich noch mal umzudrehen.

Die Lakaien an der Wand traten von einem Fuß auf den andern. Ihre zusammengepressten Lippen verrieten, dass sie gegen ein Lachen ankämpfen mussten.

Mit einem Fluch nahm Gabriel seine Tasse und hob sie an die Lippen. Sie war schon wieder leer. Er stellte sie energisch ab. Warum wagte diese Frau es, hier in sein Haus zu kommen und seine Fürsorge und Achtung seiner Schwester gegenüber infrage zu stellen? Bei Gott, er hatte seine Geschwister in der Vergangenheit im Stich gelassen, und daher hatte er sein Leben der Aufgabe gewidmet, Wiedergutmachung zu leisten, dafür zu sorgen, dass sie ihr Glück fanden. Doch jetzt kam diese Fremde mit ihrer unfassbar hässlichen Brille und dem straffen Haarknoten und zog seine Grundsätze und seine Motive in Zweifel?

Dann bemerkte er Chloes Lachen. Er freute sich, dass wenigstens einer von ihnen Janes Mätzchen unterhaltsam fand. Immerhin war es tröstlich zu wissen, dass Mrs Munroe gerade jetzt ihre hässlichen braunen Kleider mit den albernen Schürzen packte und sich anschickte, zu Mrs Beldens übrigen Drachen zurückzukehren. Ein Knurren stieg tief aus seiner Brust auf. Er schnappte sich Messer und Gabel und zerschnitt energisch den Schinken auf seinem Teller.

»Gabriel?«

Er blickte auf.

Das Gesicht seiner Schwester zeigte ein Lächeln – übermütig und fröhlich –, was, wie das Leben ihn gelehrt hatte, eine gefährliche Kombination war. »Ich mag sie eigentlich doch sehr.«

Er erstarrte. Die Rädchen in seinem Kopf drehten sich mit erschütternder Langsamkeit, ehe sie immer schneller zu laufen begannen und schließlich außer Kontrolle zu geraten drohten. Diese Worte. Ihre Freude. Oh, verdammt, verdammt und noch mal verdammt. *Sprich es nicht aus. Bitte, sprich es nicht aus!* »Genau genommen«, begann Chloe, »glaube ich, Mrs Munroe wird eine ganz ausgezeichnete Gesellschafterin für mich abgeben.«

Damit sprang sie von ihrem Stuhl auf und verließ den Raum.

Als Gabriel den Kopf in seine Hände sinken ließ, hörte er vom Korridor noch ihr Lachen. Was hatte er bloß getan?

Kapitel 8

Jane stürmte durchs Haus. Welcher Wahnsinn hatte von ihr Besitz ergriffen, den Kuss nicht nur zu erwidern, sondern sich förmlich nach der Zärtlichkeit eines unerträglich arroganten, herablassenden, aufgeblasenen Lords wie Gabriel zu verzehren?

Mit jedem Schritt, der sie von dem Frühstückssalon fortbrachte und die Treppe empor zu ihrem Zimmer führte, wuchsen ihre Wut und Verärgerung über sich selbst. Auf dieser Anstellung hatten all ihre Hoffnungen geruht, aber wie sollte sie unter einem Dach mit diesem Mann leben, der den Überzeugungen und Wünschen seiner eigenen Schwester so wenig Beachtung schenkte und sich einbildete, zu wissen, was für sie richtig war?

»Mrs Munroe!« Der atemlose Ruf sorgte dafür, dass Jane jäh stehen blieb und beinahe das Gleichgewicht verloren hätte. Sie stolperte und stützte sich auf den Händen ab. Schmerz schoss ihre Arme hoch.

»Oje«, entfuhr es Chloe. »Das tut mir leid.«

Janes Wangen brannten aus einer Mischung von Verärgerung, Verlegenheit und Empörung. Sie richtete sich auf und ergriff die hingestreckte Hand der Jüngeren. »Danke«, sagte sie.

»Wohin wollen Sie?« Neugier blitzte in Lady Chloes Augen auf.

Aber die junge Dame des Hauses wusste doch ganz bestimmt, wohin Jane unterwegs war …! Hoffentlich spielte sie nicht, wie so viele vor ihr, mit Jane und ihren Erwartungen wie eine Katze mit einer Maus.

»Ich bin auf dem Weg zu meinem Zimmer«, antwortete Jane vorsichtig und musterte Chloe, die Janes Gesellschaft nicht erstrebenswerter fand als diese wiederum Mrs Beldens. Als Lady Chloe weiter schwieg, fügte Jane hinzu: »Wenn Sie mich entschuldigen wollen, ich muss packen.« *Und entweder meinen Stolz herunterschlucken und mich an meinen Vater wenden oder …* Nun, eigentlich gab es keine andere Option, oder? Sie konnte ja schließlich nicht einfach auf der Straße leben. Ihr Magen krampfte sich bei der Aussicht zusammen, sich vor dem Mann, der sie gezeugt hatte, zu erniedrigen. Sie machte Anstalten, um Lady Chloe herum zu gehen.

Doch die verstellte ihr den Weg. »Sie sind kein Drachen.«

Jane legte den Kopf schief.

»Ich glaube, Sie haben mit angehört, was ich im Frühstückssalon gesagt habe. Ich habe Sie als einen von Mrs Beldens Drachen bezeichnet, trotzdem …«, sie beugte sich vor und musterte Jane aus schmalen Augen, bis es dieser angesichts der eindringlichen Betrachtung unangenehm wurde, »… trotzdem glaube ich nicht, dass Sie wirklich einer von ihnen sind.«

Jane dachte an die anderen Lehrerinnen, die ihre Posten auf ehrenwerte Art und Weise bekommen hatten. Sie zeigten stets eine grimmige Miene und gerunzelte Stirn und schienen wild entschlossen, ihren vornehmen Schützlingen jegliche Freude und alle freien Gedanken auszutreiben.

»Darf ich ein Stück mit Ihnen gehen?« Lady Chloe wartete keine Antwort ab. Sie hakte sich bei Jane unter. »Das war eine wirklich hervorragende Vorstellung.«

Jane blickte über die Schulter zu der Stelle auf dem Teppich, über die sie gestolpert war.

Die Jüngere drückte ihren Arm. »Nicht das.« Sie rümpfte die Nase. »Das war ja ohnehin vor allem meine Schuld. Nein, ich meinte Ihren Austausch mit Gabriel, meinem Bruder«, fügte sie, beinahe als Nachsatz, hinzu.

Das wäre nicht nötig gewesen. Jane wusste genau, wen sie gemeint hatte. Mitten in der Nacht hatte sie ihn schließlich hingebungsvoll geküsst. »Es war nicht meine Absicht, irgendetwas für wen auch immer aufzuführen«, erklärte sie ruhig, während sie zusammen den Korridor entlanggingen. Vor der nächsten Tür blieb Jane stehen. Es war die zu ihrem Zimmer. Oder besser gesagt, zu ihrem bisherigen Zimmer. »Ich …«

»Sie haben die Wahrheit ausgesprochen.« Ein breites Lächeln brachte Lady Chloes herzförmiges Gesicht zum Strahlen. »Mein Bruder ist es nicht gewöhnt, wenn Frauen eine eigene Meinung haben und sie kundtun.«

Jane musste unwillkürlich an den arroganten Marquis denken, der sie am ersten Tag hier begrüßt und sogleich wieder entlassen hatte. »Diesen Eindruck hatte ich auch«, murmelte sie.

Lady Chloe warf den Kopf in den Nacken und stieß ein überhaupt nicht damenhaftes, weil viel zu lautes Lachen aus, bei dem Mrs Belden augenblicklich der Schlag getroffen hätte. »Oh, Sie sind köstlich, Mrs Munroe.« Sie beugte sich an Jane vorbei und drückte die Türklinke. »Dürfte ich kurz mit Ihnen sprechen?«

Natürlich dürfen Sie. Nachdem sie beide eingetreten waren, schloss Jane die Tür hinter sich und erstarrte.

Die sanften blauen Augen von Lady Chloe blitzten entschlossen auf. »Mrs Munroe …«

»Jane«, bot ihr die Angesprochene an. Lady Chloe Edgerton war kein junges Ding mehr, das noch nicht in die Gesellschaft eingeführt war. Sie war eine junge Frau von einundzwanzig

Jahren. Und Jane war nicht ihre Gouvernante, sondern ihre Gesellschafterin. Oder sie wäre es geworden, wenn nicht zuerst der Marquis und dann seine Schwester den Verzicht auf ihre Dienste erklärt hätten.

»Sie müssen mich Chloe nennen«, verlangte Gabriels Schwester und stemmte die Arme in die Hüften. »Und Sie gehen nicht weg«, verkündete sie mit einer Entschlossenheit, bei der Janes Herz schneller zu klopfen begann.

Das Leben hätte sie eigentlich lehren müssen, wie närrisch es war, zu wünschen und zu träumen, doch ein Winkel ihres unbelehrbaren Herzens füllte sich sogleich mit Optimismus und klammerte sich an die zerbrechliche Hoffnung. »Nicht?«

»O nein«, bekräftigte Chloe und schüttelte energisch den Kopf. »Nun, anfangs, das gebe ich gerne zu, als ich erfahren habe, dass Sie von Mrs Belden kommen, wollte ich Sie auf keinen Fall hier haben.« Sie nahm Janes Hände in ihre eigenen und drückte sie. »Jetzt aber möchte ich unbedingt, dass Sie bleiben.«

Was würde Lady Chloe sagen, wenn sie herausfand, dass die garstige Rektorin sie in der Tat vor die Tür gesetzt hatte? Vermutlich würde sie sie auf ewig zu ihrer Freundin erklären. Seit dem furchtbaren Tag ihrer Entlassung, an dem sie den Brief des Marquis an sich genommen hatte und einfach gegangen war, hatte sie Angst gehabt. Doch jetzt konnte sie aufatmen. »Danke«, sagte sie leise.

Die junge Frau drückte ihre Hände noch einmal. »Er meint es gut – Gabriel«, stellte sie klar. In dem prächtig eingerichteten Gästezimmer begann sie auf und ab zu gehen und blieb neben dem kleinen Mahagonitisch stehen, auf dem sich Janes Bücher stapelten. Ihre Lippen verzogen sich zu einer Grimasse. »Er will, dass ich heirate.«

Und obschon die Ehe das Ziel für jede junge Dame in der guten Gesellschaft war, für diese hier galt es offenkundig nicht. »Sie möchten also ledig bleiben?«, erkundigte sich Jane und beobachtete Chloe, die ihre Fingerspitzen über die alten Buchrücken gleiten ließ.

Mit entschlossen gerecktem Kinn nickte Chloe. »Allerdings. Gegen den Willen meines Bruders und meiner ganzen Familie.«

Neugier regte sich in Jane. Was war für die Einstellung dieser jungen Frau verantwortlich? Doch sie stellte die Frage nicht; sie wusste instinktiv, dass sie nicht das Recht hatte, das jetzt zu erfahren. Doch sie war überzeugt, dass Lady Chloe ihr den Grund anvertrauen würde, wenn sie das Gefühl hatte, dass der rechte Zeitpunkt gekommen war.

»Sie sind so still«, bemerkte Chloe.

Jane lächelte. »Ich glaube, das ist der Grund, weshalb Ihr Bruder meinte, ich sei nicht geeignet für den Posten.«

Chloe riss die Augenbrauen hoch. »Das denkt er?«

Jane hätte sich am liebsten auf die Zunge gebissen, dass sie so etwas verraten hatte.

Chloe lachte auf. »Ach je. Bitte glauben Sie mir, Sie können offen mit mir sprechen.« Sie senkte die Stimme zu einem verschwörerischen Flüstern. »Ganz besonders über meinen anmaßenden Bruder.«

Merkwürdig, dass die Wortwahl seiner Schwester Chloe bei dieser Beschreibung den Worten entsprach, für die auch Jane sich entschieden hätte. Trotzdem … »Sie haben Glück, dass es ihn überhaupt interessiert«, bemerkte sie. *Für sie selbst, das beschämende kleine Geheimnis jenes hochnäsigen Herzogs, interessierte er sich dagegen nicht so sehr.*

»Ich bezweifle nicht, dass er mich liebt«, flüsterte Chloe beinahe so, als spräche sie zu sich selbst. Sie blätterte in dem obersten Buch des Stapels auf dem Tisch. »Allerdings entspringt aus seiner Liebe für mich sein Wunsch, mich beschützt zu wissen, und darum möchte er es auch übernehmen, mir einen passenden Ehemann zu suchen.« Mit einem abfälligen Schnauben schlug sie das Buch wieder zu. »Er begreift nur einfach nicht, dass ich gar keinen Mann möchte.« Dann strahlte sie Jane an. »Ich bin wirklich ganz zufrieden damit, die exzentrische alte Jungfer zu werden, die sich keinen Deut um die Meinung der Gesellschaft schert.«

Allein aus den paar Sätzen, die so viel über die Frau verrieten, deren Gesellschafterin sie sein würde, erkannte Jane, dass sie Lady Chloe Edgerton wirklich mögen konnte. Ein Lächeln umspielte ihre Lippen, als sie entgegnete: »Ich wage mir kaum vorzustellen, wie Mrs Belden wohl auf so eine Meinung reagiert haben mag.«

Chloe hob belustigt die Augenbrauen. »Nicht gut.«

Darüber mussten sie beide lachen, und Jane schlug sich die Hand vor den Mund. »Ich hoffe doch sehr, Sie haben ihr Ihre Meinung zu diesem Punkt nicht vorenthalten.«

Chloe nickte bekräftigend, ein übermütiges Glitzern in den Augen. »O ja, das habe ich ihr sogar sehr oft gesagt.«

Jetzt endlich ergab Gabriels Tun einen Sinn. Jede andere Lehrerin von Mrs Belden, die als Gesellschafterin hergekommen wäre, wäre entschlossen gewesen, Chloe dabei zu helfen, eine vorteilhafte Verbindung einzugehen.

Etwas von Chloes Belustigung verflog und wurde ersetzt durch eine gewisse Nachdenklichkeit. »Meine Brüder und meine Freundin Imogen beharren darauf, dass ich eines Tages heiraten und«, sie lächelte ironisch, »mich verlieben werde.« Der spöttische Unterton bei diesen Worten deutete darauf hin, dass Lady Chloe Edgerton keine romantischen Neigungen hegte oder gar von Liebe und einer großartigen Hochzeit träumte.

Jane räusperte sich nervös, bevor sie das Schweigen zwischen ihnen brach, das auf Chloes Erklärung gefolgt war. »Sind Sie vertraut mit ihren Werken?«, erkundigte sie sich und deutete mit dem Kinn auf die Bücher, die Chloe durchblätterte. Alle in dem Stapel waren von Mrs Wollstonecraft, der unverheirateten Philosophin und Mutter zweier unehelicher Kinder. Das machte sie nicht unbedingt zu einem beliebten Gesprächsthema in der guten Gesellschaft.

Lady Chloe schüttelte den Kopf.

Jane deutete auf den Bücherstapel. »Mrs Wollstonecraft war eine englische Schriftstellerin.« Interesse glomm in Chloes hübschen blauen Augen auf, dann nahm sie das Buch, das sie gerade durchgeblättert hatte, und ihre Lippen bewegten sich stumm, als sie den Titel las.

»Mrs Belden und auch Ihr Bruder Gab…«

Chloe hob erstaunt den Kopf. Janes Wangen wurden bei diesem Versprecher ganz heiß. »Der Marquis«, verbesserte sie sich rasch. »Sie alle drängen Sie, eine Ehe einzugehen. Und alle sind felsenfest davon überzeugt, dass sie genau wissen, wer am besten zu Ihnen passt.« Gabriels Gesicht erschien vor ihrem geistigen Auge. »Vielleicht wird Ihr Zukünftiger ein mächtiger Adeliger sein«, fügte sie hinzu. Ihre Lippen brannten immer noch von der Erinnerung an Gabriels Kuss. »Er ist vielleicht reich und verfügt über großes Ansehen, und alle meinen zu wissen, dass Sie so einen Gatten möchten. Ihre Familie und die ganze Gesellschaft glauben einfach, Sie seien gar nicht imstande, zu wissen, was *Sie* wollen.«

Während Jane sprach, stand Chloe da wie erstarrt. Ihr Schweigen verriet nicht, ob sie Jane zustimmte oder nicht oder, was noch schlimmer wäre, ob es ihr einfach egal war, was Jane da von sich gab. Dennoch sprach Jane weiter. »Mrs Wollstonecraft hat nicht geglaubt, dass Frauen weniger wert sind. Sie war überzeugt, dass wir alle nur nicht ausreichend gebildet und dadurch zur Unwissenheit verdammt sind, weswegen wir wiederum wie jemand behandelt werden, der nicht logisch oder vernünftig denken kann.«

Schweigen folgte auf ihre Worte. Die, wie Mrs Belden behauptet hatte, mit Hochverrat gleichzusetzen waren. Dann verzogen sich Chloes Lippen allmählich zu einem Lächeln. »Mrs Munroe …«

»Jane.«

»Mrs Munroe, ich mag Sie wirklich gern.« Sie betrachtete das Buch in ihren Händen eine Weile, dann legte sie es ab. »Sind Sie sicher, dass Sie tatsächlich eine der Lehrerinnen von Mrs Belden waren?«

Nicht zum ersten Mal, seit sie sich hier eingeschlichen hatte, verspürte Jane Gewissensbisse. »Doch, das war ich.« Sie ballte die Hände zu Fäusten. Das war zumindest nicht ganz gelogen. Chloe hatte in der Vergangenheitsform gesprochen, und Jane hatte einmal zu den Lehrkräften dieser Schule gezählt.

»Sie sind überhaupt nicht wie irgendeine der Lehrerinnen, die ich kenne.« Ein leises Seufzen kam der jungen Frau über die Lippen. »Was für eine völlig andere Zeit hätte ich bei Mrs Belden verbracht, wenn Sie eine meiner Lehrerinnen gewesen wären.« Sie rümpfte die Nase. »Es passt eigentlich zu Mrs Belden, dass sie genau dann eine freundliche, gutherzige und kluge Lehrerin einstellt, nachdem ich die Schule verlassen habe.«

»Ich kann Ihnen versichern, Mrs Belden hat sich kein bisschen geändert und erzieht die ihr anvertrauten jungen Frauen mit bekannter Strenge zu Anstand und Sittsamkeit«, erwiderte Jane und verfluchte gleich darauf ihre vorschnelle Zunge.

Doch Chloe brach in schallendes Gelächter aus, sodass die schmalen Schultern bei ihrem Heiterkeitsanfall bebten und sie sich Tränen von den Wangen wischen musste. »Nun, ich bin überaus froh, dass sie Sie zu uns geschickt hat.« Damit lief Chloe zur Tür und blieb mit der Hand auf der Türklinke stehen. »Mrs Munroe … äh, Jane«, verbesserte sie sich. »Ich glaube, wir werden bestens miteinander auskommen.« Noch ein Lächeln, ein keckes Winken und dann waren nur noch Chloes Schritte zu hören, die über den Korridor davoneilten.

Jane starrte auf die geschlossene Tür. Das Vertrauen der jungen Frau in sie und ihre Eignung verstärkte ihre Schuldgefühle nur und lastete auf ihren Schultern wie ein großer Stein.

Zuvor hatte sie nur irgendwelche Fremden angelogen: Gabriel, einen unnahbaren Aristokraten, und seine Schwester, eine verwöhnte junge Dame – und nun hatten ihr die beiden einen Weg in die Freiheit aufgezeigt. Und jetzt waren sie ihr fast ans Herz gewachsen. Gabriel war ein Bruder, der seine Schwester liebte und beschützen wollte. Chloe war eine Frau mit Träumen und Hoffnungen, die über die engen Grenzen der guten Gesellschaft hinausgingen.

Jane schloss die Augen. Konnte sie wirklich hierbleiben unter dem Vorwand, von Mrs Belden hergeschickt worden zu sein, und dabei Gabriels Vertrauen missbrauchen, während sie unterdessen Freundschaft mit seiner Schwester schloss?

Doch welche andere Wahl blieb ihr schon?

Kapitel 9

»Wir müssen heute zur Modemacherin, wir brauchen neue Kleider.«

Auf dem Platz hinter seinem Schreibtisch blickte Gabriel am Morgen von den aufgeschlagenen Rechnungsbüchern vor sich auf. Seine Schwester hatte seine sorgfältig geordnete Welt auf den Kopf gestellt, indem sie völlig unerwarteterweise beschlossen hatte, dass Jane doch ihre Gesellschafterin werden sollte.

»Kleider«, wiederholte Chloe, als wüsste er entweder nicht, was ein Kleid war, oder hätte beginnende Schwerhörigkeit, was keineswegs der Fall war. Schließlich war er erst zweiunddreißig Jahre alt und befand sich wohl kaum an der Schwelle zum Tattergreis.

Wie auch immer. »Du möchtest einen Einkaufsbummel machen?« Was würde wohl als Nächstes kommen? Würde sie von Verehrern träumen und anfangen, Pläne für ihre Hochzeit zu schmieden? Er schnaubte abfällig. Eher würden Pferde über die Tower Bridge fliegen, bevor *dieser* Tag anbrach.

»Nicht für mich.« Chloe klatschte in die Hände, was er dahingehend interpretierte, dass er sich erheben sollte. Er blieb sitzen. Seine Schwester runzelte die Stirn. »Für Jane.«

Für Jane? Also Mrs Munroe? Die Frau mit der Brille, deren Kuss er einfach nicht vergessen konnte? »Jetzt beeil dich.« Mit einem weiteren Händeklatschen drehte Chloe sich um und verließ den Raum.

Er blinzelte und versuchte in dieser Äußerung einen Sinn zu finden. »Chloe?«, rief er ihr nach.

Er konnte hören, dass sie stehen blieb, dann steckte sie den Kopf noch einmal zur Tür herein. »Ja, Gabriel?«

Wie viele Jahre hatte er seinen Bruder Alex für einen nichtsnutzigen Lebemann gehalten, der sich treiben ließ? Gabriel fuhr sich mit einer Hand übers Gesicht. Jetzt erkannte er, dass Alex ihm in den vergangenen Jahren Chloe abgenommen und ihm dadurch erspart hatte, sich mit ihren Schnapsideen herumzuschlagen. Er stützte sich mit verschränkten Fingern auf die Schreibtischplatte. »Wozu braucht Jane«, begann er, und seine Schwester kniff die Augen zu schmalen Schlitzen zusammen. Hitze stieg ihm in den Nacken. »Wozu braucht *Mrs Munroe* neue Kleider?«

Mit einem leisen Seufzen, das besser zu einer entnervten Mama gepasst hätte, betrat Chloe erneut das Zimmer. »Hast du dir Jane mal angesehen?«

Flüchtig hatte er das Bild der unscheinbaren Lehrerin mit den eintönigen Kleidern vor sich, doch dann wurde es verdrängt von einer jungen Frau, deren Augen, als ihr die Brille heruntergefallen war, in einem faszinierenden Blau strahlten. Unfähig, irgendwelche Worte hervorzubringen, gelang ihm ein Nicken.

»Nun, sie ist richtiggehend hübsch«, bemerkte er wie beiläufig. *Hübsch?* Jane besaß eine zurückhaltende Schönheit, die umso faszinierender war, wenn ihr Temperament hindurchblitzte. Gabriel biss die Zähne zusammen, weil seine Gedanken schon wieder abschweiften und eine Richtung einschlugen, die ihm nicht gefiel. »Chloe?«, presste er ungeduldig hervor.

»Genau.« Chloe machte eine Handbewegung. »Sie ist richtiggehend hübsch, doch in dieser Drachenkluft kann sie unmöglich an gesellschaftlichen Veranstaltungen teilnehmen.«

»Und du möchtest jetzt allen Ernstes, dass ich ihr eine neue Garderobe … Au!«, beschwerte er sich, als sie ihn zwickte.

»Sei nicht so ein Geizkragen.« Chloe furchte die Stirn. »Es sei denn, deine Besitzungen sind nicht länger profitabel, in diesem Fall müssen wir natürlich unbedingt unsere Ausgaben anpass…«

»Meine Besitzungen sind im allerbesten Zustand«, beschied er ihr knapp.

Ein triumphierendes Glitzern ließ Chloes Augen aufstrahlen, und er schluckte einen Fluch hinunter, der ihm in der Kehle steckte, weil er ihr so leicht in die Falle gegangen war. »Perfekt. Ich hole meinen Umhang.« Sie eilte zur Tür und verschwand auf dem Flur.

Er presste die Fingerspitzen gegen seine Schläfen. »Chloe«, rief er ihr hinterher. Nicht zum ersten Mal wünschte er sich, seine Schwester Philippa hätte genug Geduld besessen, zu warten, bis die Saison zu Ende war, bevor sie in andere Umstände geriet.

»Ja?« Sie steckte den Kopf noch einmal zur Tür herein, ein übermütiges Grinsen auf den Lippen.

Gabriel verschränkte die Arme vor der Brust. »Ich muss mich um geschäftliche Angelegenheiten kümmern. Wichtige Sachen.« Die nicht beinhalteten, sie und Mrs Munroe zu Hutmacherinnen und Modesalons zu begleiten. Als sie den Mund öffnete, sprach er einfach weiter. »Und außerdem hast du ja jetzt Mrs Munroe, die mit dir in die Stadt kann.«

Zwischen ihren Augenbrauen erschien eine steile Falte, und das Dunklerwerden ihrer Augen verriet ihm, dass er einen falschen Schritt gemacht hatte.

»Ach so, du hast deine Verantwortung einfach Mrs Munroe aufgehalst?«

Oh, verdammt.

Er zog an seinem Halstuch, was nur die Aufmerksamkeit seiner Schwester auf seine schuldbewusste Geste lenkte. Sogleich ließ Gabriel die Hände sinken. »Ich halse weder dich noch die Verantwortung für dich irgendjemandem auf.« *Nicht wirklich.*

Sie strahlte. »Nicht?«

Nun, vielleicht ein bisschen. »Natürlich nicht.«

Ein erfreutes Lächeln spielte um ihre Lippen. »Ausgezeichnet.« Sie klatschte noch einmal auf diese nervige Art und Weise in die Hände. »Dann beeil dich bitte.« Damit eilte sie wieder aus dem Raum.

Oh, verdammt. Verdammt, verdammt. Mit einem Stöhnen ließ er den Kopf in die Hände sinken. Da er seine Schwester nun einmal gut kannte, wusste er, Chloe war fest entschlossen, dafür zu sorgen, dass er sich richtig elend fühlte, weil er ihr eine Gesellschafterin aufgedrängt hatte. Einmal mehr war er in eine ihrer feinsäuberlich ausgelegten Fallen getappt. Lord Wellington persönlich hätte Chloe und ihrer meisterhaften Taktik Bewunderung zollen müssen.

Er gab seine Pläne für den Vormittag auf, verließ den Raum und schritt rasch durch die Korridore zum Foyer. Als er die mit Marmor ausgelegte Eingangshalle erreichte, blieb er abrupt stehen.

Jane stand in der Mitte, den Rücken durchgebogen und den Kopf so weit in den Nacken gelegt, dass es ein Wunder war, dass sie aufrecht stehen blieb. Diese verlockenden roten Lippen, die ihn einen Schwur vergessen ließen, den er vor so vielen Jahren getan hatte, nämlich niemals ein prinzipienloser Lüstling zu sein und sich mit den Frauen, dic bei ihm angestellt waren, zu vergnügen.

Sie musterte fasziniert die hohe Decke über ihr. Alle Luft wich aus seiner Brust, und er verspürte geradezu eine körperliche Sehnsucht danach, zu wissen, was diese widersprüchliche Frau mit solcher Ehrfurcht erfüllen konnte. Es fiel ihm zwar schwer, seinen Blick von ihren feuchten Lippen loszureißen, doch er blickte stirnrunzelnd ebenfalls nach oben zu der Deckenmalerei. Er hatte noch nie Gefallen an dieser Himmelsszene gefunden, die sein verhasster Vater in Auftrag gegeben hatte, dem es diabolischen Spaß bereitet hatte, sich mit niedlichen Cherubim und Engeln zu umgeben. Sie zierten jeden verdammten Raum.

Als er ein Junge von neun Jahren gewesen war und sein Vater ihn genötigt hatte, neben ihm zu stehen und zuzuhören, während er ihm all das aufzählte, was Gabriel einmal gehören würde, hatte er sich gestattet, seine rachsüchtigen Gedanken schweifen zu lassen. Und in den dunkelsten Tagen, wenn sein Bruder und seine Schwestern wieder einmal misshandelt worden waren, hatte Gabriel sich in allen Einzelheiten ausgemalt, wie er seinen Vater umbringen würde. An anderen Tagen hatte er darüber nachgesonnen, wie er das Erbe des Marquis zerstören konnte – diese Deckengemälde übertünchen zu lassen, war beispielsweise eines seiner liebsten Gedankenspiele gewesen. Dennoch hatte er sich nie dazu aufgerafft.

Und wenn er jetzt sah, welch andächtiges Staunen sich auf dem herzförmigen Gesicht der Gesellschafterin widerspiegelte, war er sogar froh, dass er es nicht getan hatte. Dann hätte er Jane nie so sehen können. Was für ein Wahnsinn hielt ihn da gefangen? Er versuchte die Überlegungen abzuschütteln. »Jane«, grüßte er sie mit frostiger Kälte.

Sie zuckte erschreckt zusammen, ruderte mit den Armen, und ihr einer Fuß rutschte weg.

Mit drei langen Schritten war Gabriel bei ihr, schlang seine Arme um ihre schlanke Gestalt und hielt sie sicher. Er wappnete sich für ein höfliches, knappes »Danke«.

Sie blinzelte zu ihm empor. »Hallo«, sagte sie mit atemloser Stimme. In den vier Tagen, die er Jane Munroe nun schon kannte, hätte er eigentlich begreifen können, dass sie nie das tat, was er vermutete.

»Jane«, sagte er förmlich. Aber dann beging er den Fehler, nach unten zu schauen, und sein Blick blieb wieder an ihren wunderschön geschwungenen Lippen hängen. Und der Anblick verhexte ihn wie eben schon, als sie den Kopf in den Nacken gelegt hatte. Gabriel beeilte sich, sie wieder aufrecht hinzustellen. Er schaute sich verzweifelt nach Chloe um.

»Ich war gerade dabei, Ihr Gemälde zu bewundern«, fuhr Jane fort. Wusste sie nicht, was für eine Wirkung sie auf seine Sinne hatte? Wo zum Teufel war seine Schwester? Er durfte nicht allein mit Jane Munroe sein. Das war viel zu gefährlich für ihn, es bedrohte seine Seelenruhe, Ordnung und Logik. Seine Torheit, sich zu diesem Ausflug verleiten zu lassen, überwältigte ihn fast. »Es ist wunderschön«, fuhr Jane fort.

Du wirst doch den verdammten Unterschied zwischen einem Gemälde und einer Deckenmalerei kennen! »Deckenmalerei«, bemerkte er gedankenverloren. Eine düstere Erinnerung, die lange verschüttet gelegen hatte, drängte sich nach vorn, wie sie das in den seltsamsten Momenten tat.

Jane schaute ihn verblüfft an. Etwas von dem Strahlen in ihren Augen verblasste. Er ballte die Hände zu Fäusten. Sie glaubte, er habe sie korrigiert. Gabriel deutete zur Decke. »Mein Vater«, er biss die Zähne zusammen, die beiden Worte schmeckten auf seiner Zunge wie Galle, »hat immer größten Wert darauf gelegt, mir den Unterschied klarzumachen.«

Sie betrachtete ihn einen Augenblick lang. Er würde wetten, die Neugier der Dame lag im Wettstreit mit ihrem Stolz. Letzten Endes gewann der Wunsch, mehr zu erfahren, wohl die Oberhand. »Worin besteht der Unterschied?«, fragte sie.

Nicht anders als eine Motte, die von der Flamme angelockt wird, kam er näher, so nahe, dass sie gezwungen war, den Kopf in den Nacken zu legen, um seinem Blick zu begegnen. Der Duft nach Honig und Lavendel, Unschuld und Sonne, umschmeichelte seine Sinne, bis er beinahe trunken davon war.

Mochte Gott ihm beistehen. Was für einen Bann hatte sie über ihn geworfen?

Dabei mochte er sie eigentlich gar nicht. Sie redete zu viel, war eigensinnig und widersetzte sich seinen Anweisungen. Und … Gabriel deutete auf die smaragdgrünen Weiden, die der Künstler dort oben festgehalten hatte. »Sehen Sie, die architektonischen Elemente sind harmonisch in das Werk eingearbeitet.« Jane verrenkte sich den Hals und folgte der Richtung seines ausgestreckten Fingers nach oben. Ihre leicht geöffneten Lippen und der weiche Ausdruck in ihren Augen erweckten den Anschein, als sähe sie so ein wundervolles Gemälde zum ersten Mal.

Die Aufrichtigkeit ihrer Reaktion offenbarte eine Unschuld, eine Weichheit, von der er nicht geglaubt hätte, dass sie dazu fähig war. Eine goldene Haarsträhne löste sich aus dem festen Knoten in ihrem Nacken, und unwillkürlich streckte er die Hand aus, um sie zurückzustecken, doch ihre Worte hielten ihn auf.

»Es erinnert mich an meine Kindheit.« Es warf auch ihn zurück in die Tage seiner Jugend.

Er ließ seine Hand sinken. In ihren Worten schwang eine vage Sehnsucht mit, eine Wehmut, die ihn innehalten ließ. Ein Anflug von Trauer, Nostalgie, aber auch ein Hauch von Glück. Wie war wohl Janes Geschichte gewesen?

»Ach ja?« Seine ruhige Frage lenkte ihre Aufmerksamkeit von dem Gemälde auf ihn.

Eine leichte Röte stieg ihr in die Wangen. Lag das daran, dass sie sich seiner Nähe bewusst war? Verlegenheit darüber, in ehrfürchtiger Bewunderung für die Malerei an der Decke ertappt worden zu sein? Unfähig, der Verlockung zu widerstehen, nahm er eine einzelne Haarsträhne zwischen Daumen und Zeigefinger. Eigentlich wollte er sie ihr hinters Ohr streichen, eine vollkommen ungehörige Geste, zu der er kein Recht hatte, nicht als Ehrenmann. Nicht als ihr Arbeitgeber. Und er hatte auch vorgehabt, die goldfarbene Locke gleich wieder loszulassen. Aber dann fiel ihm auf, wie glatt und weich sie sich anfühlte, wie gesponnene Seide.

Jane befeuchtete sich die Lippen, und er verfolgte mit den Augen diese kleine Bewegung, sehnte sich nach ihrem Kuss. »W-was sehen Sie?«

Er schluckte. *Eingefangene Sonnenstrahlen. Schönheit. Vollkommenheit …*

»Wenn Sie sich das Bild anschauen. D-die D-deckenmalerei.« Ihr atemloses Stottern riss ihn aus seiner Versunkenheit, und er ließ sie rasch los und hob den Blick.

Hölle. Folter, Qual. »Ich sehe auch meine Kindheit«, erwiderte er mit gepresster Stimme.

»Da seid ihr ja.«

Sie zuckten beide zusammen. Gabriel trat zur Seite, als seine Schwester zu ihnen kam. »Bitte entschuldigt meine Verspätung. Ich wurde aufgehalten von …« Angesichts des unbehaglichen Schweigens stockte Chloe und blickte zwischen den beiden hin und her.

Gabriel räusperte sich. »Wir sollten aufbrechen.« Mehrere Bedienstete eilten mit den Mänteln herbei. Während Gabriel in seinen schlüpfte, gab er sich besondere Mühe, nicht zu der verführerischen Jane Munroe hinzuschauen. Er bot seiner Schwester den Arm.

Joseph trat vor und öffnete die Haustür. Wo, zur Hölle, war der alte Diener eben noch gewesen? Er hatte schon immer eine unheimliche Gabe dafür besessen, mit den Schatten zu verschmelzen und dann urplötzlich aufzutauchen, wenn er gebraucht wurde. Hitze stieg Gabriel in den Nacken, wenn er daran dachte, dass der Butler am Ende gesehen hatte, wie er hingerissen die Locke der Gesellschafterin seiner Schwester betrachtet hatte.

»Würdest du bitte etwas langsamer gehen«, beschwerte sich Chloe. »Man könnte fast meinen, du versuchst, Jane wegzulaufen, so schnell bist du unterwegs.«

Er verlangsamte seine Schritte und hielt den Blick auf die wartende Kutsche gerichtet. Ein Lakai öffnete die Tür und bot ihm an, ihn beim Einsteigen zu stützen, dann half er Chloe hinein. Jane blieb stehen. Sie schenkte dem jungen Diener ein Lächeln, das jedoch erstarb, als sie den Blick auf Gabriel richtete.

Und einmal mehr waren da die Schutzwälle zwischen ihnen. Er war ihr Arbeitgeber. Sie war die Gesellschafterin seiner Schwester. Der Lakai half ihr ebenfalls in die Kutsche, und Gabriel setzte sich auf den Platz neben Chloe.

Jane saß in der Ecke, die Hände sittsam im Schoß gefaltet. Hatte er sich die unschuldig lächelnde junge Frau bloß eingebildet, die vorhin kurz von ihrer Kindheit gesprochen hatte, einer Kindheit, die – darauf hätte er seine Arme verwettet – sicher um einiges angenehmer gewesen war als seine eigene? Die Kutsche setzte sich schaukelnd in Bewegung, und er musterte Jane weiter und hätte am liebsten sofort alles über ihre prägenden Jahre erfahren.

Was natürlich ein völlig vermessener Wunsch war. Es ging ihn nicht das Geringste an. Gabriel zog mit einem Ruck den Vorhang am Kutschenfenster und richtete seine Aufmerksamkeit auf die vorüberziehenden Londoner Straßen.

* * *

Einen Augenblick lang hatte sie geglaubt, Gabriel wollte sie küssen.

Und einen etwas längeren Augenblick lang hatte sie gewollt, dass er genau das tat. Jane saß in der Ecke der Kutsche und konzentrierte sich auf das Rattern der Räder, während sie durch die geschäftigen Londoner Straßen fuhren. Chloe plauderte die ganze Zeit, ein fröhliches Lächeln auf den Lippen, ohne zu ahnen, dass Gabriel mit seiner strengen Miene und den ernsten

Augen in ihrer Abwesenheit mehr von sich preisgegeben hatte als den nüchternen Adeligen.

Gabriel und Chloe scherzten, und ihr Lachen füllte die Kutsche. Jane verspürte auf einmal Schuldgefühle wegen ihrer Unehrlichkeit beiden gegenüber und der verwirrenden Empfindungen, die sie Gabriel gegenüber hegte, bis sie sich am liebsten mit beiden Händen die Ohren zugehalten und das fröhliche Geplauder ausgeschlossen hätte. Aber das ging nicht. Also war das hier ihre Strafe: Zeugin dieses engen geschwisterlichen Bandes zu sein – etwas, für das Jane viel gegeben hätte, statt als uneheliches Kind des Duke of Ravenscourt aufzuwachsen.

Gefühle schnürten ihr die Kehle zu, als sie in der Fensterscheibe Bruder und Schwester heimlich betrachtete. Sie unterhielten sich freundlich. Gelegentlich verdrehte Chloe die Augen, und Gabriels Schultern bebten vor Lachen. Eine geliebte Schwester würde nie ausgestoßen sein, von einem Haushalt zum nächsten weitergereicht werden – eine verlorene Seele.

Trotz Gabriels anmaßender Behauptungen beim Frühstück am Tag zuvor würde der Mann, der er in Wahrheit war, niemals auf die Idee kommen, den Mann auszusuchen, den Chloe heiraten sollte, egal was seine Schwester glaubte.

Jane lehnte ihre Stirn gegen die Fensterscheibe und kämpfte gegen eine neue Welle von Schuldgefühlen.

»Mrs Munroe?«

Gabriels besorgte Stimme drang in ihre Überlegungen und verstärkte ihre Gewissensbisse. Der Blick seiner grünen Augen glitt über ihr Gesicht.

»Wir sind da!«, rief Chloe, als die Kutsche mit einem Ruck stehen blieb.

Die Tür wurde geöffnet, und Chloe entstieg dem Gefährt als Erste, gestützt von dem Kutscher. Gabriel verweilte noch einen Augenblick, und Jane schluckte. Sie wollte keine besorgte Frage hören, weil sie Angst hatte, in diesem Moment der

Schwäche alles zu verraten – und dann würde sie vermutlich entlassen werden. Gabriel verließ die Kutsche und hielt ihr die Hand hin.

Sie senkte ihren Blick auf seine langen, eleganten Finger und erinnerte sich daran, wie zärtlich er damit ihr Haar angefasst hatte. Mit brennenden Wangen ergriff Jane rasch seine Hand und ließ sich von ihm hinaushelfen.

»Ich muss gestehen, Jane«, erklärte er so leise, dass sie seine Worte in dem Lärm der Londoner Straßen kaum verstehen konnte, »ich habe einen Wunsch.«

Ihr stockte der Atem.

»Ich wüsste gerne, was dafür verantwortlich ist, dass Sie im einen Moment so ruhig und still sind, und im nächsten ganz kratzbürstig und forsch.«

Einen Herzschlag lang erwog sie, so zu tun, als hätte sie die Frage nicht gehört. Aber dann entdeckte sie das herausfordernde Funkeln in seinen Augen. »Unverschämte Arbeitgeber«, erwiderte sie knapp und begab sich zu der Stelle, an der Chloe vor dem Laden wartete, ehe sie lächelnd hineinging.

Jane eilte ihr nach, suchte verzweifelt, dringend nötigen Abstand zwischen sich und den Marquis zu legen.

Er rief ihr zu: »Und Sie sind an unverschämte Arbeitgeber gewöhnt?« Die Frage ließ sie jäh stehen bleiben. Darin schwang ein gefährlicher Unterton mit, als wäre er bereit, in den Kampf zu ziehen, falls sie das bestätigte.

Niemandem hatte je etwas daran gelegen, was mit ihr war. Selbst für ihre eigene Mutter hatte Jane erst an zweiter Stelle nach dem Duke of Ravenscourt gestanden. »N-nein«, stammelte sie und wollte Chloe folgen, doch Gabriel verstellte ihr den Weg.

»Sie lügen.«

Das konnte er nicht wissen. Nicht wirklich. Sie schüttelte den Kopf. »Ich ...« Wieder stockte ihr der Atem, als er den Kopf zu ihr senkte. Janes Herz schlug in einem wahnwitzigen Stakkato, und sie hätte eigentlich entsetzt sein müssen über die neugierigen Blicke, die Passanten ihnen zuwarfen, aber stattdessen war da nur der herbe Duft von Sandelholz, der ihre Sinne zu überwältigen drohte.

»Wissen Sie, woran ich erkennen kann, dass Sie lügen, Jane?« Er ließ ihr keine Gelegenheit für eine Antwort. »Weil eine Frau Ihres Charakters es nicht einfach hinnehmen würde, als Lügnerin bezeichnet zu werden, es sei denn, meine Vermutung stimmt.«

»Ich war an Mrs Beldens Mädchenpensionat angestellt. Dort gab es kaum Kontakt zum anderen Geschlecht.« Sie zwang sich, einen belustigten Tonfall zu wählen, in der Hoffnung, es würde ihn davon ablenken, wie zutreffend er ihr Temperament und ihre Lebensumstände eingeschätzt hatte. »Ich versichere Ihnen, Mrs Belden duldet innerhalb ihrer Mauern keine Herren.« Sie ließ ihren Blick über seine Gestalt wandern. »Selbst wenn es ein Marquis wäre.« Jane schlüpfte an Gabriel vorbei und betrat das Geschäft.

Gabriel folgte ihr. »Und waren Sie lange bei Mrs Belden?«

»Ja.« Ein Jahr war für viele Leute eine lange Zeit.

»Was war vorher?«

Sie biss die Zähne zusammen. Fragen waren gefährlich. Vor allem, wenn die Antworten auf ihre Lügen zurückführten. »Vorher war ich als Gouvernante tätig.«

»Eine Gouvernante?«, erkundigte er sich mit einer gewissen Überraschung.

»Ja, genau.« Für eine garstige, schadenfrohe Sechzehnjährige, die es mit diebischer Freude erfüllt hatte, als Jane ohne Empfehlungsschreiben entlassen worden war.

»Jane?«

Sie blickten beide zu dem langen Tisch auf der Rückseite des Ladens, auf dem sich verschiedene Stoffballen türmten. Chloe stand neben einer vollschlanken Frau mit grauem Haar, deren Alter schwer einzuschätzen war.

Dankbar für die rechtzeitige Unterbrechung durch ihren Schützling beeilte sich Jane, zu Chloe zu gehen. Ihre Haut brannte unter Gabriels Blick, der auf ihren Rücken gerichtet war.

»Ach, da sind Sie ja, Jane«, sagte Chloe. Sie deutete auf Jane. »Madame Clairemont, dies ist meine Gesellschafterin.«

»Freut mich sehr.« Die Frau blickte Jane von oben herab an und machte keinen Hehl aus ihrer Meinung über die neue Bekanntschaft.

Jane warf einen Blick zurück zu Gabriel. Er stand ein Stück entfernt an einem Regal. Die Arme hatte er vor der breiten Brust verschränkt, und sein Blick unter den schweren Lidern ruhte auf ihr. Seine ganze Erscheinung war unfassbar elegant. Rasch schaute sie wieder nach vorn.

»... eine komplette neue Garderobe, vielleicht etwas Lebhaftes ... wie wäre es mit Rosa?«

Jane blinzelte, wurde sich plötzlich der fragenden Blicke bewusst, die auf sie gerichtet waren, und schloss daraus, dass etwas von ihr erwartet wurde. Rosa. Rosa. »Rosa ist eine ausgezeichnete Wahl, Mylady.« Hatte es je eine Zeit in Janes Leben gegeben, in der sie ihre Tage mit frivolen Vergnügungen verbracht hatte oder in der ihr irgendein Luxus vergönnt gewesen war?

Madame Clairemont hastete um den Tisch mit einem Stück glänzendem rosafarbenen Stoff. Jane blickte sie fragend an und richtete ihre Aufmerksamkeit dann wieder auf Chloe. »Was ...?«

»Also *ich* benötige keine neuen Kleider, Jane. Sie hingegen brauchen dringend etwas Ansprechenderes als diese langweiligen braunen Kleider.«

Jane wich zurück und stieß gegen den Tisch mit den Stoffen. Hastig griff sie nach den Ballen, um sie wieder ordentlich zu schichten. »O nein.« Sie schaute sich um. »Ich bin doch nur Gesellschafterin.« Die sich wünschte, vom Aussehen her so weit wie möglich mit den anderen Gesellschafterinnen und Anstandswauwaus zu verschmelzen. Sie hatte schon vor langer

Zeit gelernt, wie gefährlich es werden konnte, wenn man auffiel. »Es besteht keine Notwendigkeit für ein neues Kleid.«

Entschlossenheit ersetzte Chloes bisherige Fröhlichkeit. »Aber sicher doch brauchen Sie ein neues Kleid.« Sie warf über Janes Schulter hinweg einen Blick zu ihrem Bruder. »Stimmt's nicht, Gabriel?«

Janes Herz klopfte wild, und sie drehte sich um und warf ihm einen hoffnungsvollen Blick zu. Er stand zwei Schritt entfernt. Wie konnte sich ein Mann von seiner beeindruckenden Größe und Kraft mit solch geschmeidiger Eleganz bewegen?

»Ich fürchte, es wäre grob unhöflich, dir da zuzustimmen«, erwiderte er.

Ein panisches Kichern entrang sich Janes Kehle. Wo die anderen Gentlemen, in deren Diensten sie gestanden hatte, sie mit Lob und anderen widerlichen Komplimenten überschüttet hatten, war Gabriel hoffnungslos aufrichtig. Und sie bevorzugte diese Aufrichtigkeit, auch wenn sie sich genau dadurch als gefährlich erwies.

Er ließ seinen Blick über sie gleiten – in einer kühlen, unpersönlichen Musterung. »Es ist entschieden.«

Da von seiner Seite keine Hilfe zu erwarten war, drehte sich Jane wieder um. Überhaupt nichts war entschieden. »Ich bin überaus dankbar.« Was war schon eine Lüge mehr auf einem ganzen Berg von Unwahrheiten, den sie aufgetürmt hatte? »Ich benötige keine«, sie hob die Hände, wie um die Bemühungen der beiden Frauen aufzuhalten, »irgendwie gearteten anderen Kleider.«

Chloe beachtete sie nicht weiter und sprach mit der Modesalonbesitzerin. »In zwei Tagen werden wir die Rossini-Premiere in der Oper besuchen, und Mrs Munroe braucht bis dahin ein angemessenes Gewand.«

Madame Clairemonts Miene verriet ihre Missbilligung. »Das ist, fürchte ich unmöglich. Ich bin eine überaus beschäftigte Geschäftsfrau mit vielen Bestellungen …«

»Mein Bruder«, Chloe deutete auf Gabriel, »wird Sie für die Umstände fürstlich entlohnen.« Sie lächelte, straffte die Schultern und schob das Kinn vor, und von der höflichen jungen Frau, die Jane am Frühstückstisch kennengelernt hatte, war nichts mehr zu sehen. »Aber dieses eine Kleid brauchen wir unbedingt so schnell wie irgend möglich.«

»O nein.« Jane schüttelte entschieden den Kopf. »Ich werde mein Sonntagskleid anziehen. Ich brauche nicht …«

»Seien Sie nicht albern«, wies Chloe sie zurecht. »Sag ihr, sie soll nicht albern sein, Gabriel.«

Jane schaute Hilfe suchend zu Gabriel, doch der verzog keine Miene. Dann zuckte er kaum merklich die breiten Schultern. Von dieser Seite war keine Unterstützung zu erwarten. Wieder wandte sich Jane an Chloe. »Es geht nicht.« Vor allem, weil sie nur durch Lügen überhaupt erst im Haus des Marquis und auch hier in diesem Modeatelier war. Sie wollte ihr Gewissen nicht auch noch mit teuren Abendkleidern belasten. Wieder warf sie Gabriel einen flehenden Blick zu, aber er blieb unbeeindruckt, so ähnlich wie bei ihrem ersten Treffen vor ein paar Tagen.

Bedauerlicherweise schien niemand der Anwesenden sich darum zu scheren, was Jane wollte.

Bei der Erwähnung einer gut gefüllten Geldbörse wich das herablassende Verhalten der Modemacherin einem Lächeln. »Selbstverständlich werde ich eines fertig haben.« Die Frau eilte zu Jane und fasste sie bei den Schultern. »*Oui, Mademoiselle.* Sie benötigen in der Tat Kleider. Lassen Sie sich von mir helfen. Mit ein bisschen Aufwand werden Sie sogar fast hübsch aussehen.«

Chloe schaute ihre Gesellschafterin entschuldigend an, worauf Jane trotz der wachsenden Panik unerwartet lachen musste.

Da Chloe das als Zeichen ihrer Kapitulation wertete, klatschte sie in die Hände und fasste Jane am Arm. »Kommen Sie.«

Sie winkte Gabriel zu. »Du kannst jetzt gehen. Es soll ja eine Überraschung für …« Hastig schlug sie sich eine Hand vor den Mund und errötete. »Ja, also. Du kannst gehen.«

Jane blickte noch einmal zu Gabriel und hoffte verzweifelt, der Mann, der sie vor ein paar Tagen nach nur wenigen Minuten als ungeeignet für seine Schwester eingestuft hatte, würde darauf hinweisen, dass ein solcher Kauf tatsächlich nicht notwendig war.

Doch er deutete nur eine Verneigung an, ehe er sich unverkennbar erleichtert abwandte und den Modesalon verließ.

Feigling.

Obwohl … Sie betrachtete die Eingangstür, durch die er verschwunden war, mit leisem Neid und war in Versuchung geführt, ihm zu folgen.

»Was ist mit dieser Farbe, Jane?« Chloe hielt einen zartrosa Stoff hoch.

Leider hatte Gabriels Schwester völlig andere Pläne für sie. Mit einem Seufzen ließ sich Jane von den beiden Frauen abführen, um sich andere Kleider anpassen zu lassen als die braunen Gewänder aus Mrs Beldens Schule.

Kapitel 10

Lady Chloe Edgerton marschierte mit einer militärischen Präzision, um die Lord Wellington sie beneidet hätte, durch die überfüllten Straßen und dirigierte Jane, während sie selbst entschlossen nach vorn schaute.

Gabriel folgte der Blickrichtung seiner Schwester zu dem schwarz-goldenen Metallschild von Harding Howell & Co. Unwillkürlich entwich ihm ein Stöhnen. Er und Jane sprachen gleichzeitig. »Nicht noch ein verdammter Laden.«

»Sicherlich sind wir doch für heute mit Einkaufen fertig.«

Wobei die Ausdrucksweise der Gesellschafterin seiner Schwester wesentlich passender war als seine eigene. Jane warf ihm von der Seite einen Blick wie unter Leidensgefährten zu, in dem auch eine Entschuldigung lag. Er neigte den Kopf. Es war schwerlich Mrs Jane Munroes Schuld, dass seine Schwester sich diesen Einkaufsbummel in den Kopf gesetzt hatte.

»Wir müssen Jane zu Hardings bringen.«

»Nein«, widersprach Jane und schüttelte entschieden den Kopf. »Nein, müssen Sie nicht. Bitte.« Gabriel hätte nicht gedacht, dass sie zu einer so demütigen Bitte imstande wäre. »Sie sind schon unfassbar großzügig gewesen. Es gibt nichts, was ich darüber hinaus benötige.«

Chloe blieb stehen, und er und Jane taten es ihr nach. Sie wandte sich an ihre Gesellschafterin und hob den Finger in die Luft. »Fächer.«

»Fächer?«, wiederholten Jane und Gabriel im Chor.

Völlig unvermutet hatte Chloe, die zuvor Ausflüge zu Modesalons und Hutmacherinnen aus tiefster Seele verabscheut hatte, eine Vorliebe für Mode entdeckt. Sie nickte bekräftigend. »Ja. Ein Fächer. Sie benötigen einen …« Sie sah Jane mahnend an, als die den Mund öffnen wollte, um etwas zu erwidern. »Und sagen Sie jetzt nicht, Sie seien ja nur eine Gesellschafterin. Verstanden?« Damit fasste sie Jane an der Hand und zog sie mit sich in das Geschäft. Jane schaute verzweifelt über ihre Schulter zu Gabriel. Trotz des Chaos, das die Nähe zu der spitzzüngigen Gesellschafterin seiner Schwester in ihm anrichtete, verzogen sich seine Lippen zu einem Grinsen. Sie kniff die Augen zu schmalen Schlitzen zusammen. Er kannte sie erst ein paar Tage, aber dennoch wusste er genug, um sie in Rage bringen zu können. Gabriel zwinkerte ihr zu.

Janes Augen wurden groß. Doch jede wütende Erwiderung, die sie vielleicht für ihn gehabt hätte, wurde wirkungsvoll von seiner Schwester unterdrückt. Chloe bedeutete ihnen, weiter nach hinten in das lang gestreckte Geschäft zu kommen, und marschierte zu dem Verkaufstresen ganz hinten.

Jane schaute in Richtung Tür, als spielte sie mit dem Gedanken, ihr Heil in der Flucht zu suchen. Gabriel trat näher an sie heran, als strikt betrachtet angemessen war, und zog damit abschätzende Blicke der anderen Kundinnen auf sich. »Eine Frau, die sich mir widersetzt und mir in meinem eigenen Frühstückszimmer einen leeren Teller herausfordernd unter die Nase hält, kann doch nicht so feige sein, dass sie vor einem Fächer die Flucht ergreift.«

Jane schob sich die Brille auf der Nase zurecht. »Und das von dem Gentleman, der soeben förmlich aus dem Modesalon gerannt ist, als stünden seine Rockschöße in Flammen.«

Er lachte auf. Dieser Heiterkeitsausbruch brachte noch mehr Aufmerksamkeit ein.

Janes Wangen röteten sich. »Müssen Sie das tun?«, fragte sie aus dem Mundwinkel. »Man fängt schon an zu flüstern.« Ohne seine Antwort abzuwarten, folgte sie seiner Schwester. Sie ging an den Pelzstapeln und Musselinballen vorbei, ohne sie eines Blickes zu würdigen.

Gabriel hatte schon vor langer Zeit aufgehört, etwas darauf zu geben, was Mitglieder der guten Gesellschaft dachten. »Ich schere mich keinen Deut um Geflüster oder Klatsch.« Es war schwer, Leute zu achten, die dem früheren Marquis of Waverly Respekt und Ehrfurcht entgegengebracht hatten.

Jane warf ihm einen tadelnden Blick zu. »Manche von uns haben nicht den Luxus oder die Gelegenheit, der Gesellschaft eine lange Nase zu drehen.«

Ihre Worte ließen ihn innehalten, und er war vorübergehend beschämt angesichts seiner Anmaßung. Natürlich musste sich eine junge Frau, deren Status und Sicherheit im Leben unauflöslich verstrickt war mit ihrem Ruf, in der Tat Sorgen machen. Mit zwei langen Schritten stellte sich Gabriel vor sie. »Bitte verzeihen Sie.«

Wieder wurden ihre Augen groß und rund. »Sie haben sich entschuldigt«, entfuhr es ihr.

Hatte sie eine so niedrige Meinung vom Adel? Oder waren es Männer ganz allgemein, die für das Misstrauen dieser Frau verantwortlich waren? Er kannte die hässliche Seite seines eigenen Geschlechts. Dass sie auch Hässlichkeit kannte, setzte ihm zu. »Trotz meiner Anmaßung bin ich in Bezug auf Manieren nicht hoffnungslos ignorant.«

»Das habe ich auch gar nicht behauptet.«

Er senkte den Kopf, sodass er ganz dicht an ihrem war. »Ich habe nur Spaß gemacht, Jane.«

»Oh.« Eine goldfarbene Locke löste sich aus ihrem gestrengen Knoten. Jane schob sie zurück, aber sie erwies sich als störrisch. Gabriel nahm die Locke und schaute über Janes Brille und ihren straffen Knoten im Nacken hinweg. Bei Gott, wenn man von den furchtbaren Kleidern und der strengen Frisur absah, war Jane Munroe tatsächlich – bei Gott, sie war wirklich hübsch.

»Was ist?«, wollte sie wissen, kämpfte immer noch mit der losen Strähne, die er ebenso wie ihr restliches Haar am liebsten offen sehen wollte. Solche Locken sollten nicht so gnadenlos straff aus dem Gesicht gezerrt, sondern ganz natürlich getragen werden, eine wilde Mähne, die ihr auf die Schultern fiel.

Widerstrebend ließ er sie los. »Ich kenne keine andere Frau, die nicht im Einkaufen von Stoffen und Fächern und anderem Tand aufgehen würde.«

»Mit dieser Bemerkung tun Sie Ihrer Schwester unrecht.«

Himmel, sie war wirklich loyal, oder sie war geschickt darin, auch nur die Andeutung von Komplimenten von sich wegzuleiten. Ein weiterer Schutzmechanismus? »Sie haben allerdings recht. Aber außer meiner Schwester kenne ich niemanden, nur Sie.« Dass sie, die selbst nur wenig besaß und über eine sehr begrenzte Garderobe verfügte, sich so dagegen wehrte, neu ausgestattet zu werden, verriet eine Menge über ihren Charakter.

Gabriel rechnete mit einer weiteren knappen Antwort. Stattdessen nahm sie ein Seidenband und rieb es prüfend zwischen ihren Fingern.

»Ich bin mir sicher, diese Stoffe zusammen kosten mehr, als ich bei Mrs Belden in einem Jahr verdient habe.« Diese Worte von jeder anderen jungen Frau hätten darauf abgezielt, Mitleid zu erregen. Von Jane jedoch waren sie einfach eine Beobachtung.

»Die Kleider und die Ausstattung einer Dame definieren nicht, wer sie ist, Mylord.« Heftige Gefühle standen in ihrem Blick, und Jane drückte sich eine Hand an die Brust. »Ihre Taten, ihre Gedanken, ihre Überzeugungen – das ist es, was eine Frau wirklich ausmacht.«

Wie viele Frauen sehnten sich nach materiellen Gütern und gesellschaftlichem Status? Der Leidenschaft in Janes Augen und dem Feuer in ihrer Stimme nach zu schließen sehnte sie sich danach, dass mehr in ihr gesehen wurde. Ihre Geistesgegenwart zusammen mit ihrem ruhigen Pragmatismus war genug, um einem Mann den Verstand zu verwirren. Dann beging er den Fehler, den Blick zu senken, auf ihre kecke Nase, und dann noch weiter hinab zu den verlockenden Lippen – und, Gott mochte ihm vergeben, dass er seinen Bruder beschuldigt hatte, ein Lebemann zu sein –, bis hinab zu dem bescheidenen Ausschnitt ihres Kleides. Nichts lenkte den Blick dorthin, das braune Kleid war völlig schmucklos. Doch wenn er Jane so anschaute, inmitten der anderen Kunden, war da ein Summen in seinen Ohren, und er erkannte das Ausmaß seiner Verderbtheit. Und er hasste sich dafür. Kurz schloss er die Lider.

»Mylord?«, flüsterte Jane. Ihre Augen strahlten, und sie teilte ihre feuchten Lippen.

Gabriel schluckte schwer. Sie fühlte die Anziehung zwischen ihnen auch. »Ja.«

»Könnten Sie mich durchlassen? Lady Chloe winkt mir.«

In seiner Hast, ihr Platz zu machen, wäre er beinahe über die eigenen Füße gestolpert. Vor lauter Verlegenheit wurde ihm ganz heiß, und als Jane an ihm vorbeieilte, zog Gabriel nervös an seinem Halstuch. Es hatte etwas reichlich Ernüchterndes, von ihr so wenig beachtet zu werden. Andererseits hatte er nie den Charme besessen, durch den sich sein jüngerer Bruder oder irgendeiner der anderen Lebemänner, die junge Damen so ungeniert anhimmelten, ausgezeichnet hatte.

Während er zwischen den Regalen mit den Stoffballen stand, die Augen auf Janes sich rasch entfernende Gestalt gerichtet, drehte sie sich um und schaute zu ihm.

Er grinste und zwinkerte ihr noch einmal zu – und sah dann, wie sie in einen Tisch voller Hüte lief. Mehrere Stapel davon fielen um und rutschten zu Boden. Einmal mehr warf man ihr verächtliche Blicke zu. »Verzeihung«, entschuldigte sie sich und bückte sich rasch, um die auf der Erde liegenden Kreationen aufzuheben. Wieder bestand ihr Lohn aus Verachtung, und nur das schwache, kaum merkliche Zittern ihrer Finger verriet ihre stumme Scham.

Eine mächtige, alles verzehrende Wut erfasste ihn. Er setzte sich in Bewegung, wollte sie verteidigen.

Chloe eilte herbei. Sie blieb abrupt neben Jane stehen und ließ sich vor ihr auf ein Knie nieder. »Sie müssen sich keine Sorgen machen, Jane«, flüsterte sie ihr laut genug zu, dass alle in der Nähe es hören konnten. »Das sind nur Hüte. Nicht wichtiger als irgendwelche anderen Waren hier.« Diese letzten Worte richtete sie an eine untersetzte Matrone, die immerhin den Anstand besaß, rot zu werden und sich dann eilends zu entfernen.

Jane lächelte schwach. »Danke.«

Gabriel blieb bei ihnen stehen. Er hielt erst seiner Schwester, dann Jane die Hand hin. Sie zögerte einen Moment, legte aber schließlich ihre Finger hinein. Ein merkwürdiges heißes Kribbeln drang durch das dünne Kalbsleder ihrer Handschuhe und wärmte ihr die Handfläche. Sie lächelte, und mit einem gemurmelten »Danke« zeigte sie ihm, wie völlig unbeeindruckt sie von seiner Nähe war.

Gut, dachte er. Diese Erwiderung war ungefährlich. Leidenschaftliche Küsse und verlangende Blicke würden ihn nur schwächen – und das auf eine Art und Weise, die er nie zulassen würde. Er würde sich nie erlauben, verwundbar zu sein.

* * *

Als Jane Chloe zu der Auswahl an Fächern folgte, wäre sie am liebsten vor Scham im Boden versunken. Denn Mrs Jane Munroe, keine andere als Miss Jane Munroe, uneheliche Tochter des Duke of Ravenscourt, war eine Lügnerin. Sie war hier und nahm die Freundlichkeit seiner Schwester an, zusammen mit teuren Kleidern und anderen Accessoires, auf die sie kein Anrecht hatte.

»Jane?«

Sie schaute auf.

Chloe ließ einen rosafarbenen Seidenfächer mit Holzstreben aufschnappen.

Jane hob abwehrend ihre Hände. »Mylady …«

»Chloe.«

»Bitte, ich kann nicht …«

Gabriels Schwester drückte ihr den Fächer in die Hände. »Hier.«

Jane betätigte ihn einmal ungelenk, dann gab sie ihn Chloe zurück. Sie wollte nicht noch mehr Großzügigkeit von dieser Familie annehmen. »Er ist sehr hübsch.«

Ein breites Lächeln brachte Chloes Gesicht zum Strahlen. »Dann gehört er Ihnen.« Sie winkte der Verkäuferin. »Wir möchten den Fächer in Rosa.«

Die ältere Frau nahm das fein gearbeitete Stück, das hübscher war als alles, was Jane je besessen hatte, und entfernte sich, um den Fächer in Papier einzuwickeln.

Chloe hakte sich bei Jane unter. »Darf ich offen sprechen, Jane?« Sie wartete gar nicht erst eine Antwort ab. »Ich kenne Sie erst zwei Tage, aber dennoch gibt es eine Menge, was ich über Sie weiß.« Jane biss sich auf die Innenseite ihrer Wange. Denn so viel Chloe über sie zu wissen glaubte, in Wahrheit verstand sie doch nur wenig. Sie führte Jane am nächsten Regal entlang und schaute dann zum Ausgang. Jane folgte ihrem Blick zu Gabriel, der in sicherer Entfernung wartete. »Wissen Sie, was ich glaube?«

Janes Mund wurde plötzlich ganz trocken vor Angst, dass ihr Geheimnis entdeckt war und sie von Chloe nun öffentlich bloßgestellt werden würde, obwohl die junge Frau zuvor nichts als freundlich zu ihr gewesen war. Es gelang ihr, den Kopf zu schütteln. »Was ist das, Mylady?«

»Sagen Sie *Chloe*, bitte.« Sie ließ Janes Arm los und ergriff ihre beiden Hände. »Sie möchten nicht bemerkt werden.«

Bei dieser treffenden Beobachtung erstarrte Jane und verspürte Panik in sich aufsteigen. Waren ihre Bemühungen, bloß nicht aufzufallen, für alle so offensichtlich?

»Ich erkenne das in Ihnen, weil ich selbst ebenfalls jemand bin, der nicht auffallen möchte.« Ernsthaftigkeit glomm in Chloes ausdrucksvollen Augen auf. »Wissen Sie, was ich noch erkannt habe?«

Wieder schüttelte Jane den Kopf.

»Die beste Methode, nicht beachtet zu werden, besteht darin, mit der Umgebung zu verschmelzen.« Mit einer raschen Handbewegung deutete sie auf Janes Röcke und ihre Brille. »Und Sie mit Ihren schlichten braunen Kleidern und der Brille verschmelzen nicht mit Ihrem Umfeld.«

Jetzt begriff Jane, was Chloe mit ihren beinah verzweifelten Bemühungen, sie auszustatten, bezweckte. Chloe erkannte in Jane einen Teil von sich selbst – einen Teil, den sie beschützen wollte. Emotionen schnürten ihr die Kehle zu, und wieder meldeten sich Schuldgefühle. »Danke«, flüsterte sie. *Danke, auch wenn ich Ihre Freundlichkeit nicht verdiene.*

Als sie durch den Laden gingen, nahm sich Jane fest vor, Gabriel und seiner Schwester alles zu erstatten. Wenn sie Zugriff auf das Geld des Herzogs hätte, würde sie ihnen alles zurückzahlen, was sie für sie ausgegeben hatten.

»Kommen Sie, Jane. Jetzt zur Hutmacherin.«

Jane unterdrückte ein Stöhnen. Wenn Chloe weiter so das Geld mit vollen Händen ausgab, bezweifelte Jane, dass nach den zwei Monaten bei den Edgertons genug von ihren dreitausend Pfund übrig bleiben würde, um ihren Traum von einer Schule zu finanzieren. Das wäre ihr noch vor wenigen Tagen unwichtig gewesen. Aber jetzt kannte sie die beiden Geschwister besser. Wieder musste sie gegen Gewissensbisse ankämpfen. Denn sie hatte schon vor langer Zeit gelernt, dass Vertrauen, Hingabe und Treue viel wichtiger waren als eine prall gefüllte Geldbörse.

Kapitel 11

An dem Abend gönnte Gabriel seiner Schwester eine Gnadenfrist, statt sich seiner brüderlichen Verantwortung und seinen Pflichten zu stellen. Oder genauer, er gönnte sich selbst eine Gnadenfrist und bewies einmal mehr, dass er ein Feigling war. Allerdings war dieses Mal nicht sein dankenswerterweise inzwischen verstorbener Vater der Grund für seine Feigheit, sondern eine kleine Frau mit Brille.

Gabriel saß an seinem Tisch bei White's, den Rücken den anderen Gästen zugewandt. Er starrte auf die Brandyflasche vor sich und ergriff sie dann mit einem stummen Fluch. Das Klirren von Kristall an Kristall ging in dem Stimmengewirr der Dandys und Gentlemen unter, die es ebenfalls vorzogen, am heutigen Abend die Veranstaltungen der guten Gesellschaft zu meiden und sich stattdessen dem ausgezeichneten Brandy und den Wettbüchern zu widmen. Er nahm einen Schluck. Denn nachdem er Jane und Chloe zu Hutmacherinnen und Schneiderinnen begleitet hatte, war er so schnell wie möglich in seinen Club geflohen, wo er jetzt vor der immer noch halb vollen Flasche Brandy saß, die schon seit fünf Stunden dort stand.

»Waverly, was machst du denn hier?« Beim Klang der vertrauten Stimme erstarrte er, blieb aber sitzen, als der Earl of

Waterson, sein einziger Freund, sich einen Stuhl heranzog und sich darauf niederließ. »Ich glaube, du hast immer noch eine Schwester zu verheiraten – Himmel, was ist denn mit deinem Gesicht passiert?«

Ja, er hatte dank Janes Treffsicherheit schon ein paar neugierige Blicke auf sich gezogen. »Eine Runde im Ring mit Gentleman Jackson.« Die Lüge kam ihm leicht über die Lippen.

»Ah«, erwiderte der Earl, und Enttäuschung lag in dem einen Wort, als hätte er sich etwas Interessanteres von seinem Freund erhofft.

Gabriel winkte einen Diener herbei. Der Lakai stellte ein Glas hin, und Waterson nahm sich die Flasche, um sich einzugießen. »Auch mal zu Besuch in deinem Club? Ausflüge zu Gentleman Jackson? Wie willst du deine Schwester unter die Haube bringen, wenn du dich nicht ausreichend um sie kümmerst?« Sein Freund schmunzelte.

Gabriel runzelte die Stirn und öffnete dann den Mund, bereit, Waterson zu erklären, was er über solche Scherze dachte. Doch dann hielt er inne und trommelte mit den Fingerspitzen auf den Tisch. Chloe musste heiraten – und zwar einen guten, ehrenwerten Gentleman. *Hm.* Er betrachtete Waterson mit neuerlichem Interesse.

Sein Freund verschluckte sich an seinem Brandy. »Sieh mich nicht so an. Ich habe dir bereits gesagt, dass deine Schwester und ich nicht zueinander passen.«

Mit einem frustrierten Seufzen lehnte sich Gabriel zurück. »Ja, das hast du allerdings.« Sechs Mal inzwischen. Wäre die Zurückweisung von irgendjemand anderem gekommen, wäre Gabriel gekränkt gewesen. Doch Waterson und er waren schon so lange Freunde, dass er Chloe und ihre verrückten Ideen zur Genüge kannte. Gabriel ließ die Schultern kreisen. »Selbst wenn du mir einen Riesengefallen tätest, wenn du sie nimmst?«

Waterson lachte leise. »Waverly, wenn du wirklich glaubst, dass du Kontrolle über den Gentleman hast, den deine Schwester heiratet oder eben nicht heiratet, dann bist du nicht ganz richtig im Kopf.«

Vor Frust hätte er am liebsten geknurrt.

»Du hast eine Gesellschafterin eingestellt.« Interesse klang aus den Worten seines Freundes.

Gabriel blinzelte, wurde wieder an Jane erinnert, was wiederum alle Gedanken an Chloe vertrieb. »Stimmt.« Gabriel umfasste sein Glas fester. »Was weißt du davon?«

Waterson nahm einen kleinen Schluck. »Nur, dass sie eine junge Witwe mit verkniffenem Gesicht und permanent gerunzelter Stirn ist, die deine Schwester mit sich durch die Stadt schleppen muss.«

Verkniffenes Gesicht? Zwischen Gabriels Brauen bildete sich eine steile Falte. Sahen andere Jane etwa so? Andererseits, hatte er es nicht am Anfang selbst getan? Aber das war gewesen, bevor sie so fasziniert die Deckenmalerei betrachtet hatte, und vor ihrem Kuss, und … »Was geht das die gute Gesellschaft an?« Und er würde auch nicht preisgeben, dass Chloe darauf bestanden hatte, Mrs Jane Munroe zu behalten.

Der Earl zuckte mit den Achseln. »Du weißt schon, Waverly. Die gute Gesellschaft interessiert sich für alles. Und deine sauertöpfische, hässliche Gesellschafterin hat Aufmerksamkeit erregt.«

Bei diesen unbedacht dahingeworfenen Worten erfasste Gabriel Wut. »Halt den Mund«, fuhr er ihn an. »Ich würde sie nicht als hässlich bezeichnen.« Natürlich hatte er sie anfangs für unscheinbar gehalten, aber nie für hässlich.

»Oh?«, machte Waterson und hob eine Augenbraue. In dem einen Wort schwangen unzählige Fragen mit.

»Sei nicht albern. Die Dame steht in meinen Diensten.«

Waterson grinste. »Ich hab doch gar nichts gesagt.«

Himmel. Gabriel biss die Zähne zusammen, verärgert über diese ungewollte Enthüllung. Er schüttelte den Kopf und konzentrierte sich nicht auf die reizende Mrs Munroe, sondern eher auf die Tatsache, dass sie irgendwie zum Thema des Klatsches geworden war. Jane wäre es zutiefst unangenehm gewesen, zu wissen, dass man in der guten Gesellschaft über sie sprach. Er tat besser daran, ihr diese Information vorzuenthalten.

Sein Freund stützte die Ellbogen auf die Tischkante und beugte sich mit dem Glas in der Hand vor. »Ist da vielleicht irgendetwas, was ich fragen sollte über die Frau, die du nicht als hässlich bezeichnen würdest?«

Glücklicherweise war Gabriel ein Meister darin, seine Gefühle zu verbergen. »Da gibt es nichts«, antwortete er knapp. Sein Freund erwiderte klugerweise nichts, sondern trank lieber einen weiteren Schluck. »Die Frau stammt von Chloes früherer Schule.«

Waterson verschluckte sich an seinem Drink und hielt sich gerade noch rechtzeitig ein Tuch vor den Mund. »Du hast eine ihrer früheren Lehrerinnen eingestellt?«

Es war kein Geheimnis gewesen, dass Chloe an Mrs Beldens Schule für viel Unruhe gesorgt hatte. Selbst mit zwei Schwestern gesegnet, kannte Waterson die Schwierigkeiten und Herausforderungen aus eigener Erfahrung, die es mit sich brachte, für junge Mädchen zu sorgen. Das war nur eine von mehreren Gemeinsamkeiten, die ihn und Gabriel verbanden. Gabriel hatte ihm alles über Chloes Erlebnisse dort berichtet. »Jane …« Er wurde rot. »Mrs Munroe«, verbesserte er sich auf den vielsagenden Blick seines Freundes hin, »war nie Chloes Lehrerin.«

»Wie auch immer.« Waterson tat so, als erschauerte er. »Meine Schwestern sind anstrengend genug, um mich noch ins Irrenhaus zu bringen, aber ich würde trotzdem nie einen dieser Drachen auf sie ansetzen.«

Das verriet eine Menge über die Fürsorge des Mannes für seine Schwestern. Es war auch einer der Hauptgründe, die ihn als Ehemann für Chloe empfahlen. Wenn die beiden nur einfach nachgeben würden, würde das jede Menge Probleme lösen.

»Bist du ...?«, begann Gabriel.

»Ich bin mir sicher.«

Gabriel seufzte. Es war schon verdammt lästig, diese Verantwortung als älterer Bruder. Er selbst war immer schon furchtbar darin gewesen. Das dunkle, hässliche Gesicht seines Vaters drängte sich in seine Gedanken, und ihm wurde ganz kalt. Selbst all die Jahre später reichte die Erinnerung an den Widerling, um den erwachsenen Sohn in einen zitternden Feigling zu verwandeln. Gabriel leerte sein Glas mit einem einzigen Zug. Er genoss die Wärme, die sich seine Kehle hinab ausbreitete, und griff erneut nach der Flasche. Mit leicht bebenden Fingern schenkte er sich ein, dann trank er wieder. Dieses Mal schluckte er langsamer. Und dann bemerkte er den besorgten Blick seines Freundes, der auf ihm ruhte. Alle frühere Belustigung war daraus verschwunden.

Waterson blickte von Gabriels Gesicht zu dem Getränk in seiner Hand. In seinen Augen stand ein stummer Vorwurf. Außer seinen eigenen Geschwistern wusste nur Waterson um die Hölle, die Gabriel in seiner Kindheit durchlitten hatte, wenn auch nur das, was der ihm erzählt hatte, also bei Weitem nicht alles.

Plötzlich war das Thema Jane wesentlich einfacher und sicherer. »Mrs Munroe ist eine tüchtige und absolut brauchbare Gesellschafterin. Ihre äußere Erscheinung hat keinerlei Auswirkungen auf ihre Eignung für die Position.« *Sie hatte nur Einfluss darauf, dass seine Gedanken sich ständig mit ihr beschäftigten.* »Also«, Gabriel stellte sein Glas energisch auf den Tisch zurück. »Wenn du mich entschuldigst.«

»Selbstverständlich«, erwiderte Waterson mit einem leichten Neigen des Kopfes.

Gabriel stand auf und verabschiedete sich mit einer knappen Verbeugung. Mit jedem Schritt bekämpfte er die Dämonen seiner Vergangenheit. Die Zeit hatte bewiesen, dass es Gabriel, wenn sein Vater sich erst einmal in seine Gedanken geschlichen hatte, nicht so schnell gelang, sich aus seinem Griff zu befreien. Denn der Bastard erwies sich manchmal als immer noch so stark wie zu der Zeit, als er noch am Leben gewesen war.

* * *

Als Jane ein kleines Mädchen gewesen war, hatte sie stets die Seidengewänder ihrer Mutter bewundert. Sie hatte mit den Fingern über die glatten, kühlen Stoffe gestrichen und von dem Tag geträumt, an dem sie selbst solche farbenfrohen Kleider würde anziehen können. Mit der Unschuld eines Kindes hatte sie keinen Gedanken daran verschwendet, wo diese wunderschönen Kleider herkamen. Sie wusste nur, sie trafen in großen Schachteln mit Samtschleifen ein, und wenn sie kamen, wurde das oft genug traurige Lächeln ihrer Mutter etwas glücklicher. Wenn sie dann die Gewänder anlegte, hatte Jane dabeigesessen und ihre Schönheit bestaunt.

Erst als sie ungefähr sieben Jahre alt war und zum ersten Mal ihren Vater traf, begriff sie, wo genau diese Gewänder herkamen und was die großen Schachteln mit den Schleifen bedeuteten. Das hatte ihre Unschuld zerstört, und die bewunderten Kleider waren nicht länger schön gewesen. Denn im selben Augenblick hatte Jane gelernt, warum die Dorfkinder über sie flüsterten, sie anstarrten, und warum sie tatsächlich nicht so war wie die andern. In diesem Augenblick hatte sie sich geschworen, niemals selbst solche wunderschönen Seidenkleider anzuziehen.

Bis heute. Als sie auf Drängen von Chloe Edgerton zugelassen hatte, dass eine Schneiderin sie in luxuriöse Stoffe hüllte. Die Berührung ihrer Haut mit den kostbaren Fasern hatte die hässlichen Erinnerungen an ihre Vergangenheit und die beschämende Wahrheit über ihre Existenz geweckt.

Jane nahm die überflüssige Drahtbrille von der Nase. Sie setzte sich auf das Ledersofa in Gabriels Bibliothek, seufzte und legte das Gestell auf das Tischchen neben sich. Denn so sehr ihre Mutter ihren Vater auch geliebt hatte, so materiell sorglos, wenn auch verlogen das Leben, das er ihr ermöglicht hatte, gewesen war – letzten Endes hatten all diese Annehmlichkeiten, alle diese Kleider und Juwelen nichts bedeutet. Sie hatten ihre Mutter nicht glücklich gemacht. Sie hatten ihr keinen Respekt verschafft. Nein, sie hatten sie in den Augen einer grausamen Gesellschaft lediglich noch weiter herabgesetzt. Die kleine Jane hatte beschlossen, nie wie ihre Mutter zu werden, die, als sie vor vier Jahren an Schwindsucht gestorben war, noch auf dem Sterbebett auf den geliebten Mann gewartet hatte, der jedoch nicht gekommen war. Der ihre Mutter, die alles für ein kleines Stück seines Herzens geopfert hatte, im Stich gelassen hatte. Und ihre Mutter hatte sich für diesen selbstsüchtigen Schuft entschieden und ihm vor ihrer eigenen Tochter den Vorzug gegeben.

Janes Lippen verzogen sich bitter. Liebe war kalt und leer und selbstsüchtig, und Jane wollte damit nichts zu tun haben. Wenn sie erst einmal die dreitausend Pfund besaß, die ihr Vater für sie zu ihrem fünfundzwanzigsten Geburtstag ausgesetzt hatte, würde sie dieses Geld für etwas benutzen, das von Bedeutung war.

Doch seit sie hier in Gabriels Haus wohnte, wie oft hatte sie da noch an ihre Pläne für eine Schule gedacht, die so ganz anders als Mrs Beldens Bildungsanstalt für höhere Töchter war? Stattdessen hatte sie Gabriel geküsst – aus freiem Willen und aus Verlangen, und obendrein träumte sie seither von dieser Umarmung.

Jane zog ihre Knie an die Brust und legte ihr Kinn darauf, spürte den groben, tröstlichen Wollstoff. Hier zu sein, als angestellte Gesellschafterin seiner Schwester, war eine Notwendigkeit, es brachte ihr Sicherheit. Und doch schien plötzlich nichts mehr sicher, seit sie jetzt diesen kühlen, überheblichen Adeligen kannte. Der Himmel mochte ihr beistehen, aber sie hatte bei ihrem Kuss dieselbe Schwäche gespürt, von der ihre Mutter befallen gewesen war, sodass sie alles dafür aufgegeben hatte. Jane rieb mit dem Kinn über den Stoff. Sie musste bei Gabriel vorsichtig sein.

Das Hinunterdrücken der Türklinke hallte wie ein Schuss in der nächtlichen Stille, und sie erstarrte. Mit einer intuitiven Sicherheit, die ihr Angst machte, wusste sie, wer auf der anderen Seite stand. Mit heftig klopfendem Herzen blickte sie hoch, als Gabriel hereinkam und die Tür leise hinter sich schloss. Er blieb auf der Schwelle stehen und blinzelte mehrmals, als müssten sich seine Augen erst an den schwach beleuchteten Raum gewöhnen.

Und dann machte er sie ausfindig. »Jane«, murmelte er.

Sogleich stellte sie ihre Füße auf den Boden. »Mylord.« Sie sprang auf, aber er winkte ihr, wieder Platz zu nehmen. Die Vernunft versuchte sie zu warnen – dieses gemütliche Zimmer war seine Welt und sie lediglich ein Eindringling darin und, schlimmer noch, eine Betrügerin. Zögernd ließ sie sich wieder auf ihren Platz sinken.

Er kam mit der tödlichen Anmut eines Panthers zu ihr, und sie erstarrte in atemloser Anspannung, aber er ging an ihr vorbei. Sie folgte seinen Bewegungen mit dem Blick, als er ans Sideboard trat und sich einen Brandy einschenkte.

Auch Lord Montclair mit den wandernden Händen und dem harten Ausdruck in seinen Augen hatte gern Brandy getrunken. Doch als sich Gabriel, das Glas in der Hand, auf dem Ledersessel ihr gegenüber niederließ, war sie sich darüber im Klaren, dass dies kein Mann war, der einer Frau seine Aufmerksamkeit aufzwingen würde. Nein, die meisten Gentlemen hätten der Frau, die für die noch immer erkennbaren lilablauen Überreste eines Blutergusses im Gesicht verantwortlich zeichnete, einfach gekündigt. Gabriel aber hatte sich als Reaktion auf ihren Hieb nicht die leiseste Verärgerung anmerken lassen.

»Sie schlafen nachts nicht.« Es war eine nüchterne Feststellung.

Seit dem Tod ihrer Mutter vor vier Jahren, als sie sich ohne die geringste Fertigkeit allein in einer grausamen Welt wiedergefunden hatte, einzig das Wohlwollen ihres Vaters als Empfehlung, hatte Jane das erste Mal Existenzangst verspürt. »Nein.«

Er betrachtete ihr Gesicht einen Augenblick lang, dann schaute er in sein Glas. Der gequälte Ausdruck in ihren Augen zeugte von tiefem Schmerz. »Und Sie auch nicht«, bemerkte sie leise.

Seine breiten Schultern zuckten unter dem saphirblauen Stoff seines perfekt sitzenden Abendrocks. »Nein.« Sein sonst so geschmeidiger Tonfall klang nun harsch und ernst.

Er hatte also auch Ängste. Sie senkte den Blick. Welche Befürchtungen mochte ein mächtiger Adeliger wie er kennen? Dann richtete sie den Blick wieder auf ihn, sah die feste Umklammerung, mit der er sein Glas hielt. Leid und Schmerz waren nicht einem bestimmten Stand vorbehalten.

Plötzlich wurde ihr durch die Intimität des Moments und dadurch, dass sie ihn nicht nur als Marquis, sondern als Mann wahrnahm, bewusst, wie närrisch es war, hier zu sein, allein und mit bereits geschwächter Abwehr. Sie erhob sich.

»Hatten Sie heute Spaß?«

Seine Frage ließ sie erstarren. *Er möchte nicht allein sein.* Denn trotz seiner kühlen Lässigkeit und der dünnen Lackschicht des vornehmen Gentlemans sehnte er sich nach Gesellschaft. Als jemand, der selbst ein einsames Leben führte, spürte sie das. Allerdings wäre es klug, wenn sie sich jetzt zurückzöge, aber ihr spontanes Mitgefühl hielt sie zurück. »Was meinen Sie mit heute?« *Der Augenblick, als Sie meine Locke zwischen den Fingern gehalten haben?* »Unseren Ausflug in die Bond Street?«

Etwas von der Anspannung in seinen Schultern löste sich. Er empfand Erleichterung darüber, dass sie, obwohl sie hätte gehen können, geblieben war und ihm Gesellschaft leistete.

Jane betrachtete diesen stoischen Fremden, der sie nach ihrer ersten Begegnung umgehend auf die Straße hatte setzen wollen und der jetzt mit ihr in seiner Bibliothek saß und mit ihr redete.

Und was hatte es mit ihrem Bedürfnis auf sich, seine unausgesprochenen Gedanken zu erfahren?

* * *

In dieser Nacht verfolgten ihn die Dämonen seiner Vergangenheit. Sie kamen in unerwarteten Momenten, ausgelöst durch einen Geruch, ein Geräusch, eine Erinnerung. Er hatte sich eingebildet, die Erinnerungen an seinen Vater und dessen Misshandlungen wirksam verdrängt zu haben, dennoch würde er nie wirklich frei von ihnen sein. Das galt auch für seine Geschwister.

An diesem Abend war es Watersons harmlos gemeinte Bemerkung über Gabriels Rolle als Bruder gewesen, die ihn wieder in die Schrecken seiner Jugend zurückbefördert hatte. Das hatte ihn dazu gebracht, seinen Club zu verlassen und sich in die Stille seiner Bibliothek zurückzuziehen. Als er durch die Korridore gegangen war, hatte das schwache Flackern von

Kerzenlicht unter der Tür in ihm den Wunsch geweckt, hineinzugehen, denn er wusste intuitiv, wer auf der anderen Seite dieser Tür sein würde.

Nach Jahren, in denen er alles darangesetzt hatte, sich von dem Bastard, der sein Vater gewesen war, zu unterscheiden, war Gabriel, als er Jane Munroe begegnete, zu der unerfreulichen Erkenntnis gelangt, dass er ihm wohl doch mehr ähnelte, als er gehofft hatte.

Denn als er allein mit ihr in der schwach beleuchteten Bibliothek saß, verzehrte er sich danach, erneut die weichen, wohlgeformten Lippen zu kosten. Er umklammerte das Glas in seiner Hand fester und nahm einen tiefen Schluck, um seinen Abscheu besser hinunterschlucken zu können. Das vertraute Brennen des edlen französischen Weinbrandes half ihm jedoch kaum, sein Verlangen zu dämpfen.

Er begehrte sie, diese Frau mit ihren leicht nach unten geschwungenen Lippen und der stolzen Haltung. Neugier erwachte in ihm, er wollte wissen, wer diese im einen Augenblick verärgerte, dann gleich darauf wieder lächelnde und zu Neckereien aufgelegte junge Frau war. Er schwenkte den Inhalt seines Glases und betrachtete sie über den Rand hinweg. Was war geschehen, dass sie nun in seinem Haus die Stelle einer Gesellschafterin innehatte? Da es sicherer war, seine Neugier zu nähren und mehr über sie zu erfahren, als sie aufs Sofa zu drücken und sie zu nehmen, entschied er sich für Ersteres.

Als wäre ihr seine Musterung irgendwie unangenehm, setzte sich Jane anders hin. Mit leicht bebenden Fingern blätterte sie die Seiten des Buches in ihrer Hand um.

»Wie kommt es eigentlich, dass Sie Gesellschafterin geworden sind?«

Sie erstarrte, und das Buch landete mit einem dumpfen Aufprall auf dem Teppich. »Mylord?«

Als Junge hatte seine Sicherheit davon abgehangen, wie gut er das, was sein Vater tun würde, hatte einschätzen können. Er war daher sehr gut darin geworden, die subtilen Feinheiten in den Gesten, im Mienenspiel und im Verhalten anderer wahrzunehmen und zu deuten. Jane runzelte die Stirn und sprach ihn mit »Mylord« an, wenn sie beunruhigt war. Eine steile Falte erschien zwischen seinen Augenbrauen. Was für Geheimnisse hatte sie? Er lehnte sich zurück. »Sicherlich ist das keine Frage, die solche Überraschung rechtfertigt, oder?«

Sie rang die Hände. »Haben Sie Grund, daran zu zweifeln, dass ich den Anforderungen der Stelle einer Gesellschafterin für Lady Chloe genüge? Wollen Sie mich fortschicken?«

Mich fortschicken? Er hielt inne. Nicht *zurück zu Mrs Belden*. Sondern *fort*. Sie zog es vor, hier zu sein. Warum sollte das überhaupt wichtig sein? Aber das war es. Eine unerklärliche Leichtigkeit erfüllte seine Brust. »Ich versichere Ihnen, ich bin sehr zufrieden mit der Art und Weise, wie Sie Ihren Pflichten nachkommen, Jane.« Selbst wenn sie ihn manchmal mit ihren unverschämten Worten und ihrem Tonfall verärgerte, bewunderte er ihr Temperament. »Ich habe nicht vor, Sie zurückzuschicken.« Er hatte schon immer alle Menschen bewundert, die Mut besaßen, vor allem, weil er in seiner Kindheit feige vor seinem Vater gekuscht hatte.

Alle Anspannung wich aus Janes Schultern, und ihre Miene wurde sanft. »Vielen Dank«, antwortete sie. Sie senkte den Blick auf ihren Schoß, wo eben noch das Buch gelegen hatte. Sie bückte sich und hob es auf, und einen Augenblick dachte er, sie würde die Frage ignorieren, die er ihr vorher gestellt hatte. »Es besteht ein bemerkenswerter Mangel an Möglichkeiten, die sich einer jungen, unverheirateten Frau bieten.«

Er hätte schon tauber als ein Holzbalken sein müssen, um nicht die Empörung aus dieser Erwiderung herauszuhören. Bedauern füllte ihn, ebenso wie Scham. Er hatte sein

Leben der Aufgabe gewidmet, seinen Geschwistern Sicherheit und Zufriedenheit zu bieten, doch dabei hatte er nie einen Gedanken an die Lage anderer verschwendet. Beispielsweise an junge Frauen wie Jane. »Was ist mit Mr Munroe?« Das war eine unangemessene Frage, und er hatte kein Recht, sie zu stellen.

»Mr Munroe?«, wiederholte sie mit gerunzelter Stirn. Dann schien ihr zu spät ihr Fehler aufzufallen. »Oh«, räusperte sie sich. »Oh, Sie meinen wohl meinen Ehemann?«

Gabriel nahm einen weiteren Schluck Brandy. Sie war ebenso wenig verheiratet gewesen wie er selbst. »Ja, gab es noch einen anderen?« Dennoch war diese junge Dame eine Gesellschafterin, und Mrs Belden, die respektierte und gefürchtete Rektorin einer der renommiertesten Schulen für junge Mädchen aus vornehmen Familien im gesamten Königreich, hätte niemals eine Frau als Lehrerin eingestellt, die nicht verwitwet oder ledig war.

Jane schüttelte den Kopf so heftig, dass sich mehrere ihrer blonden Locken lösten. »Natürlich nicht.« Sie biss sich auf die Unterlippe. »Mr Munroes Vater könnte der andere Mr Munroe sein, den Sie erwähnten.«

Arme Jane und ihr verunglückter Versuch, ihren Fauxpas zu vertuschen. Aus ihrer Bitterkeit, als sie von dem *bemerkenswerten Mangel an Möglichkeiten* für junge Frauen gesprochen hatte, schloss er, dass sie sich eine Welt auf dieser Mrs Munroe und nicht Miss Munroe aufgebaut hatte, um sich zu schützen. Er erbarmte sich und richtete seine Fragen auf Wahrheiten und nicht auf diese wackeligen Lügen. »Wie sind Sie zu der Anstellung bei Mrs Belden gekommen?«

»Ganz ähnlich wie die meisten anderen Lehrerinnen.«

Und wie war das? »Und werden Sie in Mrs Beldens Dienste zurückkehren, nachdem Sie hier fertig sind?« Sein Magen zog sich bei der Vorstellung, sie nicht mehr hier in diesem Hause zu haben, schmerzlich zusammen. Heute Nacht hatte er ganz offensichtlich zu viel Alkohol getrunken. Es gab keine andere Erklärung für diese irrationale Reaktion.

»Was glauben Sie, wohin ich gehen könnte?« Ah, da waren sie wieder dabei, Fragen mit Gegenfragen zu beantworten.

Angesichts ihrer unübersehbaren Bemühungen, ausweichend zu bleiben, mischte sich in seine Belustigung leichte Verärgerung. Gabriel leerte sein Glas, dann stellte er es auf das Mahagonitischchen neben sich. Er beugte sich nach vorn. »Wer sind Sie, *Miss* Munroe?«

Sie erstarrte bei diesem absichtlich betonten Wort. Er erwartete, dass sie den Blick abwenden würde. Aber andererseits hatte er bereits gelernt, dass Jane niemals tat oder sagte, was er erwartete. Sie reckte ihr Kinn und erwiderte seinen Blick offen. »Ich bin nur eine …«

»Jetzt sagen Sie nicht, Sie seien ›nur eine Gesellschafterin‹«, verlangte er gereizt. Mit einem Mal reichte es ihm, ihre Worte zusammen mit Watersons Bemerkungen von vorhin gaben ihm den Rest, und sein Geduldsfaden riss.

Sie hatte bei ihrer Arbeit Charakter und innere Stärke bewiesen. Wie viele Frauen konnten solch eine Stelle schon antreten? »Was, wenn ich sage, meine Fragen haben nichts mit meiner Rolle als Ihr Arbeitgeber zu tun?« Jane starrte ihn an, ohne zu blinzeln.

Er beugte sich näher zu ihr. »Was, wenn ich sage, ich möchte mehr über Sie wissen?«

»Warum?«

Ja, warum? Warum, wo er sich doch fest vorgenommen hatte, keinen Gedanken an alle anderen zu verschwenden, die nicht zum engsten Kreis seiner Familie gehörten?

Weil er sich nach einem Abend, an dem er seine Erinnerungen in einer Flasche zu ertränken versucht hatte, der Wahrheit gestellt hatte – er war einsam. Im Licht eines neuen Tages würde das nicht wichtig sein. Es würde ihm Trost und die

Gewissheit bringen, dass er niemand anderem etwas schuldig war. Doch jetzt, wo er allein mit Jane Munroe war, sehnte er sich nach einer vorübergehenden Verbindung, die er am nächsten Tag ohne Bedauern wieder trennen konnte.

»Ich lese gerne.«

Damit hatte sie seine Aufmerksamkeit wieder, und mit dieser unerwarteten Äußerung gelang es ihr, ihn zu überraschen.

Sie hielt das Buch hoch. Er versuchte den Titel zu entziffern, aber Jane senkte den Lederband sofort wieder. Ihm entging nicht, wie sie rasch versuchte, den Buchdeckel in den Falten ihres Rocks zu verstecken. Sein Interesse wuchs. »Was lesen Sie da, Jane?«

»Ach«, erwiderte sie rasch. »Eigentlich alles.«

»Und als Gesellschafterin haben Sie viel Zeit zum Lesen?«

Sie schüttelte den Kopf. »Nein.«

»Haben Sie Familie?« Mit dieser Frage wollte er eine Antwort hören, die sie von seiner eigenen qualvollen Kindheit unterschied. Es war der Wunsch zu wissen, dass sie, während er in der Hölle gelebt hatte, den Trost eines vorhersehbaren Lebens in der Familie gekannt hatte.

»Sie haben eine Menge Fragen, Mylord.«

Er warf ihr einen langen Blick zu.

Sie seufzte. »Als Kind gab es nur mich und meine Mutter. Ich hatte keine Geschwister, und meine Mutter …« Sie schaute weg, richtete ihre Augen auf eine Stelle hinter seiner Schulter. »Meine Mutter war eine Träumerin, während ich mich nach Nüchternheit sehnte.«

Selbst als Kind schon? Ein vertrautes Ziehen machte sich in seinem Herzen bemerkbar. In ihrem Tonfall schwang eine gewisse Bitterkeit mit, die ihn davon abhielt, weitere Fragen zu ihrer Familie zu stellen. Der bittere Unterton war eine Bestätigung, dass sie eben nicht die leichte Kindheit gehabt hatte, die er sich für sie erhofft hatte. »Was haben Sie gelesen?«, fragte er.

»Zu Beginn habe ich Märchen gelesen.« Ein weiteres dieser wehmütigen Lächeln umspielte ihre Lippen. »Nicht alle Märchen. Nur die über die Liebe und mit einem guten Ende.«

Ein Bild erschien vor seinem geistigen Auge. Eine kleine Jane mit Brille, die ihre Nase in ein Buch steckte, eines über Prinzen und Prinzessinnen und immerwährende Liebe. Diese Vorstellung hatte einen unerklärlichen Reiz für ihn.

Dann fielen ihm die zwei Worte auf, *zu Beginn*. Eine ungute Empfindung zog ihm den Magen zusammen. »An welchem Punkt haben Sie aufgehört, von Liebe zu träumen?« Sie war viel zu jung, um ebenfalls die Hoffnung auf Glück aufgegeben zu haben.

Sie verschränkte die Hände vor sich. »Es ist nicht so, dass ich nicht an die Liebe glaube, Mylord.«

Ah, jetzt war er also wieder Mylord, was? Der Dame war es unbehaglich, Herzensangelegenheiten mit ihm zu besprechen.

»Ich glaube an die Liebe. Ich habe die Macht dieses Gefühls beobachten können.«

Beobachten können. Aber nicht *selbst erlebt*?

Ihre Lippen verzogen sich zu einem ironischen Lächeln. »Ich verspüre nicht den Wunsch, mich ihm auszuliefern.«

Er ließ seinen Blick über Janes herzförmiges Gesicht wandern. Gabriel besprach derart Intimes mit niemandem. Nicht mit seiner Familie und nicht mit seinem einzigen Freund auf der Welt.

Aber was war mit Jane? Die verbitterte junge Frau, die nur ihre Mutter gekannt hatte? Sie wurde unter seiner Musterung unruhig. »Wann haben Sie aufgehört, an Märchen zu glauben?« Wieder war es eine unverschämte Frage, die er nur wegen der späten Stunde und des zuvor genossenen Alkohols stellte.

»Als ich begriff …« Jane verstummte, brach die zu verräterische Antwort ab. Sie sprang auf. »Ich sollte auf mein Zimmer gehen«, erklärte sie und betrachtete ihn, als wäre er ein Wolf, der sich unter die ahnungslosen Schafe gemischt hat.

»Ja«, pflichtete er ihr bei. Er war zwar aufgestanden, verharrte jedoch reglos, um ihr Sicherheit zu vermitteln.

Jane wartete noch. Sie erwiderte seinen Blick. »Sie müssen sich keine Sorgen machen, dass ich Ihre Schwester zum Träumen ermutige. Ich werde ihr den Kopf nicht mit Märchen und romantischen Hoffnungen verwirren.«

»Weil Sie selbst nicht daran glauben?«, entgegnete er.

»Weil ich praktisch und vernünftig genug bin, um die Gefahren darin zu erkennen, ein Herz jemandem anzuvertrauen, der dieses kostbare Geschenk überhaupt nicht verdient.«

Ihr war das Herz gebrochen worden. Warum erfasste ihn bei diesem Gedanken heftige Eifersucht? Bei ihren früheren Unterhaltungen hatte er angenommen, dass Mr Munroe lediglich ausgedacht war. Jetzt erhob sich hier die hässliche Möglichkeit, dass irgendein Schuft Jane gezwungen hatte, sich zu Unrecht als verheiratet auszugeben.

Gabriel nahm sein leeres Glas vom Tisch und ging damit zum Sideboard. Er schenkte sich einen weiteren Drink ein, drehte sich wieder zu ihr und hielt das Glas wie zum Salut in die Höhe. »So unterschiedliche Meinungen wir oft genug auch haben, Jane, sind wir zu diesem Punkt in bemerkenswertem Maß gleicher Meinung.« Nachdem er sich jahrelang abgeschirmt und verschanzt hatte, war von seinem Herzen nichts mehr übrig und er konnte es niemandem mehr schenken.

»Ja«, stimmte sie ihm leise zu. »Es hat ganz den Anschein.« Sie machte einen Schritt auf ihn zu. »Ich kann mir gut vorstellen, jemand hat Sie verletzt, Gabriel.« Das entsprach der Wahrheit. Der Mann, der ihn gezeugt hatte.

Etwas geschah zwischen ihnen. Ein Band, unbeabsichtigt geschmiedet von zwei Menschen, die beide an einem Punkt in ihrem Leben gelernt hatten, sich vor der Liebe in Acht zu nehmen, ebenso wie vor allen Gefühlen, die damit einhergingen.

Diese unbekannte Verbindung hatte Gabriel bisher mit niemandem verspürt. Nicht mit seinem Bruder, der ihn jahrelang verabscheut hatte. Nicht mit seiner Schwester Philippa, die stets höflich war und mit allen freundlich sprach, nicht mit Chloe, die ihn eher für lästig hielt. Jane machte einen Schritt auf ihn zu, und seine Füße zuckten, als verspürte er unwillkürlich den Drang, die Flucht zu ergreifen. Er wollte keine Verbindung zu Jane oder sonst jemandem. Diese Verbindungen brachten nur Verantwortung mit sich. Verantwortung brachte Enttäuschung, und diese Enttäuschung brachte Schmerz. Sein Herz klopfte heftig, während er die Kontrolle dieser Fremden zu entreißen suchte, die seine Vernunft gestohlen hatte.

Er setzte eine unergründliche Miene auf. »Jane?«, sagte er leise, als sie weiter auf ihn zukam.

Sie blieb stehen. »Ja?«

Jane Munroe war eine Gefahr für seine wohlgeordnete Welt. »Gleichgültig, was Sie über Liebe, Hoffnung und Glück glauben, ich möchte trotzdem, dass meine Schwester mehr anstrebt. Und daher möchte ich Sie bitten, Ihre eigenen zynischen Gedanken nicht mit meiner Schwester zu teilen.« Er konnte es sich nicht leisten, schwach zu sein. Nicht noch einmal.

Jane erstarrte. »Mylord?«

Wie war es möglich, zugleich das durchtrennte Band zwischen ihnen zu betrauern und Erleichterung zu empfinden? »Chloe braucht einen Ehemann, und ich möchte nicht, dass Sie ihr den Kopf mit Ihrer eigenen Bitterkeit füllen.« Innerlich zuckte er unter dem Vorwurf zusammen, den Waterson im Club ihm gegenüber geäußert hatte.

Wenn Blicke verbrennen könnten, wäre er jetzt ein Häuflein Asche zu ihren Füßen gewesen. »Mit meiner Bitterkeit?«, presste sie zwischen zusammengebissenen Zähnen hervor.

Angesichts dieser kaum beherrschten Wut erinnerte Jane in nichts an die zurückhaltende junge Frau, die zu Beginn vor ihm gestanden hatte. Sie überwand den Abstand zwischen ihnen, und in einer ihrer Rolle als Angestellter völlig widersprechenden Art und Weise bohrte sie ihm den Finger in die Brust. »Ich bin nicht verbittert. Ich bin realistisch.«

Wie er auch. Sie ergaben ein erbärmliches, trübseliges Paar.

»Außerdem«, fuhr sie fort und er zuckte unter einem weiteren Finger zusammen. »Ich möchte, dass Sie wissen, dass Sie Ihrer Schwester unrecht tun, wenn Sie glauben, ich, Sie oder auch der König persönlich hätten einen Einfluss darauf, was sie glaubt.« Damit warf sie den Kopf in den Nacken und marschierte aus dem Zimmer.

Kapitel 12

Am nächsten Morgen saß Jane müde und mit vor Erschöpfung brennenden Augen am Frühstückstisch und dachte über ihre Begegnung mit Gabriel nach. Wie hatte sie so närrisch sein können, zu glauben, dass der Marquis of Waverly irgendetwas Herzliches, Gütiges oder Freundliches an sich hatte? Dieser vermaledeite Kuss hatte ihre Vernunft aus den Angeln gehoben.

Wie dumm von ihr.

Der Kuss hatte sie gezwungen, hinter die Maske des brüsken, herablassenden Aristokraten zu blicken und den Mann dahinter zu sehen. Dabei hatte sie Wärme und Schmerz und einen Gentleman entdeckt, der ihr seine Aufmerksamkeit nicht aufzwingen würde – einen Mann, der sie als einen wichtigen Menschen betrachtete, egal welchen gesellschaftlichen Stand sie hatte.

Und dennoch – obwohl ihre Meinung von ihm wieder unsanft zurechtgerückt worden war –, warum drehten sich dann ihre Gedanken nur um *eine* Frage?

Ihm war das Herz gebrochen worden. Es gab keine andere Erklärung für sein zynisches Grinsen und seine harschen Worte über die Liebe. Jane fuhr über die Seitenränder des Buches vor sich – der gleiche bedauernswerte, vergessene Band, durch den sie sich schon am vergangenen Abend vergeblich gekämpft hatte. Vornehme Herrschaften kannten normalerweise gebrochene Herzen und schmerzliches Bedauern nicht. Ihr Stand schützte sie vor Schmerz und Unsicherheiten. Das war es, was sie naiverweise geglaubt hatte.

Gabriel so zu sehen, wie er gestern gewesen war, einen Mann, dem seine Vergangenheit keine Ruhe ließ, hatte diese Einschätzung als irrig entlarvt. Es hatte sie genug erschüttert, um zu erkennen, dass seine kühle Gleichgültigkeit eine Maßnahme war, um sich zu schützen. Als jemand, die selbst jeden Tag ihres Lebens eine Verkleidung trug, konnte Jane sie bei anderen leicht ausmachen. In diesem Fall war es Gabriel. Sosehr sie ihn auch hassen und ihn in die gleiche verhasste Kategorie einordnen wollte wie jeden anderen Adeligen, konnte sie es einfach nicht.

»Du bist still, Jane.«

Jane blickte auf und errötete. Chloe saß ihr gegenüber und schaute sie über das Buch in ihren Händen hinweg an.

»Entschuldige. Ich habe gele…«, begann Jane, entschied sich dann jedoch gegen die Lüge. Schließlich lag das Buch geschlossen vor ihr.

Chloe bedachte sie mit einem milden Blick. In den Augen der jungen Frau stand eine Herzlichkeit, die Jane dazu einlud, ihr anzuvertrauen, was ihr Sorgen bereitete. Das zu tun wäre jedoch töricht gewesen. Jane stand es nicht zu, mehr über ihren Arbeitgeber zu wissen. Bald schon würde ihre Zeit hier vorüber sein. Vielleicht schon sehr bald, falls ihr Betrug aufflog. Ihr Magen krampfte sich zusammen.

»Was ist?« Chloe beugte sich vor. Die junge Frau war auf jeden Fall hartnäckig. Sie blickte Jane bekümmert an. »Ist es mein Bruder? War er unhöflich zu dir? Er ist immer so steif und herrisch.«

»Nein.« Das Wort brach aus Jane hervor. Ihre Wangen erröteten bei der Antwort. »Nein. Dein Bruder war immer nur höflich und anständig.« Die Erinnerung an den Kuss flammte in ihr auf.

Chloe schnaubte. »Das ist eine passende Beschreibung meines ältesten Bruders.«

Jane richtete ihren Blick auf die geschlossene Salontür und dann wieder zurück auf Chloe. Sie hatte sich nicht nach dem Marquis erkundigt. Vielmehr hatte Gabriels Schwester sie ungefragt mit Informationen über ihn versorgt. Sicherlich würde es nicht schaden, wenn sie daraufhin selbst eine Frage stellte. »Ist er immer schon so …?«

»Langweilig?«

Konnte irgendjemand wirklich den attraktiven Marquis langweilig und steif finden, so wie seine Schwester behauptete?

»Nein«, widersprach Jane energisch.

»Unnachgiebig?«

Janes Lippen verzogen sich zu einem Lächeln. Ja, ein Mann, der sich aufgrund einer einzigen kurzen Begegnung anmaßte, ein Urteil über ihre Eignung für die Anstellung zu fällen, verdiente es, mindestens als unnachgiebig bezeichnet zu werden. »Ernsthaft«, schlug sie aber stattdessen vor und musste daran denken, wie sich in seinen Augen dunkle Gedanken widergespiegelt hatten. »Ist er immer schon so grüblerisch gewesen?« Etwas von der Fröhlichkeit wich aus Chloes Blick, und Jane biss sich auf die Innenseite ihrer Wange. Sie schämte sich dafür, dass sie die junge Frau über ihren Bruder aushorchte. »Verzeih mir bitte«, beeilte sie sich zu sagen. »Es steht mir nicht zu …«

»Ja, er war immer schon grüblerisch veranlagt.« Chloe unterbrach mit ihren leisen Worten Janes Entschuldigung. »Gabriel war schon immer ernsthaft. Alex, mein anderer Bruder«, erklärte sie, »ist im Gegensatz dazu schon immer ein sorgloser, charmanter Draufgänger gewesen.« Ihre Augen funkelten. »Die Zeitungen haben immer geschrieben, er sei ein Lebemann.«

»Ach ja? Ist er das denn?« Solche Männer waren Jane oft genug begegnet, daher zog sie Gabriels trockenen Humor und seine zurückhaltende Art bei Weitem vor.

»Alex ist inzwischen verheiratet«, berichtete Chloe lächelnd. »Und wirklich bekehrt.« Das bezweifelte Jane. *Einmal ein Lebemann, immer ein Lebemann.* »Er hat meine beste Freundin Imogen geheiratet.« Ihr Lächeln wurde ein wenig schief. »Was der Grund ist, warum ich jetzt allein bin und ohne Begleitung.« Etwas von ihrer Unbekümmertheit von vorhin kehrte zurück. »Allerdings muss ich zugeben, ich hatte damit gerechnet, dass die nächste Saison ziemlich einsam für mich wird, Jane. Ich hätte nie gedacht, dass ich eine Gesellschafterin finden könnte, die nicht nur philosophische Bücher liest, sondern mir auch eine Freundin würde.«

Jane wurde ganz warm ums Herz. »Eine Freundin«, wiederholte sie leise. In ihren vierundzwanzig bisherigen Lebensjahren hatte sie nie eine Freundin gehabt. Wie sie gestern Abend Gabriel erzählt hatte, war sie als Kind viel allein gewesen, und das war, je älter sie wurde, eher schlimmer als besser geworden.

»Ja, eine Freundin.« Chloe warf ihr einen Blick zu, wie er nur von einer Frau kommen konnte, die selbst etwas Ähnliches erlebt hatte. Sie zwinkerte Jane zu. »Selbst, wenn du eine von Mrs Beldens Drachen bist.«

Die Realität erhob ihr hässliches Haupt. Ihre Täuschung, das ganze Lügengebäude, auf dem ihre Beziehungen zu Gabriel und dieser jungen Frau errichtet waren, drängte sich in den Vordergrund und beschämte sie nicht zum ersten Mal. Sie rutschte auf ihrem Stuhl umher und senkte den Blick auf das Buch in Chloes Schoß.

Ein erleichtertes Seufzen entrang sich ihrer Brust, als Gabriels Schwester das Gespräch wieder auf weniger unsichere Themen lenkte. Sie hielt ihre Ausgabe von *Gedanken über die*

Erziehung von Töchtern in die Höhe. »Ich muss gestehen, ich verschlinge die Schriften deiner Mrs Wollstonecraft förmlich.«

Jane hätte das gesamte Geld, das ihr in zwei Monaten zustehen würde, darauf verwettet, dass sie der Marquis of Waverly dafür, dass sie Chloe mit den Werken dieser Frau bekannt gemacht hatte, schneller vor die Tür setzen würde, als sie die Worte »skandalöser Unterricht« aussprechen konnte. »Mrs Belden würde das nicht gefallen«, murmelte sie halb zu sich selbst. Schließlich war das ein Entlassungsgrund.

Chloe warf ihre blonden Locken zurück und lachte. »Ja, ich kann mir vorstellen, dass die Mutter aller Drachen diese Lektüre nicht dulden würde.« Dann ebbte etwas von ihrer Belustigung ab. »Allerdings muss auch ich Kritik an Mrs Wollstonecraft üben.«

»Inwiefern?«, fragte Jane nach, als die andere schwieg.

Chloe zuckte die Achseln. »Sie ist schon skandalös in Bezug auf ihre Gedanken und Anschauungen über Frauen und ihre Rolle in der Gesellschaft, und trotzdem schreibt sie hier«, sie hob ihr Buch erneut an, »hier schreibt sie, dass der einzige Weg, wie eine Frau sich in die Gesellschaft einbringen kann, darin besteht, zu heiraten.« Sie warf das Buch auf den Tisch neben ihnen und nahm die Unterlippe zwischen die Zähne. »Stimmst du dem zu, Jane?«

Jane zögerte, sie wusste, es gab mehrere Möglichkeiten, wie sie darauf antworten konnte. Sie konnte der Autorin beipflichten, so wie es Gabriel vermutlich gern gehört hätte. Mit dieser Lüge würde sie Chloe wunschgemäß anleiten, in den erstrebenswerten Status als Ehefrau eines ehrenwerten und mächtigen Lords einzutreten.

Oder sie konnte aufrichtig sein.

Sie erwiderte Chloes Blick. »Es kommt nicht darauf an, was ich denke, sondern darauf, was du glaubst, Chloe.«

Die Angesprochene lächelte wehmütig. »Du bist die Einzige – von Mrs Beldens Lehrerinnen, meinen Geschwistern, meiner Mutter oder irgendjemandem –, die das sagt.«

In was für einer beängstigenden Welt sie beide doch lebten. Jane hob ihre Hände. »Die Gesellschaft und deine Familie glauben, sie beschützen dich – uns«, verbesserte sie sich. »Sie glauben, sie könnten uns anleiten, die perfekte Ehe einzugehen.« Ihr erstes Zusammentreffen mit Gabriel fiel ihr wieder ein. »Sie sind davon überzeugt, dass man sich um uns kümmern muss und dass sie klüger sind und wissen, was wir brauchen. Und dabei übersehen sie die Wahrheit.«

Die jüngere Frau starrte sie gebannt an, hing an ihren Lippen.

»Die Wahrheit ist doch«, fuhr Jane kopfschüttelnd fort, »wir kennen unser Herz und, was noch wichtiger ist, unseren Verstand. Wenn ein Hund nach einem schnappt und einen anknurrt, bückt man sich ja auch nicht, um ihn zu streicheln. Aber die Gesellschaft meint, man würde genau das tun, wenn man nicht die richtige Anleitung erhält.«

Eine unerwartete, heftige Bitterkeit trat auf die Züge der jungen Frau und ließ sie älter als ihre einundzwanzig Jahre wirken. »Aber wäre es dann nicht klüger, all diese Geschöpfe zu meiden, damit niemand nach einem schnappt und einen anknurrt?«

Jemand war ihr gegenüber gewalttätig geworden. Janes Herz zog sich zusammen, und sie atmete langsam aus. Natürlich. Darum verwahrte Chloe sich trotz der Erwartungen der Gesellschaft und der Entschlossenheit ihres Bruders so standhaft gegen die Ehe. Die junge Frau hatte Schmerz kennengelernt, und ihre Worte verrieten, dass dieser Schmerz nicht rein emotionaler Natur gewesen war wie der, den Jane erlebt hatte. Anstatt ihr eine Antwort zu geben, stellte sie Chloe eine Frage. »Als ich eintraf, hattest du dir schon eine Meinung über mich gebildet. Du wolltest, dass ich weggeschickt werde. Nicht wahr?«

»Oh, ich …«

Jane unterbrach die zerknirschte Entschuldigung. »Du hast auf mein Kleid geschaut.« Sie senkte den Blick auf das, was sie anhatte und was die junge Dame als Drachenkluft bezeichnet hatte. »Und du hast entschieden, dass ich genauso sein muss wie jede andere Lehrerin, die du zuvor kennengelernt hast.« In Wahrheit waren diese Frauen wesentlich ehrenwerter als sie selbst. Jane war ja schließlich eine Hochstaplerin. Wieder regten sich in ihr Schuldgefühle, die sie jedoch entschlossen ignorierte. Sacht nahm sie Chloes Hände in ihre. »Ich werde dich nicht zu einer Ansicht über die Ehe zwingen, wie es dein Bruder oder die Gesellschaft möchten. Ich will dich bloß ermutigen, zu begreifen, dass einfach nur, weil jemand wie ein Drache gekleidet ist, er beileibe keiner sein muss.« Jane drückte ihr leicht die Finger.

Chloe musste schlucken, doch dann nickte sie.

»Weißt du, was ich glaube?«, fuhr Jane fort.

Chloe warf ihr einen fragenden Blick zu. »Was denn?«

»Du kannst dein Leben lang Hunde meiden, weil du in der Vergangenheit gebissen worden bist, aber indem du das tust, lebst du nicht wirklich, und dann hätte er« – sie verbesserte sich rasch – »der Hund«, *wer auch immer das Monster ist, das dir Schlimmes angetan hat*, »gewonnen.«

Wusste Gabriel eigentlich von dieser Sache? Wenn das der Fall gewesen wäre, hätte er den Schuldigen vermutlich in der Luft zerrissen. »Jedenfalls darfst du nicht zulassen, dass deine Ängste aus der Vergangenheit die Kontrolle über deine Zukunft gewinnen. Schließlich beginnt die immer heute.« Während diese tröstlichen Worte über ihre Lippen kamen, fiel ihr auf, dass sie genauso für sie selbst galten.

Chloe riss erstaunt die Augen auf. »Das klingt schön, Jane.«

Ihr gelang ein verlegenes Lächeln. »Leider gebührt der Ruhm dafür Mrs Wollstonecraft.« Und wenn Gabriel davon erfuhr, dass die Ansichten dieser Frau in seinem Hause gelehrt wurden, war ihr der Rauswurf gewiss – und zwar ohne Empfehlungsschreiben.

»Mach dir keine Sorgen«, erklärte Chloe und tätschelte Jane das Knie. »Ich würde sagen, Gabriel stört es nicht.« Das übermütige Glitzern kehrte in ihre Augen zurück. »Solange er nichts davon weiß.«

»Solange ich von was nichts weiß?«, ertönte genau da seine Stimme von der Türschwelle.

Jane und Chloe zuckten gleichzeitig zusammen. Hastig kam Jane auf die Füße und legte das Buch, das sie noch in den Händen hielt, verstohlen auf den Tisch. Chloe hatte jedoch wesentlich mehr Erfahrung darin, ihren scharfsinnigen Bruder an der Nase herumzuführen. Sie stieß ein perlendes Lachen aus. »Sei doch nicht so ungehobelt, Gabriel.«

Dessen leichtes Stirnrunzeln ließ auf einen Mann schließen, der sich öfter einmal über die Meinung seiner Schwester, aber auch der gesamten guten Gesellschaft ärgerte. Chloe eilte zu ihm hin und gab ihm einen spielerischen Klaps auf die Finger. »Und du sollst dich auch nicht so an uns heranschleichen. Das gehört sich einfach nicht.«

»Ich bin doch auf deinen Wunsch hin hier«, erwiderte er mit einer Stimme, die trockener war als welke Blätter im Herbst. Er sah über die Schulter seiner Schwester hinweg zu Jane.

Bei seiner eindringlichen Musterung wurde ihr warm, aber sie erwiderte seinen Blick ungerührt. In den paar Begegnungen der letzten Zeit war er mehr für sie geworden als einfach nur ihr Arbeitgeber. Er war ein Mann geworden, den ähnliche Ängste und Befürchtungen plagten wie sie. Und ein Mann, nach dessen Kuss sie sich sehnte und … Sie unterdrückte ein Stöhnen. Was für ein Wahnsinn hatte sie befallen? Sein abschätzender

Blick legte die Vermutung nahe, dass er sehr wohl wusste, welche Richtung ihre Gedanken eingeschlagen hatten.

»Das ist jetzt ohnehin gleichgültig«, bemerkte Chloe, als redete sie mit einem Kleinkind. »Du hättest dich auf jeden Fall mindestens bemerkbar machen müssen. Stimmt's nicht, Jane?«

Sie zuckten beide schuldbewusst zusammen. »Ich dachte, ein Spaziergang wäre angemessen. Die Sonne scheint, und ich habe keine Lust mehr auf einen Einkaufsbummel.« Endlich. Obwohl zu ihrer Verteidigung gesagt werden musste, dass sie nicht eine einzige Sache für sich selbst gekauft hatte. »Ich bin sofort wieder zurück.« Damit lief sie zur Tür. Gabriel trat beiseite, um sie vorbeizulassen, dann kam er weiter ins Zimmer. Die ganze Zeit wandte er die Augen nicht von Jane.

In ihrem Magen flatterte es, und am liebsten hätte sie das Unbehagen ihrem letzten Zusammentreffen zugeschrieben, doch das konnte sie nicht. Nicht ohne zu lügen.

»Mylord«, grüßte sie ihn, als er ein paar Schritte vor ihr stehen blieb. Sie wich ein Stück zurück, und ihm entging die hastige Bewegung nicht.

»Ich hätte damit gerechnet, dass Sie heute Morgen verstimmt sind, Jane.«

Hatte er das erwartet oder erhofft? Jane verschränkte die Arme vor der Brust, in gewisser Weise eine Schutzmaßnahme, um weitere Schwäche abzuwehren. »Ist das der Grund, warum Sie gestern Abend so unhöflich waren, Mylord?«

»Ich wollte mich entschuldigen«, gestand er.

»Entschuldigen?« Sie runzelte die Stirn. Vornehme Herrschaften entschuldigten sich nicht.

»Es war falsch von mir, Sie als verbittert zu bezeichnen.«

Und doch übernahm der Marquis Verantwortung für seine Worte und Taten. Dabei wäre ihr viel lieber gewesen, er wäre der vorhersehbare, überhebliche Aristokrat mit den kritischen Augen und knappen Befehlen geblieben. So einen Mann konnte sie zu den anderen Adeligen einsortieren, die sie vorher gekannt hatte. Diesen Mann hier jedoch, auf den konnte sie sich keinen Reim machen.

»Nehmen Sie meine Entschuldigung an?«

Vermutlich wäre irgendeine Antwort von ihr angebracht gewesen. Jane stockte der Atem, als er die Hand hob und ihr zart über die Wange strich. Unter der Macht und Wärme seiner Berührung senkten sich flatternd ihre Lider. »Sie müssen sich nicht entschuldigen, Mylord.« Er hatte es schließlich aus dem Wunsch heraus getan, seine Schwester zu schützen, und sein Vorwurf enthielt auch ein Körnchen Wahrheit. Sie war verbittert, und sie verabscheute es, dass sie so von dem, was sie ablehnte, beherrscht wurde. »Ich versichere Ihnen«, flüsterte sie, als er noch einmal mit seiner Hand über ihre Wange fuhr, »ich würde meine Gedanken oder Weltanschauung Ihrer Schwester niemals aufdrängen.«

Nein, sie hatte ihn nur getäuscht und angelogen, um die Anstellung in seinem Hause zu erhalten.

Was für eine verstörende Macht übte Mrs Jane Munroe eigentlich über ihn aus?

Nachdem er heute früh aufgestanden war und seine Morgentoilette erledigt hatte, hatte er sich vorgenommen, zwischen sich und der jungen Frau in seinen Diensten klare Verhältnisse zu schaffen. Es würde keine Treffen unter vier Augen mehr geben, keine Gespräche über ihre Familie oder ihre Vergangenheit. Er würde der distanzierte Marquis sein, zu dem sein Vater ihn erzogen hatte.

Und sein Leben konnte wieder seinen normalen Lauf nehmen.

Er ließ die Hände an seine Seiten zurücksinken. Jane blinzelte, als ob ihr seine Berührung fehlte. »Bevor meine Schwester zurückkehrt, sollten wir reden.« Er ging ein paar Schritte von ihr weg, verschränkte die Hände im Rücken.

Panische Angst trat in ihre Augen. »Wollen Sie mich etwa fortschicken?«

Da war sie wieder, die beinahe verzweifelte Frage. Er runzelte die Stirn. Er hatte sie vielleicht geküsst und eine ganze Reihe von Grundsätzen angemessenen und ehrenhaften Verhaltens gegenüber seinen Angestellten verletzt, aber er war kein ekelhafter Bastard. »Ich habe nicht die geringste Absicht, Sie fortzuschicken, Jane. Sie sind mit meiner Familie geschlagen, bis Chloe verheiratet ist. Dann steht es Ihnen frei, zu Ihrem Posten in Mrs Beldens Schule zurückzukehren.« Ihr Blick verdunkelte sich. »Oder wohin auch immer Sie gerne gehen wollen.« Die Muskeln in seinem Bauch verspannten sich bei dem Gedanken an den bislang noch nicht unmittelbar bevorstehenden, aber letzten Endes unausweichlichen Zeitpunkt, an dem sich ihre Wege trennen würden.

Sie nickte kurz. »Danke.«

Wie überaus höflich und rücksichtsvoll sie war. Fast als ob nichts Besonderes zwischen ihnen gewesen wäre. Er riss sich zusammen. Was natürlich insgesamt das Beste war. Genau das war schließlich der Grund, weshalb er jetzt mit ihr sprach. Gabriel begann auf und ab zu laufen. »Mir ist aufgefallen, dass ich mich völlig ungehörig und unangemessen Ihnen gegenüber verhalten habe.« Warum reichte ihm eigentlich dieser eine Kuss nicht?

»Gabriel?« Sie hielt den Kopf auf eine einfach bezaubernde Art und Weise schief.

»Wir haben über viele Themen gesprochen, die nichts mit meiner Schwester zu tun haben.« Er blieb stehen und sah sie an. »Über Dinge, die keinen Bezug zu Ihrer Aufgabe hier haben. Dafür entschuldige ich mich aufrichtig. Für die Zukunft gelobe ich Besserung und werde die Tatsache, dass Sie meine Angestellte sind, nicht mehr vergessen.«

Sie zuckte zusammen.

Im Geiste fluchte er darüber, wie pompös sich das anhörte. Seine Lippen verzogen sich, während er sich nicht zum ersten Mal wünschte, dass er die Fähigkeit besäße, unverkrampft mit einer Dame zu sprechen. Er gab sich einen Ruck, entschlossen, weiterzumachen.

»Der Kuss« – *er lässt mir im Wachen wie im Schlafen keine Ruhe* – »war ein Fehler«, beendete er den Satz etwas lahm und riss den Blick von ihrer gekränkten Miene los. Seltsam, er konnte keine Spur von Bedauern bei ihr erkennen.

»Es war ja nur ein Kuss, Mylord«, erwiderte sie ausdruckslos. »Und er wurde mir auch nicht aufgezwungen.« Sie verschränkte die Hände vor sich und betrachtete ihre Finger.

Aufgezwungen. Der zweite Hinweis darauf, dass jemand sie zuvor belästigt hatte. Er ballte die Hände zu Fäusten, so fest, dass sich seine Fingernägel schmerzhaft in die Haut gruben. *Es geht mich nichts an. Es geht mich nichts an.* Er hatte die Grenzen zwischen ihnen bereits wieder abgesteckt. Oder hatte sie immerhin hastig errichtet. Fragen zu ihrer Vergangenheit zu stellen, hatte keinen Einfluss auf das Hier und Jetzt, und auch nicht auf den Abstand, den er zwischen ihnen wollte. »Wer?«

Sie tat nicht so, als wüsste sie nicht, was er meinte. »Das ist unerheblich.«

Er hätte den Mann mit bloßen Händen in der Luft zerrissen, wenn er jetzt vor ihm gestanden hätte. »Für mich ist es sehr wohl erheblich.«

»Warum?« Jane schaute ihn an. »Sie haben recht, Mylord.«

Mylord. Es versetzte ihm einen Stich, dass sie nicht mehr seinen Vornamen benutzte.

»Ich bin in Ihrem Haushalt mit einer genau umrissenen Aufgabe betraut. Es besteht keinerlei Notwendigkeit für Sie, irgendetwas über meine Vergangenheit zu wissen.« Sie warf den Kopf in den Nacken. »Es sei denn, Sie entlassen mich dafür, dass ich Ihnen nichts darüber erzähle.«

Er erbleichte. »Das würde ich nie tun.« Hielt sie ihn für so gefühllos, sie für etwas zu bestrafen, das überhaupt nicht ihre Schuld war? Hatten eigentlich alle eine so schlechte Meinung von ihm? Er dachte zurück an die hitzigen Wortgefechte, die er mit seinem jüngeren Bruder Alex gehabt hatte. Der hätte in seinem Abscheu für Gabriel Mrs Jane Munroe zweifellos beigepflichtet. Aber hatte er irgendjemandem wirklich einen Grund geliefert, besser über ihn zu denken?

Janes Brust hob und senkte sich langsam. »Nun gut.« Sie knickste höflich. »Wenn es nicht noch mehr gibt, über das Sie mit mir sprechen möchten, würde ich mir gerne meinen Umhang holen, bevor Ihre Schwester zurückkehrt.« Sie ging mehrere Schritte zur Tür, und seine Gedanken überschlugen sich. Er wollte sie unbedingt aufhalten.

»Mrs Munroe?«

Sie blieb stehen und drehte sich langsam zu ihm zurück.

»Wir besuchen heute Abend einen Ball.«

Panik blitzte in ihren blauen Augen auf.

Wovor hatte sie Angst? Sich in der guten Gesellschaft zu zeigen? Oder vor etwas anderem? Doch dann nickte sie knapp und verließ das Zimmer. Gabriel starrte ihr hinterher. Fluchend fuhr er sich mit der Hand durchs Haar.

»Hast du da grade geflucht?«

»Verdammt.«

»Schon wieder?« Seine Schwester stand auf der Türschwelle, die Hände in die Hüften gestemmt, die Lippen missfällig verzogen.

»Nein.«

»Und jetzt auch noch lügen?«

Lügen, fluchen, hübsche Angestellte küssen? Jeden Tag versank er tiefer und tiefer in die verderbte Art seines Vaters. Vielleicht hatte er sich geirrt und er konnte sich das Böse, das durch seine Adern floss, gar nicht austreiben. »Lass es auf sich beruhen, Chloe«, bat er müde.

Doch sie marschierte empört weiter auf ihn zu. »Was hast du gerade zu Jane gesagt?«

Sein Herzschlag beschleunigte sich. »Gar nichts …«

»Ach komm schon. Sie ist praktisch gerannt, um von hier fortzukommen.«

»Ich habe sie nur daran erinnert, dass wir heute Abend einen Ball besuchen werden.« Das immerhin stimmte. Schuldgefühle flammten in ihm auf.

»Also, das ist eigentlich Grund genug, dass eine junge Frau ihr Heil in der Flucht sucht«, murmelte Chloe halb zu sich selbst. Ihm entfuhr ein unartikulierter Laut, als sie ihm den Finger in die Brust bohrte. »Ich mag sie sehr gerne, Gabriel, und du wirst sie nicht vertreiben!« Er zuckte zusammen, als ihr Finger ihn erneut traf. »Ich wiederhole, du wirst sie nicht von hier vertreiben.«

Wieso war ihm bislang noch gar nicht aufgefallen, dass das schwächere Geschlecht mit so zierlichen Fingern solchen Schaden anrichten konnte? »Es ist nicht meine Absicht, sie zu vertreiben, sondern eher …«

»Gut.« Wieder dieser Finger. »Dann tu es nicht.« Sie warf ihre blonden Locken nach hinten. »Also, wenn du jetzt hier fertig bist …«

Wenn *er* fertig war?

»Es ist Zeit, zu unserem Ausflug in den Hyde Park aufzubrechen.« Damit machte sie auf dem Absatz kehrt und marschierte aus dem Zimmer.

Gabriel rieb sich über das Gesicht. Ein Nachmittag mit einer verärgerten Chloe und einer gekränkten, verstimmten Jane Munroe? Das war eine angemessene Strafe für sein empörendes Verhalten, das er an den Tag gelegt hatte, seit Jane Munroe seinem Haushalt beigetreten war und seine Welt auf den Kopf gestellt hatte.

Kapitel 13

In einer Ecke des Ballsaals stand Jane neben zwei anderen Gesellschafterinnen und behielt Chloe im Auge. Sie war nie dankbarer für ihr schlichtes Abendkleid und die Brille gewesen, die immerhin einen gewissen Schutz boten. Allerdings fragte sie sich, was sie eigentlich erwartet hatte: welche Aufgaben diese Stellung mit sich bringen würde, außer an Gesellschaftsveranstaltungen teilzunehmen.

Lady Chloe war bei ihrem Bruder Gabriel und einem großen, schlanken Gentleman unweit von ihr. Während sie sich mit den beiden Männern unterhielt, sah sie sich im Raum um, und als ihr Blick Janes begegnete, verdrehte sie kurz die Augen, ließ Jane wissen, was genau sie von den Eheanbahnungsfähigkeiten des Marquis hielt.

Jane konnte sich ein Lachen nicht verkneifen, presste aber sofort die Lippen wieder zusammen. Bedauerlicherweise nicht schnell genug, was ihr tadelnde Mienen von den Gesellschafterinnen, die neben ihr standen, und neugierige Blicke von anderen Gästen in der Nähe eintrug.

Tauche unter. Verschmelze mit der Wand.

Verdammt und noch einmal verdammt. Wie viele Jahre lang hatte sie versucht, genau darin perfekt zu werden? Und wie oft hatte sie versagt? Jedes Mal. Jane strich sich mit den Händen über ihre Seidenröcke und genoss das Gefühl des herrlich glatten Stoffes. Schon vor Langem hatte sie sich vorgenommen, möglichst unsichtbar zu sein, doch dank ihrer spitzen Zunge und der lästigen goldenen Locken war ihr das nie wirklich gelungen. Nein, sie hatte die Aufmerksamkeit von niemandem gewollt. Bis Gabriel gekommen war. Unwillkürlich begann sie, nach ihm Ausschau zu halten. Seine Schwester war nicht mehr an seiner Seite, da sie von dem anderen Gentleman auf die Tanzfläche geführt worden war. Dann entdeckte sie ihn. Er wartete ein Stück abseits und ließ seinen Blick über die Köpfe der tanzenden Paare wandern.

Ihr stockte der Atem. Mit seinem schwarzen Rock und dem weißen Halstuch war er wirklich atemberaubend attraktiv. So ganz anders als die Gecken und Dandys in ihren seidenen Kniehosen in leuchtenden Farben und dem mit viel Pomade gebändigten Haar. Was hatte Gabriel, der Marquis of Waverly, an sich, dass er ihre Aufmerksamkeit derart einforderte? Sie betrachtete ihn weiter. Er nippte von dem Sektglas in seiner Hand. Sie betrachtete die festen Lippen, die ihre eigenen bedeckt hatten und jetzt den Glasrand berührten. Oh, mit seinen wie gemeißelten Wangen und dem dichten schwarzen Haar besaß er wirklich eine bemerkenswerte männliche Schönheit, die einen Künstler in helle Begeisterung versetzen würde.

Aber da war noch mehr. Seine Ernsthaftigkeit und seine Hingabe an seine Schwester ließen Jane nicht ungerührt. Denn er hatte bewiesen, dass nicht alle Männer selbstsüchtig waren und nur für ihr eigenes Vergnügen lebten. Gabriel lebte für seine Schwester.

Jane schluckte krampfhaft. In einer Welt, in der niemand je für sie gelebt hatte, hatte es etwas überaus Faszinierendes, wenn ein Mann zu so einer Rücksichtnahme und Liebe für einen anderen Menschen fähig war.

Als würde er ihren Blick spüren, sah Gabriel über die Tanzfläche hinweg zu ihr herüber. Sie hätte jetzt die Augen höflich abwenden und sich mit den Frauen neben sich unterhalten sollen. Doch wieder erwies sie sich als ihrer Mutter nicht unähnlich, denn sie betrachtete ihn weiter kühn, während er sein Glas leerte.

Er hatte keinen Zweifel daran gelassen, worin seiner Meinung nach ihre Rolle in seinem Hause bestand, aber trotz dieser Warnungen konnte sie einfach nicht aufhören, an ihn zu denken. Für sie war er eine Gefahr, er verstärkte ihre weibliche Schwäche. Jane atmete tief ein. Sie sollte sich besser auf das Täuschungsmanöver konzentrieren, das sie in sein Leben gebracht hatte – eine Verschnaufpause –, bevor sie an das Geld ihres Vaters kam. Wie oft hatte sie in der letzten Zeit an dieses Ziel gedacht, das sie all die Jahre aufrechterhalten hatte? Einmal? Zweimal? Stets hatte sie es nur als Hintergedanken zugelassen, voller Schuldgefühle.

Ein junges Paar schlenderte vorbei, versperrte ihr die Sicht auf Gabriel, und sofort war das unsichtbare Band zwischen ihnen beiden durchtrennt. Der junge Mann mit seinem etwas zu langen schwarzen Haar schien ihr vage vertraut, aber es war die wunderschöne rothaarige Frau an seiner Seite, die ihre Aufmerksamkeit fesselte. Das elegant gekleidete Paar sprach und lachte entspannt miteinander, und Gabriels hartes Gesicht wurde ein wenig weicher, als sie ihn begrüßten, er schien vom Anblick der beiden ehrlich erfreut.

Und einmal mehr war Jane das, was sie immer gewesen war, ein Eindringling und Fremdkörper. Sie legte ihre Hand auf die Säule neben sich und schaute dem fröhlichen Treiben zu. Jahrelang hatte sie geglaubt, alles, was sie wollte, alles, was sie brauchte, sei ihre Schule, etwas, das ihrem Leben Sinn verlieh. Doch jetzt, wenn sie Gabriel so sah, musste sie zugeben, dass sie sich nach mehr sehnte. Sie sehnte sich nach etwas, von dem sie nie zu träumen gewagt hatte – nach Gesellschaft.

Sie schloss für einen Moment die Augen und kämpfte gegen ein Kichern an, denn die Ironie des Ganzen entzog sich ihr nicht. Die Gesellschafterin sehnte sich nach Gesellschaft.

»Na sieh mal einer an, wenn das nicht Jane Munroe ist. Sagen Sie nicht, Sie glauben allen Ernstes, Sie könnten sich eine Brille aufsetzen, und niemand würde Sie mehr erkennen?«

Jane riss die Augen auf, als diese verhasste Stimme in ihr Bewusstsein drang. Sie erschauerte vor Ekel, als sie in das grinsende Gesicht des Earl of Montclair sah.

»Was, sprachlos?«, höhnte er, als sie schwieg.

Panik erfasste sie, und sie bemerkte die neugierigen und verächtlichen Blicke der anderen Gesellschafterinnen.

Jane schaute in den überfüllten Ballsaal und musste feststellen, dass sie für all die anderen Gäste offensichtlich unsichtbar war, etwas, das sie mit tiefer Dankbarkeit zur Kenntnis nahm. Sie entdeckte Gabriel, der noch immer in die Unterhaltung mit dem jungen Paar vertieft war.

Der Earl schob sich vor sie, sodass sie den Marquis nicht länger sehen konnte. »Ah, Sie suchen jemanden? Ihren neuesten Beschützer vielleicht?«

Wut machte sich in ihr breit, und der heftige Drang, ihm einen weiteren Hieb auf die Nase zu verpassen – mitten in einem Ballsaal voller Gäste – drohte sie zu überwältigen, sodass sie die Hände zu Fäusten ballen musste. »Sie waren nie mein Beschützer«, zischte sie empört. Er war lediglich der Dämon, der sie verfolgte.

»Ah.« Er neigte seinen Kopf weiter zu ihr, und der vertraute Alkoholgeruch, der sie nun förmlich einhüllte, wurde beinahe Übelkeit erregend.

»Da bist du ja, Jane.«

Bei dem unerwarteten Eintreffen von Chloe richtete sich Lord Montclair auf.

Jane sandte ein stummes Gebet zum Himmel, als ihre Retterin mit dem Gardemaß von eins sechzig vor ihr erschien.

Chloe starrte den Earl of Montclair vorwurfsvoll an, dann kehrte sie ihm den Rücken zu.

Montclair setzte eine kühle Miene auf und neigte den Kopf. Einen Moment lang fürchtete Jane, dass er sie vor dieser jungen Frau beschämen würde, die sie Freundin nannte, dass er eine Bemerkung machen würde, die keinen Zweifel daran ließ, wie ungeeignet sie für die unredlich erlangte Rolle war.

Seine Unverschämtheit heute und an jenem Abend, an dem sie aus dem Hause seines Vaters entlassen worden war, mochte ohnegleichen sein, aber in der guten Gesellschaft bemühte er sich um die Wahrung des Scheins. »Lady Chloe«, murmelte er. »Wenn die Damen mich entschuldigen wollen?«, sagte er dann und verneigte sich. Mit einer letzten knappen Verbeugung und einem Blick zu Jane, der verhieß, dass dies nicht ihr letztes Zusammentreffen war, entfernte er sich.

Als seine verhasste Gestalt mit der Menge verschmolz, ließ Jane erleichtert die Schultern sinken. Doch diese Erleichterung war nur von kurzer Dauer.

»Kennst du Lord Montclair?«, erkundigte sich Chloe, und ein Muskel zuckte an ihrem rechten Auge.

»Nein«, sagte sie rasch.

Zu rasch, angesichts des Misstrauens im Blick der anderen. »Hat er dich belästigt?« Sie gestattete Jane nicht, darauf zu antworten. »Wenn er das nämlich getan hat«, erklärte Chloe mit gesenkter Stimme, »musst du nur ein Wort zu meinem Bruder sagen. Gabriel würde …«

»Nein«, erwiderte Jane laut, was ihr mehr unerwünschte Aufmerksamkeit einbrachte. Sie atmete einmal beruhigend durch und senkte die Stimme. »Nein.« Plötzlich war die Täuschung Gabriels zusammen mit Montclairs Wiederauftauchen in ihrem Leben zu viel. Es juckte sie in den Füßen, wegzulaufen. »Entschuldige mich bitte, Chloe«, erklärte sie. Sie war wirklich ein Feigling, aber das Stimmengewirr im Ballsaal zusammen mit der Hitze war zu viel für ihre Sinne. »Ich benötige einen Moment.«

Sorge flammte in Chloes Augen auf. »Darf ich mit dir kommen? Ich …«

Jane schüttelte den Kopf. »Es wird nur ganz kurz dauern.« Sie zwang ein Lächeln auf ihre Lippen. »Dein Bruder wäre alles andere als begeistert, wenn ich dich von hier weghole.« Sie wackelte mit den Augenbrauen. »Was für eine Gesellschafterin wäre ich dann?«

»Eine perfekte«, gestand Chloe, und mit diesen Worten entlockte sie Jane ein ehrliches Lachen.

Wie viel ihr diese junge Frau inzwischen bedeutete. Es versetzte Jane einen Stich, als ihr klar wurde, wie kurz diese gestohlene Zeit mit Chloe und ihrer Familie sein würde. Während sie davoneilte, musste sie daran denken, dass das Leben sie eigentlich darauf hätte vorbereiten sollen, wie unbeständig Beziehungen und das Glück waren.

* * *

Was zum Teufel hatte Montclair mit Jane zu schaffen? Alex und seine Ehefrau Imogen standen vor ihm und redeten über Gott weiß was, doch Gabriel achtete nur auf die schlanke Gestalt in der Ecke des Ballsaals. Die gesunde Röte wich aus Janes Wangen, und selbst mit der Entfernung des gesamten Ballsaals zwischen ihnen entging ihm das Aufflackern von Entsetzen in ihren Augen nicht. Er würde mit dem Kerl kurzen Prozess machen, sollte er sie beleidigt haben. Der Stiel seines Champagnerglases brach. Ein Diener eilte herbei, um die Bruchstücke einzusammeln.

»Was ist denn los mit dir?«, fragte sein Bruder gedehnt und klang insgesamt eher belustigt als besorgt. »Du bist auf einmal ganz rot im Gesicht. Habe ich nicht recht, Imogen?«

»Lass gut sein.« Seine Schwägerin, die vernünftige junge Dame, der es gelungen war, seinen Bruder von seiner ausschweifenden Lebensweise zu bekehren, klopfte ihrem Ehemann auf den Arm. »Du bist unerträglich.«

Alex grinste.

In diesem dankenswerten Augenblick unterbrach Chloe Janes Begegnung mit Montclair. »Nichts ist los«, brummte Gabriel. Zur Hölle, was war über ihn gekommen, dass er so verdammt aufbrausend war und Montclair am liebsten den Kopf abgerissen hätte wegen irgendwelcher, vermutlich eingebildeter Beleidigungen?

Sein Bruder folgte seinem Blick und runzelte die Stirn. »Wer ist das?«

Früher einmal hatten die beiden Brüder sich sehr nahegestanden, alles miteinander geteilt, von den schlechten Wünschen für ihren brutalen Vater bis zu ihren hochfliegenden Plänen für die Zukunft. Gabriel schnippte einen imaginären Fussel von seinem Ärmel. »Das ist Chloes Gesellschafterin.« Es hatte eine Zeit gegeben, als sich niemand nähergestanden hatte als er und Alex. All das hatte sich unwiederbringlich geändert wegen ihres Vaters, der alle seine Kinder misshandelt hatte. Alex hatte Gabriel nie verziehen, dass er zugelassen hatte, dass die Prügel weitergingen. Jetzt hatten sie beide ihre eigenen Geheimnisse voreinander.

Sein Bruder schmunzelte. »Du hast eine weitere Gesellschafterin eingestellt.«

»Ich habe dich nicht eingestellt«, erklärte er mit finster zusammengezogenen Brauen.

»Ah, ja. Stimmt. Ich war ja Anstandswauwau«, sagte Alex und neigte den Kopf. »Mich hast du dazu gezwungen.« Er grinste spöttisch. »Du versuchst also immer noch, die Aufgabe auf jemand anderen abzuschie… Au!« Er brach ab, als seine Frau ihm den Ellbogen in die Rippen stieß.

»War die Aufgabe, die Gabriel dir übertragen hat, etwa ein Problem für dich?«, erkundigte sich Imogen und hob warnend eine braunrote Augenbraue.

»Überhaupt nicht«, antwortete Alex sogleich.

Und dabei verzogen sich seine Lippen zu dem albernsten, seligsten Grinsen, sodass es Gabriel beim Zusehen ganz unbehaglich wurde und er sich angesichts der unverhohlenen Liebe der beiden wie ein Eindringling fühlte.

Hätte er nicht verlangt, dass Alex seine Schwester in Gesellschaft begleitete, wäre der heute auch nicht mit Imogen verheiratet, Chloes bester Freundin.

Merkwürdig, dass er den Großteil seines Lebens solche Gefühle zwischen zwei Menschen für unmöglich gehalten hatte, und doch, wenn er hier stand, verspürte er heftigen Neid auf das Glück seines Bruders. Gabriel ließ seinen Blick über die Tanzfläche gleiten und entdeckte Chloe. Allein. Er fluchte leise und suchte rasch den Saal mit den Augen ab. »Wo zur Hölle ist sie?«

»Hinter der Säule«, bemerkte sein Bruder.

Gabriel schaute mit gerunzelter Stirn hin. »Nein, das ist …« Chloe. Er schloss den Mund. Sein Bruder glaubte irrigerweise, er meinte ihre eigensinnige Schwester – was, wenn er ein guter, anständiger Bruder gewesen wäre, auch der Fall hätte sein sollen. »Ah ja.« Er hüstelte in seine Hand. »Wenn ihr mich bitte entschuldigt. Imogen, Alex.« Er deutete eine Verneigung an, dann machte er sich auf den Weg zu seiner Schwester. Wenn irgendjemand wusste, wo Jane Munroe hingegangen war, dann Chloe.

Nicht dass er sich wegen der Gesellschafterin seiner Schwester Gedanken machen sollte. Sie brauchte keine Gesellschafterin oder einen Aufpasser. Aber dennoch wuchs mit jedem Schritt, der ihn näher zu seiner Schwester brachte, seine Verärgerung. Jane konnte nicht mehr als ein paar Jahre älter als Chloe sein. Unabhängig von ihrer Position oder ihrem Stand, ob sie verheiratet war oder nicht – eine Frau ihres Alters verdiente die gleiche Fürsorge und den gleichen Schutz wie jede andere junge Dame. Er blieb neben seiner Schwester stehen. »Wo ist deine Gesellschafterin?«

Chloe schrie leise auf und legte sich eine Hand aufs Herz. »Du hast mich erschreckt.«

Ja, nach ihrem überraschten Aufschrei hatte er sich das schon gedacht. Er schaute sich noch einmal nach Jane um, und sein Blick blieb flüchtig an dem Earl of Montclair hängen. Etwas von der Anspannung, die ihn gefangen hielt, ließ nach. »Mrs Munroe?«, presste er hervor und gab sich dabei Mühe, leise zu sprechen. »Wo ist sie?«

In der gleichen aufreizenden Art, die ihn schon als Junge wahnsinnig gemacht hatte, schaute Chloe gelangweilt zu dem Kronleuchter an der Decke. »Ich bin nicht Janes Aufpasserin. Wenn du möchtest, dass jemand über Mrs Munroe wacht, solltest du ihr eine Anstandsdame verpassen.«

Verärgert darüber, dass er entlarvt worden war, und obendrein auch noch von seiner Schwester, fiel seine Antwort brüsk aus. »Nicht *überwachen*«, stellte er klar und widerstand der Versuchung, an seinem plötzlich zu engen Halstuch zu ziehen. »Ich will auch gar nicht andeuten, dass du auf sie aufpassen sollst. Ach verdammt«, entfuhr es ihm.

Chloes Augen wurden groß. »Hast du gerade geflucht?«

Er fluchte wieder. »Nein.«

Sie hob die Brauen. »Und jetzt leugnest du es einfach?«

Jane Munroe hatte ganz offensichtlich einen schlechten Einfluss auf sie. Er sollte hier neben Chloe stehen bleiben, bis sie zurückkehrte. Das gebot allein schon die brüderliche Sorge.

»Chloe!«

Im Geiste dankte er seinem Bruder, als der mit Imogen zu ihnen trat und ihn seiner Pflichten enthob. Seine Schwester kreischte auf und warf in Missachtung sämtlicher gesellschaftlicher Benimmregeln beide Arme um ihre Freundin. »Oh, wie habe ich dich vermisst. Ich muss ehrlich sagen, ich hätte mir nie vorgestellt, dass ihr mich mir selbst überlasst, wenn ich euch beide zusammenbringe.«

Chloes neckende Worte führten zu verlegenen Mienen bei dem seit Kurzem verheirateten Paar.

Gabriel nutzte die günstige Gelegenheit, die sich so plötzlich ergab, und verbeugte sich knapp. »Wenn ihr mich bitte entschuldigen wollt«, murmelte er und machte sich, ohne eine Antwort abzuwarten, auf die Suche nach Jane.

Er schlängelte sich durch das Gedränge und verließ den Saal. Mit dem Stimmengewirr im Rücken schaute er erst in die eine Richtung, dann in die andere. Wohin zum Teufel war sie gegangen? Mit einem ungeduldigen Fluch schritt er den Flur entlang, suchte die Bibliothek. Die Erinnerung daran, wie Jane mit Lord Montclair, einem stadtbekannten Wüstling, gesprochen hatte, stand ihm klar vor Augen. Mit jeder geöffneten und wieder geschlossenen Tür wuchs seine Wut … Dabei sollte diese für Jane reserviert sein, dafür, dass sie Chloe verlassen hatte, aber stattdessen konnte er nicht abstreiten, dass sein finsteres Gefühl viel eher wie Eifersucht wirkte.

Die Szene zwischen Jane und Montclair – ihre Körperhaltung, die Heimlichkeit – hatte etwas vage Vertrauliches gehabt, und er war fest entschlossen, herauszufinden, wie gut Jane Munroe diesen Gentleman kannte. Er stieß eine weitere Tür auf. Die Bibliothek. Seine Augen benötigten einen Moment, um sich an die schwächere Beleuchtung zu gewöhnen. Er schaute in den weitläufigen Raum und entdeckte sie beinahe sofort. Sie stand dicht an der Wand, als versuchte sie, sich unsichtbar zu machen.

»G-Gabriel«, stotterte sie. Ihre Wangen wurden bleich, und ihre Miene verriet ganz eindeutig Unbehagen, sodass sein Misstrauen wuchs und der hässliche Verdacht wahrscheinlicher erschien.

Gabriel trat ein und schloss die Tür leise hinter sich. Ihr Blick verfolgte jede seiner Bewegungen, als er den Schlüssel umdrehte. Er lehnte sich gegen den Türrahmen und verschränkte die Arme vor der Brust. »Ich glaube, du hast mir etwas zu erklären.«

* * *

Janes Gedanken rasten. Allerdings hatte sie etwas zu erklären. Die Frage war nur, worauf genau Gabriel anspielte. Das Leben hatte sie Geduld gelehrt, denn unweigerlich verrieten die Leute sich irgendwann und sagten einem, was sie meinten.

Er stieß sich von der Tür ab und kam durch die stille Bibliothek zu ihr.

Leider behielt in diesem Fall das Leben wohl doch nicht recht. Gabriel blieb so stoisch und ernst wie immer und verriet durch nichts, was in ihm vorging. Sie fuhr sich über die Lippen. »Mylord?«, begann sie zögernd.

Konnte man ins Gefängnis kommen, weil man einen Brief entwendet und sich damit eine Anstellung erschlichen hatte? Und würde er sie nach Newgate schaffen lassen, wenn das eine strafbare Handlung war? Angesichts seiner Liebe zu seiner Schwester zweifelte sie nicht daran, dass er sie ruinieren würde, wenn er glaubte, sie habe Chloes Zukunft in irgendeiner Weise gefährdet.

Er blieb vor ihr stehen und senkte den Kopf. Sein leicht nach Champagner riechender Atem strich über ihre Haut, und ihre Lider flatterten. Wie war es möglich, dass der Geruch von den Lippen dieses Mannes ein so mächtiges Verlangen in ihr wecken konnte, das er sie die hässlichen Erinnerungen an den brutalen Übergriff eines anderen vergessen ließ? Ihr Herz klopfte unregelmäßig, und sie hob unwillkürlich ihr Gesicht, um seinen Kuss zu empfangen. »Bist du hier, um dich mit einem anderen zu treffen?« Bei der kurz hingeworfenen Frage riss sie die Augen weit auf.

Jane starrte ihn an. »Mylord?« Wovon sprach er?

Sein Blick verdunkelte sich. »Es gibt nichts Ehrenwertes, das ein berechtigter Grund wäre, dass sich eine junge Dame allein in der Bibliothek ihres Gastgebers befindet, während sie eigentlich ihrer Aufgabe als Gesellschafterin nachkommen sollte.«

Sie schluckte schwer. »Du denkst, ich habe hier ein Stelldichein?« Sein Schweigen bestätigte ihre Vermutung. Jane schüttelte heftig den Kopf. »O nein. Niemals. Nie.« Eher würde sie durch die Flammen der Hölle tanzen, als sich heimlich mit irgendeinem Mann zu verabreden. Das würde sie zu genau dem machen, was ihre Mutter gewesen war.

»Und trotzdem bist du hier.« Er ließ nicht locker.

»Ich musste …«, *der Erinnerung an Montclair entkommen*, »mal kurz allein sein«, erklärte sie und wusste in dem Moment, als sie es aussprach, wie lahm es klang. »In dem überfüllten Raum war mir zu heiß.«

Er kniff die Augen zu schmalen Schlitzen zusammen. »Ich habe dich gesehen, wie du mit Lord Montclair geredet hast.«

Aller Mut verließ sie. Natürlich. Einem Mann, der die Verpflichtungen gegenüber seiner Familie so ernst nahm, entging nichts – besonders nicht das Treiben einer Fremden, die vorübergehend unter seinem Dach weilte. Sie hatte zwar gehofft, er habe nichts davon mitbekommen, dass Montclair sie angesprochen hatte. Ihre Gedanken überschlugen sich, und einen Moment lang zog sie in Erwägung, ihm einfach alles zu gestehen. Sobald sie das dachte, verwarf sie es wieder. Wieso sollte er ihr glauben, einer Fremden? Daher antwortete sie auf seine Frage so, wie sie es getan hatte, seit sie den Fuß über die Schwelle seines Hauses gesetzt hatte. »Ich hab meine Brille fallen lassen.« Sie log.

»Deine Brille?«, wiederholte er in ungläubigem Ton.

Sie nickte. »Ja. Meine Brille.« Sie nahm das Drahtgestell von der Nase und zeigte es ihm. »Montclair war so freundlich, sie aufzuheben.« Jane ging es zutiefst gegen den Strich, dem Widerling auch nur eine gute Tat zuzugestehen, selbst wenn sie frei erfunden war. Er verdiente rein gar nichts.

Etwas von der Anspannung wich aus Gabriel, und er streckte die Hand aus. Er betrachtete das zierliche Gebilde, das auf der einen Seite leicht verbogen war. »Sie hat einen schiefen Bügel«, erklärte Jane überflüssigerweise. Das stammte von dem Übergriff von Montclair vor über einem Jahr. Die Brille hatte nie wieder so gut gesessen wie vorher, aber ihr hatte das Geld gefehlt, sie zu ersetzen oder wenigstens reparieren zu lassen.

Gabriel reichte sie ihr langsam, und sie nahm sie ihm rasch aus der Hand. »Du solltest in den Ballsaal zurückkehren, Jane«, sagte er zögernd.

Jane nickte. »Natürlich.« Sie setzte sich die Brille wieder auf die Nase und ging zur Tür.

»Jane«, rief er ihr nach, und sie hielt inne.

Sie drehte sich zu ihm um und schaute ihm ins Gesicht.

»Falls ich herausfinden muss, dass du mich angelogen hast, und falls du in irgendeiner Weise durch deine Anwesenheit hier meiner Schwester Schaden zufügst«, er machte eine Pause und senkte seine Stimme, »dann werde ich keine Ruhe gegeben, bis du restlos ruiniert bist.« Seine Worte enthielten einen seidigen und zugleich stählernen Unterton, eine tödliche Drohung, die ihr Herz nur noch schneller schlagen ließ.

Es gelang ihr, noch einmal zu nicken. »Gibt es sonst noch etwas, das Sie von mir benötigen, Mylord?«

Er schüttelte den Kopf, und sie öffnete mit erzwungener Ruhe die Tür, verließ die Bibliothek. Sie hegte keinen Zweifel daran, dass er, wenn er hinter all die Lügen käme, die sie ihm aufgetischt hatte, alles daransetzen würde, sie zu vernichten. Leider war ihm nicht bewusst, dass es unmöglich war, jemanden zu ruinieren, der schon ruiniert auf die Welt gekommen war.

Kapitel 14

Jane stand wie erstarrt vor dem großen Spiegel. Die junge Frau, die ihr daraus entgegenblickte, war ihr fremd. Sie hatte ein paar Locken mit Schmetterlingskämmen am Hinterkopf festgesteckt, der Rest ihres Haares fiel ihr offen auf die Schultern. Ihr Blick glitt weiter über die blassrosa Seidenkreation, die Chloe ausgesucht hatte, und sie fuhr mit zitternden Fingern über den schimmernden Stoff.

Es war nur ein dummes Stück Stoff. Es hatte keinerlei Einfluss auf den Wert seiner Trägerin oder ihre Fähigkeiten, genau wie sie es Gabriel schon vor zwei Tagen gesagt hatte. Sie schluckte krampfhaft. Dennoch war es mit Abstand das hübscheste Kleid, das sie je besessen hatte.

Tränen traten ihr in die Augen, aber sie blinzelte sie weg. Der Himmel mochte ihr beistehen, aber fünf Tage im Haushalt des Marquis of Waverly hatten ihr die hässliche Wahrheit aufgezeigt, dass sie, auch wenn sie den Großteil ihres Lebens versucht hatte, sich vom Gegenteil zu überzeugen, in dieser Beziehung tatsächlich die Tochter ihrer Mutter war. Durch ihr Verlangen nach dem Kuss eines Mannes, der sie als eine seiner Bediensteten betrachtete, sie aber dennoch mit eleganten Kleidern ausstaffierte, hatte sie bewiesen, dass in ihren Adern das gleiche Blut floss. Jane schloss die Augen. Sie hasste diese Ähnlichkeit mit der Frau, die sie geboren hatte. Einer Frau, die ihre Charakterschwäche an ihre Tochter vererbt hatte.

Die Türklinke wurde heruntergedrückt, und Jane erstarrte beim Klang leichter Schritte. »Jane, bist du …?« Chloes Worte endeten in einem überraschten Luftholen. Der Spiegel zeigte ihre schockierte Miene. Sie blinzelte mehrmals wie eine Eule in der Nacht. »Du bist wunderschön«, flüsterte sie. Ehrfurcht, Verblüffung und Staunen lagen in diesen drei Worten.

Und wenn es Jane nicht so schrecklich schlecht gegangen wäre und sie nicht solche Angst gehabt hätte, hätte sie diese Verblüffung sicher lustig gefunden. Sie lächelte leise. »Danke.«

Chloe ging einmal im Kreis um sie herum, während sie ihre Gesellschafterin nachdenklich betrachtete. Sie nahm ihr Kinn zwischen Daumen und Zeigefinger und musterte sie, als wäre sie ein Ausstellungsstück im Royal Museum. Dann blieb sie plötzlich stehen und wippte auf ihren Sohlen nach hinten. »Du brauchst gar keine Brille.« *Nein, aber das zierliche Drahtgestell lenkte von ihrem Gesicht ab.*

Chloe deutete auf Janes Kopf. »Und dein Haar ist ja herrlich lockig.« Herrlich lästig. Diese üppige Pracht war es gewesen, die den lüsternen Lord Montclair angelockt hatte. Er hatte sie daran festgehalten, und Jane hatte sich geschworen, nie mehr auch nur eine einzige Strähne lose zu tragen.

Sie schob die Erinnerung beiseite. »Es ist zu viel.«

»Sei nicht albern.« Chloes Lächeln wurde breiter. »Du siehst absolut wunderbar aus.«

Jane schüttelte energisch den Kopf. »Ich muss nicht absolut wunderbar aussehen.« Ganz im Gegenteil. Sie richtete ihren anklagenden Blick auf Chloe. »Du hast doch ursprünglich mit den modischen Kleidern bezweckt, dass ich nicht auffalle.« Doch eine Gesellschafterin in Seidenkleidern mit diamantenbesetzten Kämmen im Haar *musste* jede Menge unangebrachte Aufmerksamkeit erregen.

Gabriels Schwester seufzte ungeduldig. »Ja, stimmt, das habe ich.« Sie schaute Jane noch einmal von oben bis unten an. »Aber unseligerweise bist du nicht imstande, mit der Umgebung zu verschmelzen.«

Panik regte sich in Janes Brust. »Nein, wohl nicht.« Verzweifelt schaute sie sich nach ihrer Brille um.

Chloe durchmaß den Raum mit vier langen Schritten und vereitelte ihre Bemühungen. »Das hier«, sie hielt das Drahtgestell in die Höhe, »lässt dich nicht unsichtbar werden. Es erregt Aufmerksamkeit. Und deine Lehrerinnenkleider«, sie deutete auf die fraglichen Kleidungsstücke, »tun das ebenfalls, allerdings aus völlig anderen Gründen.« Mit vorsichtigen Bewegungen legte sie die Brille auf den Tisch neben Janes Bett. »Du hast mir gesagt, ich solle nicht alle Hunde nach dem einen beurteilen, der einen angeknurrt und nach einem geschnappt hat.« Sie erwiderte Janes Blick. »Beurteile du nicht alle Mitglieder der guten Gesellschaft nach den skrupellosen Menschen, die du früher einmal kanntest.«

Jane war sprachlos. Wie konnte diese junge Frau, die sie erst seit Kurzem kannte, sie so leicht durchschauen? Mit einem ungeduldigen Laut wich sie einen Schritt zurück. »Das hier ist anders.«

»Nein, ist es nicht«, widersprach Chloe ruhig.

Ein bitteres Lachen kam Jane über die Lippen. Sie marschierte zur Ecke des Raumes und spähte durch die bodentiefen Fenster auf die Straßen unten. Denn so gut und klug Chloe Edgerton auch sein mochte, sie war in eine vollkommen andere Welt hineingeboren worden als Jane. Als Tochter und jetzt als Schwester eines Marquis war sie unbelastet von der Scham, die Jane aufgrund ihrer unehelichen Herkunft immer schon gekannt hatte. Sie lehnte ihre Stirn gegen die kühle Fensterscheibe. Chloe war fest verankert in ihrem Umfeld, ob sie es wollte oder nicht. Jane hingegen gehörte in zwei sehr unterschiedliche Welten – in die glitzernde der *guten* Gesellschaft, der sie nie wirklich angehören würde, dank ihres Vaters, des Duke of Ravenscourt, und ebenso in die skandalöse Welt ihrer von der Schauspielerin zur Mätresse gewordenen Mutter. Für sie selbst gab es keinen Platz. Es gab nur die Hoffnung, alles hinter sich zu lassen und sich etwas Neues aufzubauen, das zählte.

Ihre Schule.

In der Fensterscheibe sah Jane das schmale Lächeln auf ihren Lippen. Ihren Plan für die Zukunft hatte sie sträflich vernachlässigt, weil ihre Gedanken nur um Gabriel gekreist waren – um seine Berührung und die besondere Verbindung zwischen ihnen.

Als Chloes Gesicht neben ihrem in der Fensterscheibe erschien, zuckte sie zusammen. Chloe legte ihr eine Hand auf die Schulter. »Ich kenne deine Geschichte nicht.«

Welche Geschichte meinte sie? Die Lügen um ihre Geburt? Oder die Lügen, die sie in diesen Haushalt gebracht hatten?

»Noch geht sie mich etwas an.« In der Scheibe suchte sie Blickkontakt mit Jane. »Es sei denn, du möchtest sie mir erzählen.«

Gabriels Drohung von gestern Abend ging Jane durch den Sinn. Sie schloss die Augen. Erzähl es ihr – vielleicht versteht sie die Verzweiflung, aus der du dich zu dieser Täuschung hast hinreißen lassen. Erzähl ihr alles, damit du frei bist und sie nicht länger zu diesen Bällen begleiten musst … und damit du frei bist von Gabriel.

»Es muss nicht jetzt sein«, erklärte Chloe und drückte ihr leicht die Schulter. »Komm, wir brechen auf zu der ersten Vorstellung.« Sie wandte sich zum Gehen.

Jane konnte das nicht. Nicht mehr. Das Täuschungsmanöver war etwas anderes gewesen, als es sich um irgendwelche

Fremden gehandelt hatte. Jetzt waren es echte Menschen mit echten Gefühlen, liebevolle Geschwister. Sie konnte sie nicht länger täuschen. »Ich bin nicht von Mrs Belden hergeschickt worden«, erklärte sie leise. Die Worte hallten in der Stille des Zimmers überlaut. Doch Chloe ging weiter, als wären sie nie ausgesprochen worden.

Dann endlich drangen sie zu ihr durch, und sie drehte sich um, die Stirn verwirrt in Falten gelegt.

Mit einem schmerzlichen Atemzug senkte Jane ihren Blick auf die Spitzen ihrer Tanzschuhe. Sie würde sie eines Tages mit dem Geld bezahlen, das der Herzog für sie bestimmt hatte. Gabriel verdiente die Wahrheit – der Mann, der sich mit Vorwürfen selbst geißelte, weil er ein Mitglied der Dienerschaft geküsst hatte. Sie war eine Lügnerin. Eine Hochstaplerin übelster Machart. Die Schuld traf sie wie ein Messerstich ins Herz.

In Chloes Augen standen tausend Fragen. »Jane?« Die Bestürzung in den Augen der jungen Frau machte alles nur noch schlimmer.

Bevor ihr Mut sie im Stich lassen konnte, fuhr Jane fort: »Ich war Lehrerin bei Mrs Belden.«

»War?«

Jane nickte. »Ich habe dort ungefähr ein Jahr lang unterrichtet, wurde dann aber als ungeeignet entlassen.« Das Bild der ehelichen Tochter des Duke of Ravenscourt erschien vor ihrem geistigen Auge. Mit ihrem grausamen Lächeln und den höhnischen Worten hatte die junge Frau aus ihrem Hass auf Jane keinen Hehl gemacht. »Mrs Belden war nicht begeistert, dass ich ihren Schülerinnen von Mary Wollstonecraft erzählt habe.«

Bildete sie es sich nur ein oder lächelte Chloe tatsächlich? »Ich wurde deswegen entlassen, und zwar ohne Empfehlungsschreiben.«

Jane verschränkte die Arme vor der Brust. »Aber da war ein Brief«, zwang sie sich, das, was sie am meisten plagte, über die

Lippen zu bringen. »Von deinem Bruder. Mit der Bitte, eine Gesellschafterin zu schicken.«

»Und du hast den Brief an dich genommen?«

Schockierte Empörung wäre der leisen Frage vorzuziehen gewesen. Es lag keinerlei Verurteilung oder Zurechtweisung darin. Nur der Wunsch, zu verstehen.

Schon wieder brannten Tränen in Janes Augen. Sie blinzelte sie zurück. »Genau. Dein Bruder hat um eine Gesellschafterin für dich gebeten, für zwei Monate. Und in zwei Monaten werde ich …« Sie presste die Lippen aufeinander.

Chloe schaute ihr fragend ins Gesicht. »Was wird in zwei Monaten geschehen, Jane?«

Angesichts der Täuschung und der Lügen, die sie den Edgertons aufgetischt hatte, konnte sie hier wenigstens eine kleine Wahrheit verraten. Sie holte tief Luft. »Mir ist eine bestimmte Summe Geld ausgesetzt worden, von meinem Vater.«

Überraschung leuchtete in Chloes Augen auf – ihre erste äußerliche Reaktion.

»In zwei Monaten werde ich in den Besitz dieses Geldes kommen«, fuhr Jane fort, »das ich so verwenden kann, wie ich das möchte.«

»Was willst du damit tun?«

»Ich möchte eine Schule gründen für höhere Töchter«, erklärte Jane leise. »Nur dass sie ganz anders sein wird als die Schulen, die die Mrs Beldens der Welt führen«, sprudelte es förmlich aus ihr heraus, als Chloe die Mundwinkel senkte. »Es wird ein Ort sein, wo junge Frauen« – *auch solche, die am Rande der Respektabilität lebten wie sie selbst* – »ermutigt werden, ihren Verstand zu benutzen und ihr Urteilsvermögen einzusetzen. Mir tun die ganzen Lügen, die ich euch aufgetischt habe, unendlich leid.«

Auf diese Enthüllung folgte ein längeres Schweigen, das nur von dem Ticken der verzierten Uhr auf dem Kaminsims unterbrochen wurde. Schließlich antwortete Chloe. »Wenn du entschlossen bist, eine Schule für junge Damen zu gründen«, nicht notwendigerweise Damen nach den Maßstäben der guten Gesellschaft, »und uns das zusammengeführt hat, dann«, sie ergriff Janes Hände, »dann ist das der Grund, warum wir zusammen sind. Dein Geheimnis ist bei mir sicher, Jane.«

Sie runzelte die Stirn. »Ist das eigentlich dein richtiger Name, *Jane Mun…?«*

»O ja. Obwohl ich als Mrs Munroe bezeichnet wurde, auch wenn ich nicht verheiratet bin und es auch nie war.« Wieder senkte sie beschämt den Blick.

Doch diese Abmachung zwischen ihr und Chloe konnte nicht so simpel sein. Mit ihrem Geheimnis hatte sie nicht nur Chloe getäuscht – eine Frau, die sie nach erst wenigen Tagen Bekanntschaft als Freundin betrachtete –, sondern auch Gabriel. »Dein Bruder verdient es, die Wahrheit zu erfahren.«

Chloe riss die Augen auf und schüttelte energisch den Kopf. »Nein. Nein. Nein. Nein.« Sie wedelte abwehrend mit der Hand. »Bloß nicht. Gabriel sieht die Welt nur in Schwarz und Weiß. Grautöne gibt es für ihn nicht.«

Janes Herz verkrampfte sich. Ja, der kühle und beherrschte Lord, der sie geküsst hatte und mit dem sie sich, auch wenn es nur für ein paar gestohlene Augenblicke gewesen war, auf ganz besondere Weise verbunden gefühlt hatte, würde es nie verstehen. »Vielleicht, aber er verdient es, in die Wahrheit eingeweiht zu werden.« In alles. Mit einer geistesabwesenden Bewegung griff Jane nach ihrer Brille und spielte mit den Bügeln. Gabriel war ein guter, ehrenwerter Mann. Er würde sie nicht verantwortlich machen für die Verbrechen eines anderen. Sie atmete bebend ein. Für ihn würden nur die Vergehen zählen, die sie sich ihm gegenüber hatte zuschulden kommen lassen.

Chloe schenkte ihr ein mildes Lächeln. »Jetzt komm«, sagte sie und nahm sie bei der Hand. »Gabriel wartet unten.«

Janes Herz setzte einen Schlag aus.

»Der Marquis.«

Sie verzog das Gesicht. Gab es noch einen anderen?

Ein übermütiges Funkeln blitzte in den blauen Augen von Chloe auf. »Ich gebe dir recht. Es wäre auf jeden Fall vorzuziehen, wenn mein charmanter, freundlicher Bruder Alex uns heute begleiten würde. Doch leider sind wir beide mit dem mürrischen Gabriel geschlagen.«

»Er ist nicht mürrisch.« Die Worte waren Jane entwischt, und sie krümmte die Zehen vor Verlegenheit, dass sie sich mit dieser Verteidigung seiner Person verraten hatte.

Chloe jedoch ließ sich durch nichts anmerken, dass sie etwas bemerkt hatte. »Wie nett von dir.« Sie hakte sich bei Jane unter. »Du bist so loyal«, erklärte sie, während sie ihre Gesellschafterin aus dem Zimmer dirigierte. Nebeneinander schritten sie den stillen Flur entlang. »Aber er ist wirklich ziemlich schwierig, weißt du.« Chloe machte eine Handbewegung. »Sehr anmaßend.«

Ja, das hatte er bei verschiedenen Gelegenheiten bewiesen, seit sie in seine Dienste getreten war. Verärgerung regte sich in ihr. Trotzdem … »Du kannst dich überaus glücklich schätzen, seine Unterstützung zu genießen.« Ohne Unterstützung war das Leben wesentlich schwieriger.

Chloe schnaubte abfällig. »Ich wüsste ihn wesentlich mehr zu schätzen, wenn er meinen Entschluss, niemals zu heiraten, einfach akzeptieren könnte und mich nicht als Frau sehen würde, die seiner Anleitung bedarf. Ah, da sind wir ja«, fügte sie hinzu, als sie oben an der Treppe stehen blieben.

Gabriel lief unten im Foyer auf und ab. Die Schöße seines eleganten schwarzen Abendrocks schlugen gegen seine langen Beine, und Jane stand da wie erstarrt, fasziniert von seiner männlichen Vollkommenheit. Sein schwarzes, unmodisch langes Haar und die breiten Schultern ließen ihn beeindruckend aussehen – maskulin und stark.

»Wo zur Hölle stecken sie?« Seine ungeduldige Frage drang über die marmornen Stufen bis zu ihnen empor.

Janes Lippen zuckten bei der Erinnerung daran, wie überaus menschlich er war. Er war kein Marmorgott. Er war einfach nur ein Mann. Der durchaus auch mal fluchte.

Der Butler sah die Treppe hoch und fing ihren Blick auf. In seinen Augen zeigte sich Erheiterung. »Sie sind oben, Mylord.«

»Ja, das weiß ich«, erwiderte er voller Ungeduld. »Ich frage mich allerdings …«

»Er meint, dass wir schon hier oben warten, Gabriel«, rief ihm seine Schwester zu.

Beim Klang ihrer Stimme blieb er jäh stehen. »Endlich«, entfuhr es ihm. Doch seine Worte endeten mit einem scharfen Einatmen.

Seine Schwester stand oben an der Treppe, doch es war die Fremde neben ihr, die seine ganze Aufmerksamkeit einforderte, die ihn fesselte und einmal mehr in ihren Bann zog. Er blinzelte. Jane Munroe? Doch gewiss nicht. Wo war die Brille, wo der strenge Haarknoten im Nacken?

Dann befeuchtete sie sich die Lippen, eine inzwischen vertraute Geste der Nervosität. Bei Gott, Jane Munroe. Sie hatte nichts Unscheinbares oder Bitteres oder Hässliches an sich. Sie war wie die Göttin Aphrodite, dem Meerschaum entstiegen, um ihn mit ihrer Schönheit zu quälen. Er öffnete und schloss den Mund mehrere Male, konnte aber kein einziges Wort herausbringen. Unter seiner Musterung stieg ihr Röte in die Wangen, und der Herrgott war sein Zeuge, wenn er nicht jeden ehrenwerten Schwur, den er je getan hatte, was sie betraf, zurücknehmen und sie zur Seinen machen wollte.

Chloe schob die junge Frau zur Treppe. Sie kamen herab und blieben vor ihm stehen, warteten. Seine Schwester warf ihm einen sprechenden Blick zu. In seinem Verstand herrschte Chaos. Wurde etwas von ihm erwartet? Worte? Taten? Klare

Gedanken? Mit einem kleinen Hüsteln deutete Chloe mit dem Kopf zu Jane.

»Wo ist Ihre Brille?«, platzte es aus ihm heraus.

Eine kleidsame Röte stieg Jane in die Wangen, während sie sich hastig das Drahtgestell aufsetzte.

Himmel, sie lenkte kein bisschen von ihrer Schönheit ab. Sie war immer noch schöner als Aphrodite, die Göttin der Schönheit selbst. Wie hatte ihm das bislang entgehen können?

Seine Schwester hüstelte.

Gabriel fiel wieder ein, wo er sich befand. Er deutete eine Verbeugung an. »Mrs Munroe.« *Jane.* In diesem Moment konnte sie eigentlich nur Jane sein.

Sie knickste rasch und erwiderte seinen Blick mit einer Kühnheit, die er nur bewundern konnte. »Mylord.«

Es war eine Sünde, dass der Name, der eigentlich von ihren Lippen fallen sollte, unausgesprochen blieb.

Gabriel. Ich heiße Gabriel.

Mehrere Lakaien kamen herbei und retteten ihn davor, sich restlos zum Narren zu machen, indem er sie stumm und mit offenem Mund anstarrte. Die Bediensteten halfen den jungen Frauen in ihre Umhänge, dann eilte Joseph nach vorne und zog die Tür auf. Arm in Arm traten Chloe und Jane vor ihm hinaus. Er atmete tief ein und wartete auf der Türschwelle, gönnte sich einen Moment, den sanften, verführerischen Schwung von Janes Hüften zu genießen.

»Mylord?«, bemerkte Joseph mit so ausdrucksloser Trockenheit, dass Gabriel rot wurde.

»Ah ja. Sehr gut.« Er zog sich die Aufschläge seines Mantels gerade und schickte sich an, Jane zu folgen. Und seiner Schwester. Jane Munroe war Gesellschafterin, mehr nicht.

Was für eine verdammte Lüge. Während er zur wartenden Kutsche ging, ruhte sein Blick auf Jane. Sie war eine verdammt schöne Frau. In dem Moment legte sie ihre Fingerspitzen auf die Hand des Lakaien und ließ sich beim Einsteigen helfen, bedankte sich dabei, worauf der junge Mann prompt errötete.

Angesichts der männlichen Bewunderung, die kurz in den Augen des Lakaien aufflackerte, ballte Gabriel die Hände zu Fäusten. Mit einem tiefen Knurren in seiner Kehle brachte er die letzten Schritte hinter sich. Als spürte er Gabriels brennenden Blick, sah der Bedienstete ihn an, dann schluckte er und wich hastig zur Seite. Gabriel schwang sich selbst in die Kutsche. Die beiden jungen Frauen saßen nebeneinander, sodass ihm nichts anderes übrig blieb, als auf der gegenüberliegenden Bank Platz zu nehmen. Das tat er, und einen Augenblick später schloss der Kutscher die Tür. Das Gefährt setzte sich mit einem Schaukeln in Bewegung.

In dem Versuch, Jane nicht unverhohlen anzustarren, zog Gabriel die Samtvorhänge zur Seite und spähte auf die vorüberziehenden Straßen Londons. Janes Gesicht spiegelte sich jedoch in der Scheibe des Kutschenfensters, und er nutzte die Gelegenheit, sie eindringlich zu mustern, auf eine Weise, wie sie es besser nicht wahrnehmen sollte. Trotzdem konnte er nicht umhin, sich zu fragen, wie ihm die Herzform ihres Gesichtes oder die langen, dichten, dunkelgoldenen Wimpern, die ihre strahlend blauen Augen umrahmten, hatten entgehen können. In der Scheibe begegneten sich ihre Blicke, und sie schaute rasch weg. Er runzelte die Stirn. Wie konnte sie ihm gegenüber so gleichgültig bleiben, obwohl sie seine Welt komplett auf den Kopf gestellt hatte?

Seine Schwester, die immer gerne redete, brach das Schweigen. »Hast du je schon mal die Oper besucht, Jane?«

In den ganzen Jahren hatte sich die Neugier seiner Schwester schon oft als extrem lästig erwiesen, wenn sie unangemessene oder unmögliche Fragen gestellt hatte, deren Antwort sie eigentlich nicht wissen durfte. In diesem Moment jedoch war er aufrichtig dankbar für ihren Wissensdurst.

Jane schüttelte den Kopf. »Nein, leider nicht.«

Was für eine Schande. Eine Frau ihrer Anmut und Schönheit sollte die komplizierten Walzerschritte auf irgendeinem Ball oder einer Soiree tanzen, während ihre goldene Haarpracht im Schein der zahllosen Kerzen schimmerte. Nur leider folgte auf diese Vorstellung sogleich das Bild von ihr in den Armen eines namenlosen, gesichtslosen Fremden. Wieder musste er sich ein Knurren verkneifen. Was ihm nicht wirklich gelang, denn zwei Augenpaare richteten sich auf ihn. »Alles in Ordnung«, presste er hervor.

Chloe wandte sich wieder Jane zu. »Die Oper ist wesentlich unterhaltsamer als irgendein langweiliger Ball.« Ihre Lippen verzogen sich missbilligend. »Bei der Oper wird schließlich nicht erwartet, dass man tanzt.« Sie lächelte Jane an.

Ein unangenehmes Schweigen breitete sich in der Kutsche aus, und Gabriel lehnte sich zurück. Zum ersten Mal fragte er sich ernsthaft, wer die junge Frau eigentlich war, die er da eingestellt hatte. Zuvor war das nicht wirklich wichtig gewesen, da hatten ihm ihre Referenzen ausgereicht, doch heute Abend musste er mehr über Mrs Jane Munroe erfahren. Sie drückte sich so gewählt aus wie eine junge Dame, was darauf hinwies, dass sie eine gute Erziehung genossen hatte. Doch was war geschehen, dass sie nun als Gesellschafterin und als Gouvernante für andere junge Damen arbeitete? Bis zu diesem Moment war sie eher verschlossen gewesen, was ihre Vergangenheit anging, und war seinen Fragen geschickt ausgewichen.

Jetzt lag einfach nur ein Abend in der Oper vor ihnen. Da hatte er schon wesentlich Schwierigeres gemeistert, als sich mit einer Frau, die seine Sinne ins Chaos stürzte, eine Oper von Rossini anzuhören. Er schloss einen Moment lang die Augen und atmete tief durch.

Wie verdammt schwierig konnte das schon sein? Sein Blick begegnete Janes.

Die Fahrt in der Kutsche schien kein Ende nehmen zu wollen, aber schließlich erreichten sie den geschäftigen Platz vor dem Opernhaus doch. Die beiden Damen gingen voraus, er folgte ihnen in sicherem Abstand. »Du bist also noch nie im Theater oder in der Oper gewesen.« Die Worte seiner Schwester drangen bis zu ihm.

Jane hatte das schon beim Frühstück bestätigt. Konnte seine Schwester sich nicht mehr daran erinnern, wie Janes sonst eher vorsichtig dreinblickende blaue Augen aufgeleuchtet waren?

Sie betraten das Gebäude, und er hielt seinen Blick auf Janes stolz gestraffte Schultern gerichtet. Das Foyer hallte wider vom Lachen und Stimmengewirr der anderen Besucher. Jane blieb stehen, aber seine Schwester ging weiter.

Jane, die blonde Verführerin, stand da wie erstarrt, den Kopf weit in den Nacken gelegt. Sie starrte nach oben, so ähnlich, wie sie es bei ihm zu Hause getan hatte, die Lippen leicht geöffnet und in stummem Staunen über die Deckenmalereien. Er hielt ebenfalls inne, den Blick auf sie gerichtet. Bis zum Ende seines Lebens, wenn er alt und gebrechlich war – *und allein*, aufgrund eines Entschlusses, den er ganz bewusst gefasst hatte –, würde er sich an sie in diesem Augenblick erinnern. An ihr ehrfürchtiges Staunen über die Darstellung von Adam und Eva im Paradies mit dem verbotenen Apfel.

Ganz ähnlich wie Eva war Jane die personifizierte Verlockung, die Gabriel mit seinem Verlangen nach ihr aufzog.

»Jane?«, rief seine Schwester, und sie löste sich aus ihrer Versunkenheit.

Er sollte Abstand wahren und so tun, als hätte er nicht bemerkt, dass sie zur Decke hochgeschaut hatte. Aber er hatte sein ganzes Leben lang immer getan, was von ihm erwartet wurde. Also beschleunigte er seine Schritte und holte sie ein.

Sie erschrak, als er plötzlich neben ihr war, und warf seiner Schwester einen verzweifelten Blick zu. Die jedoch achtete nicht weiter auf ihre Gesellschafterin und lief voraus. Chloe bewegte sich mit einer völlig undamenhaften Geschwindigkeit durch die Menge, über die ihre Mutter entsetzt gewesen wäre.

»Sie haben das Gemälde bewundert«, bemerkte Gabriel neckend.

Sie warf ihm einen Blick zu. »Die Deckenmalerei«, verbesserte sie ihn mit einem Lächeln.

Um sie herum verfolgten die anderen Mitglieder der guten Gesellschaft mit unverhohlenem Interesse, wie er sich mit der Gesellschafterin seiner Schwester unterhielt. Und er hätte blind sein müssen, nicht zu bemerken, wie herablassend die Matronen sie betrachteten.

Er ballte die Hände zu Fäusten. War er stets so mit sich selbst beschäftigt gewesen, dass ihm die Verachtung für all die entgangen war, die als Eindringlinge in die vornehme Gesellschaft betrachtet wurden? Scham regte sich in ihm.

Und gegen all diese Widerstände baute sich Jane mit ihrer inneren Stärke und ihrem Mut ein eigenes Leben auf, ohne die Hilfe von irgendjemand anderem. Sie war viel mehr wert als er selbst oder irgendeiner seiner verdammten Standesgenossen.

Sie erreichten seine private Loge.

»Imogen und Alex werden ebenfalls da sein«, teilte Chloe ihnen mit. Sie hatte ihren Platz auf einem Stuhl im rechten Teil der Loge, wo sie üblicherweise saß. »Ich wünschte, sie würden auch in unsere Loge kommen.« Sie seufzte. »Aber sie sind ja verheiratet.« Sie rümpfte die Nase.

Jane zögerte, dann begab sie sich zu dem Sitz ganz links. Als Gabriel sich einen Platz ausgesucht hatte, vertrieb Chloes lockeres Geplauder die angespannte Stille. »Entspricht die heutige Veranstaltung bislang deinen Erwartungen?«, fragte sie Jane. Dabei reckte sie das Kinn und deutete auf die Ränge unten, wo die vornehmen Herrschaften sich die Hälse verrenkten bei dem Versuch, möglichst viel von ihrer Umgebung wahrzunehmen.

»Ich würde sagen, ich bin sehr gespannt auf die Aufführung.« Während Jane sprach, schaute sie sich interessiert um.

Chloe beugte sich an Gabriel vorbei und fing Janes Blick auf. »Niemand ist wegen der Aufführung hier.«

»Wie traurig«, bemerkte Jane, während das Orchester die Instrumente stimmte und die ersten Töne von Rossinis Stück erklangen. »Man sollte nicht aufhören, sich an etwas zu freuen, bloß weil …« Sie hielt inne, eine steile Falte zwischen den Brauen.

Er beugte sich näher, fasziniert von der Verwirrung in ihren Augen. »Bloß weil was?«

Sie sah ihn an. »Bloß weil andere anwesend sind, die einem unangenehm sind.« Ihre Augen spiegelten ihre Verwirrung über ihre eigenen Worte wider.

Was auch immer sie hatte sagen wollen, ging unter im Einsatz des Orchesters. Aus dem Augenwinkel sah er, wie Jane ihre Aufmerksamkeit wieder auf die Bühne richtete und die Aufführung unten mit ungewöhnlich weicher Miene betrachtete.

Die Oper zu besuchen war nicht so anders als der Besuch eines Balls oder einer Soiree. Bei jedem Anlass gab es die gleichen gesellschaftlichen Verpflichtungen. Es waren allesamt Anlässe, bei denen die vornehmen Herrschaften sich ganz auf ihre Macht und ihren Reichtum konzentrierten, die der Motor in ihren Beziehungen war. Seit Gabriel die Universität verlassen und sich der Verantwortung gestellt hatte, die ihm als Marquis of Waverly übertragen war, hatte er auch die gesellschaftlichen Verpflichtungen übernommen.

Während er jetzt neben Jane saß und seinen zynischen Blick auf die Bühne richtete, auf die Darsteller, die Rossinis *La Cenerentola* aufführten, wurde im Zuschauerraum und den Logen laut geflüstert. Diese Veranstaltung hier war ebenso gestelzt und langweilig wie jeder Ball oder jede Soiree, zu der die Mitglieder der guten Gesellschaft geladen waren.

Verstohlen spähte er zu Jane. Sie blickte mit weit aufgerissenen Augen und offenem Mund staunend auf die Bühne. So musste Adam im Paradies seine Eva angeschaut haben, als sie ihm den verführerischen Apfel hingehalten hatte. Gabriel blickte ebenfalls zur Bühne und dann wieder zurück zu Jane. War er selbst je unschuldig genug gewesen, so aufrichtige Freude an einer musikalischen Unterhaltung zu empfinden?

»Gefällt Ihnen die Vorstellung?«, erkundigte er sich leise. Das war eine dumme Frage. Ihre Begeisterung stand ihr in das herzförmige Gesicht geschrieben. Und sie drückte sich auch aus in ihrem vor Spannung zitternden Mund – dem Mund, den er vor gar nicht langer Zeit geküsst hatte und von dem er seither träumte.

Jane erschrak leicht, dann sah sie sich um, als wollte sie sich vergewissern, mit wem er redete. Ihre Mundwinkel senkten sich. »Ja«, lautete ihre abwesende Antwort. Dann wandte sie sich wieder dem Geschehen unten auf der Bühne zu.

Er sprach flüsternd weiter. »Dann haben Sie also die Seele einer Schauspielerin.«

Ihre Wangen wurden scharlachrot, und alle Freude wich aus ihrem Blick. Bedauern durchzuckte ihn. Sie reckte kämpferisch ihr Kinn. »Mylord?«

Er winkte ab. »Lassen Sie sich von mir nicht von Ihrem Vergnügen ablenken, Jane.«

Angesichts seiner Verwendung ihres Vornamens runzelte sie die Stirn, und sie schaute verstohlen zu Chloe hinüber. Hatte sie ihr leises Gespräch mit angehört? Als sie wieder zu Gabriel zurücksah, stand Empörung in ihren Augen. »Unterhalten Sie sich gut auf meine Kosten, Mylord?«

»Denken Sie so gering von mir?« Oder war ihre Meinung über alle Männer so schlecht? Sein Atem strich über ihr Gesicht, und eine ihrer Locken bewegte sich, fiel ihr in die Stirn. Es kostete ihn fast körperliche Anstrengung, sich zurückzuhalten und die seidige Strähne nicht zurückzustreichen. »Sie sind gekommen, um die Oper zu genießen.«

»Ich bin hier als Gesellschafterin Ihrer Schwester«, erklärte sie mit einem Pragmatismus, der ihm ein Grinsen entlockte. Sie spähte um Gabriel herum und schaute zu Chloe. Er folgte ihrem Blick. Trotz aller gegenteiliger Behauptungen seiner Schwester galt Chloes Aufmerksamkeit in ähnlichem Maße wie Janes dem Geschehen auf der Bühne.

»Ganz gleich, was Sie glauben, Jane, ich mache mich keineswegs über Sie lustig«, flüsterte er ihr zu. Sie erstarrte neben ihm, blieb aber stumm. In dem Versuch, die Leichtigkeit von vorhin wieder zurückzuholen, fragte er: »Sprechen Sie Italienisch?«

Sie löste ihren Blick von der Bühne, schüttelte den Kopf und bedachte ihn mit leicht argwöhnischer Miene. Welcher Schuft von einem Mann war für diesen Argwohn bei einer so jungen Frau verantwortlich? Andererseits, hatten nicht seine eigenen Schwestern genug Narben davongetragen, sodass er eigentlich hätte wissen müssen, dass das Alter nur wenig mit Erfahrung zu tun hatte?

»Eines Tages gab es da einen König«, fasste er den Inhalt der Oper kurz für sie zusammen, »der es leid war, allein zu sein. Also machte er sich auf die Suche und fand drei, die ihn heiraten wollten.«

»Und was hat er dann getan?« Das Flüstern kam ihr über die Lippen, als hätte sie mannhaft versucht, es zurückzuhalten, um die Mauern zu schützen, die sie zwischen ihnen errichtet hatte. Doch ihr Verlangen, mehr über die Oper zu erfahren, war stärker.

»Er verabscheute jegliche Täuschung.«

»Und wen hat er gewählt?« Mit Worten und Augen drängte sie ihn, ihr zu antworten.

»Sie müssen zuhören«, flüsterte er erneut, als eine kraftvolle Altstimme den Saal füllte und sogar das Stimmengewirr im Publikum übertönte. »Er hat die Unschuld gewählt. Die Unschuld und die Güte.«

Und bei Gott, bei allem, was er in den vergangenen zwanzig Jahren geschworen hatte, angesichts von Rossinis Worten begriff er die Anziehungskraft dieser Gaben – Unschuld und Güte.

Kapitel 15

Bei Gabriels sinnlicher Übersetzung jener Zeilen flammte erneut Verlangen in ihr auf, stark und mächtig. »Das sollten Sie nicht tun«, sagte sie und war erstaunt, wie flehentlich sie klang.

»Ich gebe doch nur den Inhalt der Strophen wieder, Jane.« Sein heiseres Flüstern blieb nicht ohne Wirkung. »Hören Sie einfach auf die Melodie.« Sie schloss die Augen und verlor sich in der verführerischen Trance, die seine leisen Worte um sie woben. »Mein Herz klopft heftig.« Ihres auch. In einem verzweifelten Rhythmus schlug es für ihn. »Warum klopft mein Herz so heftig?« Weil es in dem gleichen Wahnsinn gefangen war wie ihres? Denn es war Wahnsinn. Mit der Ausnahme seines Kusses hatte er aus seinen Gefühlen für sie keinen Hehl gemacht. Er mochte sie nicht. Und sie mochte ihn nicht. Und … Sie war eine schreckliche Lügnerin. »Wie lieblich ist dies Lächeln.« Sein Atem strich über ihre Wange, der Hauch Brandy, früher hässlich und Zeichen von allem Bösen, regte ihre Sinne an, bis die Macht dieses Getränks drohte, sie trunken zu machen mit ihrem Verlangen nach dem Leben und nach ihm. »Dieses Lächeln. Es dringt in mein Herz und bringt mir Hoffnung.« Er beugte sich näher, und sein muskulöser Schenkel streifte ihr Bein, zerknitterte ihre Seidenröcke.

Geschah das absichtlich? Seine körperliche Nähe verbrannte sie durch den Stoff hindurch, drang bis auf ihre Haut und tiefer in ihr Blut, erhitzte es, sodass es sich wie Feuerzungen durch ihre Adern wälzte und sie in Brand steckte. *Ich will ihn. Ich will ihn, wie ich noch nie einen anderen Menschen gewollt oder gebraucht habe.* Sie sehnte sich nach seiner Berührung auf eine Art und Weise, die sie als Tochter ihrer Mutter entlarvte. Jane kniff die Lider zusammen.

Im Zuschauerraum brandete Applaus auf, als das Orchester die Schlussakkorde des ersten Aktes von Rossinis jüngstem Meisterwerk spielte, und Jane riss die Augen auf. Sie blinzelte ein paar Mal verwirrt.

»Es ist großartig, nicht wahr?«, erkundigte sich Chloe begeistert.

Jane nickte. »Ja.« Ihre Haut prickelte unter Gabriels Blick, der auf ihr ruhte.

Chloe rieb ihre behandschuhten Hände aneinander und schaute in den Zuschauerraum, wo alle aufstanden, um sich in die Pause zu begeben und zu dem wahren Schauspiel – auf den Gängen und in den verschiedenen Logen. Jane begrüßte es, dass Chloe abgelenkt war, und nutzte es als Gelegenheit, ihre Gedanken zu ordnen und Gabriel aus ihrem Kopf zu verbannen.

Sich darauf zu konzentrieren, dass sie ihn nicht mochte.

Er streckte die Beine aus und schlug sie an den Knöcheln übereinander, dabei wirkte er so unwiderstehlich männlich, ohne sich dafür anstrengen zu müssen, dass es unmöglich war, ihn nicht zu bewundern.

Sie stöhnte. Was war nur mit ihr los? Das Herz einer Kokotte, durch und durch.

»Geht es Ihnen gut, Mrs Munroe?«

Gabriel betrachtete sie mit dem vertrauten verschleierten Augenausdruck. Sie schluckte trocken. »Alles in Ordnung. Ich …«

Er beugte sich näher zu ihr. »Ich hatte den Eindruck, als hätten Sie gestöhnt.«

Chloe richtete ihre Aufmerksamkeit auf Jane. »Oje, fühlst du dich unwohl, Jane?«

»Ich …« Wie peinlich. Ihr war übel vor Verlegenheit. Allerdings glaubte sie nicht, dass das als irgendeine Form von Krankheit zählte.

Der rote Samtvorhang an ihrer Loge bewegte sich, und sie dankte im Geiste für die Unterbrechung.

Ein groß gewachsener Gentleman mit schwarzem Haar und wie gemeißelten Gesichtszügen, die ihr bekannt vorkamen, stand im Eingang. Neben ihm hatte eine rothaarige Dame mit einem breiten Lächeln ihre Hand auf seinen Arm gelegt. Chloe stieß einen kleinen Schrei aus und sprang auf. »Imogen, Alex!«

Das war also der andere Bruder, von dem Chloe gesprochen hatte, der ehemalige Lebemann und seine geliebte Ehefrau.

Jane erhob sich zögernd und verfolgte die überschwängliche Begrüßung zwischen den jungen Frauen, die so schnell sprachen, dass sich ihr der Kopf drehte. Sie selbst hielt sich dicht an der Wand, in dem Versuch, sich so klein wie möglich zu machen und nicht aufzufallen.

Die beiden Freundinnen gestikulierten, lächelten dabei, lachten leise und plauderten aufgeregt miteinander. Jane zerknitterte verlegen den Stoff ihrer Röcke zwischen den Händen. Wie lange war sie schon so allein? Bereits als Kind hatte sie aufgehört, von Freundschaft zu träumen. Doch jetzt, als sie sah, wie die beiden vor ihr so vertraut miteinander umgingen, kehrte die uralte Sehnsucht, von der sie geglaubt hatte, sie habe sie längst aufgegeben, mit Macht zurück. Die Wiedersehensfreude zu verfolgen hatte etwas so Bittersüßes für sie, dass sie sich zwang, zu Gabriel und seinem Bruder zu schauen.

Die beiden, von den Frauen offenbar vergessen, betrachteten einander mit einer Zurückhaltung, die in krassem Gegensatz zu der Szene zwischen Schwester und Schwägerin stand. Jane nutzte die Gelegenheit, Gabriel im Zusammenspiel mit seinem Bruder zu betrachten. Mit ihrem mitternachtsschwarzen Haar und den attraktiven Zügen hätten sie Zwillinge sein können. Doch Gabriels schlanke Gestalt besaß eine sehnige Stärke, die von Disziplin zeugte.

Was hatte Gabriel an sich, das sie so faszinierte? In seiner brüsken Art war er nach eigener Aussage und wie es auch seine Schwester festgestellt hatte, in keiner Weise charmant. Dennoch war er ihr in seiner Ernsthaftigkeit lieber als …

Leute, die sie unverhohlen musterten.

Sie wurde rot, als sie merkte, dass vier Paar Augen auf sie gerichtet waren.

»Hallo«, sagte die rothaarige junge Dame mit einem freundlichen Lächeln.

Jane biss sich auf die Innenseite der Wange. Warum musste diese Frau lächeln und freundlich sein? Warum konnte sie nicht kühl, unfreundlich und berechnend sein, wie die meisten vornehmen Frauen, die Jane zuvor kennengelernt hatte? »Guten Abend«, antwortete sie und knickste verspätet.

Lady Imogen Edgerton blickte zwischen Chloe und Gabriel hin und her und wartete offenkundig darauf, vorgestellt zu werden.

»Oh, natürlich«, sagte Chloe. »Darf ich dich mit meiner neuen Gesellschafterin Mrs Jane Munroe bekannt machen?«

Auf diese Erklärung folgte Schweigen, während die beiden Neuankömmlinge sie weiter fragend anschauten, dann zu Gabriel sahen. Ungerührt wie immer ließ er sich durch nichts anmerken, ob er mitbekommen hatte, dass von ihm weitere Erklärungen erwartet wurden.

»Mrs Munroe«, sagte Lord Alex. Ein Halbgrinsen umspielte seine Lippen, während er sich höflich verneigte. »Ich kann nur hoffen, dass Sie angemessen dafür entschädigt werden, sich mit den beiden abgeben zu müssen.« Seine Worte endeten in einem erstickten Schmerzenslaut, als seine Schwester ihm einen Stoß in die Rippen versetzte.

»Sei still. Ich will nicht, dass du Jane verscheuchst. Ich schätze ihre Gesellschaft sehr.«

Die Gefühle, die bei diesen Worten in Jane aufwallten, schnürten ihr die Kehle zu. Sie war nie gewollt oder willkommen gewesen. Dass Chloe diesen Satz ausgesprochen hatte, war lediglich höflich, aber die bloße Tatsache stürzte Janes Seelenleben ins Chaos.

»Wenn die Herrschaften mich einen Moment entschuldigen wollen?«, stieß sie hastig hervor. Sie raffte die Röcke und war sich bewusst, dass sein Blick ihr folgte. »Entschuldigen Sie«, sagte sie noch einmal, und dann, bevor Chloe nachfragen konnte, schob sie den Vorhang beiseite und schlüpfte hinaus.

Während sie mit raschen Schritten über die Flure ging, klopfte ihr Herz heftig. Elegant gekleidete Männer und Frauen schlenderten umher. Jane achtete darauf, ihren Blicken auszuweichen. Trotzdem entging ihr nicht, dass sie in dieser Glitzerwelt sogleich als Außenseiterin erkannt wurde. Vage bemerkte sie, dass das Orchester wieder an den Instrumenten war, was bedeutete, dass der zweite Akt bald beginnen würde. Die Zuschauer kehrten auf ihre Plätze zurück, doch Jane ging weiter in die entgegengesetzte Richtung. Sie hatte kein Ziel im Sinn, wollte einfach nur der Freundlichkeit der Familie entkommen, deren Vertrauen sie so schamlos missbrauchte.

Sie war eine Hochstaplerin. Eine Lügnerin. Eine …

Sie schrie leise auf, als ihr jemand den Weg verstellte. Mit heftig klopfendem Herzen schlug sie sich eine Hand auf die Brust. »Verzeihung …« Jane schluckte den Rest ihrer Entschuldigung herunter, als sie den widerlichen Mann, den sie niemals wieder zu sehen gehofft hatte, erkannte – Lord Montclair stand vor ihr und betrachtete sie mit einem lüsternen Grinsen. Der Mann, dessen grässliche Berührung sie bis in ihre Träume verfolgte.

»Jane Munroe«, murmelte er. »So sieht man sich wieder.« Sein Atem, der ihr ins Gesicht schlug, stank nach Brandy und ließ sie beinahe würgen. Wie hatte dieser Geruch nur so verführerisch wirken können, als Gabriel sein Glas in den Händen gehalten hatte, wenn er jetzt nur überwältigenden Ekel in ihr weckte?

Jane wich einen Schritt zurück. Er würde einfach nicht weggehen. Er war gnadenlos. »Was wollen Sie?« Sie verabscheute das leichte Zittern in ihrer Stimme. Zaghaft schaute sie sich um. Sollte Gabriel sie jetzt hier entdecken, würde er sie ohne zu zögern entlassen.

Das triumphierende Glitzern in Lord Montclairs Augen verriet ihr, dass er ihre Furcht ahnte und sich daran freute. Dieser siegesgewisse Ausdruck in seinem Blick zwang sie, nicht weiter vor ihm zurückzuweichen. Egal, ob es Zuschauer gab oder nicht, sie wollte verdammt sein, wenn sie sich von ihm einschüchtern ließ. Nicht noch einmal. Er hatte sie bereits die Anstellung im Hause seines Vaters gekostet und zu viel von ihrer Seelenruhe. Sie würde nicht dulden, dass er ihr auch noch ihren Stolz nahm.

Sie machte Anstalten, um ihn herum zu gehen.

Er parierte ihre Bewegungen, verhinderte ein Entkommen.

Ihr Herz klopfte inzwischen dröhnend laut in ihren Ohren, und sie verbarg ihre zitternden Finger in den Falten ihrer Röcke, damit er nicht merkte, welche Wirkung er auf sie hatte. Ihre Angst würde er genießen. Das hatte er schon früher immer getan. »Was wollen Sie?« Ihre Brust hob sich unter der Macht ihrer Gefühle. Natürlich hatte sie gewusst, dass sich ihre Wege kreuzen konnten, wenn sie sich in der Londoner Gesellschaft bewegte, aber sie hatte geglaubt, dass ihre Rolle als Gesellschafterin sie so weit schützen konnte, dass er sie gar nicht bemerkte.

Gedämpft vernahm sie die Arie, die auf der Bühne geschmettert wurde.

»Ist das die Art und Weise, wie Sie einen Mann behandeln, den Sie verführen möchten?«

Wut verschmolz mit Furcht und drohte sie zu blenden, so heftig war sie. Sie biss sich auf die Innenseite ihrer Wange, schmeckte Blut. »Ich habe Sie nicht verführt«, erklärte sie und war stolz auf ihre feste Stimme. »Sie haben mir Ihre Aufmerksamkeit aufgezwängt.«

Seine Augen verengten sich missbilligend zu Schlitzen. Seine Hand zuckte vor und fasste sie am Handgelenk, er senkte den Kopf, sodass er dicht neben ihrem war. »Ich zwinge meine Aufmerksamkeiten niemandem auf, süße Jane.« Der schwere Alkoholgeruch traf sie erneut wie ein Schlag ins Gesicht. Ihr wurde übel.

In dem Versuch, sich aus Montclairs Griff zu befreien, zerrte sie an ihrer Hand. Doch er ließ nicht los. »Sie vergessen sich, Mylord.«

»Ich mich vergessen?« Er lachte. »Du bist keine Lady, Jane. Die Gesellschaft würde nichts dabei finden, wenn ich der Tochter einer Hure Avancen mache.«

Seine Worte raubten ihr allen Mut. Sie suchte in sich nach der Wut über diese Boshaftigkeit, aber der Schock und der Umstand, dass sie jahrelang mit ebendiesem Vorwurf konfrontiert worden war, beraubten sie einer angemessenen Erwiderung.

Lord Montclair bemächtigte sich einer losen Haarsträhne von ihr. »Komm schon, hast du nichts zu sagen? Dachtest du, ich wüsste nicht die Wahrheit über deine Abstammung?«

Ihre Gedanken überschlugen sich. Wie hatte er herausgefunden …?

»Nichts war leichter, als dahinterzukommen, wer dich in das Haus meines Vaters geschickt hatte, wer dich von einem zum nächsten Posten weitergeschoben hat«, erklärte er und erriet zutreffend, was sie nicht ausgesprochen hatte.

»Lassen Sie mich gehen.« Sie zerrte noch einmal an ihrer Hand, und es gelang ihr, sich zu befreien. Sie wich einen Schritt zurück. »Tochter einer Hure oder Angehörige des Königshauses, ich würde mich niemals so weit erniedrigen, jemanden wie Sie in mein Bett einzuladen«, spie sie aus.

Zornesröte schoss ihm in die Wangen, und einen Moment lang glaubte sie, er wollte sie schlagen, aber dann glitt sein Blick an ihrer Schulter vorbei – hin zu der hochgewachsenen, eindrucksvollen und vor allem wunderbar vertrauten Gestalt wenige Schritte hinter ihr. Irgendwann, wenn Montclair verschwunden war, würde sie sich der Erklärung stellen müssen, was Gabriels Auftauchen hier bedeutete – ebenso wie seinen unausweichlichen Fragen. Doch jetzt erst einmal atmete sie erleichtert auf über sein unerwartetes, aber rechtzeitiges Eintreffen.

Montclair neigte den Kopf. Seine Lippen verzogen sich zu einem spöttischen Grinsen. »Waverly.«

Gabriel richtete den kühlen Blick von ihr auf den Earl. »Montclair«, erwiderte er gedehnt. Eine Warnung schwang in diesem einen Wort mit, kein Gruß.

Einen entsetzlichen Augenblick lang sah Montclair Jane vielsagend an, und sie glaubte, er würde Gabriel alles verraten, hier, jetzt, an diesem öffentlichen Ort. Aber dann verneigte er sich nur knapp und musterte sie ein letztes Mal. Das drohende

Glitzern in seinen Augen sandte ihr eine Gänsehaut über die Arme. Er ging um den Marquis herum und machte Anstalten, sich zu verabschieden. Etwas von der Anspannung wich bei Jane, aber dann blieb er jäh stehen. Sie ballte die Hände zu Fäusten, während Montclair Gabriel von Kopf bis Fuß musterte. Was für ein Spiel wollte der berechnende Mistkerl jetzt spielen?

»Bedenkt man, wie besorgt Sie um das Wohl Ihrer Schwestern sind, würde man meinen, dass Sie mehr Gewissenhaftigkeit walten lassen bei der Auswahl ihrer Gesellschafterin.« Jane verspannte sich so sehr, dass sie fürchtete, jeden Moment Risse zu bekommen und zu zersplittern. »Sicherlich ist doch eine Frau mit Miss Munroes Vergangenheit ein denkbar ungeeigneter Umgang für Ihre Schwester.« Jane zuckte unter seiner Verwendung der Bezeichnung »Miss« zusammen. Der Earl bedachte sie mit einem weiteren herablassenden Grinsen und verschwand.

Nachdem er fort war, breitete sich Schweigen zwischen ihr und Gabriel aus. Die lebhaften Töne der Streichinstrumente aus *La Cenerentola* schienen die angespannte Stimmung des Moments zu verspotten. Jane trat von einem Fuß auf den anderen. »Wir sollten zu deiner Schwester zurückkehren.«

Er kniff die Augen zusammen. »Ist das alles, was du zu sagen hast?« Der erbarmungslose Tonfall hätte besser zu dem Fremden gepasst, der sie anfangs aus seinem Haus gewiesen hatte, statt zu dem Gentleman, der ihr gegenüber mehr Freundlichkeit an den Tag gelegt hatte, als sie in ihrem ganzen Leben gekannt hatte.

Bei dem mitleidlosen Funkeln in seinen Augen befeuchtete sich Jane die Lippen. »Äh, ja?« In den grünen Tiefen seiner Augen flammten silberne Funken auf. Er war wütend. Sie wandte den Blick ab. Nein, es war zu viel gehofft, dass er die Szene, in die er gestolpert war, einfach auf sich beruhen lassen könnte. Gabriel machte einen Schritt auf sie zu und fasste sie am Handgelenk, so wie Montclair es getan hatte, aber doch so völlig anders. Trotz der Kraft, mit der er sie festhielt, konnte sie eine Sanftheit darin spüren, den Wunsch, ihr nicht wehzutun. Lästige Gefühle schnürten ihr die Kehle zusammen, aber dann sah sie ihm ins Gesicht. Seine Miene enthielt keine Wärme oder Fürsorge. Sie schrie erschreckt auf, als er sie in einen nahen Alkoven zog. Der Vorhang fiel hinter ihnen zu, hüllte sie in Dunkelheit. Sie blinzelte mehrmals bei dem Versuch, sein Gesicht klar erkennen zu können. Als es ihr gelang, bereute sie sogleich, dass er den Vorhang nicht offen gelassen hatte.

Seine Züge verrieten unverkennbar Zorn, Entrüstung und Fragen. »Woher kennst du Montclair?« Seine Berührung allerdings blieb behutsam, und daher wusste sie, er wollte ihr nichts antun. Er hatte jede Menge Fragen, die er jedoch als Gentleman zu anständig war, einfach auszusprechen.

»Frag doch das, was du wirklich wissen möchtest«, warf sie ihm hin. »Ob ich seine Geliebte bin.«

Gabriel ließ sie so plötzlich los, dass sie rückwärts stolperte. Der dicke rote Samt raschelte protestierend. Gabriel verschränkte die Arme vor seiner breiten Brust, sodass sie das Gefühl hatte, als würde der vorhandene Platz weiter zusammenschmelzen. »Also, Madam?« Seine dichten schwarzen Wimpern senkten sich und verbargen seine Augen. Aber nicht, bevor sie die aufblitzende Wut dort entdeckte.

Jetzt wurde auch sie ärgerlich. Sicher, sie hatte gelogen, und sie hatte sich mithilfe eines Diebstahls Zutritt zu seinem Haushalt verschafft, aber sie würde sich von ihm nicht einschüchtern oder von ihm behandeln lassen, als wäre sie ein kleines Kind. Jane reckte ihr Kinn. »Kommt es denn wirklich darauf an, ob …« Ihr Versuch, mutig aufzutreten, brach in sich zusammen, als er sein Gesicht dicht vor ihres brachte. Natürlich war es von Bedeutung. Selbst sie, eine Außenseiterin in Gabriels Welt, wusste das.

»Madam, du stellst meine Geduld auf eine harte Probe.« Ein Muskel zuckte unter seinem rechten Auge. »Du hast fünf Minuten.«

Er konnte ihr fünfhundert Minuten geben, und es würde trotzdem nicht reichen. »Du hast mich doch bereits für schuldig befunden. Was zählt es, was ich jetzt noch vorzubringen habe?« Ihre Stimme troff vor Bitterkeit.

»Deine erste Minute ist vorbei«, erklärte er kühl.

Hast du wirklich erwartet, dass er freundlich und besorgt reagieren würde? Nicht, wenn er seine Geschwister so liebte, wie er das tat. Trotzdem, Jane ärgerte sich über Gabriels anmaßende Behandlung und die Wut in seinem Tonfall, und daher verdiente er ihre Entrüstung. Doch wünschte sie sich, sie hätte ganz anders gehandelt, wünschte, sie hätte die Wahrheit, die sie Chloe anvertraut hatte, auch ihm mitgeteilt, bevor Montclair ihr zuvorkommen und Schaden anrichten konnte.

»Du näherst dich in rasenden Tempo dem Ende deiner zweiten ...«

»Du hast gefragt, ob ich Lord Montclair kenne«, sagte sie müde. »Das tue ich.« Ihr plötzliches Geständnis unterbrach seine Warnung. Unfähig, seinem forschenden Blick zu begegnen, betrachtete Jane die Vorhänge. »Nicht, wie du ...« Ihre Haut wurde warm. »Nicht auf die Art und Weise, wie du angedeutet hast«, fuhr sie rasch fort.

Gabriels Augen wurden schmal, aber er sagte nichts. Sein Schweigen verlieh ihr den Mut, weiterzusprechen. »Ich stand in den Diensten des Marquis of Darlington, seines Vaters, und war die Gouvernante seiner jüngsten Schwester.« So hinterhältig und böse Lord Montclair, so freundlich und gutherzig war seine Schwester gewesen. Die Beziehung zu ihr war nicht so innig gewesen wie die zu Chloe, aber das junge Mädchen war sehr lieb gewesen, und dafür würde Jane ihr immer dankbar sein.

Heimlich blickte sie zu Gabriel, und auch wenn er die Herzlichkeit vermissen ließ, die sie in den letzten Tagen bei ihm gesehen hatte, so stand dennoch kein Hass in seinen grünen Augen. Da sie die Schrecken von Montclairs Berührungen nicht noch einmal durchleben wollte, lenkte sie die Unterhaltung auf weniger unsicheres Terrain und wandte sich anderen Lügen zu. »Ich brauche keine Brille«, platzte sie heraus in dem verzweifelten Versuch, das Geständnis noch weiter aufzuschieben, von dem sie wusste, sie musste es ablegen. Jane nahm sich das Drahtgestell von der Nase und faltete es zusammen. »Chloe, *Lady* Chloe«, verbesserte sie sich, »hat behauptet, meine Brille errege aus falschen Gründen Aufmerksamkeit, aber wenn ich sie nicht trage, habe ich noch mehr Schwierigkeiten.« Sie verschränkte die Hände so fest ineinander, dass sich die Bügel ihrer Brille in ihre Handballen bohrten. Ihre Haut brannte unter der Intensität seines Blickes.

Endlich brach Gabriel sein Schweigen. »Was für Schwierigkeiten?«, erkundigte er sich mit steifen Lippen.

Sie musste an die Nacht im Salon des Marquis of Darlington denken. Das Schließen der Tür, das Geräusch des Schlüssels. Entsetzen breitete sich in ihr aus, und obwohl sie wusste, dass sie sicher und aus Montclairs Klauen entkommen war, die schreckliche Erinnerung an seine Hände auf ihr drohte sie zu überwältigen, als wäre der Übergriff gerade erst geschehen.

»Jane?«, hakte Gabriel nach, und wäre sein Ton wie zuvor kühl und distanziert gewesen, hätte sie die Kraft gefunden, weiterzureden. Doch seine Stimme war so sanft und leise, dass ihr eine Träne über die Wange lief.

Sie wandte sich ab, damit er dieses Zeichen von Schwäche nicht sah. »Lord Montclair entschied, dass ich …« Ihre Zunge wurde schwer vor Verlegenheit. Heimlich rieb sie die einzelne Träne von ihrer Wange. »Für sein Vergnügen da sei.« Die Brille immer noch in der Hand verschränkte sie die Arme und versuchte, Wärme in ihre kalten Glieder zu reiben. Sie zuckte zusammen, als Gabriel ihr seine Hände auf die Schultern legte, sie wieder zu sich drehte. Er strahlte entsetzliche Wut aus, machtvoll und stark, aber auch irgendwie so tröstend, dass ihr eine weitere verflixte Träne entwischte. Wieder wischte Jane sie weg.

»Hat er dich angefasst?«

Ihr schauderte bei der Erinnerung an Montclairs harte Lippen auf ihrer Haut, auf ihrem Hals, und ihr Mund schmerzte noch immer bei der Erinnerung an seinen rücksichtslosen Kuss. Sie nickte knapp.

Ein heftiger Fluch rutschte ihm heraus, hallte in dem Alkoven wider. Wäre sie eine anständige junge Dame gewesen, die Obszönität hätte ihr in den Ohren wehgetan, aber sie war nun mal von niedrigerem Stand und hatte Dinge gehört, die keine sittsame junge Dame zu hören bekam.

Sie beeilte sich, weiterzusprechen, um dieses Geständnis hinter sich zu haben. »Ich wollte das nicht.« Ihre Finger schlossen sich unwillkürlich so fest um das zierliche Drahtgestell, dass es brach. Benommen starrte sie hinunter auf ihre Brille, die nun nutzlos war. »Er hat behauptet, ich habe ihm Grund gegeben, zu glauben, ich wollte das.« Sie atmete zitternd ein. Ihre Lippen verzogen sich zu einem freudlosen Lächeln. Aber seit sie in Gabriels Haus wohnte, hatte sie sich nach ihm verzehrt wie die Tochter einer Hure – denn das war sie nun einmal.

»Ich werde ihn umbringen«, flüsterte er.

Bei seinen Worten hob sie den Kopf. »Nein«, erklärte sie ruhig. »Das wirst du nicht.« Trotzdem setzte ihr Herz mehrere Schläge aus, als sie die Wut in seinem Gesicht sah. Er würde das wirklich für sie tun. Niemand hatte sie bisher verteidigt. Ihr Vater hatte sie von einer Stellung in die nächste abgeschoben, aber das war nur aus Pflichtgefühl für das Kind seiner Mätresse gewesen, nicht aus echter Fürsorge oder Zuneigung.

Würde Gabriel sie auch dann noch verteidigen, wenn er von ihrer Abstammung erfuhr?

Trotz des Kloßes in ihrer Kehle zwang sie sich, zu sagen: »Ich habe ihn nicht verführt.« Das Geständnis kam nur als raues Flüstern heraus. Sie wünschte sich verzweifelt einen größeren Abstand zwischen ihnen beiden und wich zurück, stieß mit dem Rücken gegen die Wand des Alkovens, suchte an der Wand Halt. »Auch wenn er das behauptet hat.« Es fiel ihr schwer, sich zu konzentrieren. »Ich habe es nicht getan. Und würde so etwas auch nie …« Sie biss sich auf die Unterlippe. Obwohl das Blut ihrer Mutter in ihren Adern floss, hatte sie nicht den blassesten Schimmer, wie man einen Mann verführte, genauso wenig wie eine Nonne in einem Kloster.

»Ich vermute, angesichts unserer …« Ihr Gesicht wurde noch heißer. »… unserer Begegnungen …« Eine steile Falte erschien zwischen seinen Augenbrauen. »… dass du Montclair glaubst, aber ich …« Ihre Worte brachen in einem erschreckten Luftholen ab, als er mit einem Schritt vor ihr stand, über ihr aufragte.

»Du denkst, ich würde Montclair glauben?« Sein Atem strich über ihr Gesicht, ganz zart wie eine leichte Liebkosung und mit einem schwachen Hauch von Minze, so völlig anders als der des Earls vorhin. Gabriel legte ihr eine Hand an die Wange, und sie erstarrte, denn seine Berührung hatte die gleiche unwiderstehliche Wirkung auf ihre Sinne wie immer.

Was für einen Zauber hatte er um sie gesponnen?

Kapitel 16

Als Gabriel sechs Jahre alt gewesen war, war ihm aufgefallen, dass er, wenn sein Vater anwesend war, ständig die Hände zu Fäusten ballte und wieder lockerte. Dieser Tick entsprang einerseits dem Wunsch, seinen Vater zu schlagen, und andererseits fast noch mehr einer tief sitzenden Angst vor dem Monster, die er gleichzeitig vor ihm zu verbergen suchte.

Als er jetzt Jane und den Earl of Montclair gemeinsam angetroffen hatte, war eine Welle glühender Wut durch ihn geströmt, eine Empfindung, die sich verdächtig nach Eifersucht anfühlte. Jane hatte ebenfalls die Hände, offensichtlich unbewusst, krampfhaft geschlossen und wieder geöffnet. Und er hatte diese Geste bemerkt, die ihr Unbehagen verriet, und dann die Furcht in ihren Augen gesehen. All das hatte Montclair zum Lügner erklärt, bevor der auch nur den Mund geöffnet und seine boshaften Anschuldigungen hatte vorbringen können.

Selbst jetzt noch brandete ein heißer Zorn durch ihn, das Verlangen, Montclair in der Luft zu zerreißen, dafür, dass er es gewagt hatte, Jane anzufassen.

Ich bin ihm aufgefallen.

Die kaum merkliche Pause zwischen den Worten sprach Bände darüber, was genau vorgefallen war, und allein die Vorstellung davon weckte in Gabriel das Erbe der Gewalttätigkeit, die in seinem Blut schlummerte.

»Montclair ist eine Schlange«, presste er hinter zusammengebissenen Zähnen hervor. Hätte er mit blumigen Worten ihre Schönheit gelobt, sie hätte in ihrer freudigen Überraschung nicht unwiderstehlicher sein können. Ihre Lippen teilten sich, und sie fuhr sich mit der Spitze ihrer Zunge darüber. Seine Augen folgten der Bewegung, und er hasste sich dafür, dass er gar nicht so anders war als Montclair, dass er sie begehrte – ungeachtet dessen, was sie ihm gerade anvertraut hatte.

Sie blickte zu dem winzigen Spalt im Vorhang. »Warum bist du hier?« Ihre Worte klangen heiser und atemlos.

Warum bin ich hier? Warum hatte er so hastig die Loge verlassen und Chloe der Obhut von Alex und Imogen überantwortet, um Jane nachzugehen, obwohl sie alt genug war, auf sich selbst aufzupassen?

Aber war sie das denn? Er hatte selbst mit angesehen, wie begehrlich Montclair sie betrachtet hatte, als wäre sie das letzte Eis bei Gunter's, das er sich unbedingt sichern wollte. Er war noch nie jemand gewesen, der Ausflüchte machte. »Ich habe mir nach deinem plötzlichen Aufbruch Sorgen gemacht.« Er presste die Lippen zu einer geraden Linie zusammen. »Und angesichts dessen, was ich hier vorgefunden habe, war das ja gerechtfertigt.«

Jane atmete bebend ein. »Warum kannst du nicht der arrogante, anmaßende Schuft sein, für den ich dich anfangs gehalten habe?«

Seine Lippen zuckten, und etwas von der Anspannung fiel von ihm ab. Gabriel umfing zärtlich ihre Wange, wappnete sich innerlich dafür, dass sie zurückzucken würde. Doch sie drehte den Kopf und schmiegte ihr Gesicht in seine Hand. »Hätte ich

Montclairs Anschuldigungen glauben sollen, einfach nur aufgrund seines höheren Standes?«

Die Muskeln in ihrem Hals bewegten sich krampfhaft, als sie schluckte und dann nickte. »Das hatte ich irgendwie erwartet.«

Hatten andere vor ihm so gehandelt? Nie war sein Abscheu ob seiner Abstammung und der Vorteile, die sie ihm unverdientermaßen brachte, größer gewesen als in diesem Moment. Wie heuchlerisch war es von der guten Gesellschaft, auf die Jane Munroes dieser Welt hinabzublicken und gleichzeitig voll des Lobes für den verstorbenen Marquis of Waverly zu sein, einen Mann, der seine Kinder regelmäßig auf brutalste Weise misshandelt hatte.

Jane presste die Fingerspitzen an die Schläfen. »Was tust du?«

»Ich hab doch schon gesagt, ich …«

»Nicht jetzt hier«, unterbrach sie ihn. »Ich meine, vorhin mit deinen leisen Worten, der Übersetzung italienischer Strophen und deiner …« Eine zarte Röte verfärbte ihre Wangen.

»Und meiner was?«, hakte er nach. Er wollte alles ans Licht bringen, was zwischen ihnen war. Die Lügen von Montclair und alles andere.

»Dein Kuss«, flüsterte sie.

Gabriel erstarrte. Er öffnete und schloss den Mund mehrere Male.

»Ich meine natürlich nicht, dass du mich vorhin geküsst hast.«

Auch wenn er davon jeden Tag seither geträumt hatte.

»Und ich sollte auch nicht so von dir denken, wie ich das tue. Ich sollte deine Küsse und deine Berührung einfach vergessen.«

Es hätte ihn vernichtet, wenn ihr diese zärtlichen Umarmungen nichts bedeutet hätten.

»Aber …« Die Brille entglitt ihren Fingern und landete mit einem leisen Geräusch auf dem Teppich. Sie barg das Gesicht in den Händen. »Was stellst du mit mir an? Warum kannst du nicht einfach so sein, wie du dich mir gegenüber am Anfang verhalten hast, und nicht dieser unwiderstehliche, sanftmütige Mann, der mich so völlig verwirrt, dass ich gar nicht weiß, was ich mit ihm tun soll?«

Nicht ein einziges Mal im Laufe seiner zweiunddreißig Jahre hatte man ihm unterstellt, ein Frauenheld zu sein. Er hatte sich große Mühe gegeben, sich von dem Bild, das sein Vater gepflegt hatte, zu distanzieren. Sacht hielt er ihre Handgelenke und zog ihre Arme nach unten. »Ich habe dich nicht verführt.« Scham und Verlegenheit ließen seine Stimme rau klingen. »Du siehst in mir vermutlich keinen großen Unterschied zu Montclair.« Zu einem Mann, der unter dem gleichen Dach geweilt hatte wie sie und der ihre Stellung im Hause seines Vaters hätte respektieren sollen, sie aber stattdessen mit seinen Aufmerksamkeiten belästigt hatte.

»Du gleichst in nichts Montclair«, erklärte sie müde. »Sonst wäre alles viel einfacher.«

Ihre Worte ließen ihn innehalten. Er sollte sie nicht um Antworten bedrängen, aber er konnte sich die Frage nicht verkneifen, ebenso wenig wie er sich vom Blut seines Vaters befreien konnte. »Was genau wäre denn dann einfacher?«

Jane senkte den Blick. Warum sollte sie sich schämen, wo er doch derjenige gewesen war, der mit dem Küssen begonnen hatte? Und der sie genau in diesem Moment begehrte – obwohl sie beide nur ein dünner Vorhang von einer Oper voller potenzieller Zeugen seines skandalösen Treibens trennte?

Er strich ihr mit dem Fingerrücken über die Wange, und bei der zarten Liebkosung senkten sich ihre Lider flatternd. »Ich bin kein Lebemann, Jane.«

Bei diesen heiseren Worten schlug sie die Augen auf.

»Ich bin kein charmanter Gentleman wie mein Bruder, der es gewohnt ist, Frauen zu umschmeicheln.« Darauf war er bisher stolz gewesen. Jetzt wünschte er sich jedoch, auch nur einen kleinen Teil von Alex' Gabe zu besitzen, denn dann wäre er nicht so unbeholfen durch seine Erklärung gestolpert. Er streichelte ihr Gesicht. »Ich würde dir meine Aufmerksamkeiten nie aufzwingen oder absichtlich versuchen, dich zu verführen, sei es mit Worten oder Taten.« *Vielmehr wünsche ich mir, dass du mich ebenso begehrst wie ich dich.* »Als ich dir den Text von Rossini übersetzt habe, dann allein deswegen, damit du alles über die Oper erfährst, auf die du dich so gefreut hast.«

Jane stellte sich auf die Zehenspitzen, überwand den Abstand zwischen ihnen – er so hochgewachsen, sie so zierlich – und küsste ihn.

Gabriel erstarrte, stöhnte gequält auf, und dann verschlang er ihren Mund förmlich. Der Kuss hatte nichts Sanftes oder Zärtliches an sich, es war vielmehr ein explosives Aufeinandertreffen von zwei Menschen, die viel zu lange gegen ihr heftiges Verlangen angekämpft hatten. »Ich begehre dich«, flüsterte er, als er mit den Lippen eine Spur über ihren Hals zog.

Als er ganz leicht an ihrer empfindsamen Haut saugte, atmete sie keuchend ein. »Ich begehre dich auch.«

Diese Worte von ihr raubten ihm schier den Verstand, und ein gequälter Laut entrang sich seiner Brust. Er zog sie dichter an sich, widmete seine Aufmerksamkeit der bloßen Haut in ihrem Ausschnitt, und wie aus eigenem Willen legten sich ihre Arme um seinen Nacken, um ihn festzuhalten.

Ach, zur Hölle mit seiner Seele. Er war der Sohn seines Vaters, und er konnte nichts dagegen tun. Gabriel zog die Röcke ihres Kleides höher, noch etwas höher, bis ihre Beine entblößt waren. Er streichelte ihre Oberschenkel und presste sie an sich, legte sich eines ihrer Beine um seine Hüfte. Sein steifer Schaft drückte von innen schmerzlich gegen den Verschluss seiner Hosen, und ein weiteres Stöhnen entrang sich ihm.

Die gedämpfte Musik des Orchesters, beinahe übertönt vom Klopfen seines Herzens, verklang. »Wir sollten aufhören.« *Bitte sage Nein.*

»Das sollten wir.« Sie ließ den Kopf nach hinten sinken und gewährte ihm Zugang zu ihrem Dekolleté. Er stöhnte, ließ ihre Röcke los und drängte sich enger an sie.

Sie wimmerte, als er Küsse auf ihren Hals hinabregnen ließ. Und Jane konnte ihm gar nicht nah genug sein und zog seinen Kopf zu sich herab. Er verlor das Gleichgewicht, unterbrach den Kuss, wollte sich abstützen. Doch vergebens. Sie landeten beide hinter dem Vorhang auf dem Boden, sie unten, er über ihr. Der rote Samt wallte um sie herum.

Er entdeckte drei Paar Schuhe in seinem Blickfeld. Zwei Paar Damenslipper aus Seide und ein Paar Herrenschuhe, um genau zu sein. Gabriel schluckte hart und zwang sich, hochzuschauen.

Chloe und Imogen standen mit offenen Mündern vor ihm, und in Alex' grünen Augen glomm so etwas wie Belustigung auf.

»Gabriel?« Alex' leicht gelangweilte Stimme riss ihn zurück in die Gegenwart. Sein Bruder streckte eine Hand aus, um ihm aufzuhelfen.

Verdammte Hölle. Dieser Abend konnte unmöglich noch schlimmer werden. Doch dann traten Lady Jersey und Lady Castlereigh auf den Gang heraus. Ihre Blicke trafen auf Jane und Gabriel, und ihre Augen wurden groß vor Staunen. Gabriel verkniff sich einen noch lästerlicheren Fluch.

Er hatte sich geirrt. Der Abend war soeben noch schlimmer geworden.

* * *

Flankiert von Lady Imogen und Chloe eilte Jane durch die Oper. Ihre Haut prickelte von Gabriels Berührungen und den Blicken der beiden führenden Damen der Gesellschaft, die den ungünstigsten Moment überhaupt gewählt hatten, um aus ihrer Loge auf den Korridor zu treten und zu sehen …

Jane schloss einen Moment lang die Augen. Die Frauen hatten sie in enger Umarmung mit Gabriel gesehen, sie hatte sich an ihn geklammert wie eine Efeuranke an einen Baum. Jane schluckte verlegen und beschleunigte ihre Schritte. Hätte es bis zu diesem Moment noch irgendeinen Zweifel gegeben, dann wäre der nun restlos ausgelöscht gewesen – sie war die Tochter ihrer Mutter. Eine liederliche Kokotte, die in der Öffentlichkeit einen Mann küsste und dabei von seiner Familie und zwei Damen der Gesellschaft erwischt worden war. Sie schlug sich die Hand vor den Mund, um ihr Stöhnen zu ersticken.

Chloe warf ihr einen Blick von der Seite zu. Sorge stand in ihren freundlichen Augen. »Ich finde, es war eine hervorragende Aufführung, oder was meinst du, Jane?«

Tränen brannten hinter ihren Lidern. Warum war sie so freundlich? Warum, wo sie doch gerade eben sie und Gabriels ganze Familie beschämt hatte. Chloe schlang einen Arm um Jane und tätschelte ihr die Hand. »Alex wird inzwischen die Kutsche geordert haben«, versicherte sie ihr rasch.

Sie stiegen die Treppen hinab, durchquerten das nahezu verlassen daliegende Foyer und gelangten nach draußen, wo, wie von Chloe vorhergesagt, Lord Alex neben der wartenden Kutsche stand. Jane verspürte eine unendliche Erleichterung und den heftigen Wunsch, sich hinter dem schwarz lackierten Holz der Karosserie zu verstecken. Ihr blieb nur noch zu hoffen, dass die beiden vornehmen Damen dort oben nicht wussten, wer sie war.

Augenblicklich schob sie diesen vergeblichen Wunsch beiseite. Es war geradezu ein Steckenpferd von Damen der guten Gesellschaft, sich in die Angelegenheiten anderer Leute einzumischen. Höchstwahrscheinlich machte die Beobachtung der beiden bereits die Runde in der Oper, und keine schwarz lackierte Kutsche der Welt konnte sie in irgendeiner Weise davor schützen.

Jane nahm beim Einsteigen die Hilfe des Kutschers in Anspruch. Chloe folgte ihr, und einen Moment dachte sie, dass Gabriel bei seinem Bruder mitfahren würde.

Leider war das Schicksal heute Abend nicht geneigt, sich um das zu scheren, was sie wollte. Gabriel kletterte zu ihnen in die Kutsche, und irgendwie schien der Innenraum zu schrumpfen.

Einen Augenblick später schloss sich die Tür, und das Gefährt setzte sich mit einem Ruck in Bewegung. Das Rattern der Kutschenräder auf dem Kopfsteinpflaster hallte durch die Stille, unterbrochen vom Klopfen ihres Herzens, das in ihren Ohren überlaut pochte. Sie umklammerte die Sitzkante und durchlebte in Gedanken noch einmal jede schreckliche Sekunde dieses Abends. Montclairs Auftauchen, Gabriels und ihre zügellosen Küsse, die Entdeckung.

Und schlimmer noch, ihre Lüge stand immer noch zwischen ihnen. Sie warf Gabriel einen Blick von der Seite zu. Er saß stumm da, sein Gesicht eine Maske, und um seine Lippen hatten sich tiefe weiße Falten eingegraben. Ganz schwach zuckte ein Muskel in seiner Wange. Was dachte er?

»Hat dir die Vorstellung gefallen, Gabriel?« Chloes hoffnungslos unpassende Frage platzte in das angespannte Schweigen.

Jane schaute die junge Frau an, die breit lächelte.

Der Muskel in seinem Gesicht zuckte deutlicher. »Chloe«, sagte er scharf.

Sie verdrehte die Augen. »Gabriel hat die Oper stets geliebt.«

Jane starrte Chloe an. War sie verrückt geworden? Begriff sie nicht die Folgen des Debakels dieses heutigen Abends? Für sie alle.

»Ich fand es sehr schön.« Offensichtlich waren Chloe die Konsequenzen nicht bewusst. »Ich …«

»Es reicht, Chloe«, beschied ihr Gabriel so knapp und energisch, dass Chloe tatsächlich den Mund schloss.

Die Kutsche fuhr weiter, in absoluter Stille, wofür Jane überaus dankbar war. Das ließ ihr die Gelegenheit, ihre wild durcheinanderschießenden Gedanken zu beruhigen und ihre verwirrten Gefühle zu sortieren.

Sie konnte nicht bleiben. Das war klar. Ihre Gegenwart bedeutete ein Risiko für Chloes Ruf und ihre Chance, eine gute Ehe einzugehen. Ihr hatte sie die Wahrheit gesagt, obwohl es eigentlich Gabriel war, der es verdiente, in allen Einzelheiten zu erfahren, was sie in sein Haus gebracht hatte. Stattdessen hatte sie die Freundlichkeit seiner Familie ausgenutzt und ihn und Chloe mit sich in den Abgrund gerissen, wie das bei ihr oft der Fall war.

Vage bekam sie mit, dass die Kutsche vor Gabriels Stadthaus anhielt. Er wartete nicht, bis alle Räder stillstanden, sondern öffnete einfach die Tür und sprang hinaus. Er griff ins Innere und half seiner Schwester auf den Bürgersteig. Chloe betrachtete ihn mit finster zusammengezogenen Brauen und öffnete den Mund, als wollte sie etwas sagen, aber angesichts seines düsteren Blickes entschied sie sich klugerweise fürs Schweigen und eilte an ihm vorbei. Gabriel wandte sich wieder der Kutsche zu und streckte seine Hand aus.

Jane betrachtete sie zögernd, ehe sie ihre hineinlegte und sich von ihm helfen ließ, allerdings ohne ihn anzusehen. Sobald sie auf dem Bürgersteig war, hastete sie an ihm vorbei.

»Mrs Munroe?«, sagte er ruhig und hielt sie zurück.

Sie erstarrte.

»Ich erwarte Sie in meinem Studierzimmer.«

Dies also war ihre Entlassung. Entlassungen begannen immer mit einer Einbestellung in das Studierzimmer des betreffenden Aristokraten. Und dieses Mal würde es wie schon bei den anderen Malen zuvor keine Zeugnisse oder Empfehlungsschreiben geben.

Jane nickte und lief dann ins Haus. Welcher Haushalt würde sie schon für die Erziehung der Töchter einstellen – eine Frau, die erwischt worden war, wie sie unter ihrem Arbeitgeber am Boden gelegen hatte, die Röcke bis zur Hüfte hochgeschlagen, die Lippen geschwollen von Küssen? Ein Schluchzer entrang sich ihr, während sie durch den Eingang eilte. Sie wich Josephs Blick aus und legte ihren Weg durch das Haus zu Gabriels Studierzimmer zurück. Sie bog um die Ecke und stieß mit Chloe zusammen.

Die junge Frau fasste sie an den Schultern und stützte sie. »Verzeihung«, sagte sie. »Ich hab nicht viel Zeit.« Sie blickte sich um. »Ich vermute, Gabriel wird jeden Moment auftauchen, um mit dir zu sprechen.«

Um sie zu entlassen.

Chloe fasste Janes Hände und drückte sie sacht, erwiderte ihren Blick mit einer Ernsthaftigkeit, die sie bei ihr bisher noch nicht gesehen hatte. »Er wird sich ehrenhaft verhalten.« Was bedeutete das in ihrem Fall, bei der Tochter einer Mätresse? Dann wurde Chloe deutlicher. »Er wird nicht zulassen, dass du ruiniert wirst.«

»Ruiniert?«, wiederholte Jane wie ein Papagei. Ein trauriges Lächeln trat auf ihre Lippen. Sie war von Geburt an ruiniert. »Dafür ist es längst zu spät.«

Flüchtig leuchtete Mitleid in Chloes Augen auf.

Unangenehm berührt von diesen Gefühlen und Chloes Unterstützung, lächelte Jane zögernd. »Ich glaube, dafür bin ich allein verantwortlich, Chloe.«

Schwere Schritte erklangen auf dem Flur. Chloe drückte Jane einmal mehr die Hände und lief dann den Flur entlang. Jane drehte sich rasch um und drückte die Klinke hinunter. Sie schlüpfte in den im Dunkeln liegenden Raum und stellte sich an die gleiche Stelle, an der sie vor weniger als einer Woche gestanden und um ihre Einstellung gekämpft hatte. Sie überkam das befremdliche Gefühl, als befände sie sich wieder am Anfang.

Sie hatte eine Zuflucht für zwei Monate benötigt. Aber es war ihr nur gelungen, eine Woche zu ergattern – unter Vorspiegelung falscher Tatsachen und mithilfe eines Diebstahls. Und dafür hatte sie den guten Namen der Familie Edgerton geopfert.

Jane erstarrte. Sie spürte mit ihrem besonderen Einfühlungsvermögen, mit dem sie seine Nähe immer überdeutlich spürte, dass er ebenfalls im Zimmer war. Sie drehte sich hastig um und schlang die Arme um sich selbst.

Gabriel stand auf der Türschwelle und betrachtete sie mit unergründlicher Miene.

Jane befeuchtete sich die Lippen, und er folgte dieser kaum merklichen Bewegung, dann schloss er die Tür mit einem leisen Klicken hinter sich. Jane ballte die Hände zu Fäusten und lockerte sie wieder. Die Geste entging seiner Aufmerksamkeit nicht, und sein Blick blieb an ihren Händen hängen. Als er wieder hochschaute, waren seine Mundwinkel nach unten gebogen.

Dann schritt er wortlos an ihr vorbei zu seinem Sideboard. Er nahm sich die Karaffe, die am nächsten stand, und schenkte die bernsteinfarbene Flüssigkeit in zwei Gläser ein. Damit kam er zu ihr zurück. »Hier.« Er streckte ihr ein Glas hin.

Jane hob abwehrend die Hände. »Nein. Ich …« Etwas Hartes in seinen Augen ließ sie verstummen. Sie nahm das Glas und hielt es zwischen ihren Händen. In allen Häusern, in denen sie gearbeitet hatte, hatten die Männer diesem verflixten Zeug zugesprochen. Was hatte der Alkohol an sich, dass Männer ihn so schätzten? Vielleicht, dass er einem half, Dinge zu vergessen?

Jane hob das Glas an die Lippen und nahm zögernd einen Schluck. Als der Brandy über ihre Zunge floss, schnitt sie unwillkürlich eine Grimasse, dann musste sie husten. Sie schaute ihn vorwurfsvoll an. »Das ist ja widerlich.« Sie würde die Männer nie verstehen. Es gab einfach keine vernünftige Erklärung für das, was sie interessierte, und das, was ihnen schmeckte.

Etwas von der Härte wich aus dem Zug um Gabriels Mund, und dieses typische flüchtige Lächeln umspielte seine Lippen. Er nahm selbst einen tiefen Schluck Brandy, dann trug er das Glas zu seinem Schreibtisch. Mit einer Lässigkeit, die sie nur bewundern konnte, lehnte er sich mit der Hüfte gegen die Schreibtischkante. Aber schließlich war er ja ein Mann und obendrein ein Marquis, sodass die Gesellschaft ihm jedes Fehlverhalten verzieh. Dann mit einem Mal verschwand alle Wärme und Herzlichkeit aus seiner Miene und wurde ersetzt durch eine eisige Kälte, sodass sie sich fragte, ob sie sich alles Weichere am Ende nur eingebildet hatte.

Verlegen senkte sie den Blick auf ihr Glas. »Es tut mir leid«, erklärte sie leise, verzog dann aber das Gesicht, als ihr aufging, wie nutzlos ihre Reue war.

»Denkst du, ich mache dich für das verantwortlich, was heute Abend geschehen ist?« Bei seiner brüsken Frage hob sie den Kopf.

Jane starrte ihn an, ohne zu blinzeln. »Ich habe dich geküsst.« Und dann schaute sie sich im Zimmer um, erwartete halb, dass Eindringlinge auftauchten und mit anklagend erhobenen Fingern auf sie zeigten. Sie hielt sich das Glas an die

Lippen und nippte erneut daran, verschluckte sich aber sofort wieder. »Dieser Brandy ist wirklich furchtbar. Ganz widerliches Zeug.«

Er trank einen großen Schluck, dann stellte er sein Glas auf den Schreibtisch. »Mir tut es leid«, sagte er ohne große Vorrede.

Jane neigte den Kopf, blieb aber sonst stumm.

»Es war nicht meine Absicht, dich in der Oper zu verführen.«

»Ja, das sagtest du schon.« Drei Mal bereits.

»Wir werden heiraten«, fuhr er fort, als hätte sie nichts erwidert.

Ihr Herz klopfte heftiger, und sie legte sich eine Hand auf die Brust. Das ergab keinen Sinn. Warum sollte sie dieses Gefühl von Leichtigkeit verspüren, wo sie bislang doch noch nie einen Gedanken an die Ehe verschwendet hatte, und schon gar nicht mit einem einflussreichen Adeligen? Sicherlich hatte sie sich verhört. Obwohl mit ihrem Gehör eigentlich immer alles in Ordnung gewesen war. Wenigstens glaubte sie das. Aber wie auch immer, es hatte den Anschein, als hätte er gesagt …

Er nickte. *»Heiraten.«* Gabriel stieß sich vom Schreibtisch ab und ging zurück zum Sideboard. Er schenkte sich mehrere Fingerbreit Brandy nach, schien es sich dann aber anders zu überlegen. »Wie *Heirat*.« Er goss mehr nach.

In Ordnung, sie hatte ihn doch richtig verstanden.

»Heiraten?« Männer wie er heirateten nicht Frauen wie sie. *Aber er weiß ja gar nicht, wer ich in Wirklichkeit bin.*

Er nickte. Entsetzen stand in seinen Augen, das erste Anzeichen dafür, was Gabriel Edgerton, der Marquis of Waverly tatsächlich angesichts der Aussicht empfand, sie zu ehelichen. Ihr Herz rutschte wieder an seinen Platz und schlug in einem gleichmäßigen, unberührten Rhythmus. Sie betrachtete ihn, während er den Inhalt seines Glases in einem einzigen Zug leerte.

»Natürlich, angesichts der Umstände, in denen wir«, er zupfte nervös an seinem Halstuch, »entdeckt wurden.« Es fiel ihm genauso schwer, sich hier zurechtzufinden. Gab es einen Gentleman im ganzen Königreich, der weniger daran interessiert war, in den Ehestand zu wechseln, als Gabriel? »Uns bleibt keine andere Wahl als eine Heirat.«

Doch. Sie würde bald ihr Geld erhalten, und ihre Schule für Mädchen und ein Leben ohne männliche Einmischerei waren nicht mehr fern. Aber wo war die hoffnungsvolle Freude angesichts dieser Aussicht, die ihr früher stets geholfen hatte, Rückschläge wegzustecken?

Ihre Mutter war auf einen Mann angewiesen gewesen, und das hatte sie ihre Unabhängigkeit gekostet. Doch in diesem Augenblick hatte es für Jane auch etwas Verführerisches, um ihretwillen begehrt zu werden.

Sie legte sich eine Hand an den Hals. »Du würdest mich heiraten?« Schuldgefühle wallten in ihr auf. Sie umklammerte ihr Glas so fest, dass ihre Fingerknöchel weiß hervortraten. Sie verdiente seine Entschuldigungen nicht, ebenso wenig wie sein großzügiges Angebot. »Du würdest mich heiraten, obwohl du mich gar nicht kennst?«

In einer Welt, in der Männer sich ihr Vergnügen nahmen, wo sie wollten, wann sie es wollten und wie sie es wollten, war Gabriel Edgerton, der Marquis of Waverly die Art Mann, die verantwortungsbewusst und fürsorglich war. Er würde sie heiraten, eine Fremde, einfach um sie zu beschützen. Vielleicht aber auch, um sich selbst zu beschützen, merkte eine argwöhnische innere Stimme an. War Gabriel so entschlossen, der verantwortungsbewusste Gentleman zu sein, dass er sie heiraten und damit sein eigenes Glück opfern würde?

Er ließ seine Schultern kreisen und erwiderte auf ihre Frage: »Ich sehe keine andere Möglichkeit.« Sie zuckte unter diesen gefühllosen Worten zusammen, hasste es, dass sie ihr wehtaten.

Um sich auf etwas anderes zu konzentrieren, trank Jane einen weiteren Schluck. Wieder musste sie husten. Nein, das Trinken war nutzlos. Sie stellte das Glas energisch ab. Alkohol war widerlich. Aber immerhin hatten die paar Schlucke gereicht, um der Angst, die sie seit der Entdeckung in der Oper plagte, ihre Schärfe zu nehmen.

»Ich werde morgen früh eine Sondererlaubnis besorgen«, erklärte Gabriel mit der Müdigkeit eines Mannes, dem die Last der Welt aufgebürdet worden war.

Trotz des Chaos in ihrem eigenen Leben und dem unausweichlichen Ruin, schlug ihr Herz bedauernd. Armer Gabriel. Er liebte seine Schwestern und seinen Bruder. Würde er auch Jane, eine Fremde, unter seine Fittiche nehmen, um sein deplatziertes Schuldgefühl zu beschwichtigen? Sie würde jedoch niemals zulassen, dass ein anderer seine Freiheit für sie opferte, nicht, wenn sie sie für sich selbst ersehnte. Sie schüttelte langsam den Kopf. »Ich kann dich nicht« – *werde dich nicht* – »heiraten.« Nicht mit reinem Gewissen. Weil sie überhaupt nie hatte heiraten wollen. Und ganz bestimmt keinen Mann, der den Eindruck erweckte, lieber die Stufen zur Guillotine hochsteigen zu wollen, als sich an sie zu binden. Seine Reaktion hätte ihr zwar nichts ausmachen sollen, aber dennoch versetzte sie ihr einen Stich. Sie konnte die Lügen zwischen ihnen nicht stehen lassen. Nicht noch länger.

Gabriel erstarrte mitten in der Bewegung, sein Glas zum Mund zu führen. »Natürlich wirst du …«

Bevor ihr Mut sie im Stich lassen konnte, unterbrach sie ihn. »Der Earl of Montclair hatte nicht völlig unrecht mit dem, was er über mich gesagt hat, Gabriel.«

Kapitel 17

Von dem Augenblick an, in dem er und Jane aus dem Alkoven im Opernhaus gefallen waren, hatten sich seine schockierten Gedanken einzig um die Unausweichlichkeit seines Schicksals gedreht – ihm blieb nichts anderes übrig, als Jane zu heiraten. Er, der sich geschworen hatte, niemals eine Ehe einzugehen oder Kinder zu bekommen, hatte alle Selbstkontrolle verloren und musste sich als Folge davon mit einem Leben abfinden, das alles enthielt, was er für sich ablehnte. Sein Verstand hatte sich einzig mit dieser furchtbaren Aussicht beschäftigt – bis jetzt.

Jane trat nervös von einem Fuß auf den andern und rang die Hände.

Der Earl of Montclair hatte nicht völlig unrecht mit dem, was er über mich gesagt hat …

Die Andeutungen des anderen Mannes fielen ihm wieder ein. »Worauf willst du hinaus?«, erkundigte er sich barsch.

Sie räusperte sich. »Ich habe dir erzählt, dass ich im Hause des Marquis of Darlington eine Anstellung hatte«, unterbrach sie ihn, als er Anstalten machte, weiterzureden. »Allerdings habe ich nichts darüber gesagt, was passiert ist, nachdem ich«, sie zog die Nase kraus, »von meinen Pflichten entbunden worden war.« Sie machte eine Pause.

Mit dem Glas in der Hand marschierte Gabriel zu Jane. »Sprich weiter«, verlangte er ungeduldig.

»Ja. Also weißt du …« Heute Abend wusste er eigentlich nichts. »Ich bekam eine Stelle bei Mrs Belden. Ich war eine ihrer Lehrerinnen.« Einer ihrer Drachen, wie Chloe diese Frauen bezeichnete. »Fast ein Jahr lang.« Jane strich mit der Fingerspitze über den Stoff des Sofas, und als sie weitererzählte, kamen die Worte schnell und heftig. »Eine der jungen *Damen*«, das Wort enthielt eine unverkennbare Bitterkeit, und sie machte eine wegwerfende Handbewegung, »hat sich bei der Schulleiterin über mich beschwert, und ich wurde entlassen. Da habe ich deinen Brief gefunden.«

»Meinen Brief?« Das konnte doch nicht wahr sein. Gabriel stellte sein Glas auf ein Tischchen in der Nähe, so fest, dass etwas von dem Inhalt über den Rand schwappte.

Janes Gesicht wurde rot. Sie spähte zu ihm empor. »Ich habe ihn nicht gestohlen«, verteidigte sie sich. »Er hatte am Rand von Mrs Beldens Schreibtisch gelegen und war heruntergefallen. Da habe ich …« Sie brach ab. Er musterte sie aus schmalen Augen und versuchte, sich einen Reim auf ihre geröteten Wangen zu machen. Waren das Schuldgefühle? Bedauern? »Aber dennoch, ich habe ihn gestohlen, oder?«, flüsterte sie vor sich hin, mehr zu sich selbst. »Das und alles andere.«

Voller Ungeduld angesichts dieses Geständnisses, das in Wahrheit nichts beantwortete, hob er ihr Gesicht am Kinn an und zwang sie, ihm in die Augen zu schauen. »Ich verstehe nichts«, sagte er. »Erklär es mir bitte.«

»Ich bin eine Lügnerin.« Sie verzog das Gesicht. »Eine Hochstaplerin.«

Er ließ seine Hand sinken und war vorübergehend sprachlos. Eine Hochstaplerin? Ihm wurde heiß und kalt. »Was meinst du damit?« Er verspürte einen gewissen Stolz, dass es ihm gelang, diese Worte einigermaßen normal auszusprechen, während ihm tausend Fragen durch den Sinn schossen.

»Ich wollte es dir erzählen. Aber dann hat deine Schwes…« Sie errötete. *Seine Schwester. Wie interessant.* Er kniff die Augen zu schmalen Schlitzen zusammen. Welche Geheimnisse hatte Chloe ihm über ihre faszinierende Gesellschafterin vorenthalten? Jane räusperte sich. »Also ich habe dann beschlossen, zu warten, bis der richtige Moment gekommen ist, um es dir zu sagen.« Sie runzelte die Stirn. »Obwohl es in der Rückschau nie eine günstige Gelegenheit dafür gegeben hätte. Nicht wirklich.«

Jetzt riss ihm doch der Geduldsfaden. »Jane?«, fragte er knapp.

»Ich wurde nicht von Mrs Belden als Gesellschafterin hergeschickt. Ich habe den Brief an mich genommen und mich damit vor dir als die von ihr ausgewählte Kandidatin für den Posten ausgegeben.« Sie schluckte. »Aber das bin ich nicht, Gabriel. Und das verdienst du zu wissen.«

Einen Moment lang lähmte ihn der Schock über ihr Geständnis. Das war doch sicherlich nur ein Scherz, oder? Aber der gequälte Ausdruck in ihren blauen Augen und der Tränenschimmer, den sie verzweifelt wegblinzelte, ließen keinen Zweifel daran, dass dies die wahrsten Worte waren, die sie je gesprochen hatte. Er wich einen Schritt zurück, dann schüttelte er den Kopf, während er versuchte, sich einen Reim auf ihre Worte zu machen. »Ich verstehe nicht ganz.« Er verzog das Gesicht, weil er wusste, er hörte sich an wie der größte Idiot.

Sie schwieg.

Trotz seiner Absicht, sie schon am ersten Tag wegzuschicken, hatte sie sich in seine Gedanken und in seinen Haushalt geschlichen. Ihr Betrug betraf auch Chloe. Wut erfasste ihn. Er hatte sie bei sich aufgenommen, eine Fremde, eine Frau, die er gar nicht kannte. Jane musste etwas Erschreckendes in seinen Augen sehen, denn sie wich rasch einen Schritt zurück. Er schloss seine Finger um ihr Handgelenk, hielt sie fest und musterte sie frostig. »Ich erwarte eine Erklärung.«

Jane schüttelte seinen Griff ab und hob flehend die Hände. »Ich habe ja«, stieß sie hastig hervor, »zuvor für Mrs Belden gearbeitet. Aber dann hat sie mich rausgeworfen.« Sie wurde rot. »Ich bin nicht wirklich gut darin, eine Stellung länger zu halten, was ein schlechtes Licht auf mich wirft. Ich könnte darauf allerdings erwidern, dass es nicht meine Schuld war …« Sie nagte an ihrer Unterlippe.

Die ganze Zeit über versuchte Gabriel, die verschiedenen Informationen in die richtige Reihenfolge zu bringen. Sie war hier in sein Haus eingedrungen, hatte sich die Anstellung erschlichen und sich trotz seiner früheren Bedenken bezüglich ihrer Eignung geweigert, wieder zu gehen. Erneut bekam er sie an den Handgelenken zu fassen und übte genug Druck aus, dass sie sich nicht wieder losreißen konnte. Bei Gott, er hatte seine Schwester in die Obhut dieser Frau gegeben? »Wer bist du?«, fragte er scharf. Er war nachlässig gewesen, und dafür verachtete er sich. »Ist Jane Munroe überhaupt dein richtiger Name?«

»Ja«, antwortete sie und verzog das Gesicht.

Er lockerte seinen Griff ein wenig, ließ sie aber nicht los. Warum sollte er ihr jetzt glauben, nachdem sie zuvor gelogen hatte?

»Ich heiße Jane Munroe«, erklärte sie ruhig. »Ich habe, so wie ich es behauptet habe, tatsächlich als Gouvernante und Lehrerin gearbeitet.«

Er musterte sie eindringlich, wollte ihr glauben – *an* sie glauben.

»Doch dann habe ich meine Anstellung bei Mrs Belden verloren und deinen Brief gefunden.« Ihre Wangen wurden flammend rot. »Du brauchtest eine Gesellschafterin für deine Schwester …« Janes Worte endeten abrupt, als er plötzlich sein Gesicht dicht vor ihres brachte.

Gabriel löste seine Finger von ihrem Handgelenk, und sie beeilte sich, sich von ihm zu entfernen. »Und du hast dir unter Vorspiegelung falscher Tatsachen und durch Lügen Zutritt zu meinem Haus verschafft?« Und nun hatte sie ihm auch noch seine Freiheit genommen und ihn gezwungen, seinen Schwur, den er vor so langer Zeit getan hatte, zu brechen. Sein Schicksal war besiegelt. Ein Fluch entfuhr ihm.

Jane wich noch einen Schritt zurück und stolperte in ihrer Hast, sich von ihm zu befreien. »Es sollte ja nur für zwei Monate sein.« Nur dass es jetzt für immer sein würde.

Er kam um das Sofa herum, hinter das sie sich geflüchtet hatte, und baute sich vor ihr auf. »Und du hast mich ununterbrochen angelogen.«

»Nicht ununterbrochen«, protestierte sie vergeblich und zog sich weiter zurück.

Er war nicht nachsichtig gestimmt und folgte ihr unerbittlich. »Und hast den Ruf meiner Schwester aufs Spiel gesetzt.« Das war ihr schlimmstes Vergehen. Denn schließlich ging es ihm darum, Chloes Glück und Sicherheit zu gewährleisten.

Sie presste die Lippen zu einer geraden Linie zusammen. Diesen zutreffenden Vorwurf konnte sie nicht entkräften.

Himmel, wie indigniert sie gewesen war, als er ihre Eignung infrage gestellt hatte. Alles Lügen. Dann ging ihm die hässliche Wahrheit auf. »Hattest du von Anfang an die Absicht, mich in die Falle zu locken?«, wollte er wissen und blieb dicht vor ihr stehen.

Sie öffnete und schloss den Mund mehrere Male. »Dich in die Falle locken?« Jane schüttelte heftig den Kopf. »Himmel, nein.« Angesichts des Entsetzens, das sich auf ihren zarten Zügen widerspiegelte, schien die Dame ähnlich begeistert von der Aussicht zu sein, ihn zu heiraten, wie er umgekehrt. Dann riss sie entsetzt die Augen auf. »Du denkst, das ist der Grund, warum ich hier bin?« Das freudlose Lachen, das ihr über die

Lippen kam, war ihm auch nicht recht. Die Lippen, die er vor keiner halben Stunde noch voller Leidenschaft geküsst hatte – und trotz ihrer Täuschung sehnte er sich danach, sie erneut zu küssen. Was für ein Narr er war. »O nein. Nein. Nein. Ganz gewiss nicht, Mylord.«

Ach, jetzt war er wieder Mylord? Unsicher, warum ihre ablehnende Antwort ihn so traf, verschränkte er die Arme vor der Brust. »Madam?«

»Ich versuche, dir zu erklären, dass ich keinerlei Hintergedanken habe und auch nicht an deinem Titel interessiert bin.« Sie schüttelte energisch den Kopf. »Ich kann dich nicht heiraten.«

Da war es wieder. *Kann nicht.* Eine hässliche Möglichkeit fiel ihm ein. »Du bist bereits verheiratet«, presste er mit erstickter Stimme hervor. Und selbst wenn ihre Ehe bedeutete, dass sein Schwur und seine Freiheit nicht in Gefahr waren, so verstörte ihn doch die Idee, dass sie einem anderen gehörte, zutiefst.

»Verheiratet?«, rief sie. »Ich? Nein!« Sie strich sich die Röcke glatt. »Ich bin …« Sie schlang die Arme um sich. »Also … ich bin illegitim.« Ihre Stimme stockte, und sie hüstelte in ihre Hand.

Er starrte sie verblüfft an. »Illegitim?«, wiederholte er dümmlich. Das war ihr Geheimnis? Die Umstände ihrer Geburt?

Jane nickte. »Ein Bastard.«

Etwas an der sachlichen Äußerung dieses harten Wortes irritierte ihn. Gabriel runzelte die Stirn. »Ich weiß, was illegitim bedeutet.«

»Oh.« Sie senkte den Blick auf den Aubusson-Teppich und betrachtete die blassen Fäden, aus denen er gewebt war. »Ja, natürlich.«

Gabriel musterte sie, wie sie so verloren vor ihm stand. Natürlich hatte sie sein Missfallen als Geringschätzung ihrer

Person gewertet. Verärgerung regte sich in ihm, gemeinsam mit einem seltsamen anderen Gefühl, das er lieber nicht genauer analysieren wollte. Es kam ihm nämlich so vor, als würde sich dahinter eine Schwäche für diese Frau verbergen, der Wunsch, ungeschehen zu machen, dass jahrelange Ablehnung Wunden bei ihr hinterlassen hatte.

Sie verschränkte die Hände. »Also, wie du siehst«, sagte sie, als das Schweigen sich zwischen ihnen ausdehnte, »es besteht wirklich keine Notwendigkeit für dich, zu heiraten.« *Mich.* Das eine unausgesprochene Wort schwang in ihrer Äußerung mit.

Irgendwie tat sie ihm leid. Er versuchte, sich vorzustellen, wie Jane Munroe durch das Leben ging, wie sie verspottet und zurückgewiesen wurde wegen etwas, das nichts mit ihr zu tun hatte und für das sie nichts konnte – ein Stigma, das ihr beständig folgte und nie vergehen würde.

Er verabscheute die Vorstellung, dass sie, die gar nicht so viel älter als Chloe und damit ungefähr in Philippas Alter war, ganz auf sich selbst gestellt sein sollte, dass sie sich als Gesellschafterin und Gouvernante für verwöhnte, unfreundliche junge Mädchen verdingen musste.

»Was wirst du tun?« Eine so erfinderische Frau wie Jane Munroe hatte sicherlich einen Plan, was sie tun wollte, nachdem sie gegangen war. Sein Magen zog sich zusammen bei der Aussicht, sie nicht länger in seinem Leben zu haben. Bei der Aussicht, dass sie allein war.

Sie lächelte. Wie konnte sie da lächeln? »Also, siehst du«, wieder einmal sah er nichts in dieser trüben Welt, in die sie ihn gestoßen hatte, »mein Vater hat mir eine gewisse Summe ausgesetzt. Wenn ich volljährig bin, erhalte ich dieses Geld, und dann werde ich nicht länger …« Sie brach ab und presste die Lippen zusammen. Von anderen abhängig sein.

Ihr Vater hatte für sie vorgesorgt. Diese paar Worte verrieten viel mehr als irgendetwas, was sie sonst gesagt hatte. »Wer ist dein Vater?«, erkundigte er sich ruhig.

Jane richtete ihre Augen auf ihn. »Mein Vater?« Sie betrachtete ihn mit plötzlichem Argwohn. »Das tut nichts zur Sache.«

Doch. Es war wichtig, weil er es wissen wollte – so wie er alles über diese junge Frau vor ihm mit ihren tausend Geheimnissen und ausgelassenen Fakten wissen wollte. Ihre Antwort hatte bei ihm Alarmglocken läuten lassen. Denn der Mann musste, wenn er es sich leisten konnte, finanzielle Vorsorge für sie zu treffen, ein Mitglied der Oberschicht sein.

»Ist er Aristokrat?« War es ein Mann, vor dem er bereits eingeladen worden war oder den er aus seinen Clubs kannte? Er umklammerte sein Glas fester, und das Bedürfnis, mehr zu wissen, erfasste ihn. »Jane?«, hakte er ungeduldig nach.

Doch sie hatte schon bewiesen, dass sie sich nicht so einfach einschüchtern ließ. Bei dieser barschen Aufforderung runzelte sie die Stirn und legte einen gewissen Abstand zwischen sie beide. »Es ist nicht wichtig, Gabriel. Ich werde genug Geld haben, und du«, sie zuckte die Achseln, »und du bist mir natürlich in keiner Weise irgendetwas schuldig oder für irgendetwas verantwortlich.«

Gut, sie wollte ihr Geheimnis für sich behalten. Er lenkte ein. »Du willst dich aufs Land zurückziehen und ein ruhiges« – *unverheiratetes* – »Leben führen.« Im Grunde genommen war es ein Verbrechen, dass eine Frau von ihrer Schönheit und ihrem Intellekt für immer allein bleiben sollte.

Aber was war die Alternative? Sollte sie einen anderen Mann heiraten, der sie in sein Bett nehmen und ihr Kinder schenken würde und … Er konnte sich ein Knurren nicht verkneifen.

Jane zuckte zusammen. »Ich möchte eine Schule gründen«, sagte sie rasch. »Für junge Mädchen«, erläuterte sie. Sie reckte entschlossen das Kinn. »Aber ganz anders als Mrs Beldens und all die anderen, die junge Frauen besuchen müssen. Sie soll für Frauen sein wie …« Sie brach ab.

Wie sie. Für Frauen so wie sie.

Gabriel fuhr sich mit der Hand übers Gesicht. Ihre Schule würde ein Ort für junge Frauen sein, die zwischen der guten Gesellschaft und dem einfachen Volk standen. Er hasste die Vorstellung, dass sie zu beiden Welten nicht wirklich gehörte. Dabei war sie doch viel mehr wert als die meisten Mitglieder der Aristokratie zusammengenommen. Er ließ die Hände sinken. »Wann kommst du in den Besitz des Geldes?«

»In zwei Monaten«, antwortete sie automatisch. »Genauer gesagt in einem Monat, drei Wochen und zwei Tagen«, sagte sie mehr zu sich selbst.

Zwei Monate. Genau die Zeit, für die er eine Gesellschafterin für Chloe gebraucht hatte. Er verkniff sich einen weiteren Fluch.

»Wer ist dein Vater?«, wiederholte er. Denn dieser Mann würde sicherlich bis dahin für seine Tochter aufkommen.

Sie zögerte einen Moment, und er dachte, sie wolle ihr Geheimnis nicht lüften. Dann jedoch straffte sie die Schultern und erwiderte seinen Blick. »Der Duke of Ravenscourt.«

Teufel auch, sie war eines von den zahlreichen illegitimen Kindern des Herzogs. Er nahm das Glas vom Tisch und ging damit zum Fenster.

»Die Identität meines Vaters ändert nichts«, erklärte sie und eilte ihm nach. »Ich werde dich nicht einfach deswegen heiraten, weil mein Vater ein Herzog ist.« Sie machte eine Pause. »Und er ist auch gar nicht wirklich ein Vater«, fuhr sie leise fort. »Noch wird er irgendetwas von dir erwarten, was mich betrifft. Niemand aus der Gesellschaft wird das.«

Nein, der Mann war kein Vater. Ein herzloser, selbstsüchtiger Adeliger, der zuließ, dass seine Tochter von einem Posten zum nächsten weitergereicht wurde, von dem Haushalt eines seiner Standesgenossen zum nächsten geschoben wurde, die allesamt nicht besser waren als der Marquis of Waverly. Jane hatte keinerlei Schutz und Fürsorge genossen. So wie Chloe und Philippa. Er schloss die Augen.

Und doch, wenn er sie nicht heiratete, wäre er nicht anders als irgendeiner von ihnen. »Es gibt keine andere Wahl als eine Heirat, Jane«, sagte er müde. Die Entscheidung war lange vor ihrem Geständnis gefallen. Um genau zu sein, im Alkoven in der Oper.

Ein unwilliger Laut entfuhr ihr. »Was du vorschlägst, ist Wahnsinn, Gabriel.«

Ach, jetzt war er wieder Gabriel. »Ich werde dich nicht heiraten, nur um dich von deinem völlig überflüssigen Schuldgefühl zu befreien. Es gibt nichts, wofür du dich schuldig fühlen müsstest.«

Er wirbelte so rasch herum, dass sie unwillkürlich zurückwich. »Ich trage die Schuld für alles«, erklärte er barsch. »Mit meinen Avancen bin ich kein Stück besser als Montclair. Nein«, er schüttelte betrübt den Kopf, »es gibt keine andere Lösung, als zu heiraten.«

Alle Trauer und Niedergeschlagenheit wich aus ihren blauen Augen und wurde ersetzt von dem vertrauten Funkeln der Wut. »Deiner Schwester gegenüber benimmst du dich anmaßend, und du glaubst, das könntest du auch bei mir machen. Aber du bist nicht für mich verantwortlich, du sorgst weder für mich, noch liegt dir etwas an mir.«

Bildete er sich das nur ein, oder klang aus ihren Worten wirklich Bedauern? »Du würdest mich nur heiraten, um das Richtige zu tun.« Sie stemmte sich die Hände in die Hüften. »Nun, ich möchte nicht, dass du *das Richtige* tust. Ich möchte meine Freiheit. Ich möchte meine Schule.« Ihre Brust hob und senkte sich unter ihren Gefühlen.

Janes Botschaft konnte nicht klarer sein – sie wollte ihn nicht. Aber wo blieb die Erleichterung, dass ihm genau das erspart bleiben würde, was er ohnehin immer geschworen hatte, unter allen Umständen zu vermeiden? Die würde sich gewiss bald einstellen, und was ihm jetzt den Magen zusammenzog, war sicher nur Bedauern. Ihm gelang ein steifes Nicken. »Nun gut. Es steht mir nicht zu, dich zu etwas zu zwingen. Ich werde morgen mit deinem Vater sprechen.« Er wollte an ihr vorbeigehen.

Sie vertrat ihm den Weg. »Mit meinem Vater?« Wieder presste sie die Lippen zu einer schmalen Linie zusammen und schüttelte den Kopf. »Du musst nicht mit meinem Vater reden.«

»Ach, nicht?« Er hob eine Augenbraue. »Du willst mich ja nicht heiraten.«

Ihr Schweigen unterstrich das noch einmal. »Und wenn du nicht als meine Frau hierbleiben willst, dann kannst du nicht hierbleiben. Wohin willst du für die nächsten zwei Monate?«

Einen Monat, drei Wochen und zwei Tage.

Sie reckte das Kinn, aber das Unbehagen in ihren Augen verriet, dass sie genau wusste, ihr waren die Hände gebunden.

Er schnippte einen nicht vorhandenen Fussel von seinem Ärmel. »Und jetzt, wenn du mich entschuldigen willst, gute Nacht.«

Damit drehte er sich um und ging.

Kapitel 18

Am nächsten Vormittag saß Gabriel in seinem Studierzimmer und wartete auf das Eintreffen seines Bruders. Er blickte zur Standuhr und runzelte die Stirn. Wo zur Hölle blieb er? Er hatte ihm gestern Abend noch eine Nachricht geschickt, die eigentlich unmissverständlich formuliert …

Es klopfte an der Tür. Endlich. »Herein«, rief er barsch und warf seinen Federhalter hin.

Joseph öffnete.

Lord Alex Edgerton, Gabriels Bruder, früherer Lebemann und jetzt hingebungsvoller, bis über beide Ohren verliebter Ehemann stand auf der Schwelle.

»Ich habe dir gestern Abend eine Nachricht geschrieben«, begann Gabriel ohne Vorrede und stand auf.

Alex hob völlig unbeeindruckt eine Augenbraue. »Meinst du die Aufforderung? Du hast mir eine schriftliche Aufforderung gesandt.« Diese auf unheimliche Weise vertrauten Worte, die sein Bruder ihm so auch vor nicht einmal zwei Monaten entgegengeschleudert hatte, als Gabriel den Versuch unternommen hatte, Alex' ausschweifendes Leben wieder in geordnete Bahnen zu lenken, ließen ihm die Röte in die Wangen steigen.

Die Lippen des Butlers zuckten, als er die Tür hinter sich ins Schloss zog und die beiden Brüder allein ließ.

Ein ungeduldiges Stöhnen entrang sich Gabriels Kehle. »Ich hab keine Zeit für Spielchen«, erklärte er knapp, entschied sich dabei für seinen kühlsten und distanziertesten Ton.

Alex schnaubte abfällig, während er zum Sideboard ging und sich einen Brandy nahm.

»Ist es nicht ein bisschen früh dafür?«, fragte Gabriel mit der Macht der Gewohnheit von jahrelangen Ermahnungen seines Bruders, doch dann bemerkte er aus dem Augenwinkel das fast leere Glas vor sich auf seinem Schreibtisch. Mit einem stummen Fluch schob er es zur Seite, sodass es vor Alex' Blick verborgen war. Offensichtlich hatte er es sich seit Janes Auftauchen in seinem Leben zur Gewohnheit werden lassen, deutlich mehr Brandy zu trinken als sonst üblich, und obendrein zu allen möglichen Tageszeiten.

Alex wirbelte herum. Seine Lippen verzogen sich zu einem Grinsen. »Ich würde sagen, in Anbetracht dessen, was du gestern getan hast, könntest du auch eine kleine hochprozentige Stärkung vertragen.« Er hielt kurz inne. »Und ich empfehle dir ganz dringend, mit dem Glas anzufangen, das da auf der Ecke deines Schreibtischs steht, bevor du dich einem nächsten, edleren Tropfen zuwendest«, fügte er hinzu, ohne ihn anzusehen.

Gabriels Nacken wurde ganz heiß, aber er nutzte die Zeit, die sein Bruder damit beschäftigt war, die Kristallkaraffen vor sich zu betrachten, um den Schwenker von der Mahagoniplatte zu nehmen und um den Schreibtisch herumzugehen. In dem Versuch, die Ordnung und Vernunft wiederherzustellen, die er über die Jahre zur Vollkommenheit gebracht hatte, nahm er auf dem vertrauten Stuhl hinter dem wuchtigen Möbelstück Platz, das früher einmal seinem Vater gehört hatte.

Du bist ein schwacher, närrischer … Die verächtliche Fratze drängte sich in seinen Gedanken nach vorn, wie sie das so oft tat, aber er schob die Erinnerung an seinen Vater entschlossen zurück. Als er aufblickte, blinzelte er mehrere Male und bemerkte, dass Alex ihm gegenübersaß und ihn erwartungsvoll anschaute. »Äh, ja richtig«, begann er und gönnte sich einen Schluck von seinem Brandy.

»Ich hab noch gar nichts gesagt«, erwiderte Alex mit unverhohlener Erheiterung.

Gabriel stellte sein Glas hin und ging nicht weiter darauf ein. »Ich nehme an, du weißt, warum du hier bist. Ich hatte dich auch früher heute Vormittag erwartet.« Schließlich musste er auch noch zu seinem Treffen mit dem Herzog.

Ein hartes, freudloses Lächeln trat auf Alex' Lippen, und er beugte sich vor. Der Knall, mit dem er sein Glas auf die Tischplatte stellte, hallte in der Stille des Zimmers überlaut. »Dir ist schon klar, dass du allein für diesen letzten Skandal verantwortlich zeichnest«, erklärte er. Er stützte seine Hände auf die Armlehnen seines Stuhles und trommelte mit den Fingern darauf. »Würdest du nicht auch sagen, dass du es bist, dem dringend die Leviten gelesen werden müssen? Der sich einen Vortrag darüber anhören sollte, was man unter anständigem und verantwortungsbewusstem Verhalten versteht?« Dieses Mal.

Die Berechtigung dieser vorwurfsvollen Erwiderung seines Bruders traf ihn ins Mark. Gabriel atmete einmal tief durch und rieb sich mit der Hand über die Stirn. »Da hast du allerdings recht«, antwortete er müde. Angesichts des Skandals von letzter Nacht hatte er Chloes Ruf ernsthaft in Gefahr gebracht und zudem die Klatschmühle über eine Frau in Bewegung gesetzt, die ohnehin bereits seit ihrer Geburt unter der Verurteilung der guten Gesellschaft litt.

»Etwas zu empfinden, macht dich nicht schwach, Gabriel«, erklärte sein Bruder ruhig, und alle Anzeichen von Belustigung waren aus seiner Miene und seiner Stimme gewichen. »Es macht dich einfach menschlich.«

Menschlich. Menschlich zu sein hieß, schwach zu sein, gebrochen und misshandelt. Es hieß, dass man litt, und das wollte er nie wieder erleben.

»Wie auch immer.« Gabriel ließ einen stählernen Unterton in seine Worte einfließen. »Das, was ich mit Ja…« Sein Bruder bedachte ihn mit einem vielsagenden Blick. »Mit *Mrs Munroe* gestern Abend getan habe, war unverzeihlich.«

»Ich würde sagen, der …«, es zuckte um Alex' Lippen, »äh … Vorfall letzte Nacht rechtfertigt, dass du ihren Vornamen benutzt.«

Verärgerung regte sich in ihm. Wie konnte Alex nur so belustigt sein angesichts des Schadens, den Gabriel dem Namen Edgerton zugefügt hatte – und Jane auch?

Alex beugte sich neuerlich vor und stützte die Hände auf seine Knie. »Ich habe niemals, während meines ganzen Lebens nicht, erlebt, dass du nicht auf deine Familie Rücksicht genommen hast.«

Vor kurzer Zeit noch wären diese Worte eine schmerzliche Anklage von dem jüngeren Bruder gewesen, der ihm vorhielt, er habe seine Geschwister im Stich gelassen. Und das auch noch zurecht. Inzwischen jedoch, auch dank des besseren Verhältnisses, das sie zueinandergefunden hatten, war alles zwischen ihnen entspannter. Sicher, sie würden vermutlich nie mehr die Freundschaft und bedingungslose Zuneigung teilen, die früher zwischen ihnen geherrscht hatte, bevor ihr Vater es sich zum Ziel gesetzt hatte, sie voneinander zu entfremden. Aber ihre Beziehung war auf jeden Fall wieder freundschaftlich, und das, obwohl Gabriel im Grunde genommen keinen anderen Freund hatte außer Lord Waterson.

Gabriel schwenkte sein Glas und trank erneut. »Gleichgültig, ich habe den Namen Edgerton entehrt.« Dabei war ihm der Name selbst im Grunde genommen völlig egal, der konnte seinetwegen auch zusammen mit ihrem Vater in der Hölle schmoren.

»Erwartest du wirklich, dass ich dir glaube, dass dir so viel an dem Titel und den Besitzungen liegt?« Die Worte enthielten eine vorsichtige Frage, unterstellten Gabriel aber gleichzeitig Unaufrichtigkeit.

Er schüttelte den Kopf. »Nein, du hast recht.« Alex hatte bei viel mehr Sachen, als er ihm zugetraut hatte, recht behalten. Er atmete tief ein. »Mir liegt am Herzen, dass Chloe die Chance erhält, eine gute Ehe einzugehen.«

Alex runzelte die Stirn. »Und was ist mit deiner Mrs Munroe?«

»Sie ist nicht *meine* Mrs Munroe.« Er hätte sie zur Frau genommen, um sein Fehlverhalten wiedergutzumachen, aber sie hatte ihm klipp und klar erklärt, wie sie zur Ehe stand. Er hatte nie zuvor eine andere Frau getroffen, die so absolut und unwiderruflich gegen eine Heirat war – vielleicht passten sie doch besser zueinander, als er gedacht hatte.

Sein Bruder schnaubte spöttisch und lehnte sich auf seinem Stuhl zurück. »Ich würde sagen, dass eine Frau, die dich dazu bringen kann, dich derart zu vergessen, und das auch noch mitten in der Oper, für dich doch *irgendetwas* ist.« Er legte die Beine an den Knöcheln übereinander.

»Sei nicht albern«, erwiderte Gabriel. »Das ist nicht möglich.«

»Und warum nicht?«

Sein Verstand war wie leer gefegt. »Weil … Nun …« Er schloss den Mund wieder. »Es ist einfach nicht so«, brachte er schließlich hervor. Verdammte Hölle, er kam sich vor wie ein grüner Junge. Er zog an seinem plötzlich viel zu eng gebundenen Halstuch. Eine Ehe mit Jane war so absurd wie … Nun, er war nicht ganz sicher, wie absurd es war, nur dass es das war.

Sein Bruder ließ nicht locker. »Ich erwarte, dass die Hochzeit mit der Dame mindestens zu … mehr führen wird. Irgendwann.«

Das brachte Gabriel dankenswerterweise zurück auf den Grund für Alex' Gegenwart. Er straffte die Schultern und brachte seine wild durcheinanderwirbelnden Gedanken wieder unter Kontrolle. »Das ist der Grund, weshalb ich dich gebeten habe, herzukommen. Wir werden nicht heiraten.«

Alex öffnete und schloss den Mund mehrere Male, erinnerte an einen Fisch auf dem Trockenen. »Was?«

Gabriel machte eine wegwerfende Handbewegung. »Wir heiraten nicht.«

Zwischen den Augenbrauen seines Bruders bildete sich eine steile Falte. »Falls du mich mit der Absicht herbestellt hast, dass ich das für dich in Ordnung bringe, muss ich dir leider mitteilen, dass meine Ehe mit Imogen eine solche Art von Hilfe leider ausschließt«, antwortete er in einem misslungenen Versuch zu scherzen.

In den Tiefen seiner grünen Augen stand so viel Enttäuschung und Abscheu, dass Gabriel unruhig wurde. Es hätte ihm egal sein sollen, was sein Bruder glaubte oder nicht, aber das war es nicht. Er wollte nicht, dass dieser Mann, mit dem er sich erst seit Kurzem wieder vertrug, dachte, er habe nicht wenigstens versucht, Jane zu überzeugen. »Also ich … Ich habe es ihr angeboten«, erklärte er.

»Sie hat Nein gesagt?« Alex' Frage klang ungläubig.

Gabriel nickte und erinnerte sich an die Szene mit Jane gestern Abend. Wie stolz und unerschrocken sie gewesen war, wie desinteressiert an einer Ehe mit ihm. »Allerdings, und das ist der Grund, warum du hier bist.« Gabriel schaute zur geschlossenen Tür und dann wieder zurück zu Alex. Sein Bruder betrachtete ihn mit einem neugierigen Ausdruck in den Augen. »Die Dame ist nicht an einer Ehe interessiert.« *Mit mir wenigstens.* Ein unerklärlicher Druck schnürte ihm die Kehle zu. Warum war das überhaupt wichtig?

»Ich würde sagen, sich das jetzt zu überlegen, ist ein bisschen spät.«

»Ich hätte nie gedacht«, bemerkte Gabriel mit Verwunderung, »dass du jemals so auf Anstand und Würde achten würdest.«

»Ich weiß.« Alex grinste. »Die Liebe stellt die merkwürdigsten Sachen mit einem an.«

In einem unerwarteten Augenblick der Kameraderie lächelten die beiden einander an. Dann fiel Gabriel wieder ein, weshalb er seinen Bruder hergebeten hatte. Das Lächeln verschwand aus seinem Gesicht. »Du musst sie nehmen.«

Sein Bruder hielt den Kopf schief.

Gabriel seufzte. Er vermasselte das hier. »Du und Imogen, ihr müsst der Dame erlauben, bei euch zu bleiben, bis ich mit ihrem Vater gesprochen habe.«

Alex schaute ihn einen Moment lang an, dann begann er laut zu lachen. Er schlug sich mit einer Hand auf den Oberschenkel und lachte so heftig, dass ihm Tränen aus den Augen liefen. »Mit dem Vater von ihr? Du bist übergeschnappt.«

Gabriels Nackenhaare stellten sich auf. Wenigstens fand einer von ihnen beiden etwas Belustigendes an den verhängnisvollen Ereignissen der vergangenen Nacht. »Sie ist die Tochter des Duke of Ravenscourt«, erklärte er knapp.

Das ließ Alex' Gelächter sofort verstummen. Er zog ein weißes Taschentuch aus seiner Rocktasche und wischte sich damit über die Stirn. »Wie bitte?«

Was war daran eigentlich so schwer zu verstehen? Gabriel schaute sich um. »Sie ist …« Er runzelte die Stirn, hin- und hergerissen zwischen dem Wunsch, zu erklären, warum er Alex' Hilfe brauchte, und dem, Janes Geheimnisse zu wahren. »Sie ist die uneheliche Tochter des Herzogs.« Eine Erinnerung an

Jane, wie sie ihm das anvertraut hatte, erschien vor Gabriels geistigem Auge – sie war irgendwie verlegen gewesen, auf seine Verachtung gefasst. Gabriel nahm noch einen weiteren langen Zug aus seinem Glas.

In Alex' Augen leuchtete Verstehen auf. »Ach so.«

Der überwältigende Drang, seinen Bruder für dieses »Ach so« mit einem Kinnhaken zu Boden zu schicken, erfüllte Gabriel. Er stützte sich mit dem Ellbogen auf den Schreibtisch. »Was?«

Alex hielt abwehrend die Hände hoch. »Ich habe nichts gesagt.«

»Sie bekommt Geld von ihm«, erzählte er weiter und beschloss, das »Ach so« von Alex nicht weiter zu diskutieren. »Sie wünscht sich ihre Unabhängigkeit. Und sie kann nicht länger hierbleiben.« Im Grunde genommen hätte sie überhaupt nicht mit ihm und Chloe hierher zurückkehren sollen. Doch gestern Abend war alles so durcheinander gewesen, dass ihm das überhaupt nicht aufgefallen war.

Lügner. Du wolltest sie nur nicht wegschicken. Und jetzt blieb ihm keine andere Wahl, als genau das zu tun – zu ihrem eigenen Schutz. Und zu Chloes. Und seinem eigenen. Jeder Moment, den sie gemeinsam hier verbrachten, gefährdete die Ruhe und Ordnung seiner Welt und seines Daseins.

»Verstehe«, erwiderte Alex plötzlich ganz ernst. Und das verständnisvolle Funkeln in seinen Augen verriet, dass das stimmte.

»Sie muss nur vorübergehend eine Bleibe haben.« Gabriel blickte zu der Standuhr in der Ecke. »Ich habe in Kürze ein Treffen mit dem Herzog und werde ihn darüber informieren …«, *dass ich seine Tochter ruiniert habe, dass sie nirgendwohin kann, dass sie mich nicht heiraten will,* »… dass sie seine Hilfe braucht.« Er schob seinen Stuhl zurück und stand auf.

Alex wertete das als Stichwort für seinen eigenen Aufbruch und erhob sich. »Natürlich werde ich dich in jeder Weise unterstützen, die du brauchst.«

Gabriel schob das Kinn vor, er wusste nicht so recht, wie er auf diese bedingungslose Zusage seines Bruders reagieren sollte, der ihn bis vor Kurzem stets mit eisiger Verachtung behandelt hatte. »Danke«, sagte er steif.

Alex bedachte ihn mit einem milden Lächeln. »Du hast es immer noch nicht begriffen, was?«

Gabriel blickte seinen jüngeren Bruder fragend an.

»Wir helfen denen, die wir lieben. Das ist keine Mühe.« Er verneigte sich leicht. »Ich werde meine Kutsche vorbeischicken, um Mrs Munroe abholen zu lassen.«

»Danke …« Auf Alex' sprechenden Blick hin brach Gabriel ab. Er neigte den Kopf. »Falls du mich entschuldigen willst. Ich muss mit Jane sprechen, bevor ich zum Herzog gehe.«

»Mrs Munroe«, bemerkte Alex und zwinkerte ihm zu.

Verwirrt schaute sich Gabriel nach der Frau um. Doch da war niemand.

Sein Bruder lachte. »Ich vermute, dir liegt deutlich mehr an ihr, als du sogar dir selbst eingestehen willst«, erklärte er und öffnete die Tür.

Jane stand auf der Schwelle, die Hand schon erhoben, um anzuklopfen. Gabriel verspürte trotz allem, was letzte Nacht geschehen war, eine Leichtigkeit, als er sie dort sah – mit großen Augen wie eine Nachteule, die erschreckt von ihrem Lager aufgeflogen war.

Mit dem mühelosen Charme, den er schon immer besessen hatte, verneigte sich Alex. »Mrs Munroe, es ist ein Vergnügen, Sie wiederzusehen.« Er trat beiseite, damit sie an ihm vorbei ins Zimmer gehen konnte.

Allerdings betrachtete ihn Jane, die so ganz anders war als jede andere Frau, die er zuvor kennengelernt hatte, nur mit einer gehörigen Portion Misstrauen. »Lord Alexander«, begrüßte sie ihn und sank in einen tiefen Knicks.

Alex trat auf den Flur. Und ließ damit Gabriel und Jane allein zurück. Sie blieben einen langen Moment stehen, betrachteten einander, sie an der offenen Tür, er vor seinem Schreibtisch. Dann räusperte er sich und bedeutete ihr, näher zu treten. »Es gibt noch ein paar Angelegenheiten, die wir zu besprechen haben, Mrs Munroe.«

Kapitel 19

Sie hatte seine Nachricht früh am Morgen erhalten. Seitdem hatte Jane den Großteil der vergangenen beiden Stunden damit zugebracht, dem bevorstehenden Gespräch voller Sorge entgegenzublicken, sich aber gleichzeitig unerklärlicherweise darauf zu freuen, ihn wiederzusehen. Sie versuchte sich einzureden, dass er in dem ganzen Chaos des gestrigen Abends eine vertraute Größe war. Er war in dieser kalten, unsicheren Welt, in der sie gelandet war, eine Konstante.

Doch in diesem Fall, wo er in seinem geräumigen Studierzimmer stand und sie aus halb geschlossenen Augen betrachtete, war sie wieder Mrs Munroe.

Natürlich sprach er sie so an. Oder mit Miss Munroe. Aber nie mit Jane. Warum also fehlte es ihr so, ihren Vornamen, ausgesprochen in dem sonoren Bariton, zu hören?

»Mrs Munroe?«, wiederholte er leise.

Sie zuckte zusammen und trat weiter ins Zimmer. »Verzeihung«, sagte sie eilig. »Mylord?« Sie knickste.

Er verzog das Gesicht. Sehnte er sich etwa auch danach, dass sie sich gegenseitig mit ihrem Vornamen ansprechen konnten? Er durchquerte den Raum und benötigte dabei nur wenige seiner ausholenden Schritte, um bei ihr zu sein. Er blieb vor ihr stehen, sein Blick fiel auf ihre Lippen, und langsam streckte er den Arm aus.

Einen zermürbenden Moment lang dachte sie, er wollte sie küssen. Ihr stockte der Atem, und sie legte den Kopf in den Nacken, aber er schloss nur die Tür hinter ihr. Enttäuschung regte sich in ihr, was erneut bewies, dass sie die Tochter ihrer Mutter war. »Ich werde nicht viel von Ihrer Zeit beanspruchen, Mrs Munroe«, erklärte er mit einer Distanziertheit, an die sie sich von ihrer ersten Begegnung her erinnerte.

Sie lehnte sich ein wenig vor. »Mylord?«

Er begab sich zu seinem Schreibtisch zurück und winkte sie zu sich. »Bitte nehmen Sie dort Platz.«

Wie konnte er nur so leidenschaftslos sein, nach allem, was geschehen war? Nachdem er seine Hand auf ihren Oberschenkel gelegt hatte, nachdem er sie geküsst hatte?

Sie fuhr sich mit der Zunge über die Lippen und machte einen zögernden Schritt, dann noch einen, setzte sich aber nicht auf den angebotenen Stuhl. Stattdessen stellte sie sich neben den Ohrensessel unweit seines Schreibtisches. »Ich bleibe lieber stehen, Mylord.«

Er zog seine dunklen Augenbrauen zusammen und betrachtete sie finster. »Nun gut«, sagte er von dem Platz hinter seinem Schreibtisch aus. »Ihre Koffer werden gepackt. Ich habe mit meinem Bruder gesprochen. Er und seine Gattin haben sich bereit erklärt, Sie bei sich aufzunehmen, bis …«, er machte eine vage Handbewegung, »… die ganze Situation geklärt ist.«

Die ganze Situation. Das war alles, was sie je gewesen war. Für ihre Mutter, die einen Herzog geliebt hatte. Für den Herzog, der keine Verwendung hatte für eine weitere uneheliche Tochter. Und jetzt für Gabriel. Warum tat das am meisten weh?

Sie schluckte krampfhaft. Dann drang der Sinn seiner Worte zu ihr durch. »Sie schicken mich fort.« Sie zuckte zusammen, so armselig hörte sich das an.

Gabriel zog seine Taschenuhr heraus und schaute auf das Ziffernblatt. »In Kürze habe ich eine Verabredung mit dem Herzog, bei der ich mit ihm über Ihr Geld sprechen werde. In der Zwischenzeit ist es für alle Beteiligten am besten, wenn Sie fürs Erste bei meinem Bruder und seiner Familie bleiben.« Er steckte die goldene Uhr wieder zurück in seine Westentasche.

»Natürlich«, erwiderte sie steif. Sie strich sich mit den Händen über die Röcke. »Gibt es sonst noch etwas, das Sie benötigen?«

Er schüttelte den Kopf. »Das ist alles. Ich komme nach meinem Termin beim Herzog auf einen kurzen Besuch vorbei, und dann sprechen wir weiter.«

Der Herzog. Ihr Vater. Der gleiche Mann, der sie in den vergangenen Jahren aus all den Klemmen, in die Jane immer wieder geraten war, geholt hatte, indem er ihr eine weitere Anstellung hatte beschaffen lassen. Der Mann, der genau wusste, wie unfähig sie war, den Posten zu behalten, der ihr dank seines Einflusses angeboten worden war.

Von dem Augenblick an, in dem sie den Brief von Mrs Beldens Schreibtisch gestohlen hatte, war dieser Ausgang unausweichlich gewesen. Gabriels Großmütigkeit angesichts der Schwierigkeiten, in die sie seine Familie gebracht hatte, war mehr, als sie verdiente. Trotzdem schmerzte die Vorstellung, dass sie Chloe und ihn würde verlassen müssen.

Aber es würde ihre Schule geben, und das würde ihrem Leben Sinn verleihen und ihr ein Auskommen verschaffen. Sie straffte die Schultern. »Ich würde Ihnen gerne für Ihre Freundlichkeit danken, vor allem angesichts meiner Lügen.« Ihre Wangen röteten sich, aber sie war stolz darauf, dass es ihr gelang, diese peinlichen Worte so gleichmütig zu sagen.

Er stand auf und kam um den Schreibtisch herum, sodass sie gezwungen war, den Kopf in den Nacken zu legen, um ihm ins Gesicht zu sehen. »Sie müssen mir nicht danken, Jane«, sagte er sanft.

Jane gab den feinen Staubteilchen in der Luft die Schuld an den Tränen, die plötzlich hinter ihren Lidern brannten. Was natürlich dumm war. Im Arbeitszimmer des Marquis gab es keinen Staub. Nirgendwo in seinem gepflegten Haus. Aber warum sollte sie denn sonst weinen?

»Ich tue es aber.«

Er senkte seinen Blick weiter, auf ihre Hände, mit denen sie nervös an ihren Röcken zupfte. Jane verkniff sich die verräterische Geste, die schon lang ein Zeichen für Unbehagen bei ihr war, und schaute ihm in die Augen. »Mit meinem Betrug habe ich Ihnen Schwierigkeiten gemacht und bin für Sie und Ihre Schwester und Ihre gesamte Familie eine Belastung. Es tut mir wirklich überaus leid«, erklärte sie und wusste, während die Worte ihren Mund verließen, wie hoffnungslos ungenügend sie waren.

Er legte ihr zwei Finger auf die Lippen und beendete so ihre Entschuldigung. »Stopp«, befahl er mit einem Flüstern, das gleichzeitig sowohl sanft als auch harsch war. Ihr Herz klopfte unter der intimen Berührung. »Es ist passiert.« Aber trotzdem wich er nicht zurück. Und, was noch schlimmer war, sie wollte das auch gar nicht.

Gabriel ließ seinen Blick über ihr Gesicht wandern und verweilte auf ihren Lippen. Er neigte den Kopf noch weiter, und sie beugte sich vor, um seinen Kuss zu empfangen.

Doch dann erstarrte er, als sein Mund nur noch eine Haaresbreite von ihrem entfernt war.

»Ich sollte jetzt gehen.«

»Ja.«

Das sollte er wirklich. Er war mit ihrem Vater verabredet. Und außerdem hatten sie ja schon festgestellt, dass das hier falsch war. Trotzdem gab es diese machtvolle Anziehung zwischen ihnen.

Entweder besaß er mehr Selbstbeherrschung als sie, oder sein Verlangen nach ihr war weniger verzehrend, jedenfalls ließ er seine Hand sinken und drehte sich dann ohne ein weiteres Wort um und ging.

In der folgenden Stille senkten sich ihre Schultern wieder. Das hier war einfach nur eine weitere Anstellung, und er war nur ein weiterer Mann, und schon bald würde sie ihre Freiheit genießen. Eine Freiheit, die ihr bald schon der Marquis of Waverly verschaffen würde – ein Fremder, wenn man es genau betrachtete. Schließlich kannte sie ihn kaum eine Woche, auch wenn es sich anfühlte, als wäre es viel länger.

»Gabriel …«

Vor Schreck über die plötzliche Störung schrie Jane auf und wirbelte herum. »Chloe«, sagte sie.

Das Lächeln der jungen Frau wurde breiter. »Jane. Guten Tag. Ich habe dich heute Morgen gar nicht beim Frühstück gesehen.«

Angesichts der katastrophalen Ereignisse von gestern Abend hatte die Aussicht auf Essen wenig Anziehendes für Jane gehabt. Da sie ihr Fernbleiben nicht erklären konnte, schwieg sie.

Gabriels Schwester blickte sich um. »Hast du meinen Bruder gesehen? Ich müsste mit ihm sprechen.«

Das war sicherer. Fragen, die einfache Antworten erforderten, das schaffte sie. »Er hat wegen einer geschäftlichen Angelegenheit das Haus verlassen.«

»Er hat dauernd etwas Geschäftliches zu erledigen.« Chloe rümpfte die Nase. »Der steife, distanzierte Marquis wie immer.«

»Er ist nicht …« Chloe schaute fragend auf, als Jane sogleich zu einer Verteidigung ansetzte. »Er ist nicht hier«, verbesserte sie sich.

Chloe ging zum Fenster und zog die Vorhänge zurück. »Die Dienstboten machen die Kutsche fertig und laden Koffer ein.«

Jane ballte ihre Hände zu Fäusten. Er hatte keine Zeit verschwendet, sie loszuwerden. Sie aus seinem Haushalt zu verbannen. Chloe schaute mit gerunzelter Stirn.

Jane räusperte sich. »Ich werde bei deinem Bruder Lord Alexander und seiner Frau unterkommen.«

Der Vorhang entglitt Chloes Fingern, und sie starrte Jane an. »Wie bitte?«

Jane schnitt eine Grimasse. Wie armselig es war, derart hin und her geschoben zu werden, und das auch noch wegen ihres beschämenden Betragens gestern Abend. »Ich kann nicht hierbleiben«, erklärte sie sachlich und ruhig, obwohl ihr gar nicht so zumute war. Sie hatte niemals das Recht gehabt, hier zu sein, und es war der Gipfel der Torheit gewesen, die Freundschaft der jungen Frau zu akzeptieren.

»Das geht nicht«, erwiderte Chloe mit einem energischen Kopfschütteln. »Ich verbiete es.«

Ein tröstliches Gefühl machte sich in Janes Brust breit bei dieser unverdienten Unterstützung und Freundlichkeit. »Ich muss aber gehen«, erklärte sie mit fester Stimme, doch Chloe hob nur die Augenbrauen. »Er schickt dich weg«, sagte sie.

Ehe Jane darauf etwas erwidern konnte, schnappte Chloe entsetzt nach Luft. »Er will gar nicht das Richtige tun und den Schaden wiedergutmachen.«

»So ist es nicht …«

»Das hätte ich ihm nie zugetraut.« Chloe, die sich offensichtlich schon eine Meinung über die Umstände gemacht hatte, begann auf und ab zu laufen. »Er ist doch sonst immer so darauf bedacht, sich an jede noch so steife Anstandsregel zu halten.«

Sie konnte nicht von ihrem Bruder Gabriel sprechen, oder? Ein Mann, der sie mit solcher Leidenschaft küsste, konnte niemals als steif betrachtet werden.

»Ein Mann wie er würde immer darauf pochen, Wiedergutmachung zu leisten.«

Nein, die meisten Männer seines Standes würden das nicht. Nur Gabriel. Er war der erste Aristokrat, der über ihre uneheliche Geburt hinweggesehen hatte. Er hatte davon gewusst und hatte ihr trotzdem einen Antrag gemacht. Sie schloss einen Moment lang die Augen.

»Also, so einfach wird es nicht gehen«, murmelte Chloe vor sich hin, während sie noch schneller auf und ab lief. »Meine Mutter wird gewiss erfahren, was geschehen ist, und postwendend heimkehren.«

Die abschreckende Möglichkeit, dass die Marchioness zurückkehrte, um etwas in Ordnung zu bringen, das Jane zu verantworten hatte, holte sie jäh in die Realität zurück. »Er hat um mich angehalten.« Sie atmete langsam ein. »Und ich habe abgelehnt.«

Chloe blieb jäh stehen, so abrupt, dass ihre Röcke raschelten. Sie wirbelte zu Jane herum. »Was?«, fragte sie und schaute sie mit offenem Mund an.

»Ich konnte nicht reinen Gewissens zulassen, dass dein Bruder sich an mich bindet. Nicht, wo ich eigentlich gar nicht hätte herkommen und mir unter Vorspiegelung falscher Tatsachen Zutritt zu diesem Haus hätte verschaffen dürfen.«

»Doch«, antwortete Chloe mit einem Nicken. »Doch, natürlich.«

»Warum?«, wollte Jane wissen. »Um einen Namen zu schützen, der gar nicht des Schutzes bedarf?« Gabriels Schwester wusste nichts von ihrer unehelichen Geburt, aber es war nur eine Frage der Zeit, bevor die hässliche Wahrheit in den Empfangssalons die Runde machen würde, in Umlauf gebracht von Montclair und allen anderen, denen die Geschichte von den Eskapaden der unehelichen Tochter des Duke of Ravenscourt zu Ohren kam. In Chloes Augen trat ein fragender Ausdruck.

»Ich bin keine feine Dame«, erklärte Jane schließlich.

Chloe spitzte die Lippen. »Nach wessen Standard?« Sie schlug sich in die offene Hand. Das scharfe Geräusch hallte im Studierzimmer wider. »Also wirst du ihn *ihretwegen* nicht heiraten?«

Eine Erinnerung nagte an Jane. Der Ausflug zur Modemacherin. Das rosa Abendkleid. »Ich werde ihn *meinetwegen* nicht heiraten«, stellte sie klar. »Da ist noch der Plan mit meiner Schule«, fuhr sie fort und unterbrach damit Chloe, bevor die etwas sagen konnte.

»Aber was ist mit Gabriel?«

»Gabriel?«

»Mein Bruder.« Diese Information war überflüssig.

Die ganze Zeit hatte Chloe bei dem Einkaufsbummel Jane mit ihrem Bruder allein gelassen, um irgendetwas anzusehen oder sich mit einer Bekannten zu unterhalten. Sie hatte versucht, sie mit ihrem Bruder zu verkuppeln. O Chloe. Liebe, gute Chloe, die selbst niemals heiraten, aber dennoch eine Ehe für ihren Bruder arrangieren wollte. Sicherlich wünschte sie sich doch aber für ihn etwas anderes als eine Lügnerin wie Jane?

»Ich denke, dein Bruder wird eines Tages heiraten«, *eine Frau seines Standes und Ranges,* »allerdings nicht mich.« Als sie das aussprach, verspürte sie ein unangenehmes und irgendwie giftiges Gefühl, das sich verdächtig wie Eifersucht anfühlte. »Wenn du mich bitte entschuldigen würdest«, sagte sie in dem verzweifelten Versuch, Gabriels Studierzimmer, seine Schwester und alles und jedes, das mit der Familie Edgerton zu tun hatte, hinter sich zu lassen.

Sie erreichte die Tür, als Chloe leise etwas sagte, das Jane augenblicklich zurückhielt.

»Ich wollte, dass du es bist.«

Jane drehte sich langsam zu ihr um.

Ein trauriges Lächeln stand auf Chloes Gesicht. »Was wirst du sagen? Dass ich dich nur eine Woche lang kenne?«

Ja, das zum Beispiel.

»Du hast Geist, Jane. Du hast keine Angst, meinen Bruder zur Rede zu stellen. Und du findest nicht, dass er steif oder langweilig ist.«

Janes Lippen zuckten. »Nein, das allerdings nicht.«

»Weißt du, er ist so überaus steif und langweilig und das schon seit Ewigkeiten, dass ich aufgehört habe zu glauben, er könnte überhaupt etwas fühlen. Aber in deiner Nähe lächelt er und lacht und ist … *lebendig.*«

Das brachte sie mit solcher Überzeugung vor, dass Jane schlucken musste.

»So etwas ist wirklich wichtig, Jane. Er hat seit einundzwanzig Jahren nicht mehr gelächelt, seit ich ihn kenne, aber jetzt lächelt er, und das ist der Grund, warum auch eine Woche mehr als genug sein kann.«

Ohne irgendeine passende Erwiderung drehte Jane sich wieder um und ging, doch Chloes Worte verfolgten sie und ließen ihr keine Ruhe.

Kapitel 20

Gabriel saß in dem dunkel eingerichteten Arbeitszimmer, während die Uhr auf dem Kaminsims vor sich hin tickte, und schaute den Duke of Ravenscourt an. Er hatte die gleichen Augen wie Jane. Ein kristallklares Blau mit silbernen Einsprengseln. Es waren die Augen eines Mannes, der nicht einmal den Mut aufbrachte, sich zu seiner Tochter zu bekennen und sie zu beschützen. Gabriel umklammerte die Armlehnen seines Stuhls, um sein Missfallen im Zaum zu halten.

Der Herzog, ein Mann im vorgerückten Alter, lehnte sich in seinem Schreibtischstuhl zurück. »Waverly«, begrüßte er ihn knapp. »Sie sagten, Sie wollten mich in einer geschäftlichen Angelegenheit sprechen.«

Eine geschäftliche Angelegenheit.

Schon als er am vergangenen Abend diese Worte aufgeschrieben hatte, hatte sich das irgendwie wie Verrat angefühlt. Jane mit ihren großen blauen Augen und ihrer Hoffnung auf eine eigene Schule als Geschäft zu betrachten, ging Gabriel gegen den Strich. Dabei war sie, nüchtern betrachtet, genau das. »Ich bin wegen Ihrer Tochter hier«, sagte er ohne Vorrede. Er hatte noch nie Zeit auf höfliche Formalitäten verschwendet, ebenso wenig wie er es schätzte, lange um den heißen Brei herumzureden. Und bei diesem Mann würde er nicht damit anfangen. Das hier war eine geschäftliche Angelegenheit.

Der Herzog hob eine blonde Augenbraue. »Meine Tochter?« Sein Tonfall troff vor eisiger Strenge, wie sie der Handvoll Herzöge des Königreichs vorbehalten war.

Gabriel biss die Zähne zusammen. Er hatte heute Morgen die Klatschspalten in der Zeitung gelesen und wusste, dass seiner und Janes Name dort an prominenter Stelle erwähnt worden war. Der ältere Mann vor ihm musste natürlich noch nicht von dem Gerede gehört haben, aber die fragliche junge Dame war nun mal seine Tochter. »Jane Munroe. Ich meine Jane Munroe«, erwiderte Gabriel mit jener kalten Gleichgültigkeit, die er von früh auf gelernt hatte. Der Herzog war nicht der Einzige hier, der eisige Strenge beherrschte. Er wollte die Sache diskutieren, regeln und erledigt haben, daher fuhr er fort: »Sie haben vermutlich …«, sein Magen zog sich zusammen, und er widerstand dem Drang, an seinem Halstuch zu zerren, »… noch nichts von dem Skandal gehört, von gestern Abend.« Obwohl der andere sich nicht um Jane gekümmert hatte, war er dennoch ihr Vater, und Gabriel hatte sie hoffnungslos ruiniert. »Von mir und Jane … Miss Munroe. Ihrer Tochter.«

»Ich bin Herzog, Waverly.« Seine unergründliche Miene verriet wenig über seine Gedanken. »Ich bin mir aller Umstände bewusst, die mich betreffen.«

Kurz gesagt, er wusste, dass Lady Jersey und Lady Castlereigh Gabriel und Jane mit hochgeschlagenen Röcken ertappt hatten.

»Äh, ja.« Gabriel legte seine Hände auf die Oberschenkel und trommelte mit den Fingern. »Das führt mich jedenfalls zu Ihnen.«

Und Jane. Und ihre Zukunft und ihr Glück und ihre Schule. Und der Wunsch, ihre Welt wieder in Ordnung zu bringen. Letzteres war das Wichtigste.

Der Herzog zog eine Augenbraue hoch. »Sie glauben doch wohl etwa nicht, dass ich von Ihnen erwarte, dass Sie sie heiraten.«

Gabriel legte den Kopf schief und versuchte, sich einen Reim auf diese herzlosen Worte zu machen. »Euer Gnaden?«, fragte er knapp, sicher, dass er den Mann falsch verstanden hatte. Ja, Jane war zwar unehelich geboren, aber sicherlich verdiente sie als seine Tochter trotzdem seinen Schutz.

Der Herzog winkte ab. »Ach, ich kannte Ihren Vater ziemlich gut, Waverly. Wir frequentierten die gleichen …«, seine Mundwinkel hoben sich zu einem kalten Lächeln, »Clubs und sind stets gut miteinander ausgekommen.«

Gabriel erstarrte und das Blut in seinen Adern gefror zu Eis. Dies war der Mann, der Jane gezeugt hatte. Ein Freund seines dankenswerterweise toten Vaters. Seltsam, wie es ihm und Jane entgangen war – dass sie über ihre Abstammung von solch verachtenswerten Männern tatsächlich etwas gemein hatten.

»Ihre Mutter war eine Hure, Waverly. Sicherlich denken Sie nicht wirklich, dass ich davon ausgehe, dass Sie die Kleine heiraten, oder?« Ravenscourt schnaubte auf eine Art, wie sie in keiner Weise zu einem Herzog passte. »Es sollte eigentlich reichen, dass ich das Mädchen von einem Haus zum nächsten schaffen musste, nachdem sie ihre Röcke für jeden einzelnen ihrer Arbeitgeber gehoben hatte.«

Ein schwarzer Nebel der Wut legte sich vor Gabriels Augen. In all den Jahren der Misshandlungen durch seinen Vater hatte er nie diesen beinah unwiderstehlichen Drang verspürt, die Hände auszustrecken, einen Mann am Hals zu packen und zu würgen wie in diesem Moment. Er konzentrierte sich auf seine Atmung, und als er sich wieder zutraute, normal zu reden, sagte er: »Sie ist Ihre Tochter.«

»Es ist gut möglich, dass sie einer meiner Bastarde ist«, stellte der Herzog schlicht fest.

Nach der Verderbtheit und Boshaftigkeit seines verstorbenen Vaters hatte Gabriel geglaubt, dass er gegen jeden Schock gefeit sei, was das Verhalten von Eltern betraf. Doch er hatte sich geirrt. Seine Finger juckten, dem Mann einen Haken in das aufgeblasene Gesicht zu verpassen. »Ich habe ihr die Ehe angeboten.« Gabriel wollte, dass der andere die Wahrheit kannte. Dass Jane eine Frau von Stärke und Mut und Überzeugungen war. »Sie hat mein Angebot ausgeschlagen.«

Einen Moment lang stand Überraschung in den Augen des Duke of Ravenscourt.

»Sie wünscht sich ihre Freiheit.« Und da Gabriel wusste, was für eine schlechte Behandlung Jane von Männern seines Standes erfahren hatte, konnte er auch verstehen, warum. Er mochte sich selbst im Augenblick nicht sonderlich, und mochte es auch aus keinem anderen Grund sein, als dass er vom selben Geschlecht und selben Stand wie die Ravenscourts und Montclairs dieser Welt war.

»Ach?«, fragte der Herzog mit milder Neugier.

»Sie möchte die dreitausend Pfund, die Sie ihr ausgesetzt haben«, erklärte er offen. Dreitausend Pfund, obwohl sie doch so viel mehr verdiente.

Der Duke of Ravenscourt legte seine Stirn in Falten.

Ein ungutes Gefühl machte sich in Gabriels Magen bemerkbar, eine Intuition, die in Jahren, in denen er sich allein auf seine Instinkte hatte verlassen müssen, geschärft worden war. Daher wusste er es, bevor irgendetwas ausgesprochen worden war, er wusste es dank der Verwirrung und der herzlosen Meinung des Herzogs über seine Tochter.

»Dreitausend Pfund? Ich hab ihr nichts versprochen.«

Himmel.

Gabriel blieb die Luft weg. »Die Dame hat gesagt, Sie …«

»Ich kann mir gut vorstellen, was die junge Frau gesagt haben mag, Waverly«, unterbrach ihn der Herzog. »Aber es hat nie irgendeine Form von Geld für Miss Munroe gegeben, und daran wird sich auch für die Zukunft nichts ändern.« Er machte eine wegwerfende Handbewegung. »Wenn ich anfangen wollte, tausende von Pfund für irgendwelche jungen Frauen auszusetzen, die behaupten, eines meiner Kinder zu sein, was glauben Sie, wie viele da auf einmal aus den Löchern gekrochen kämen?«

Abscheu schmeckte wie bittere Säure in seinem Mund. »Sie kannten ihre Mutter«, sagte er langsam. Der Mann hatte das vor ein paar Augenblicken so gesagt.

»Aber ich kann nicht sicher sein, dass ich der Einzige bin, der sie kannte. Das können Sie sicherlich begreifen, Waverly. Besonders als Sohn Ihres Vaters.«

Wenn er noch länger hierblieb, die Fäuste in den Taschen geballt, würde er am Ende tatsächlich beweisen, wie sehr er der Sohn seines Vaters war. Es war ihm alles zu viel hier. Gabriel schob seinen Stuhl so rasch zurück, dass er laut über den Holzboden scharrte. Wut und Mitgefühl für Jane ließen seine Bewegungen abgehackt wirken. Der Herzog schaute ihn fragend an.

Mit Janes Augen.

Gabriel stützte seine Hände auf dem Schreibtisch des Mannes ab und beugte sich vor, bis sie beide nur noch eine Handbreit voneinander trennte. »Sie sitzen da herablassend und berechnend auf Ihrem Stuhl, aber in Wahrheit sind Sie nur eine boshafte, durch und durch armselige Attrappe eines menschlichen Wesens, ohne die es um die Welt besser bestellt wäre.«

Aber dann würde es auch keine Jane geben. Der Gedanke schmerzte.

Die Augenbrauen des Herzogs hoben sich fast bis zu seinem Haaransatz. »Wie können Sie es wagen …«

»Wie ich es wage?«, erkundigte Gabriel sich mit einem drohenden Flüstern. »Wie können Sie es wagen? Ihre Tochter mag unehelich geboren sein, aber an inneren Werten und

Stärke übertrifft sie Sie bei Weitem – wie auch jedes andere Mitglied der guten Gesellschaft.« Gabriel ging zur Tür und ließ den Mann sprachlos zurück. Auf der Türschwelle blieb er stehen und drehte sich noch einmal um. »Und ich bin nicht im Geringsten wie mein Vater«, erklärte er knapp. Damit riss er die Tür auf und verließ den Herzog. Auf dem Weg zur Haustür beschäftigte ihn eine Frage.

Was jetzt?

So kam es, dass Gabriel kurze Zeit später die heiligen Hallen seines Clubs betrat und immer noch keine Lösung für das Problem hatte, was er mit Miss Jane Munroe tun sollte. Das Stimmengewirr verstummte jäh, als sich die Blicke aller auf ihn richteten. Er fixierte den Tisch hinten in der Ecke, an dem er am liebsten saß, und durchquerte den Raum dorthin. Er signalisierte den Anwesenden damit wortlos, ihm nur ja keine Fragen zu stellen oder über ihn und Jane und gestern Abend auch nur ein Wort fallen zu lassen.

Er erreichte seinen Tisch und schickte mit einer Handbewegung einen Lakaien fort, der ihm den Stuhl vorziehen wollte. Mit einem abfälligen Laut tat er dies dann selbst und ließ sich am Tisch nieder. Er würde alles, was zu seinem Besitz gehörte, darauf setzen, dass es in dem berühmt-berüchtigten Buch des Clubs bereits Wetten gab, in denen sein Name eine prominente Rolle spielte. Die Ironie der Situation war Gabriel durchaus bewusst. Er hatte sich bisher alle Mühe gegeben, Skandale oder irgendein beschämendes Verhalten zu vermeiden, die ihn mit seinem Vater in Verbindung gebracht hätten. Er hatte Alex dafür verdammt, dass er ein Lebemann gewesen war, aber trotzdem war er es nun, der in diesem verflixten Buch stand und den jeder Anwesende bei White's neugierig beobachtete.

Ein Lakai erschien und stellte eine Flasche Brandy und einen Kristallschwenker vor ihm auf den Tisch. Mit einem knappen Dank zog Gabriel den Stöpsel aus der Flasche und schenkte sich eine großzügige Portion ein. Er hob das Glas an die Lippen …

»Waverly.« Die belustigte Begrüßung seines Freundes beendete seine Einsamkeit. Andererseits, gab es überhaupt echte Einsamkeit bei White's?

Gabriel nahm einen Schluck und blickte Waterson über den Rand seines Glases hinweg an.

»Willst du mich nicht einladen, mich zu dir zu setzen?«

Er erhielt nicht mal die Gelegenheit, darauf etwas zu erwidern, denn sein Freund nahm sich einfach den Stuhl ihm gegenüber und ließ sich darauf nieder. Gabriel ignorierte die Erheiterung in dessen Blick, richtete seine Aufmerksamkeit auf seinen Drink und starrte ins Glas. Er würde den sorgfältig vorbereiteten Köder nicht schlucken. Nicht heute. Nicht angesichts des Skandals, den er mit Jane verursacht hatte, und nach der Weigerung ihres Vaters, sie zu unterstützen. Er leerte sein Glas in einem einzigen Zug. Dann griff er erneut nach der Flasche. Er war fest entschlossen, sich gründlich zu betrinken, denn vielleicht würde er dann eine Antwort finden, was er unternehmen sollte … wegen Jane.

»Also?«, erkundigte sich Waterson, nachdem ihm ein Lakai ein Glas gebracht hatte. Er schenkte sich, ohne zu fragen, einen Drink aus Gabriels Flasche ein.

»Also was?«, presste Gabriel hervor.

Waterson schwenkte den Inhalt seines Glases im Kreis und lehnte sich in seinem Sessel zurück. »Weißt du, in Anbetracht deiner Abwesenheit in den Clubs in den vergangenen Tagen …«

»Ich war erst vor drei Tagen hier«, fühlte sich Gabriel genötigt festzustellen.

»Ich hatte das brüderlichem Pflichtgefühl zugeschrieben«, fuhr Waterson fort, ohne auf den Einwand zu achten. Das dämliche Grinsen in seinem Gesicht wurde breiter. »Nicht, dass du nicht der pflichtbewussteste Bruder überhaupt wärest, denn das bist du.«

»Halt die Klappe«, verlangte Gabriel, während er sich mehrere Fingerbreit nachschenkte. Er wollte die Flasche wieder abstellen, überlegte es sich dann jedoch anders und goss das Glas bis zum Rand voll.

Der Earl riss die Augen auf. »Oh, dich hat es aber wirklich schlimm erwischt, mein Freund.«

Lass es. Tu es nicht, frag nicht nach … Er schluckte. »Womit?«

Der Raum hallte wider von Watersons dröhnendem Gelächter, was ihnen neugierige Blicke eintrug. »Ach, und jetzt auch noch sich selbst belügen?« Er schnalzte missbilligend mit der Zunge und sah sich dann um. Endlich schien er doch die Aufmerksamkeit wahrzunehmen, die ihnen zuteilwurde. Als er sich wieder an Gabriel wandte, umspielte ein spöttisches Lächeln seine Lippen. »Hast du heute keine Bruderpflichten zu erfüllen? Lady Chloe irgendwohin zu begleiten oder so?«, erkundigte er sich mit einer vagen Handbewegung.

Das wissende Glitzern in den Augen seines Freundes verriet ihm, dass sich Waterson sehr wohl darüber im Klaren war, warum Gabriel sich hier aufhielt. Waterson wusste es. Teufel, alle wussten es. Er umfasste sein Glas fester. Nach seinem Treffen mit dem Herzog war er schlecht gelaunt und hatte keine Geduld für die Spielchen des stets freundlichen Waterson.

»Sag, was auch immer du zu sagen hast«, *damit wir es hinter uns haben*. Er musste Janes Lage erst einmal gründlich überdenken. Die gleiche quälende Rastlosigkeit, die ihn schon geplagt hatte, seitdem er das Haus des Herzogs verlassen hatte, erfüllte ihn, und er nahm erneut einen dringend benötigten Schluck Brandy.

Waterson stellte sein Glas ab und verschränkte die Arme vor der Brust. »Ich dachte nur, dass du mir als deinem Freund etwas Neues zu sagen hättest oder etwas, das Auswirkungen auf dein Leben hat. Oder dass du von der jungen Dame derart betört bist, dass du sie im Theater ruinierst.«

»In der Oper«, korrigierte Gabriel ihn halblaut.

Waterson lehnte sich über den Tisch und fragte nach: »Wie bitte?«

»Ich hab gesagt … ach, fahr zur Hölle«, beschied er ihm barsch, und Waterson brach einmal mehr in Gelächter aus.

»Ich bin nicht betört von der Dame«, erklärte er schließlich, als es seinem Freund endlich gelungen war, seiner Erheiterung Herr zu werden.

Nein, du denkst nur an ihre Küsse und träumst von der seidigen Weichheit ihrer Haut und …

Sein Freund starrte ihn an. »Egal, jetzt kommst du nicht mehr raus.«

Nicht mal sein einziger Freund wusste von Gabriels Schwur, niemals zu heiraten. Waterson sah nur wie alle anderen, dass er die Verantwortung und die Verpflichtungen seinem Titel gegenüber vor alles andere stellte. Wie wenig sie alle wirklich wussten. Jane jedoch hatte diesen Funken Wahrheit erkannt, dass er Ängste und Sehnsüchte hatte, die er vor allen anderen verbarg. Sein Herz klopfte schneller. Dass sie ihn so gut kannte, jagte ihm eine Heidenangst ein.

Und jetzt, angesichts der Ablehnung des Herzogs und der Tatsache, dass Jane völlig mittellos war, blieb ihnen beiden keine Wahl – anders, als sie geglaubt … gehofft hatten? Keine andere Wahl als zu heiraten.

Heirat.

Ein dumpfes Summen dröhnte in seinen Ohren und der innere Druck raubte ihm den Atem. Vage nahm er wahr, dass sich die Lippen seines Freundes bewegten, während er sprach, aber er hätte sich, selbst wenn es um sein Leben gegangen wäre, keinen Reim auf die Laute machen können, die herauskamen.

Das Entsetzen beraubte ihn aller Vernunft und der Fähigkeit zu sprechen.

Sorge trat an die Stelle der Erheiterung seines Freundes und drang durch seine rasch wachsende Panik. »Waverly?«

Da er zu nichts anderem imstande war, gelang Gabriel ein abgehacktes Nicken. So hatten sich sicherlich der König und die Königin von Frankreich an ihrem letzten Tag vor der Guillotine gefühlt. Waterson sprach von einer Heirat mit Jane, und damit hatte er tatsächlich recht. Es gab keinen anderen Weg. Die schlanke, manchmal unverschämte und stets leidenschaftliche junge Frau würde seine Frau werden. Für immer. Denn das bedeutete es ja. Er würde für den Rest seines Lebens an sie gebunden sein. Er schob seinen Stuhl zurück und sprang auf.

»Waverly?« Sein Freund schaute ihn mit sorgenvoller Miene an.

»Gut, gut«, sagte Gabriel und kam hinter dem Tisch hervor. Nur dass natürlich nichts gut war, ihm war leicht übel, und ihm blieb nichts anderes übrig, als Jane zur Frau zu nehmen. Die vornehme Welt sah in ihr lediglich eine bezahlte Gesellschafterin – die weit unter ihm stand. Sie war unehelich geboren und es daher in ihren Augen nicht wert, in ihrer Welt zu verkehren. »Wenn du mich entschuldigst.« Er machte eine knappe Verbeugung, und bevor sein Freund irgendetwas darauf erwidern konnte, durchquerte Gabriel den Club auf dem Weg zum Ausgang.

Mit jedem Schritt erkannte er, dass er keine andere Wahl hatte, als Jane zu heiraten. Eine Frau ihrer Herkunft, geächtet und in einen Skandal verwickelt, würde nie mehr eine respektable Anstellung finden können. *Du kannst ihr die Mittel zur Verfügung stellen*, flüsterte eine Stimme in seinem Kopf. *Sag ihr, das sei von ihrem Vater, setz sie in eine Kutsche und lass sie irgendwohin fahren, dann musst du nie wieder mit ihr zu tun haben.*

Nur … Er verlangsamte seine Schritte. Jane würde nie imstande sein, sich in eine ruhige Ecke Englands zurückzuziehen und ihre Schule für junge Frauen zu eröffnen. Welche Familien würden schon, mochten sie nun vornehmer Herkunft sein oder nicht, ihre Tochter der Obhut einer Frau ihrer Abstammung anvertrauen, die zudem in den Armen eines Mannes im Opernhaus entdeckt worden war? Und sie würde weiterhin einsam sein.

Die Schlinge um seinen Hals zog sich enger zusammen. Er hatte sein Leben damit verbracht, sich um andere zu kümmern, aber es gab niemanden, der seinen Schutz mehr brauchte als Jane. Der entsetzliche Gedanke, dass sie von den Montclairs dieser Welt abhängig sein sollte, drängte sich wieder nach vorn und schob seine selbstsüchtigen Befürchtungen beiseite. Welche andere Wahl hätte sie schon?

Ein Bild erschien vor seinem geistigen Auge, wie Jane bei einem anderen Mann lag, ihre goldenen Locken fächerförmig um ihren nackten Körper ausgebreitet – Wut erfasste ihn und machte kurzen Prozess mit allen Vorbehalten. Da sie niemanden hatte, der ihr ein Dach über dem Kopf bot, blieb ihm schlicht nichts anderes übrig. Er erreichte die Eingangstür des Clubs, und ein Lakai eilte herbei, sie ihm zu öffnen. Gabriel verließ das Gebäude, dankbar, dem Geflüster und den neugierigen Blicken entkommen zu sein.

Sein Freund, so lästig er auch war, hatte den Nagel auf den Kopf getroffen. Er musste sie heiraten. Und durch diese Verbindung würde sie ein Mensch mehr werden, für dessen Wohl und Wehe er verantwortlich war. Gabriel rieb sich mit beiden Händen übers Gesicht. Natürlich würde sie mit Kindern rechnen, weiteren winzigen Menschen, die sich an ihn wenden und sich auf ihn verlassen würden. Noch mehr Menschen, die er enttäuschen konnte.

Mochte Gott ihm beistehen.

Denn in einem Augenblick der Schwäche in dem Alkoven im Opernhaus hatte er sich selbst zu dieser ewigen Hölle verdammt. Mit hölzernen Bewegungen nahm er die Zügel seines Pferdes von dem Burschen entgegen, der sie gehalten hatte. Jetzt musste er nur noch Jane davon überzeugen, dass eine Heirat unumgänglich war.

Kapitel 21

Jane saß am Fenster und blickte hinunter auf die Kopfsteinpflasterstraßen. Ein aufgeschlagenes Buch lag zu ihren Füßen. Die dunklen Wolken der Nacht hatten die Nachmittagssonne verdeckt.

Sie hatte ihn schon vor Stunden erwartet.

Gabriel hatte ihr nicht erzählt, wann er vorhatte, sich mit dem Herzog zu treffen, oder wann er wiederkommen wollte. Und jetzt saß sie hier, eine Fremde in einer neuen Welt, die ruinierte junge Frau, die von dieser freundlichen Familie aufgenommen worden war.

Gabriel war ihr gegenüber zu nichts verpflichtet, aber dennoch hatte er ihren Vater aufgesucht, um sich dafür einzusetzen, dass sie schon früher über ihr Geld verfügen konnte. Und er hatte dafür gesorgt, dass seine Familie ihr half und ihr Obdach bot. Im Spiegelbild in der Glasscheibe verzogen sich ihre Lippen zu einem melancholischen Lächeln. Er schien der Einzige zu sein, der glaubte, dass sie schutzbedürftig war.

Sie erstarrte, als ihre Wohltäterin Lady Imogen auf der Türschwelle erschien. Jane wirbelte herum. »Lady Imogen«, grüßte sie und etwas von ihrer freudigen Erwartung verschwand, denn sie hatte eigentlich auf Gabriels Rückkehr gehofft.

»Nicht aufstehen«, versicherte ihr Lady Imogen, als sie zu ihr trat. »Und bitte einfach nur Imogen.« Sie blieb neben Janes Stuhl stehen und schaute an ihr vorbei nach unten auf die Straße. »Ich kann mir vorstellen, dass Sie sich fragen, wo Lord Waverly bleibt.«

Es gelang ihr zu lächeln. »Bin ich so leicht zu durchschauen?« Schließlich hatte sie sich mit ihrem Buch in diesen Salon zurückgezogen und saß seit mittlerweile beinahe sechs Stunden hier.

Ein Funkeln trat in die freundlichen Augen der anderen Frau. »Nur ein bisschen«, sagte sie mit mildem Necken und setzte sich neben Jane. »Trotz meiner Freundschaft mit Chloe und meiner Ehe mit Alex kenne ich den Marquis kaum. Ich kann mir vorstellen, dass niemand Lord Waverly wirklich kennt.« Eine lockere Strähne rutschte aus ihrem ordentlichen Haarknoten, und sie schob sie zurück. »Er ist ein einschüchternder, strenger Gentleman, der in anderen Furcht wecken kann, aber ich habe ihn bisher nur als loyalen Bruder kennengelernt.«

Einschüchternd, streng, ein Mann, der Furcht in anderen weckte. Sah die Welt ihn so? Wieso konnten die Leute nicht hinter die Strenge und Kälte sehen und den Menschen bemerken, den sie, Jane, in den letzten sieben Tagen kennengelernt hatte?

Imogen strich über den Polsterstoff der Bank vor dem Fenster. Die Frau neben ihr wollte noch etwas sagen, so viel war klar. Leider hatte Jane zu viel Zeit mit sich selbst verbracht und konnte nicht so geschickt die Lücken im Gespräch füllen, wie das Chloe, Imogen oder irgendeine andere Dame ihres Standes vermochten.

Gabriels Schwägerin stockte plötzlich. Jane folgte ihrem Blick zu dem Buch auf dem Boden. »Darf ich?«, erkundigte sich Imogen. Allerdings hatte sie den schmalen Lederband – ein

Werk von Mary Wollstonecraft – bereits aufgehoben. Sie fuhr mit den Fingern über die goldgeprägten Lettern.

Jane starrte blicklos auf das Buch, das sie in dieser letzten Woche häufiger vergessen hatte als zuvor in ihrem ganzen Leben. Viele Jahre lang hatten die Worte darin ihr Halt gegeben. Sie hatten sie gelehrt, an eine Welt zu glauben, wie sie sie sich wünschte. Es war eine Welt, in der sie von niemandem abhängig war und voller Zufriedenheit auf das von ihr Erreichte blicken konnte. Und auch wenn da der Traum von einer Schule für Frauen wie sie war, verspürte sie doch auch den bislang verdrängten Wunsch nach mehr, nach einer Familie, nach Verbundenheit – nach Liebe. Sie schloss einen Moment lang die Augen.

»Manchmal ist es eine grausame Welt für junge Frauen, nicht wahr?«

»Allerdings«, erwiderte Jane leise. Bevor sie zu den Edgertons gekommen war, hätte sie für Imogens Worte nur ein verächtliches Lächeln übriggehabt. Was wussten die feinen Herrschaften schon von den Prüfungen und Unsicherheiten des Lebens, wenn man am Rande ihrer glitzernden, üppigen Welt der Vollkommenheit geboren war? Nur dass auch die gar nicht vollkommen war.

Gabriels und Chloes Leben enthielt die gleichen Kämpfe wie das vieler anderer Menschen, und insofern war es von Jane ungerecht gewesen, alle Adeligen einfach in einen Topf zu werfen und sie ausnahmslos für selbstsüchtig zu halten. Wenn sie sich aber in diesem Punkt so geirrt hatte, bei was lag sie dann noch falsch?

Imogen blätterte Janes Buch durch. »Ich habe früher einmal geglaubt, die gute Gesellschaft sei schrecklich und grausam und völlig unfair jungen Frauen gegenüber.«

Jane musste an Montclairs Atem auf ihren Lippen denken. »Ist das denn nicht so?«, fragte sie, unfähig zu verhindern, dass sich Bitterkeit in ihren Ton schlich.

Imogen legte ihren Finger auf eine beliebige Seite des Buches und überflog die Worte. »Ja, so ist es oft«, erwiderte sie.

Lady Imogen betrachtete sich selbst also gar nicht als Mitglied der Welt, zu der sie rechtmäßigerweise gehörte?

Gabriels Schwägerin legte ihre Hand auf Janes, die unter der unerwarteten Berührung zusammenzuckte. »Ich war …« Sie rümpfte die Nase. »Es gab da einen Skandal, in den ich verwickelt war«, erklärte sie.

»Oh.« Was sonst gab es zu sagen, nachdem ihr klar geworden war, dass sie sich doch gar nicht so sehr von diesen Menschen unterschied, wie sie gedacht hatte. Einmal mehr war es schwieriger als je zuvor, sie in Bausch und Bogen für die Vergehen einiger weniger zu verurteilen.

»Wollen Sie nicht nach dem Skandal fragen?«

»Niemals.« Jane schüttelte den Kopf. »Über mich haben so viele geredet und getratscht«, antwortete sie so unverblümt, dass ihr Gegenüber die Brauen bis zum Haaransatz hochzog. »Das meiste, was man sich erzählt hat, stimmte nicht.« Sie dachte an ihren Vater, den mächtigen Herzog, und dann an gestern Abend und dass man sie und Gabriel eng umschlungen entdeckt hatte. »Ich würde nie jemanden bitten, mir etwas zu erzählen, was mich nichts angeht.«

Imogen drückte Jane die Hand und lächelte sie milde an. »Ich hätte es nicht erwähnt, wenn ich nicht hätte darüber reden wollen.«

Was irgendwie noch furchteinflößender war.

»Mein Verlobter hat mich für meine Schwester sitzen gelassen.« Jane blinzelte mehrmals. »Ich hab mir daraufhin geschworen, einzig aus Vernunft zu heiraten, mit Stabilität und Freundschaft und Ordnung als Basis, und zwar einen Gentleman, der keine großartigen Gefühle in meiner Brust weckt. Wissen Sie, was aus dem Schwur geworden ist?«

Jane erinnerte sich an Chloes Worte über ihren Bruder Lord Alex – den berüchtigten Lebemann. »Nein«, sagte sie aus Höflichkeit.

Das Aufblitzen in den Augen der anderen Frau deutete darauf hin, dass sie das durchschaute. »Ich hab mich verliebt.«

Wie oft hatte Jane verächtlich die Lippen verzogen, wenn sie an das Gefühl dachte, das ihre Mutter so schwach gemacht hatte. Trotzdem war es nichts Falsches bei Imogen, Lord Alex oder Chloe oder Gabriel und der gesamten Familie Edgerton, die so leidenschaftlich lebten.

»Also, es gibt Skandale«, sagte Imogen und holte Jane aus ihrer Versunkenheit. »Und es ist auch furchtbar, wenn sie gerade passieren, und manche von ihnen sind auch verheerend und auf jede nur denkbare Weise furchtbar, aber manchmal, nur manchmal, ziehen sie auch Gutes nach sich. So wie bei mir.« Sie legte sich eine Hand an den Hals, als suchte sie nach etwas. Dann ließ sie sie sinken. »Und ich vermute, für Sie wird das ähnlich sein.«

Natürlich. Die Dame glaubte, Jane werde Gabriel heiraten. Selbst angesichts ihres eigenen Skandals hatte Imogen der Ehe an sich nicht abgeschworen. Sie hatte nur eine Verbindung vermeiden wollen, die auf den unzuverlässigen Gefühlen basierte, die Jane selbst fürchtete.

Ein Kloß bildete sich in ihrer Kehle, und sie schluckte mehrere Male. »Warum sind Sie so nett zu mir?«, erkundigte sie sich und versuchte verzweifelt zu verstehen, warum diese Fremden so anders als all die anderen waren, die sie kannte. Sie hatten Bereiche ihres Lebens mit ihr geteilt, einer Außenseiterin, einem Eindringling, einer Diebin.

»Mrs Munroe …«

»Jane, bitte.«.

»Jane, Freundlichkeit kostet uns nichts, kann uns aber alles einbringen.« Sie drückte Janes Hand einmal mehr. »Und bitte, nenn mich Imogen und sag Du zu mir.«

Schritte erklangen auf dem Flur und lenkten ihre Aufmerksamkeit in den vorderen Bereich des Raumes, gerade als Gabriel eintrat. Sein Bruder Lord Alex stand neben ihm, und er bedachte seine Ehefrau und Jane mit einem seiner unwiderstehlichen Lächeln, die ihm den Ruf eines Lebemanns eingetragen hatten, dann blickte er zu seiner Frau.

Imogen sprang auf. »Gabriel«, grüßte sie mit einem Lächeln und eilte mit raschelnden Röcken durch den Raum.

Jane erhob sich, und tausend Fragen zu seinem Treffen mit ihrem Vater drängten sich ihr auf die Lippen. Sie biss sich auf die Innenseite ihrer Wangen, um nicht damit herauszuplatzen.

Gabriel trat weiter in den Raum und machte eine höfliche, formvollendete Verbeugung. »Imogen«, sagte er. Die ganze Zeit ruhte sein Blick jedoch auf Jane. »Mrs Munroe.«

Seine Familie war viel zu höflich, um sich irgendwelches Befremden anmerken zu lassen über die Heuchelei, wenn er sie so formell begrüßte, nachdem sie gestern erst in intimer Umarmung in der Oper entdeckt worden waren. Stattdessen streckte Lord Alex seiner Frau die Hand hin, und sie ging sofort zu ihm und legte ihre Finger hinein.

Jane betrachtete diese süße Geste, als er die Hand seiner Frau zärtlich umschloss, und plötzlich traf sie die Sehnsucht mit Macht – die Sehnsucht, auch nur einen Hauch von dieser Verbundenheit mit einem anderen Menschen zu erleben. Sie schaute den beiden nach, als sie hinausgingen, sodass sie und Gabriel allein zurückblieben.

Nachdem ihr bereits übel mitgenommener Ruf zerstört war, bestand keine Notwendigkeit mehr für einc Anstandsdame, und offensichtlich waren auch geschlossene Türen erlaubt. Sie blickte auf die Spitzen ihrer Schuhe.

Er begann ohne lange Vorrede. »Ich habe mit deinem Vater gesprochen.«

Bei seinen Worten hob sie den Kopf. Ihr Vater. War der Herzog wirklich ein Vater gewesen? Er hatte sie gezeugt, ja. Aber sie hatte ihn höchstens zweimal in ihrem Leben flüchtig gesehen. »Danke«, sagte sie und presste ihre Handflächen zusammen.

Es war also erledigt. Er hatte das Geld für sie. Sie würde ihre Freiheit finden und Sicherheit. Die Edgertons würden nicht mehr sein als eine Erinnerung, eine Familie, die sich als anders als alle anderen erwiesen hatte. Sie nahm ihr Buch, schlug es zu und hielt es sich vor die Brust. »Ich …«

Gabriel hielt eine Hand hoch. Er machte einen Schritt auf sie zu, und seine Miene verdunkelte sich. »Es gibt allerdings noch etwas, über das wir reden müssen.«

* * *

Gabriel hatte den Hauptteil des Nachmittags und Abends damit verbracht, sich den Kopf darüber zu zerbrechen, was genau er mit Jane Munroe tun sollte – der Frau, die noch weniger heiraten wollte als er.

Der Verrat ihres Vaters hatte seine Gedanken beschäftigt, seit er den Club verlassen hatte. Er hatte die Angelegenheit von allen Seiten betrachtet, alle möglichen Lösungsansätze erwogen. Natürlich verdiente Jane es, die Wahrheit über sein Treffen mit ihrem Vater zu erfahren, und doch … Er konnte es ihr nicht sagen. Das würde ihren Traum zerstören und ihrer Sicherheit ein Ende setzen. Er konnte das nicht tun. Nicht, wenn er mit sich selbst weiterleben können wollte.

Jane kam vorsichtig zu ihm, blieb auf der anderen Seite des Goldbrokatsofas stehen, sodass es zwischen ihnen war. Sie umklammerte das Buch in ihren Händen so fest, dass ihre Fingerknöchel weiß hervortraten. »Was ist?« Sorge verdunkelte ihre Augen, und er musste wieder einmal daran denken, wie ähnlich sie sich doch waren. Das Leben hatte ihnen Grund genug gegeben, argwöhnisch zu sein.

Er räusperte sich. »Ich habe *mit dem Herzog* gesprochen«, verbesserte er sich, denn der herzlose Bastard, der ihr das Leben geschenkt hatte und der seinem eigenen Erzeuger mehr glich, als dass er sich von ihm unterschied, verdiente die Bezeichnung Vater nicht. »Es gibt eine Bedingung dafür, die erfüllt sein muss, bevor du Zugriff auf das Geld erhältst.« Das war die einzige Lösung, die ihm gangbar erschien.

Jane legte den Kopf schief. »Eine Bedingung?«, wiederholte sie verständnislos, während sie ihr Buch auf das Sofa legte.

Schuldgefühle regten sich in ihm, aber er drängte sie energisch zurück. Er hatte sie ruiniert. Er würde es wiedergutmachen, und dafür den Eid, den er als Junge abgelegt hatte, zu brechen, war das geringste Opfer, das er bringen konnte.

Was für ein Recht habe ich, die Entscheidung für sie zu treffen?

Er trat einen Schritt zur Seite und ging zum Fenster, wo sie vor ein paar Momenten noch gesessen hatte. Sein Blick fiel auf den schmalen Lederband auf dem Sofa, und er schaute genauer hin. Es war das Buch, das sie ständig bei sich hatte, wann immer er sie traf. Das Buch, das ihr als Motivation dafür gedient hatte, ihre Schule ins Leben zu rufen.

»Gabriel?«, fragte sie. Unbehagen schwang in dem einen Wort mit – seinem Namen. Und jetzt war er für sie wieder Gabriel, und die Entscheidung war gefallen.

Er nahm Mrs Wollstonecrafts Buch auf, begrüßte das tröstende Gewicht in seinen Händen. »Ich werde offen mit dir sein, Jane«, erklärte er, als er sich zu ihr umdrehte.

Ein Lächeln trat auf ihre Lippen. »Ich ziehe Offenheit auf jeden Fall unbehaglichem Schweigen vor.«

Er erwiderte ihr Lächeln. »Ich bin noch nie geschickt mit Worten gewesen. Das Talent dafür hat mein Bruder.«

»Mir ist lieber, wenn du aufrichtig bist, statt die Stille mit Plattitüden und aufgesetzter Heiterkeit zu füllen.«

»Deine dreitausend Pfund sind an die Bedingung unserer Heirat geknüpft«, stieß er hastig hervor, bevor er sich am Ende doch noch davon überzeugte, dass es falsch war, sie zu ihrem eigenen Besten zu täuschen, oder bevor sein Mut ihn verließ, sich in die Ungewissheit des Ehestands zu stürzen.

Jane öffnete den Mund und schloss ihn dann wieder. Sie versuchte es erneut. »Was?«

»Heirat«, wiederholte er, obwohl er sich ziemlich sicher war, dass sie das schon beim ersten Mal gehört und verstanden hatte. »Mit mir.«

Eine steile Falte erschien zwischen ihren Brauen, und dann begann sie, den Kopf langsam zu schütteln. »Ich fürchte, ich kann nicht ganz folgen.« Ihre geflüsterte Erklärung hätte auch wie Donnerhall durch den Salon dröhnen können, so still war es im Raum. »Heirat?« Sie machte eine Pause. »Mit dir?«

War die Aussicht, ihn zu heiraten, der Dame tatsächlich so sehr zuwider? Er verspürte eine leichte Kränkung, und beschloss, sich dahinter zu verstecken, was sicherer war, als irgendeines der gefährlicheren Gefühle, das die Vermutung nahelegen würde, es gebe noch einen anderen Grund, weswegen ihm an Janes Antwort lag. Er legte ihr Buch hin. »Wie ich schon sagte, du bekommst die Geldmittel für deine Schule, wenn du mich heiratest.«

Sie schüttelte traurig den Kopf. »Verstehe.« Angesichts ihres ausdruckslosen Tons vermutete er jedoch, dass sie genau das nicht tat.

»Heirate mich.«

Sie sah ihn an. »Ist das eine Bitte?« Sie straffte die Schultern angesichts der gleichen anmaßenden Anweisung, die er erst gestern Abend von sich gegeben hatte.

Gabriel nickte. »Heiratest du mich?«, sagte er erneut, und dieses Mal war es immerhin eine Frage.

Jane betrachtete ihn verwirrt und argwöhnisch. »Aber du willst mich doch gar nicht heiraten.«

Nein. Er wollte niemanden heiraten, und ganz bestimmt keine Frau, die dieses Durcheinander von Empfindungen in ihm entfesselte, die er nicht einordnen konnte und mit denen er sich eigentlich auch nicht näher befassen wollte.

»Warum?«

Er benötigte einen Augenblick, bis ihre Frage zu ihm durchdrang. »Warum?«

Sie nickte. »Warum würdest du mich heiraten wollen, um mir zu helfen, an meine Geldmittel zu kommen? Was hast du davon? Schließlich erhältst du keine anständige Ehefrau, keine Dame, die je eine angesehene Gastgeberin sein kann.«

Es gab einfach keine andere Wahl als eine Heirat. Er öffnete den Mund, schloss ihn aber sogleich wieder und suchte nach einer passenden Antwort, die die Frau, die ihn würde heiraten müssen, nicht kränken würde. Gabriel zwang sich zu einem Grinsen. »Ich denke, es liegt auf der Hand, warum wir heiraten sollten.« Ich begehre dich … Nein, das war es nicht, was hinter seinem Antrag stand. Es war die Sicherheit und der Schutz seines Namens für sie. Das war es, was hinter seinem Antrag stand.

»Nein, tut es nicht, Gabriel«, erwiderte sie langsam, als müsse sie sich in einer Unterhaltung auf Latein zurechtfinden, obwohl sie nur Französisch sprach.

Er schlenderte zu ihr und blieb vor ihr stehen. »Nun gut«, sagte er und strich mit seinem Handrücken über ihr Kinn. Wie Seide. Wer hätte gedacht, dass seidige Haut so erotisch sein könnte?

Jane legte den Kopf leicht schief und lehnte sich in seine Berührung auf eine vertrauensvolle Weise, die ihn machtvoll daran erinnerte, wie gefährlich sie für ihn und sein inneres Gleichgewicht war.

»Du bist ruiniert.«

Sie verspannte sich und wich leicht zurück. Durch diese Bewegung musste er seine Hand sinken lassen. Er verzog das Gesicht.

»Ich meine, du kannst nicht mehr heiraten.« Gab es tatsächlich einen Unterschied zwischen beidem? Er fand nicht und angesichts des Umstandes, dass Janes Augen bedrohlich schmal wurden, sah sie das nicht anders. Er hatte sein Leben lang seinem Bruder Vorhaltungen gemacht und ihn verurteilt für seinen Lebenswandel. Doch in diesem Moment hätte er seinen rechten Arm dafür gegeben, wenn ihm dafür eine charmante Bemerkung eingefallen wäre, die ihm hier hindurchgeholfen hätte.

»Du wirst mich heiraten wegen …« Ihre Wangen röteten sich. »Wegen dessen, was geschehen ist.« Was geschehen ist? Das war wesentlich höflicher ausgedrückt, als es zu der leidenschaftlichen Umarmung passte, die dazu geführt hatte, dass sie mit hochgeschlagenen Röcken und auf dem Boden liegend vorgefunden worden war. »… nur damit ich an mein Geld komme?«

Er neigte den Kopf. »Ja«, erklärte er ernst. Er hatte dabei versagt, Chloe, Philippa und Alex zu schützen, er hatte sie im Stich gelassen. Das würde ihm nicht noch einmal bei jemandem passieren. »Heirate mich«, wiederholte er. »Dann bekommst du deine Schule.«

Ein kleines Lächeln umspielte ihre Lippen. »Du kannst tatsächlich nicht anders, als Anweisungen zu geben, was?«

Gabriel schloss den Mund. »Nein.« Der Drang, über alles zu bestimmen und alle Entscheidungen zu treffen, hatte ihn von dem Augenblick an geprägt, als Alex seinen und ihrer aller Vater halb totgeschlagen hatte. An der Seite seines jüngeren

Bruders hatte er die Kraft errungen, die damit einherging, die Kontrolle zu haben – über alle.

Jane betrachtete eine Weile lang ihre Handflächen, und als sie ihn wieder anschaute, stand das Misstrauen, das er von ihr zu erwarten gelernt hatte, in ihren zarten Zügen. »Ich bekomme meine Schule«, sagte sie leise vor sich hin. »Und was erhältst du?« Ihre Wangen röteten sich wie Erdbeeren im Sommer. »Ich vermute, du möchtest Erben.«

Erben. Kinder. Kleine Menschen, die auf einen angewiesen waren, die Fürsorge und Schutz brauchten. Wesen, die bis zu diesem Augenblick nur als vage Schatten für ihn existiert hatten, die es nicht geben würde. Aber jetzt hatte Jane ihn mit diesen Worten an den herrlichen Akt erinnert, sie mit in sein Bett zu nehmen, sie vor sich liegen zu haben und ihren herrlichen Körper zu erkunden, ihre Haut zu kosten, sie zu riechen … Er stöhnte.

»Gabriel?«, fragte sie.

»Es wird keine Kinder geben«, erklärte er harsch. Nie zuvor hatte er den Schwur, den er abgelegt hatte, bereut. Vorher hatte er den Zweck gehabt, ihn zu schützen. Doch jetzt drohte ihn die Aussicht, Jane zur Frau zu haben und ihren Körper nicht auf jede nur denkbare Weise kennenzulernen, zu zerstören. »Es wird keine Kinder geben«, wiederholte er, dieses Mal für sich selbst.

Sie rieb sich die Stirn. »Aber du bist ein Marquis.« Ihre Stimme enthielt all die Verwirrung eines Menschen, der versuchte, hinter den Sinn des Lebens zu kommen.

»Wir würden eine Vernunftehe eingehen«, erklärte er. »Du wirst dein Geld bekommen und deine Schule …«

»Und was wirst du im Gegenzug dafür erhalten?«

»Eine Gesellschafterin für meine Schwester.«

»Angesichts meiner unehelichen Abstammung und der Umstände, unter denen wir in der Oper entdeckt wurden, wäre ich die denkbar schlechteste Wahl für diese Rolle.«

Er sprach weiter, als hätte sie ihn nicht unterbrochen. »Du wirst meinem Haushalt vorstehen und Gastgeberinnenpflichten übernehmen, während meine Mutter bei meiner Schwester ist.«

»Davon verstehe ich nichts.«

»Dann wirst du es lernen.«

»Aber das will ich nicht lernen.«

Er runzelte die Stirn.

Jane hob die Hände. »Ich danke dir für deinen Antrag.« Das sagte sie so beiläufig, als hätte er seinen Rock auf der Straße ausgebreitet, damit sie sich nicht die Schuhe beschmutzte. »Aber du hättest keinen Vorteil davon, mich zu heiraten.« Sie rümpfte die Nase. »Und ich kann auch nicht ganz glauben, dass du es gut findest, wenn deine Gattin eine Schule für junge Frauen gründet und leiten möchte.«

Nein, die meisten Männer hätten das wohl nicht gut gefunden. Andere Gentlemen waren nur an dem Fortbestand ihrer Familien und der Weitergabe ihres Titels interessiert und hätten daher die Vorstellung abgelehnt, dass ihre Frau irgendetwas anderes tat, als sich der Rolle als vornehme Gastgeberin zu widmen und die Mutter seiner Erben zu werden. Gabriel verschränkte die Arme vor der Brust. »Ich fürchte, ich habe mich nicht klar genug ausgedrückt.«

Sie nickte. »Ja, da stimme ich dir zu.«

»Ich bin nicht auf der Suche nach einer Frau.«

Die Falte zwischen ihren Brauen vertiefte sich.

»Ich möchte keine Frau. Und auch keine Kinder«, fügte er noch hinzu.

»Aber du brauchst doch eine Frau und ein Kind«, erklärte sie so schockiert, wie er es eher von seinem dankenswerterweise schon lange toten Vater erwartet hätte. »Kinder«, verbesserte sie sich. »Einen Erben und einen weiteren als Ersatz, damit die Familie nicht ausstirbt.« Sie gestikulierte, während sie sprach.

Gabriel lehnte sich mit der Hüfte gegen das Sofa. »Wenn wir verheiratet sind …«

»Wir sind noch gar nichts«, unterbrach sie ihn mit missbilligend verzogenem Mund.

»Falls wir heiraten werden«, verbesserte er sich, »solltest du wissen, dass unsere Ehe nur auf dem Papier bestehen wird. Nachdem du deine Pflichten meiner Schwester gegenüber erfüllt hast, kannst du, wie du es vorhattest, aufs Land ziehen. Deine dreitausend Pfund werden dir zur Verfügung stehen, die Schule einzurichten und angemessen auszustatten. Alles, was du tun musst, ist, meinen Antrag anzunehmen.«

Kapitel 22

Gabriel sprach ruhig und sachlich, beinahe berechnend über ihrer beider Leben. Ihre gemeinsame Zukunft, die im Grunde genommen gar nicht gemeinsam sein würde.

Alles, was sie tun musste, war, ihn zu heiraten.

Sie würde ihre Schule bekommen. Und er würde im Gegenzug wenig Befriedigendes erhalten. Und sie würde einen Ehemann haben, der aber gar nicht wirklich ein Ehemann sein würde.

Der Handel, den er ihr vorschlug, war großzügig, und vor einer Woche wäre er das Unmögliche gewesen, was sie nie zu träumen gewagt hätte – Freiheit. Bis jetzt. Doch jetzt, angesichts ihrer eigenen Schwäche, fehlte ihr etwas an seinem Angebot. Für sie beide. Wie konnte er das nicht ebenfalls erkennen?

Ihre Haut prickelte unter der Intensität seines Blickes auf ihr. Sie brauchte Raum zwischen ihnen, daher ging sie zu dem kalten, leeren Kamin und starrte auf den Rost. Als sie sprach, hielt sie den Blick dorthin gerichtet. »Du sagst selbst, alles, was du benötigst, ist eine Gesellschafterin für Chloe. Du möchtest, dass sie heiratet und dass ich dabei als deine Gastgeberin auftrete.« Sie schnitt unwillkürlich eine Grimasse. »Was ist, wenn sie verheiratet ist?« Sie warf ihm einen Blick über ihre Schulter zu.

Gabriel blieb an das Sofa gelehnt stehen, auf kühle Weise elegant und vornehm in seiner männlichen Perfektion – in seiner beeindruckenden Größe, mit seinen breiten Muskeln in dem tadellos geschnittenen Rock. Er zuckte leicht die Achseln. »Dann hast du, wie ich schon sagte, deine Freiheit, und ich werde meine haben.«

Ein kalter Schauer durchlief sie bei dieser schlichten Akzeptanz eines leeren Daseins. »Das verstehe ich nicht. Du hast doch eine Verpflichtung deinem Titel gegenüber.« Für alle Adeligen, die sie gekannt hatte, hatte der Fortbestand ihrer großartigen Familie stets Vorrang vor allem anderen gehabt.

»Ich habe eine Verpflichtung denen gegenüber, die mir am Herzen liegen, und darüber hinaus kann der Titel meinetwegen zum Teufel gehen.«

Die mir am Herzen liegen. Nicht, die ich liebe. Und doch, sie würde ihre Seele darauf verwetten, dass er tiefer und umfassender liebte als die meisten anderen Menschen. Dann fiel ihr sein flacher, ausdrucksloser Ton auf. Sie blinzelte mehrere Male. »Warum?« Warum war er so anders als die anderen Mitglieder der guten Gesellschaft? Jane ließ ihren Blick über ihn wandern, suchte nach Antworten, um das Rätsel zu lösen, wer Gabriel Edgerton, der Marquis of Waverly, in Wahrheit war.

Seine dichten Wimpern senkten sich, verbargen alle Hinweise auf Gefühle, die vielleicht in seinen Augen standen. »Mein Vater war ein Ungeheuer. Ich verspüre nicht den geringsten Wunsch, die Familie fortzuführen.«

Das war es. Zwei Sätze, die vollkommen ausdruckslos ausgesprochen wurden. Wenige Worte, die alles darüber verrieten, warum er sie heiraten wollte und warum er den Fortbestand der Linie und die Möglichkeit, selbst eine Familie zu gründen, aufgegeben hatte.

Sie öffnete den Mund, um eine Frage zu stellen, aber die Worte blieben ihr im Halse stecken, als er sich plötzlich aufrichtete und zu ihr kam. Jane verspürte den Drang, die Flucht zu ergreifen, blieb jedoch am Kamin stehen, bis er bei ihr war. »Ich vermute, du hast deine eigenen Geheimnisse«, erklärte er. Die hatte sie gehabt. Jetzt wusste er mehr über sie als alle anderen auf der Welt. »Und ich bitte dich, meine zu achten.«

Bei dieser knappen Bitte wurde ihre Kehle ganz trocken. Es gelang ihr, zu nicken, dann atmete sie tief ein. »Gewiss ist doch der Preis, dein Leben aufzugeben, keine angemessene Entschädigung dafür, eine Gesellschafterin zu erhalten. Deine Mutter …«

»Weißt du, wo meine Mutter ist?«, warf er ein.

»Chloe hat mir erklärt, sie sei aufs Land gefahren zu deiner Schwester, um ihr bei der Geburt beizustehen.«

»Bei meiner Schwester ist es zu Komplikationen gekommen, die ihr Leben und das ihres ungeborenen Kindes gefährden.«

Janes Herz klopfte besorgt. »Oh. Ich …« Ihre nutzlose Entschuldigung blieb unausgesprochen.

Er ignorierte sie. »Ich will nicht, dass Chloe das erfährt.«

Angesichts der Umstände hätte Jane sich wirklich auf die Frage ihres eigenen Schicksals konzentrieren sollen, aber trotzdem verspürte sie eine leise Verärgerung. »Das enthältst du ihr vor?« Sie konnte nicht verhindern, dass ihre Zweifel an der Richtigkeit seiner Entscheidung deutlich herauszuhören waren.

Gabriel zuckte die Achseln, und sie musste die Zähne zusammenbeißen angesichts seiner aufreizenden Lässigkeit. »Was würde es nützen, wenn sie es wüsste? Kann irgendjemand etwas tun, um Philippa zu helfen?«

»Nein, aber …«

»Sollte sie ebenfalls zu ihr fahren und sich Sorgen machen, während sie die ganze Zeit nichts dafür tun kann, dass es Philippa besser geht?«

Jane nickte knapp. »Ja. Ja, das sollte sie. Das ist zumindest, was sie wollen würde.« Sie wappnete sich dafür, dass er sich ihre Einmischung als Unverschämtheit verbat. Wie konnte sie davon überzeugt sein, besser zu wissen, was seine eigene Schwester wollte, da sie doch Chloe erst eine Woche kannte? Es verriet viel über ihn, dass er schwieg.

»Abgesehen von meiner Familie, was willst du tun?«

Ein leicht hysterisches Lachen blieb ihr in der Kehle stecken. *Was willst du tun?* Wahrlich, wenn er sie das so kühl fragen konnte, würde sie sich nie Sorgen machen müssen, dass ihre Herzen in ihrer Ehe eine Rolle spielen würden. Gabriel, ein Mann, der Entscheidungen für andere traf und über alles bestimmte, als wäre er dazu geboren. Ein Mann, der keine Kinder wollte und keine echte Ehefrau, wäre in jeglicher Hinsicht eine sichere Partie für sie. Doch angesichts seiner Hingabe und seiner Güte seiner Familie und nun auch ihr gegenüber verdiente er mehr. »Ich kann dich nicht heiraten«, sagte sie leise. »Auch für meine Schule nicht. Eines Tages wirst du eine Frau haben wollen, die mehr ist als nur eine Gesellschafterin für deine Schwester. Eine Frau, die du begehrst.«

Ein verschlossener Ausdruck trat in seine Augen, und vertraute Hitze stieg ihr unter seiner Musterung brennend in die Wangen. Er streckte die Hand aus und legte sie ihr zärtlich an den Hals. Sie erstarrte unter seiner unerwarteten Berührung. Ein Schauer nahm seinen Beginn an der Stelle, und Wärme breitete sich in ihr aus, als er sie näher zu sich zog. Sein Atem strich über ihre Lippen. »Ist es das, was du glaubst? Dass ich dich nicht begehre?«

Alles, was sie tun musste, war, sich auf die Zehenspitzen zu stellen, dann würden ihre Lippen aufeinandertreffen. Ein leises Stöhnen entrang sich ihr. »Ich …«

»Sicherlich weißt du, was für eine Wirkung du auf mich hast.« Diese letzten paar Worte, gesprochen mit seiner heiseren, tiefen Stimme, ergossen sich über ihre Sinne und spülten jegliche Vernunft fort.

»Warum dann?«, gelang es ihr hervorzubringen, als sie sich wieder zutraute zu sprechen. Nur dass ihre Worte belegt und irgendwie erstickt klangen.

Er rieb mit seinem Daumen über ihre Unterlippe. »Warum ich keine Kinder mit dir haben möchte?«

Diese Frage beschwor ein Bild von ihr und Gabriel in intimer Umarmung herauf, in der Ehe verbunden, und plötzlich schien ihr diese Aussicht gar nicht mehr so wenig erstrebenswert. Sie schluckte und fuhr sich mit der Zungenspitze über die Lippen.

Ein sinnliches Lächeln umspielte seine Lippen. »Ich möchte mich nicht mit der Verantwortung belasten, die eine Ehefrau oder eine Familie mit sich bringt, Jane«, antwortete er und ließ seine Hand sinken.

Ihre Haut wurde ganz kalt, als sie seine Berührung verlor, und sie trauerte um den Verlust seiner Liebkosung. »Aber du wirst eine Frau haben«, erinnerte sie ihn und bemühte sich, ihrer Erwiderung so viel Festigkeit wie möglich zu verleihen. Sie hatte stets die Vorstellung einer Zukunft, in der es einen Mann gab, von sich gewiesen. Daher hätte sie eigentlich ebenfalls eine nicht mit Gefühlen belastete Verbindung anstreben müssen, wenn sie denn einmal heiraten musste.

Gabriel legte wieder einen Finger auf ihren Mund und die Lippen teilten sich unwillkürlich, als sich tief in ihr Verlangen nach ihm regte. »Ja, aber du wirst deine Schule haben.«

Ihre Schule. Sie blinzelte mehrmals und schüttelte den sinnlichen Bann ab, den er mit seinem eindringlichen Blick über sie geworfen hatte, entfernte sich von ihm, auch wenn der Verlust seiner Nähe fast schmerzte. Ja. Ihre Schule. Das Licht der Hoffnung, das ihr Halt gegeben hatte. Der Gedanke, der ihr Kraft verliehen hatte. Und jetzt war ihr Ziel in Reichweite.

Aber trotzdem wünschte sie sich mehr.

Jane verschränkte die Arme vor der Brust. Welche Wahl blieb ihr schon? Das Geld, das der Herzog für sie bestimmt hatte, wäre verloren, wenn sie das hier nicht tat. Sie drehte sich wieder zu Gabriel um. »Also gut«, sagte sie und streckte ihre Hand aus.

Er betrachtete sie einen Augenblick lang, als ob er nie zuvor die Hand einer Dame gesehen hätte. »Du bekommst für eine gewisse Zeitspanne eine Gastgeberin.« Wenn sie ihm erklärt hätte, dass sie keine Ahnung davon hatte, was es bedeutete, Gastgeberin zu sein, hätte ihm das vermutlich nur bewusst gemacht, wie wahnsinnig sein Angebot war. Als er ihre Hand nicht ergriff, nahm Jane seine und schüttelte sie. »Und ich bekomme meine Schule.«

Gabriel schloss seine Hände um ihre, und sie schnappte nach Luft. Würde sie jemals immun gegenüber der Hitze seiner Berührung werden? So sollte sich ein Handschlag nicht anfühlen. Er war schließlich ganz praktisch für lauter alltägliche Vereinbarungen. Also warum weckten seine Finger in ihr dieses atemlose Sehnen?

Er hob ihre Finger an seine Lippen und hauchte einen Kuss auf ihre nackte Haut. »Dann ist es beschlossen.«

Es ist beschlossen. Niemals hatte es weniger romantische Worte gegeben oder welche, die weniger herzlich klangen. Aber warum auch? Er hatte aus seinen Erwartungen an sie als seiner Frau kein Geheimnis gemacht, und sie … Nun, sie hatte sich schon vor Langem geschworen, sich niemals etwas aus einem Aristokraten zu machen.

Doch in dieser kurzen Zeit war Gabriel für sie mehr als ein mächtiger Marquis geworden. Er war jemand, dem die Menschen um ihn herum am Herzen lagen, der ihr ihre Täuschung verziehen hatte und ihr zudem den Schutz seines Namens anbot.

Plötzlich ließ er sie los. »Wir werden morgen Vormittag heiraten.«

Morgen?

»Wenn du mich bitte entschuldigst?« Damit ging er zur Tür.

Panik regte sich in ihrer Brust. Sie lief ihm nach. »Morgen?« Sie zuckte innerlich zusammen angesichts des verzweifelten Untertons in ihrer Frage.

Er blieb so abrupt stehen, dass sie beinah gegen ihn geprallt wäre. Ihre Röcke, ein weiteres Geschenk von ihm und seiner Schwester, raschelten laut. Gabriel zog aus der Vordertasche seines Rockes ein dickes, zusammengefaltetes Pergamentblatt hervor. »Ich habe mir die Freiheit herausgenommen, eine Sondererlaubnis einzuholen.«

Das also hatte er heute den ganzen Tag lang getan.

Sie war es so gewohnt, jede Entscheidung über ihr Leben selbst zu treffen, dass sie nicht so recht wusste, was sie mit jemandem tun sollte, der ihr das abnahm.

»Warst du so sicher, dass ich Ja sagen würde?«

Er grinste leicht, auf die vertraute Weise, die ihren Herzschlag stets beschleunigte. »Ja«, antwortete er mit einer Arroganz, bei der sie die Augen verdrehte. »Weißt du, warum?«

Jane schürzte die Lippen. »Warum?«

»Nach einer knappen Woche kenne ich dich gut genug.«

Es waren sieben Tage gewesen.

»Um zu wissen, dass dir deine Schule wichtiger ist als alles andere, und solange du sie bekommst, bist du zufrieden.« Damit öffnete er die Tür.

Sie setzte ein Lächeln auf, als er sich knapp verneigte und dann ging. Nachdem er fort war, erstarrte ihr Lächeln. Er sagte, er kenne sie so gut. Und doch, wenn das stimmte, dann würde er auch wissen, dass sie sich in diesem Moment, angesichts der bevorstehenden Ehe, noch etwas anderes viel mehr wünschte als ihre Schule – sie wünschte sich eine Familie.

* * *

Gabriels Haut prickelte unter der Hitze von Janes Blick auf seinem Rücken. Er beschleunigte seine Schritte aus dem verzweifelten Drang heraus, Abstand zwischen sich und sie zu legen. Sie hatte seinen Antrag angenommen. Natürlich hatte sie das. Sie hatte schließlich keine andere Wahl gehabt. Ihr hatte kein anderer Weg offen gestanden.

Er bog um die Ecke und erstarrte. Und doch, in dem Moment, als er ihr die Bedingungen ihrer Ehe erklärt hatte, hatte er kurz gemeint, das Verlangen nach mehr in ihren Augen aufflackern sehen. Gefährliche Gefühle hatten in ihrem Blick gelegen und ihn mit Entsetzen bei der Möglichkeit erfüllt, dass er in einen Spiegel seiner eigenen Gedanken und Gefühle schaute.

»Du hast nicht unbedingt das glückliche Aussehen eines Mannes, der heiraten will«, erklang Alex' spöttische Stimme hinter ihm.

Bei dem belustigten Ton versteifte Gabriel sich und drehte sich langsam zu seinem grinsenden Bruder um. »Alex«, sagte er knapp. Wie konnte der das ganze Leben so leichtnehmen, ständig ein Lächeln auf den Lippen haben?

Sein Bruder kam über den Flur zu ihm. Gabriel kniff die Augen zusammen. Er würde wetten, dass Alex nicht weit von dem Salon entfernt gewesen war, in dem er gerade eben erst mit Jane gesprochen hatte. Die Vorstellung, dass er gehört hatte, was sie gesprochen hatten, störte ihn. »Hast du meine Unterhaltung mit Jane belauscht?«, wollte er knapp wissen.

Sein Bruder lachte. »Trotz dem, was du von mir denkst, habe ich schon vor langer Zeit aufgehört, an Schlüssellöchern zu lauschen.« Er zwinkerte ihm zu. »Mindestens vor einem Jahr.«

Etwas von der Anspannung wich aus Gabriels Körper. »Verzeih mir«, bat er. Jane stiftete Verwirrung in jedem Teil seiner Welt – besonders in Bezug auf die Vernunft und die Ruhe, die er stets so geschätzt hatte. »Danke, dass du sie hier bei dir und Imogen aufgenommen hast, bis …« Er musste schlucken. »Bis … also bis.« Zur Hochzeit. Er würde heiraten.

Ich werde Jane heiraten.

Sein Bruder betrachtete ihn eine Weile, dann warf er den Kopf in den Nacken und lachte aus vollem Halse. Er lachte so heftig, dass ihm Tränen in die Augen traten und er sie sich abwischen musste, ganz ähnlich wie Waterson vor ihm.

»Es freut mich, dass du meine Lage so erheiternd findest«, erklärte Gabriel mit finster gerunzelter Stirn.

Alex klopfte ihm auf den Rücken. »Ich finde sie nicht erheiternd«, versicherte er ihm. Er legte einen Arm um Gabriels Schultern und geleitete ihn den Flur entlang. »Ich finde es nur wunderbar ironisch, dass du, der sich derart an meinem Lebenswandel gestoßen hat, noch nicht einmal das Wort ›heiraten‹ über die Lippen bringen kannst.«

»Ich kann das verdammte Wort aussprechen«, widersprach er, während Alex ihn zu seinem Studierzimmer dirigierte.

»Oh«, erkundigte sich Alex, als sie vor der geschlossenen Tür stehen blieben. Er hob eine Augenbraue. »Dann sprich es aus.«

»Ich …« Er versuchte es noch einmal. »Ach, geh zum Teufel«, brummte er, als Alex in erneutes Gelächter ausbrach.

»Hier«, sagte Alex und öffnete die Tür. Mit einer Hand zwischen Gabriels Schulterblättern schob er ihn hinein. »Ich denke, wir beide müssen reden.«

»Reden?« Als er weiter in den Raum trat, lockerte er sein Halstuch. »Ich bin schließlich kein kleines Kind mehr, mit dem man mal reden muss.«

Alex schloss die Tür und begab sich zum Sideboard, wo er eine Karaffe mit Brandy nahm. Mit dem Finger deutete er auf das Ledersofa. »Setz dich.«

Gabriels Nackenhaare stellten sich auf, aber nach dem Tag und der Nacht, die hinter ihm lagen, war das Letzte, worauf er jetzt Lust hatte, eine kindische Auseinandersetzung darüber, in welchem Ton man mit ihm zu sprechen hatte und wer wem Befehle zu geben hatte. Besonders dann nicht, wenn Alex wesentlich großzügiger gewesen war, als Gabriel verdiente, und aus der skandalösen Szene im Opernhaus nicht mehr Gewinn zog. Also setzte er sich. Das Klirren von Kristall an Kristall erklang, als Alex ihnen beiden einschenkte. »Ich weiß wirklich nicht, worüber wir reden müssen«, sagte er, ergriff jedoch dankbar das Glas, das sein Bruder ihm unter die Nase hielt.

Alex setzte sich auf den Polsterstuhl gegenüber von Gabriel. Er schwenkte den Inhalt seines Glases. »Oh, ich nehme an, wir können genauso gut mit deiner Jane anfangen.«

Gabriel seufzte. »Sie ist nicht meine Jane.«

Alex warf ihm über den Rand seines Glases einen Blick zu. »Das stimmt nicht ganz.«

Nein, wohl nicht. Schließlich würde sie nach morgen Vormittag seine Frau sein. Für immer und ewig. Er rieb sich müde mit der Hand übers Gesicht. »Was hattet ihr eigentlich, du, Chloe und Imogen, während der Vorstellung auf dem Korridor zu suchen?« Wobei das nicht wirklich wichtig war. Nicht nachdem die beiden berüchtigtsten Klatschmäuler ihn und Jane in inniger Umarmung gesehen hatten.

Sein Bruder runzelte die Stirn. »Der Earl of Montclair kam in unsere Loge.« Verdammter Montclair. »Er hat behauptet, du hättest nach der Kutsche gerufen und würdest mich bitten, Chloe zum Eingang des Opernhauses zu bringen.«

Gabriel ballte die Hände zu Fäusten. Der übermächtige Wunsch, den Mann, der mit seiner gehässigen Tat Janes und sein Leben zerstört hatte, zur Strecke zu bringen, regte sich in ihm. »Ich bringe ihn um.«

Alex stützte die Hände auf die Knie und beugte sich vor. »Abgesehen von Montclairs Intrigen warst du tatsächlich in einem Alkoven mit ihr.«

Etwas von Gabriels Wut wurde ersetzt durch brennende Scham. »Wir sollten hier nicht über Montclair reden, sondern über deine Ehe mit Mrs Munroe.«

Teufel auch. Gabriel nahm einen langen Schluck aus seinem Glas und genoss das Brennen in seiner Kehle. Warum musste Alex recht haben? Er machte sich auf mehr Lachen von seinem Bruder gefasst, der stets gut gelaunt wirkte. Doch als er seinen Bruder jetzt anschaute, war er ungewohnt ernst.

»All diese Jahre haben wir immer gedacht, wir seien ganz unterschiedlich«, stellte Alex ruhig fest. »Ich war der Lebemann und«, er deutete auf Gabriel, »du warst der verantwortungsbewusste, stets beherrschte Marquis.« Seine Lippen verzogen sich zu einem ironischen Grinsen. »Und jetzt auf einmal müssen wir entdecken, wie ähnlich wir uns in Wahrheit sind.«

Gabriel starrte in sein Glas. Alex war der tapfere Junge gewesen, der sich die Misshandlungen durch ihren Vater nicht länger hatte gefallen lassen und ihnen ein Ende gesetzt hatte. Gabriel selbst war dafür zu feige gewesen, er hatte seine Pflichten als ältester Bruder sträflich vernachlässigt. »Wir ähneln uns überhaupt nicht«, flüsterte er. »Und das habe ich nicht als Beleidigung gemeint.« Er hatte die Beziehung zu seinem jüngeren Bruder schon vor langer Zeit ruiniert. Obwohl sie begonnen hatten, die Bruchstücke ihres Verhältnisses aufzulesen und wieder zusammenzusetzen, war der Riss zwischen ihnen noch nicht ganz geheilt. Vielleicht würde er auch nie heilen.

Alex winkte ab. »Doch. Egal, wie sehr du protestiert und was für eine Maske du aufgesetzt hast. Wir beide, wir alle haben uns in jener Zeit geschützt.« Er zuckte mit den Augenbrauen. »Du warst allerdings für mich und für die Welt reichlich überzeugend darin, so zu tun, als ob dir alles egal sei. Aber das stimmt nicht. Das stimmt für keinen von uns. Wir haben uns nur auf unterschiedliche Weise geschützt.«

Gabriel schwenkte den Inhalt seines Glases und blickte erneut in die bernsteinfarbene Flüssigkeit.

»Und jetzt geht es darum, wie Mrs Munroe am besten in die gute Gesellschaft eingeführt wird.«

Gabriel umklammerte sein Glas fester. Die Vorstellung, dass Jane Leuten gegenübertreten müsste, die auf sie herabblickten, war ihm zutiefst zuwider. Es war ihm völlig gleichgültig, wie man ihn behandelte, aber bei Gott, wenn sie Jane kränkten …

»Es wird Gerede geben.« Alex runzelte die Stirn, als dächte er daran zurück, wie schwer es seiner Frau gefallen war, sich wieder unter Menschen zu wagen, nach dem Skandal um ihren treulosen Verlobten. »Natürlich werden wir dir helfen. Sobald ihr verheiratet seid, werde ich mir die Unterstützung von Lord Primly und Lord Wessex sichern. Sie werden das Ihre dazutun, um ihr das zu erleichtern.«

Lord Primly. Ein ungewöhnlicher Freund für seinen Bruder. Aber mit seinem Stottern und seinem freundlichen Wesen wäre der Earl of Primly der perfekte Verbündete für Jane. Für sie beide. Lord Wessex jedoch, ein berüchtigter Lebemann, war jemand, dem man eher die Freundschaft mit Alex zugetraut hätte. »Wessex?«, erkundigte er sich mit einer steilen Falte zwischen den Brauen. Es wäre ihm lieber gewesen, der charmante Lord hätte sich von Jane ferngehalten.

»Ja, Wessex. Einen Tanz vielleicht. Einfach, um zu zeigen, dass er die junge Dame unterstützt.«

Eifersucht regte sich in Gabriel. Dennoch nickte er langsam.

»Ich werde mit beiden reden, nachdem ihr geheiratet habt«, erklärte Alex.

Himmel, da war es wieder. Dieses Wort. *Heirat*. Gabriel schob seinen Stuhl zurück und sprang auf. Er stellte sein Glas ab. »Wenn du mich entschuldigst?«, sagte er und war stolz darauf, wie fest diese Worte klangen.

»Natürlich«, erwiderte Alex und erhob sich mit der gleichen Ruhe und Lässigkeit, die er schon sein ganzes Leben lang besaß.

Gabriel hatte die Hand bereits auf der Türklinke, als sein Bruder ihm etwas zurief.

»Ich war mir ganz sicher, dass ich nicht das Geringste mit der Liebe zu tun haben wollte.« Bei Alex' Äußerung wirbelte Gabriel herum. »Ich war mir ganz sicher, dass ich niemanden brauche. Es war so viel sicherer, niemanden zu lieben und sich auf niemanden zu verlassen.«

»Weißt du, was ich letzten Endes begriffen habe, Gabriel?«

Gabriel schüttelte leicht den Kopf.

»Zu sagen, dass es mir egal war, und zu glauben, ich sei nicht fähig zur Liebe oder geliebt zu werden – das alles hat es nicht *wahr* gemacht.« Alex nahm einen langsamen Schluck. »Das hat mir Imogen gezeigt.«

Eine unbehagliche Stille legte sich über den Raum. Zwei Brüder, zwischen denen so lange Bitterkeit geherrscht hatte, redeten nun über Persönliches miteinander, über das Männer eigentlich nicht sprachen.

Gabriel räusperte sich. »Danke …«

»Du musst mir nicht dafür danken, dass ich auf deine Jane ein Auge habe.«

»Sie ist nicht meine …«

Als sein Bruder nur die Brauen hob, schloss er den Mund und verneigte sich rasch. »Ich …«

»Ich weiß«, tröstete ihn Alex.

Als Gabriel ging, hatte Alex das Gefühl, dass sein Bruder tatsächlich eine Menge mehr wusste, als er ihm all die Jahre zugetraut hatte. Was ihn weiter zu der Frage führte: Bei was irrte er sich sonst noch?

Kapitel 23

Gabriel und Jane wurden am folgenden Vormittag getraut. Blitze zuckten am düsteren Himmel über London, tauchten die Straße vor dem Fenster in ihr blaues Licht.

Es war ein Zeichen.

Jane stand wie erstarrt da, den Blick auf die offenen Vorhänge gerichtet, während sie gegen die aufsteigende Panik ankämpfte. Dennoch staute sie sich an und wuchs, bis sie keine Luft mehr bekam.

Sie konnte nicht …

Gabriel beugte sich vor. »Ist alles in Ordnung mit dir?«, flüsterte er ihr ins Ohr.

Sie zuckte zusammen und schaute ihn an, ohne zu blinzeln. Wie konnte er so ruhig und unbeeindruckt sein? Er fragte, ob alles mit ihr in Ordnung war. War alles in Ordnung? In ihr herrschte Chaos. »In Ordnung?«, sagte sie so leise, dass nur er es hören konnte. Schließlich, was war schon eine Lüge mehr angesichts der vielen in ihrer Beziehung?

»Ist das eine Frage?«

Nun, ja, vermutlich schon.

»Nein. Es ist alles in Ordnung mit mir.«

Sie bemerkte den erwartungsvollen Ausdruck in der Miene des Vikars. Er wollte etwas von ihr. Was nur? Jane blickte Hilfe suchend zu der kleinen Gästeschar, die der Trauung beiwohnte – eine lächelnde Imogen und ihr grinsender Ehemann, eine ebenfalls glücklich wirkende Chloe. Dann war da der Fremde, den sie zuvor noch nie getroffen hatte, der Earl of Waterson, der sie mit wohl verdientem Argwohn betrachtete, seit er seinen Platz als Trauzeuge eingenommen hatte. Panik drohte sie zu überwältigen. Sie stürzte ihre Gedanken ins Chaos und beraubte sie jeglicher Vernunft. Warum sahen alle so glücklich aus? Und warum starrten alle sie an? Sie runzelte die Stirn …

»Äh.« Der Vikar hustete in seine Hand und holte damit ihre Aufmerksamkeit zurück.

»Ich glaube, das ist die Stelle, an der du deinen Part des Eheversprechens sagen sollst«, raunte Gabriel ihr zu, und unter seinem Atem bewegte sich eine lose Locke, die sie zurückstrich.

Wie konnte er so gelassen sein? Wie …

»Ich, Jane Madeline Munroe«, sprach sie die Worte nach, die der Vikar ihr vorgab, »nehme dich, Gabriel …«

Ihre Gedanken rasten. *Ich kenne noch nicht mal seinen vollständigen Namen.*

Ihr Mund wurde ganz trocken, als ihr das ganze Ausmaß des Wahnsinns klar wurde, der das hier war. Sie heiratete einen Mann, der von ihr nur zwei Monate wollte, bis seine Schwester verheiratet war und er sie ihrer Wege schicken konnte.

Gabriel murmelte ihn ihr zu: »Garmund Randolph Edgerton.«

Ein langer, ehrwürdiger Name, den ein angesehener, anständiger Sohn eines Adeligen erhalten hatte.

»Nehme dich, Gabriel G-Garmund …«, sie stolperte unwillkürlich über seinen zweiten Vornamen, »… Randolph Edgerton, als meinen angetrauten Ehemann, um dich zu lieben und zu ehren«, *für zwei Monate,* »von diesem Tage an«, presste sie mühsam hervor. »In guten wie in schlechten Zeiten, in Reichtum und Armut, in Krankheit und Gesundheit …«

Der Vikar blickte sie erwartungsvoll an. Sie schluckte krampfhaft. Sie war nicht anders als ihre Mutter. Oh, ja sicher, sie würde einen Ehemann haben und einen hochfliegenden Titel, aber indem sie diese letzten Worte aussprach, würde sie sich für dreitausend Pfund und den Traum ihrer Schule verkaufen an einen Mann, der sie niemals lieben oder ehren oder irgendetwas anderes von ihr wollen würde als diese zwei Monate.

Sie zuckte zusammen, als Gabriel sie am Rücken berührte. Jane hob ihren Blick zu seinem und versuchte, ihn mit Gedankenkraft dazu zu bringen, zur Vernunft zu kommen und diese Farce zu beenden, obwohl sie wollte, dass es weiterging.

»Mrs Munroe?« In den leisen Worten lag eine Bitte.

Jane wusste, was von ihr erwartet wurde, doch sie konnte sich nicht an den Rest ihres Versprechens erinnern. Sie sah einmal mehr zu Gabriels Familienmitgliedern, deren Gesichter den Zweifel zeigten, den sie zum ersten Mal bei ihnen wahrnahm, ob diese Heirat zwischen Jane und Gabriel tatsächlich geschlossen würde.

Dann fasste Gabriel ihre Hand, und ihre Haut erhitzte sich unter seiner Berührung. Sie schaute ihn an. Wenn er ihr mit Worten oder Augen ein Zeichen gab, würde sie die dreitausend Pfund, die ihr Vater ihr versprochen hatte, zum Teufel wünschen. Er lehnte sich vor, sodass sein Körper zwischen ihr und den Blicken seiner Familie war. »Ich werde gut zu dir sein«, versprach er. »Für dich wird immer gesorgt sein.«

Auch der Herzog hatte für ihre Mutter gesorgt. Aber dieser Schwur von Gabriel hatte seine Wurzel nicht in dem Verkauf ihres Körpers oder ihres Stolzes. Jane holte tief Luft und spürte, wie eine innere Ruhe sie erfasste.

»Ich, Jane Madeline Munroe, nehme dich, Gabriel Garmund Randolph Edgerton zu meinem angetrauten Ehemann, um dich zu lieben und zu ehren von diesem Tage an, in guten wie in schlechten Zeiten, in Reichtum und Armut, in Krankheit und Gesundheit, um dich zu lieben, zu ehren und dir zu gehorchen, bis dass der Tod uns scheidet, gemäß Gottes heiliger Ordnung. Darauf gebe ich dir mein feierliches Versprechen.«

Die Feier ging weiter und endete damit, dass Jane Munroe, unehelich geboren und ohne Familie, sich plötzlich inmitten von Gabriels Angehörigen wiederfand. Mit vielem Seufzen und einer geflüsterten Unterhaltung im Hintergrund war sie nun etwas, was sie immer geschworen hatte, nie sein zu wollen – oder sich wenigstens nicht hatte vorstellen können – eine verheiratete Frau.

»Ich habe von der Köchin einen Imbiss zur Feier des Anlasses vorbereiten lassen«, erklärte Imogen mit einer Fröhlichkeit, die Jane von ihr zu erwarten gelernt hatte. Die kleine Schar Gäste nutzte das zusammen mit dem Vikar, den Raum zu verlassen, sodass Jane und Gabriel kurz allein zurückblieben.

Allein.

Was nicht so anders war, als sie es zu vielen vorherigen Gelegenheiten gewesen waren. Das hier jedoch war vollkommen anders. Jetzt waren sie vereint durch die Ehe.

Gabriel strich ihr mit dem Fingerrücken über die Wangen, mit solcher Zärtlichkeit, dass sich ihre Lider flatternd senkten. »Ich kann mir vorstellen, dass du Bedauern verspürst über die kalte Verbindung, in der du dich nun wiederfindest.«

Bei dieser leisen Erklärung riss sie die Augen wieder auf. Wie konnte er so über ihre Ehe sprechen. Wobei, es war ja gar keine echte Ehe. »Was sollte ich bedauern?«, brachte sie über ihre steifen Lippen. »Ich erhalte den Schutz deines Namens und werde eine Sicherheit genießen, die ich zuvor nicht gekannt habe.« Sie wollte um ihn herumgehen, aber er versperrte ihr den Weg. »Deine Schule.«

Sie blickte ihn verwirrt an.

»Du hast die Geldmittel nicht erwähnt, über die du nun verfügst, um deine Schule zu gründen.«

Er hatte recht. »Ja natürlich, da ist ja auch noch meine Schule.« Obwohl es, nachdem sie jetzt ja verheiratet waren, vielmehr seine Schule sein würde. Sie ging um ihn herum, und diesmal verhinderte er es nicht. Sie hatte schon die Tür erreicht, als ihr eine wichtige Frage, die sie schon die ganze letzte Nacht beschäftigt hatte, wieder einfiel und sie sich zu ihm umdrehte.

»Du würdest deiner Ehefrau erlauben, deiner Marchioness, eine Schule zu gründen und sie zu führen?«

Der Skandal, den das entfesseln würde, würde noch lange Gesprächsthema sein.

Er kam zu ihr und blieb dicht vor ihr stehen. »Ja.«

»Warum?« War es, weil er in gewisser Weise genug an ihr interessiert war, dass er ihr diese Freiheit gewähren würde?

»Weil ich finde, dass es ein ehrenwertes Vorhaben ist, Jane. Ich denke, deine Bemühungen und Ziele sind bedeutsam, und daher gebe ich kein Jota auf die Meinung der Gesellschaft.«

»Ich bin unehelicher Herkunft«, fühlte sie sich bemüßigt, anzumerken. Bitterkeit klang aus ihren Worten. Es war ihr nicht erlaubt worden, diesen Umstand zu vergessen von dem Augenblick an, in dem sie auf die Welt gekommen war, und daher war es ihr unmöglich, sich ohne diesen Makel zu sehen.

Er drückte seinen Daumen auf ihre Lippen und rieb darüber. »Mein Vater war ein Ungeheuer«, erklärte er, was ihm sogleich ihre ungeteilte Aufmerksamkeit eintrug. »Er hat meinen Bruder und meine Schwestern geschlagen …«

»Und dich«, beendete sie den Satz für ihn, als er das Offensichtliche unausgesprochen ließ.

»Und mich.« Er nickte knapp. »Für alle anderen war er ein ehrenwerter Mann, einfach nur wegen des Titels, den er geerbt hatte, und wegen des blauen Blutes, das durch seine Adern floss.«

Plötzlich hörte er auf, ihre Lippen zu streicheln, und sie vermisste die zarte Berührung. »Die Wahrheit ist, dass du mehr wert bist als jeder verfluchte Edelmann, dem ich je begegnet bin, mehr wert als jeder andere Mensch, den ich kenne.« Er schüttelte betrübt den Kopf. »Du verdienst eigentlich eine echte Ehe, mit einem Mann, der deiner wert ist. Nicht mit mir. Ich bin nur ein Name.«

Nur ein Name. War das alles, als was er sich sah? Ein Stück ihres Herzens brach von dem bislang unversehrten Organ ab und gehörte von diesem Moment an ihm.

Niemand hatte je ihren Wert gesehen außer im Zusammenhang mit ihrer Geburt. Doch dieser Mann tat es. Er mochte sie nicht in seinem Bett oder in seinem Leben haben wollen, aber er erkannte ihren Wert. Und selbstsüchtig, wie sie war, wollte sie von ihm alles.

Er bot ihr seinen Arm. Jane zögerte einen Moment, dann legte sie ihre Fingerspitzen auf seinen Ärmel. Seine angespannten Muskeln zuckten unter ihrer Berührung, was auf einen Mann hindeutete, der sie nicht nur im Zusammenhang mit ihrer Schule und als Gesellschafterin seiner Schwester sah.

So standen sie einen Moment lang reglos da, während ein paar Zimmer weiter seine Familie, sein bester Freund und der Vikar, der sie getraut hatte, auf sie warteten. Ihr scharfes Luftholen klang in ihren Ohren überlaut. Oder war es seins gewesen? Sie schaute auf und fand seinen Blick auf ihren Mund gerichtet. Er neigte den Kopf, dann zögerte er, als würde er mit sich ringen.

Ich will dich auch.

Sie wollte ihn per Gedankenkraft dazu bringen, sie noch einmal so zu küssen, wie er es im Opernhaus getan hatte, bevor sie in diese unsichere Welt als miteinander verheiratete Fremde gestoßen worden waren.

Als er zögerte, traf Jane die Entscheidung für ihn. Sie stellte sich auf die Zehenspitzen und brachte ihre Lippen an seine. Er erstarrte, als sie sich an ihn drängte, aber dann, mit einem Stöhnen, bedeckte er ihren Mund mit seinem, wieder und wieder. Der zurückhaltende Gentleman, der er seit dem Vorfall in der Oper vor zwei Abenden gewesen war, war verschwunden. An seine Stelle war der Mann getreten, der sie begehrte.

Gabriel fuhr ihr mit den Händen über die Seiten, zog sie an sich, presste sie an seine Hüften. Sie schmiegte sich an ihn und öffnete sich seiner leidenschaftlichen Invasion. Er streichelte ihre Zunge mit seiner, wieder und wieder, bis sich ihr ein verzweifeltes Stöhnen entrang. Sie klammerte sich an ihn in dem Versuch, aufrecht stehen zu bleiben, aber er schob sie mit dem Rücken gegen die Wand, stützte sie mit seinem starken Körper.

Sie neigte den Kopf nach hinten. »Was für einen Bann hast du über mich geworfen, Jane Munroe?«, fragte er mit heiserer Stimme, während er eine Spur von Küssen über ihren Halsansatz zog. Er knabberte an ihrer zarten Haut, wo ihr Puls wie wahnsinnig klopfte, und begann behutsam daran zu saugen.

»Den gleichen, den du über mich geworfen hast«, antwortete sie keuchend und ihre Augenlider senkten sich. Gabriel rieb seine Lippen über ihren Hals, weiter abwärts zu ihrem Ausschnitt. Sie ballte die Hände in seinem Haar und biss sich fest auf die Lippe, als er mit seinem Mund ihre Haut berührte. »Ich wusste nie, dass ich so etwas empfinden könnte«, flüsterte sie, als er sie weiter mit seinen Liebkosungen verwöhnte.

»Ich auch nicht.« Sein Atem ging stoßweise.

Er kehrte mit seinem Mund zu ihrem zurück, und sie überließ sich der Macht seines Kusses. Ihre Zungen umspielten einander in dem verbotenen Rhythmus, vor und zurück, vor und zurück. Gabriel umfing ihre Brust, knetete sie zärtlich, und sie biss sich auf die Zunge, um nicht laut aufzuschreien. Sie legte ihre zitternden Hände auf sein Haar, um ihn an Ort und

Stelle festzuhalten und niemals mehr loszulassen. Ihre Lider senkten sich, und sie, die sich gegen diese rätselhafte Anziehung gewehrt hatte, die er seit ihrer ersten Begegnung auf sie ausübte, überließ sich ihm und der Möglichkeit, dass sie ein Paar wurden. »Ich liebe dich«, flüsterte sie.

Er hielt inne und lehnte den Kopf an ihre Brust. Sein ungleichmäßiger Atem strich warm über ihre Haut.

»Ich liebe dich«, wiederholte sie, als er immer noch nichts sagte. Sie wappnete sich gegen das Entsetzen, das diese Erklärung in ihr hätte auslösen müssen, doch es kam nicht. Tage, Wochen oder Jahre, es war egal, wie lange man jemanden kannte, es ging nur um sein Wesen, seine Seele und dass ihm ihr Herz gehörte. Irgendwie hatte er ihren Entschluss aufgehoben, ihr Herz zu schützen und ein Leben zu führen, in dem ihr Glück von niemandem abhängig war als von ihr selbst.

Gabriels Körper spannte sich an, und er ließ sie so plötzlich los, dass sie gestolpert wäre, hätte sie nicht mit dem Rücken an der Wand gelehnt. Ihre Brust hob und senkte sich unter ihren raschen Atemzügen. Er schüttelte den Kopf langsam hin und her.

Sie nickte. »Doch«, flüsterte sie und hob die Hände. »Ich liebe …«

»Nicht.« Der rau hervorgestoßene Befehl unterbrach ihre Erklärung und erstickte das Bekenntnis zu ihren Gefühlen, das ihr auf der Zunge lag.

Ihr Herz zog sich zusammen angesichts der Qual auf seinem Gesicht. Ihr gelang ein kleines Lächeln, aber vermutlich war es nur ein armseliger Versuch. »Die Worte nicht auszusprechen, ändert nichts an ihrer Wahrheit, Gabriel.«

Er machte einen Schritt weg von ihr, und dann noch einen und noch einen, bis er mit den Knien gegen einen Stuhl stieß. Mit bebenden Fingern fuhr er sich durch die wirren dunklen Locken. »Du …«

»Ja«, nickte sie. »Ja, das tue ich.«

»Du kannst mich doch nicht einmal leiden.« In den paar Worten lag eine flehentliche Bitte, die sie zum Lachen gebracht hätte, wenn sie ihr nicht gerade das Herz gebrochen hätte.

Sie schloss die Tür und spielte einen Moment lang mit der Klinke. »Bin ich eine Hure, weil meine Mutter das war?«

»Sag das nicht«, fuhr er sie an, und seine Verärgerung raubte ihr den Rest ihres Herzens.

Jane drehte sich wieder zu ihm. »Aber ist es nicht das Gleiche? Nach all dem, was du selbst über deinen Stand und Wert sagst, sollte mein Wert nicht auf die gleiche Weise bemessen werden?«

»Es ist nicht das Gleiche.« Er fuhr sich mit der Hand übers Gesicht.

»Nicht?« Sie stieß sich von der Tür ab und kam auf ihn zu. »Du kannst nicht so ein Heuchler sein und mich losgelöst von meiner Herkunft sehen, für dich das aber von dir weisen.«

»Du liebst mich nicht«, sagte er über ihren Einwand hinweg, und es schien so, als hätte er sie gar nicht gehört.

»Doch, das tue ich«, entgegnete sie und trat näher zu ihm.

Ein Muskel zuckte an seinem rechten Augenwinkel. »Du hast dich mit einer Vernunftehe einverstanden erklärt.« Er machte eine Pause. »Vor nicht mal einem Tag.« Ein schwacher Vorwurf schwang in diesen Worten mit. »Du verwechselst Dankbarkeit mit …«

Sie kniff die Augen zusammen. »Wage es nicht, diesen Satz zu Ende zu sprechen, Gabriel Garmund Randolph Edgerton«, drohte sie, dankbar für seinen langen, eindrucksvollen Namen.

Klugerweise schloss er den Mund.

»Es stimmt, ich liebe dich, aber du treibst mich trotzdem in den Wahnsinn mit deiner anmaßenden Art.« Jane holte tief Luft und überwand den Abstand zwischen ihnen. Wenn er nicht schon bis zum Sofa zurückgewichen wäre, hätte sie jedes einzelne ihrer dreitausend Pfund darauf verwettet, dass er sich rascher zurückziehen würde, als Bonaparte aus Russland geflohen war. Sie legte ihm die Hände auf die Rockaufschläge und strich sie glatt.

Unter ihrer Berührung versteifte sich sein Körper. »Ich weiß, dass du mich nicht liebst.« Sie wartete einen winzigen Moment, hoffte irgendwo in ihrer Seele, in einer hintersten Ecke, die sie gerade erst selbst entdeckt hatte, dass er widersprechen würde. Doch das tat er nicht. Ihr Magen krampfte sich schmerzhaft zusammen. O Gott. Durch diese Liebe zu einem Mann, der die Gefühle nicht erwidern würde, war sie wie ihre Mutter geworden. »Ich erwarte nicht mehr von dir als die Sicherheit, die du mir bietest.« Und mit diesen Worten wurde sie ihrer Mutter noch ähnlicher, als sie es sich je hätte vorstellen können.

* * *

Gabriel schloss flüchtig die Augen. Da Jane ihm so nah war, hüllte ihn der Duft nach Lavendel und Honig ein, der ihrer Haut anhaftete, bis er trunken war von dem Sommerduft. Ihre Hände auf seiner Brust zusammen mit ihrem Geständnis übten Druck auf ihn aus. Sie liebte ihn. Er hielt sich die Hände vors Gesicht und atmete langsam ein.

Worum sie ihn bat, was sie unweigerlich von ihm erwarten würde, würde etwas von ihm einfordern, das er nicht zu geben vermochte. Er wollte sein Herz niemand anderem anvertrauen. *Nur dass sie jetzt deine Frau ist, die du lieben sollst für immer. Schule hin oder her. Bis dass der Tod uns scheidet …* »Das hier ist nicht das, worauf wir uns geeinigt haben«, wiederholte er verzweifelt die Worte, die sich zuvor seiner Brust entrungen hatten. Denn nachdem ihre Schwüre besiegelt waren, war ihre Ehe gültig und würde es bis zu ihrem Ende sein.

Und jetzt war da auf einmal Liebe. Ihre Liebe. Wenn ihre Ehe mehr wurde als ein Arrangement, würde es auch Kinder geben und dadurch mehr Leute, für die er sorgen musste, mehr Leute, bei denen er versagen konnte … »Ich kann dir nicht geben, was du«, *verdienst,* »dir erhoffst«, antwortete er. Seine enge Kehle erschwerte ihm das Sprechen.

Sie ließ die Hände sinken. »Ich bitte dich nicht um irgendetwas.«

Dadurch, dass sie ihm ihre Liebe gestanden hatte, bat sie um mehr von ihm. Sie erwartete mehr. Gabriel entfernte sich ein Stück von ihr. Es juckte ihn in den Füßen, wegzulaufen. »Jane, ich werde für dich sorgen, aber ich kann dich nicht …« Sein Verstand sperrte sich dagegen, weiterzusprechen.

»Du kannst mich nicht lieben«, sprach sie die Worte leise für ihn aus. Ein trauriges kleines Lächeln umspielte ihre wunderschönen Lippen. »Für mich sorgen?«, wiederholte sie seine Worte halblaut, wie zu sich selbst. »Komisch, dass man für jemanden sorgen kann, ohne das mit ganzem Herzen zu tun.«

Ihre Worte schnürten ihm die Kehle zu und zerrten an dem verdammten Organ, das seit mehr als dreißig Jahren nur noch funktionierte. Sie räusperte sich und entfernte sich ein paar Schritte von ihm. Sofort vermisste er ihre Nähe. »Wir sollten uns wieder zu deiner Familie begeben«, sagte Jane und ging zur Tür.

Gabriel atmete tief durch und folgte ihr dann. Wie viele andere Frauen hätten auf dem Absatz kehrtgemacht, wären gekränkt davongestürmt und hätten Forderungen gestellt? Jane erlaubte ihm, zu ihr aufzuschließen.

Nebeneinander gingen sie den Korridor entlang, und als sie sich dem Frühstückssalon näherten, hörten sie fröhliches Gelächter und Stimmengewirr.

Gemeinsam traten sie ein, und seine Familie, sein bester Freund und der Vikar blickten gleichzeitig auf. Ihr Gelächter und ihre Unterhaltung kamen jäh zum Erliegen.

In offensichtlichem Unbehagen blieb Jane stehen, und er stellte sich vor, wie diese plötzlich veränderten Umstände für sie sein mussten – eine Fremde unter Fremden, ruiniert, hastig verheiratet und jetzt Teil dieser Familie. Himmel, sie war wirklich tapfer. Er griff nach ihrer Hand, gerade als Imogen ihren Stuhl zurückschob und zu ihnen eilte. Sofort ließ Gabriel seine Hand sinken.

»Jane!« Imogen begrüßte sie und führte sie zum Tisch. Seine Braut. Ein lautes Summen war in seinen Ohren, und er schaute sich verzweifelt am Tisch um. Sein Blick kollidierte mit dem von Alex.

Du kannst nicht mal das Wort über die Lippen bringen …

Das ironische Grinsen auf den Lippen seines Bruders deutete darauf hin, dass sogar er jetzt Gabriels Dilemma kannte.

»Hast du vor, dort stehen zu bleiben und die ganze Zeit die Tür anzustarren?«, meldete sich Chloe zu Wort und unterbrach seine Gedanken. »Oder möchtest du dich zu uns setzen und etwas essen?«

Jane sah ihn an, und er nickte leicht, damit sie wusste, dass er hier bei ihr war und dass diese Leute anders waren als die, die sie beide von früher kannten. Ein Diener rückte ihr den Mahagonistuhl zurecht, und sie ließ sich darauf nieder. Gabriel eilte an ihre Seite und setzte sich neben sie.

Und einfach so war die steife Unbehaglichkeit ersetzt durch ein fröhliches Durcheinander von Diskussionen und Lachen. Gabriel nahm sein Weinglas und gönnte sich einen langen Schluck. Aus dem Augenwinkel betrachtete er seine Ehefrau. Sie sprach mit nüchterner Scham über die schwierigen Umstände ihrer Herkunft, aber angesichts ihrer inneren Stärke und ihrer stolzen Haltung hätte sie auch eine Königin sein können.

Sie lächelte, als würde sie seinen Blick auf sich spüren, dann schaute sie ihn an. Er wappnete sich gegen den Schmerz und die Reue in ihren Augen, aber dort war nur das angeregte Funkeln zu sehen, das er von ihr zu erwarten gelernt hatte. Jane beugte sich näher zu ihm. »Mach dir keine Sorgen, Gabriel. Ich werde keine unfairen Erwartungen an dich stellen, nur weil ich dich liebe.«

Nur weil ich dich liebe.

Er wurde der Pflicht enthoben, ihr eine Antwort darauf zu geben, denn schon eilten Bedienstete mit Tellern voller Essen herbei. Doch während er an der reich gedeckten Tafel saß, wünschte er sich insgeheim, er könnte alles das sein, was Jane verdiente.

Kapitel 24

Da Jane die Tochter der Mätresse eines Herzogs war, hatten die Diener und die gute Gesellschaft gleichermaßen erwartet, dass jemand wie sie die Tricks ihrer Mutter gelernt und zudem ihre lüsterne Art geerbt habe.

Doch mit nichts als Mrs Wollstonecrafts Buch zur Gesellschaft in ihrer Hochzeitsnacht musste Jane mit gewisser Belustigung daran denken, dass sie erstens nicht den leisesten Schimmer hatte, was zwischen Mann und Frau in dieser denkwürdigen Nacht passieren sollte, und dass es zweitens in Wahrheit auch völlig bedeutungslos war, denn sie würde nie eine echte Hochzeitsnacht erleben.

Mit einem Seufzen schlug sie ihre Ausgabe von »Die Verteidigung der Frauenrechte« an der mit einem Lesezeichen markierten Stelle auf. Sogleich erkannte sie die vertraute Textpassage und las einmal mehr die schon vor langer Zeit auswendig gelernten Worte:

> Solange Frauen in allem von ihren Ehemännern abhängig sind, sind sie berechnend, hinterhältig und selbstsüchtig, und die Männer, die schon mit einer unterwürfigen Zuneigung wie der eines Spaniels zufrieden sind, haben

nicht viel Zartgefühl, denn Liebe kann in keinem Sinn des Wortes gekauft werden. Die seidenen Schwingen dieses Gefühls welken dahin, wenn etwas anderes dafür erstrebt wird als eine Erwiderung.«

Jane lehnte sich auf ihrem Stuhl zurück. Diese Worte bekamen für sie nun eine völlig neue Bedeutung. *Eine Liebe, die nicht gekauft war* – denn wenn sie das war, würde sie vertrocknen und sterben. Ihre Mutter war gekauft worden. Und jetzt war ihr selbst das Gleiche passiert. Wie hatte sie das nicht erkennen können? Wieso hatte sie erst, als Gabriel sie im Salon seines Bruders geküsst hatte, begriffen, dass sie ihre Zukunft geopfert hatte, um ihre Zukunft zu sichern? Ihre Mutter hatte glitzernde Kinkerlitzchen und seidene Röcke dafür eingetauscht. Und Jane würde nun ihre Schule bekommen. Sie würde nie geliebt werden, daran hatte das Entsetzen ihres Ehemannes angesichts ihres Geständnisses keinen Zweifel gelassen.

Es klopfte an der Tür, und sie sah auf. Ihr Herz schlug schneller, doch dann trat Chloe ein, und eine leise Enttäuschung machte sich in ihr breit. »Chloe«, sagte sie leise, als sie die angespannten Züge der sonst so fröhlichen jungen Frau sah. Sie spähte im Dämmerlicht zu der Uhr auf dem Kaminsims. »Es ist spät. Ist alles in Ordnung?« Sie sprang auf. »Hast du wieder deine Kopfschmerzen?«

Chloe schloss die Tür und winkte ab. »Nein, ich habe keinen weiteren Migräneanfall.« Sie kam zu Jane und blieb vor ihr stehen. »Es geht um Gabriel.«

Jane blickte sich um, und ihr Herzschlag beschleunigte sich wieder.

»Er ist nicht hier«, sagte Chloe und deutete Janes fragenden Blick. Sie hatte keinen Schlaf gefunden, denn nachdem sie von dem üppigen Hochzeitsmahl, das Lord Alex und seine Gattin ausgerichtet hatten, heimgekehrt waren, war Gabriel verschwunden.

Da sie nicht wusste, was sie sonst antworten sollte, beschränkte sich Jane auf ein ratloses »Oh«. Natürlich war Gabriel nicht hier bei ihr. Das Studierzimmer war leer und ruhig gewesen, als sie sich für den Abend zurückgezogen hatte.

Chloe schürzte die Lippen. »Du missverstehst mich, Jane. Ich wollte sagen, er ist …« Sie machte eine ärgerliche Handbewegung. »Er ist in einen seiner Clubs gegangen oder sonst irgendwohin, wohin auch immer Gentlemen sich begeben«, erklärte sie erbost.

Jane lehnte sich zurück, um nicht von einer der wild gestikulierenden Hände getroffen zu werden. Dann drang das, was Chloe gesagt hatte, zu ihr durch, und ein schneidender Schmerz durchbohrte ihr Herz. Eigentlich sollte es ihr ja nichts ausmachen. Gabriel hatte keinen Zweifel daran gelassen, dass ihre Ehe nur auf dem Papier bestehen sollte. Doch närrischerweise hatte sie geglaubt, nein gehofft, dass daraus mehr werden könnte, dass sie eine echte Ehe würden führen können und dass es eine Hochzeitsnacht gäbe.

Mit einem missvergnügten Laut stemmte sich Chloe die Hände in die Hüften. »Du solltest nicht so dreinblicken.«

Jane legte fragend den Kopf schief.

»Niedergeschlagen«, erklärte Chloe. »Du solltest außer dir sein vor Wut. Himmel, es ist schlimm genug, dass er mir erlaubt hat, hierzubleiben, sodass ihr nicht … So allein sein könnt, wie es Frau und Mann sein sollten.« Die meisten jungen Damen wären rot geworden, wenn sie solche Worte ausgesprochen hätten.

Ein ersticktes Lachen brach sich in Jane Bahn, blieb aber in ihrer Kehle stecken. Chloe war einfach göttlich. Jane wusste nicht, ob sie lachen oder weinen sollte.

Chloe gab einen Laut des Mitgefühls von sich und tätschelte Jane die Schulter. »Weine nicht, bitte, weine nicht.«

Jane lächelte. »Ich hab gelacht.«

Zwischen Chloes Brauen bildete sich eine steile Falte. »Also, Lachen ist jedenfalls nicht angemessen.«

Jane bemühte sich, eine ernste Miene aufzusetzen. »Verzeih mir«, murmelte sie. »Ich kenne mich nicht aus mit dem Protokoll, das festlegt, was für ein Verhalten angemessen ist, wenn man vom eigenen Ehemann in der Hochzeitsnacht allein gelassen wird.«

Entsetzen trat in Chloes Augen, als ihr aufging, welche Wirkung ihre Worte über Gabriel auf Jane haben mussten. Sie schlug sich die Hand an die Stirn. »Ich bin so ein Dummkopf. Natürlich bist du gekränkt.«

Von plötzlicher Rastlosigkeit ergriffen, nahm Jane ihr Buch und trug es zum Fenster am anderen Ende des Zimmers. »Unsere Ehe ist aus Vernunftgründen arrangiert worden, Chloe. Sie ist zustande gekommen, weil ich ruiniert wurde und dein Bruder aus fehlgeleitetem Verantwortungsbewusstsein heraus davon überzeugt war, er sei mir das schuldig.«

Das Rascheln von Seidenröcken verriet, dass Chloe sich bewegt hatte. »So wie er es auch sollte. Gentlemen sollten nicht herumlaufen und junge Damen ruinieren, ohne sie nachher zu heiraten.« Mit solch strengen Ansichten war Chloe wesentlich besser für einen Posten bei Mrs Belden geeignet, als Jane das je gewesen war.

Jane blätterte in ihrem Buch. »Das Geld, das mein Vater für mich angelegt hat, war an die Bedingung meiner Heirat geknüpft.« Sie konnte nicht verhindern, dass Bitterkeit in ihren Worten mitschwang. In all den Jahren hatten die dreitausend Pfund stets für die einzige Sache gestanden, die ihr Vater für sie getan hatte, die verriet, dass sie ihm nicht völlig gleichgültig war und dass er für ihre Zukunft sorgen wollte.

»Wie bitte?«, rief Chloe, und ihre Stimme klang, als hätte jemand ihr einen Ellbogen in die Rippen gestoßen.

Jane schaute zu ihr. »Dein Bruder hat angeboten, mich zu heiraten, damit ich auf dieses Geld zugreifen kann. Er möchte keine«, ihre Wangen wurden sengend heiß, »echte Ehe. Er möchte, dass ich deine Gesellschafterin bleibe, bis du verheiratet bist.«

»Ich werde nicht heiraten. Aber wenn ich das täte«, die junge Frau warf ihr einen sprechenden Blick zu, »was ich nicht tun werde, *niemals* …«

»Chloe«, ermahnte Jane sie sanft.

»Äh, ja, richtig … Wenn ich es täte, würde ich es nicht dulden, dass mein Ehemann mich in der Hochzeitsnacht allein lässt. Der Schuft«, murmelte sie halblaut. Sie deutete mit dem Finger auf Jane. »Und du solltest das auch nicht dulden. Außerdem«, fuhr sie fort, »ist alles, was er damit erreicht hat, dass die Gerüchteküche jetzt noch stärker brodelt. So ein Schuft.«

»Das ist nicht wichtig, Chloe. Sie werden ohnehin schlecht von mir sprechen.«

»Aber er sollte dich schützen, soweit das in seiner Macht steht.« Diese Worte brachen aus Chloe hervor. Ihre Brust hob und senkte sich unter ihren raschen Atemzügen. »Er hat dich geheiratet, um dich zu schützen? Und du ihn? Wegen deiner dreitausend Pfund?«

So hatte es angefangen. Oder zumindest hatte Jane sich das eingeredet. Sie senkte ihren Blick, denn jetzt hatte sie sich als Lügnerin erwiesen.

»Es war nicht wirklich wegen des Geldes, oder, Jane?«, erkundigte sich ihre Schwägerin mit einer Reife, die viel besser zu jemandem gepasst hätte, der älter war und mehr Lebenserfahrung besaß.

Und weil sie all die Lügen leid war, schüttelte Jane einmal kaum merklich den Kopf.

»Du liebst ihn.« Da Chloes Worte eine Aussage waren, keine Frage, schwieg Jane. Sie traute sich nicht zu sprechen.

Als sich ein Paar Hände auf ihre Schultern legte, zuckte sie zusammen. Sie war so in ihre Gedanken versunken gewesen, dass sie gar nicht gehört hatte, wie Chloe zu ihr getreten war.

»Erobere sein Herz«, riet Chloe ihr leise. »Er hat Angst zu lieben.« Sie zögerte den Bruchteil eines Augenblicks. »Die haben wir alle. Aber Gabriel will es. Er glaubt nur, er sei es nicht wert, geliebt zu werden.« Sie rümpfte die Nase. »Der Mann, zu dem er geworden ist, der, der immer alles unter Kontrolle haben möchte und alle beschützen will, gibt sich vermutlich die Schuld an … an … an allem«, beendete sie ihren Satz eher lahm. »So ist er immer gewesen.« Ein trauriges Lächeln umspielte ihre Lippen. »Seit er ein Junge war.«

Der heftige Wunsch, mehr darüber zu erfahren, wer er als Kind gewesen war, erfüllte Jane. Sie schluckte, um nicht nachzufragen, was in seiner Kindheit geschehen war. Sie hätte wetten können, dass er ein ernstes Kind gewesen war, auf dessen Schultern die Last der Welt ruhte. »Wie war er?« Dummerweise schien ihre Zunge einen eigenen Willen zu haben.

»Ernst«, antwortete Chloe. »Alex hat immer gelacht und war voller Übermut. Philippa war gehorsam. Aber da er wesentlich älter war als ich, habe ich Gabriel nicht so gut gekannt. Ich erinnere mich nur, dass er immer ernsthaft und still war.« Sie zuckte die Achseln. »Wir alle, jeder von uns, hat gelernt, mit dem zurechtzukommen, was das Leben uns bringt. Außer Gabriel. Er hat die Verantwortung für das übernommen, was uns geschehen ist.«

Es traf Jane wie ein Stich ins Herz. Ihr Leben war einsam gewesen und voller Unsicherheit, aber es war nicht von Gewalttätigkeit geprägt gewesen.

»Es war nicht seine Schuld.« Das musste Gabriel doch selbst wissen, nach so vielen Jahren, wie sie seitdem vergangen waren.

»Ich weiß das. Aber glaubst du, dass ein Mann mit Gabriels Charakter sich jemals verzeihen und diese völlig ungerechtfertigte Schuld abschütteln kann?«

Ein Knoten bildete sich in Janes Bauch. »Nein«, sagte sie leise. Denn der Mensch, den seine Schwester beschrieben hatte, würde niemals aufhören, die Schuld auf sich zu nehmen, ebenso wenig wie er damit aufhören konnte, sich um andere zu kümmern. Der Wunsch, andere um jeden Preis zu beschützen, war schlicht ein Teil dessen, was jenen Gabriel Edgerton ausmachte, den sie liebte.

Chloe hielt Jane mahnend den Zeigefinger vors Gesicht. »Du darfst sein schurkenhaftes Verhalten nicht dulden. Ist das klar?«

Jane gelang ein leises Lächeln, auch wenn ihr das Herz für Gabriel brach. »Voll und ganz«, versicherte sie ihr.

Chloe gab ihr einen Kuss auf die Wange. »Gute Nacht.«

Als Chloe ging, seufzte Jane. *Eine gute Nacht, weiß Gott.*

* * *

»Bist du verrückt?«

Gabriel blickte von seinem leeren Glas hoch. Waterson ragte über ihm auf, schaute ihn verwundert an. »Waterson.« Er deutete auf einen Sessel. »Willst du dich nicht setzen?«

Sein Freund runzelte die Stirn und zog das Sitzmöbel hervor. »Du hast deine Frau in der Hochzeitsnacht allein gelassen?«, fragte sein Freund ohne Vorrede.

Gabriel schaute sich um und bemerkte, dass zahllose Augenpaare auf sie gerichtet waren. Oder besser auf ihn. Er runzelte die Stirn. Schließlich geschah es nicht jeden Tag, dass binnen sechsunddreißig Stunden ein echter Marquis mit der Gesellschafterin seiner Schwester in der Oper in flagranti erwischt wurde, die ruinierte Dame heiratete und dann in seinen Club ging. »Ich habe sie nicht allein gelassen«, erklärte er und setzte sich anders hin. »Außerdem«, fuhr er fort und senkte die Stimme zu einem Flüstern. »Unsere Ehe besteht ja nur auf dem Papier, und die Dame ist ohne mich deutlich besser dran.«

Sein Freund schnaubte abfällig und griff nach der Flasche. »Ich nehme die mal.« Er bemächtigte sich auch Gabriels Glases und schenkte sich selbst Brandy ein. Dann hob er es wie zum Gruß. »Wenn du das glaubst, mein Freund, dann bist du der Einzige, der das heute Vormittag beim Hochzeitsessen so gesehen hat.« Ein Diener kam herbei, brachte ein weiteres Glas, aber Waterson fing den Blick des Lakaien auf, der es sich daraufhin anders überlegte und die entgegengesetzte Richtung einschlug.

Als er seine Aufmerksamkeit Gabriel wieder zuwandte, verschwendete er keine Zeit darauf, der Sache auf den Grund zu gehen. »Ich verstehe, dass du die junge Frau nicht heiraten wolltest.«

Entsprach das der Wahrheit? Alles war so kompliziert.

Sein Freund fuhr fort. »Aber dass du jetzt hier bist …« Er schüttelte den Kopf. »Also, dass du hier bist, hilft Lady Waverly kein bisschen. Es macht alles für euch beide nur noch schwieriger.«

Lady Waverly. Nicht seine Mutter war damit gemeint, sondern eine neue Marchioness. Eine Rolle, die er nie zu besetzen beabsichtigt hatte. Er griff nach seinem Getränk, merkte dann aber, dass Waterson das Glas noch in der Hand hielt.

Der Earl schwenkte den Inhalt langsam im Kreis und blickte nachdenklich vor sich hin, bevor er weitersprach. »Natürlich kann ich verstehen, warum du dich lieber im Club aufhältst.«

Gabriel runzelte die Stirn.

Waterson machte eine beschwichtigende Handbewegung. »Du hast wiederum ehrenwert gehandelt, und deswegen bist du jetzt verheiratet mit der Tochter einer Hu…«

Mit einer blitzschnellen Bewegung beugte sich Gabriel über den Tisch und packte Waterson an den Rockaufschlägen. Brandy schwappte über den Rand des Glases und hinterließ eine Pfütze auf dem Tisch. »Halt deine gottverdammte Klappe oder, so wahr ich hier stehe, ich stopfe sie dir persönlich«, fauchte er. Wie konnte sein Freund es wagen, Jane derart herabzusetzen? Sie war mehr wert als sie beide und alle anderen hier anwesenden Herren zusammen.

Leise Belustigung blitzte in den wissenden Augen des anderen auf, und Gabriel ließ ihn so abrupt los, dass der Earl auf seinen Sessel zurückfiel. »Sag, was immer du zu sagen hast, und dann Schluss damit«, verlangte er scharf. Dabei brauchte er das gar nicht. Gabriel wusste es selbst. Er hatte hier nichts verloren. Nicht heute Nacht.

»Ich habe jedenfalls Gerüchte über sie flüstern gehört …«

Gabriel umklammerte die Armlehnen seines Sessels. Das Gerede. *Sie ist die Tochter einer Hure …* Das war alles, was man über sie sagen würde. Wut legte sich wie ein roter Vorhang vor sein Blickfeld. »Ich möchte nichts über den verdammten Klatsch hören«, presste er hervor. Die Leute würden sowieso nicht die tapferere junge Frau mit den ehrenwerten Absichten sehen.

»Ich bin seit beinahe zwanzig Jahren dein einziger Freund. Nicht ein Mal in deinem bisherigen Leben hast du jemals in irgendeiner Weise um Hilfe gebeten, sie angenommen oder gebilligt. Weder von mir noch von irgendjemand anderem.« Waterson bedachte seinen Freund mit einem eindringlichen Blick. »Kein Mensch lebt für sich allein, und daher wirst du jetzt verdammt noch mal meine Hilfe annehmen, ob du sie willst oder nicht. Und du wirst damit anfangen, indem du nach Hause gehst und deine Frau liebst.«

Tiefe Röte stieg Gabriel in die Wangen, als Watersons Worte verführerische Bilder von Jane vor seinem geistigen Auge entstehen ließen – wunderschön in ihrer Nacktheit, umgeben von ihren goldblonden Locken, die sie in Wellen umflossen.

»Und dann wirst du akzeptieren, dass sie dein ist und du ihr gehörst und dass eure Ehe endgültig ist. Ob du es jetzt so wolltest oder nicht.«

Der Earl stellte sein – nein, Gabriels – Glas auf den Tisch zurück, gerade außerhalb von Gabriels Reichweite, dann stützte er sich mit den Ellbogen auf die Tischplatte. Er sah sich einen Moment lang um, dann senkte er die Stimme zu einem gedämpften Flüstern. »Und wenn du damit fertig bist, weiche ihr nie wieder von der Seite, da du sie sonst zu einem Leben verurteilst, in dem sie nirgendwo wirklich einen Platz hat.«

Gabriel saß in steifem Schweigen da und ließ die Worte seines Freundes auf sich wirken. »Ich kann nicht«, flüsterte er, unsicher, ob er zu sich selbst oder Waterson sprach.

»Warum hast du sie geheiratet?«, fragte Waterson ohne Umschweife und holte damit Gabriels Aufmerksamkeit zurück. »Um sie zu beschützen?«, vermutete er, bevor Gabriel selbst antworten konnte. »Dann tue das. Bereite sie auf die gute Gesellschaft vor und erspare ihr weiteres Gerede.« Er deutete mit dem Kinn auf den Eingang des Clubs. »Geh zu ihr«, drängte er.

Von Schuldgefühlen geplagt – diesen verhassten, allzu vertrauten Gefühlen, die ihn schon so viele Jahre verfolgten – erhob sich Gabriel. »Waterson«, begann er knapp. »Da…«

»Du musst mir nicht danken. Jetzt geh.«

Gabriel drehte sich um und schickte sich an, den voll besetzten Club zu durchqueren, als er aus dem Augenwinkel eine verhasste Gestalt entdeckte. Der schneidige Gentleman mit der modischen Brutus-Frisur warf den Kopf in den Nacken und lachte über etwas, das sein Gegenüber zu ihm sagte, doch dann erstarrte er plötzlich, setzte sich anders hin und verzog seine Lippen zu einem spöttischen Lächeln.

»Waverly«, rief der Earl of Montclair und hob sein Glas zu einem höhnischen Toast. »Ich glaube, Glückwünsche sind angebracht.« Die Häme in seinen Worten war nicht zu überhören.

Gabriel stellte sich vor, wie dieser Mistkerl seinen hässlichen Mund auf Janes presste, mitleidlos, während sie sich wehrte und gegen ihn kämpfte, letzten Endes freikam. Und dann dafür bestraft wurde, dass sie sich Montclairs ekelhaften Aufdringlichkeiten widersetzt hatte. Als hätte er keine Kontrolle über seine Beine, trugen sie ihn zu seinem Widersacher.

Der Earl schaute ihn fragend an. »Waverly. Sind Sie gekommen, um sich zu uns …«

Ohne viel Federlesens packte Gabriel den Bastard, der es gewagt hatte, Jane anzufassen, an den Rockaufschlägen, zerrte ihn aus dem Sitz und versetzte ihm einen Hieb auf die Nase. Er genoss es zu hören, wie sie brach und ihr Besitzer vor Schmerz aufschrie. Er verspürte eine gewisse Befriedigung, und er genoss das triumphierende Gefühl, Rache geübt zu haben. Vielleicht war er doch mehr wie sein Vater, als er je zu glauben gewagt hatte, denn der Anblick des Earl erfüllte ihn mit Schadenfreude. Gabriel kehrte ihm, ohne sich weiter um ihn zu kümmern, den Rücken, ignorierte das Gerede und begab sich mit weit ausholenden Schritten zum Ausgang des Clubs.

Ein Lakai, der sorgsam darauf achtete, ihm nicht ins Gesicht zu sehen, eilte mit seinem Mantel herbei, und Gabriel schlüpfte hinein. Als er den Club verließ und die Zügel seines Pferdes von einem wartenden Diener entgegennahm, holte er tief Luft. Dann schwang er sich in den Sattel seines kastanienbraunen Hengstes und lenkte ihn in die Richtung seines Stadthauses. Zu seiner Frau. Zu seiner Zukunft.

Das Pferd tänzelte nervös, es spürte offenbar Gabriels Anspannung, und als er die Zügel lockerer ließ und es ruhiger dahintrabte, hatte er Gelegenheit, über die Worte seines Freundes nachzudenken.

Er hatte versprochen, sich um Jane zu kümmern. Aber in jener Minute, in der er sie ruiniert hatte, war sie seine Verantwortung geworden. Es beschämte ihn, dass er ihr nur noch mehr Schwierigkeiten bereitet hatte, als er heute aus Feigheit das Haus verlassen hatte. Und das nur, weil er Jane, die seine Welt auf den Kopf gestellt hatte, nicht begegnen wollte.

Doch er konnte seiner Verantwortung nicht aus dem Weg gehen. Sie war Teil dessen, was er war, und er konnte sich davon nicht einfach befreien. Ganz gleich, wie sehr er sich das wünschen mochte. Gabriel ritt weiter über die leeren nächtlichen Kopfsteinpflasterstraßen.

Sie behauptete, ihn zu lieben.

Und er hatte den Großteil seines Lebens damit verbracht, nichts mit diesem lästigen Gefühl zu tun haben zu wollen. Als sie diese Worte ausgesprochen hatte, hatte sie ihm Wahrheiten eingeflüstert, die er tief in sein Inneres verbannt hatte. Wahrheiten, die er unter dem Staub des Lebens verborgen hatte – sogar vor sich selbst. Es war vor allem diese verfluchte Sehnsucht danach, jemanden zu haben, der zu einem stand und dem man voll und ganz vertrauen konnte. Was sie ihm gezeigt hatte, war verborgen unter seiner größten Angst, aber es beinhaltete auch einen sehnlichen Wunsch, von dem er nie gewusst hatte, dass er in ihm schlummerte.

Die Fassade seines Stadthauses kam in Sicht, und er trieb sein Pferd zu einem schnelleren Tempo an. Sobald er vor dem Haus abgestiegen war, eilte schon ein Diener herbei, um ihm die Zügel abzunehmen. Mit einem gemurmelten Danke lief Gabriel die Handvoll Stufen zur Haustür empor, die Joseph ihm öffnete.

»Mylord«, grüßte ihn der Butler. In seinen Augen stand ein Tadel, er schien ihm die gleichen Vorwürfe zu machen wie Waterson eben im Club.

Gabriel schlüpfte aus seinem Mantel. »Joseph«, sagte er und blickte zur Treppe, räusperte sich.

»Ihre Ladyschaft hat sich für den Abend zurückgezogen.« Der Bedienstete hatte ein unheimliches Gespür dafür entwickelt, genau zu erahnen, was Gabriel dachte, bevor der es aussprechen konnte.

»Äh, ja, richtig. Natürlich.« Gabriel ging die Treppe hoch und erreichte den ersten Absatz, wo der Korridor mit den Schlafzimmern begann, als ihm plötzlich jemand den Weg vertrat.

Er schluckte den Fluch hinunter, der ihm schon auf den Lippen lag, als er beinahe mit seiner Schwester zusammenstieß. »Was tust du hier um diese …«

Die Hände in die Hüften gestemmt, starrte sie ihn vorwurfsvoll an. »Beende diesen Satz nicht.«

Ganz offensichtlich war es sein Los, dass er von kecken jungen Damen herumkommandiert wurde. Mit einem Seufzen zückte Gabriel seine Taschenuhr. »Chloe, es ist schon spät.«

»Ach ja?«

»Ja, ist es.«

»Das war ironisch gemeint, Gabriel«, erklärte sie mit zusammengebissenen Zähnen. »Natürlich ist es spät. Du hättest schon vor Stunden wieder zu Hause sein sollen.«

Erst Alex, dann Waterson und jetzt auch noch Chloe. Vielleicht musste er sich auch noch darauf gefasst machen, sich von Joseph anhören zu müssen, was der von seiner Ehe mit Jane hielt.

»Jane braucht deine Unterstützung.«

»Das weiß ich.«

»Sie muss tun, was Imogen getan hat.«

Vielleicht war es die späte Stunde oder der Brandy, den er in seinem Club getrunken hatte, oder vielleicht war es auch einfach nur, dass Chloes Gedankengänge kompliziert waren. »Was Imogen getan hat?«

Chloe verdrehte die Augen, und ihre Lippen bewegten sich zu einem, wie er vermutete, stummen Gebet war. »Sich dem Skandal mutig stellen.« Ein entschlossenes Glitzern stand in Chloes Augen. »Sie wird sich in die Gesellschaft wagen müssen, und nur dann, wenn die Leute sehen, dass sie sich nicht einschüchtern lässt, werden sie sich etwas anderem zuwenden.« Sie rümpfte die Nase. »Die gute Gesellschaft ist mitleidlos und grausam, das weißt du doch, oder?«

Jane würde sich dem stellen müssen. Bei dem Gedanken daran, wie sie den herablassenden Bemerkungen und hämischen Blicken entgegentrat, regte sich Wut in ihm. »Das weiß ich.« Gabriel ballte seine Hände so fest zu Fäusten, dass es beinah wehtat. »Ich habe bereits mit Alex' Hilfe einige Gesellschaftsereignisse ausgewählt, die Jane besuchen sollte.«

»Und …« Sie blinzelte mehrmals rasch hintereinander. »Du hast was?«

Glaubten seine Geschwister eigentlich alle, dass er keine Ahnung hatte, was Jane tun musste und was ihr bevorstand? »Sowohl Waterson als auch der Earl of Primly werden Jane – uns – ihre Unterstützung gewähren. Ich habe eine Einladung zu dem Ball des Duke of Crawford akzeptiert.« Er schob sein Kinn vor. Trotz der wenig schmeichelhaften Meinung aller über ihn würde er nicht zulassen, dass Jane von der Gesellschaft geschmäht oder beschämt wurde.

Aber hast du nicht genau das Gleiche getan, indem du sie in ihrer Hochzeitsnacht allein gelassen hast?

Er verspürte Gewissensbisse. »Ich werde gleich morgen früh mit Jane sprechen. Sie wird der Gesellschaft vorgestellt werden, und ich werde an ihrer Seite stehen und …«

»Dann wirst du sie zu ihrer Schule schicken.«

Seine Schwester und Jane hatten miteinander gesprochen. Er wischte sich mit einer Hand über die Augen. »Chloe, es ist spät.«

»Das sagtest du schon.«

Da seine Schwester offenbar gerade einen ihrer Wutanfälle hatte, wäre es keine gute Idee, sie darauf hinzuweisen, dass sie erst heiraten müsste, damit das passierte. »Ich werde mit dir nicht die Eckpunkte der Abmachung zwischen Jane und mir besprechen. Wenn du mich also bitte entschuldigen würdest«, sagte er mit einer Festigkeit, die er sich gewöhnlich für Gespräche mit Alex aufsparte. Er schaffte nicht mehr als fünf Schritte, bis sie ihm nachrief.

»Du glaubst, du würdest jeden beschützen, oder? Du wolltest Alex vor sich selbst beschützen und vor seinem Lebensstil. Und du willst mich und Philippa beschützen, indem du uns mit anständigen Männern verheiratest, die uns nicht misshandeln.« Sie machte eine Pause. »Du willst mich beschützen vor der Wahrheit über Philippas Schwierigkeiten mit ihrer Schwangerschaft.«

Er erstarrte und drehte sich wieder zu ihr um.

Sie hob die Augenbrauen. »Glaubst du, ich wüsste nicht Bescheid über Philippa und ihr ungeborenes Baby?«

»Ich …« Was konnte er schon sagen? Jede Verteidigung, die er versuchen wollte, hätte nur zu tausendeins Auseinandersetzungen darüber geführt, warum es falsch von ihm gewesen war, ihr die Wahrheit über Philippas schwierige Schwangerschaft vorzuenthalten.

»Was ist mit dir?« Chloe trat einen Schritt auf ihn zu. »Siehst du nicht, wie du Leute in der Hoffnung beschützt, dass du dich damit selbst davor schützt, dir zu viel aus ihnen zu machen?« Sie deutete an ihm vorbei zu Janes Zimmer. »Um dich selbst davor zu schützen, dass du eine Frau lieben könntest. Aber du kannst nicht verhindern, dass du etwas empfindest. Egal, wie sehr du es dir wünschen magst.«

Damit verließ ihn seine Schwester, und er war wieder, was er schon zweiunddreißig Jahre lang war – allein.

Kapitel 25

Eine Woche später

Eine Woche nachdem sie geheiratet hatte und anschließend von ihrem Ehemann allein gelassen worden war, hatte Gabriel für Jane Tutoren und Tanzlehrer besorgt, sie mit Kleidern und tausend anderen Dingen versorgt … einfach mit allem, mit Ausnahme von sich selbst.

Sie frühstückten gemeinsam und nahmen, mehr oder weniger schweigend, das Abendessen gemeinsam ein, wobei sie noch weniger miteinander sprachen. Wann immer Jane versucht hatte, mit Gabriel eine Unterhaltung zu beginnen, hatte er sich als so zurückhaltend und distanziert erwiesen, wie er es am Anfang ihrer Bekanntschaft gewesen war. Sie wusste überhaupt nicht, was sie mit ihm anfangen sollte.

Wenn ihr nicht Chloe Gesellschaft geleistet hätte, wäre sie schon vor Tagen von der Langeweile ihrer eigenen Gesellschaft verrückt geworden. Bis jetzt. Jetzt glaubte Jane, dass sie aus völlig anderen Gründen verrückt würde. Soll so mein Leben aussehen? Diese unterkühlte Beziehung zu einem Mann, der ihr trotz dessen, was sie gemeinsam getan hatten, höchstens noch fremder geworden war als zuvor?

Jane stand neben ihrer Schwägerin und starrte mit großen Augen auf ihr Bett. »Sie sind rosa.«

»Also, nicht *alle* sind rosa.«

Das, wovon sie sprachen, waren die Kleider, die sie vor einer Ewigkeit ausgesucht und bestellt hatten. Inzwischen waren sie von der mondänen Damenschneiderin geliefert worden. Rosa war die Lieblingsfarbe ihrer Mutter gewesen, ein Farbton, der ihr verhasst gewesen war, nicht zuletzt wegen der unzähligen Päckchen von ihrem Vater – oder, um genauer zu sein, von dem Beschützer ihrer Mutter. Sie hatte geschworen, niemals in ihrem Leben ein rosa Kleid zu tragen. Doch inzwischen hatte sie mehr von jenen Dingen getan, von denen sie früher gelobt hatte, sie nie zu tun.

Chloe hob eine Kreation aus Seide hoch. »Siehst du, das hier ist nicht rosa.«

Jane legte den Kopf schief und betrachtete kritisch das Kleid, das Chloe zwischen den Fingern hochhielt.

Gabriels Schwester schüttelte es aus. »Es ist mauve.«

Was sich nur ganz leicht von Rosa unterschied. Seufzend strich Jane mit dem Fingerrücken über den glatten Stoff. »Es ist sehr hübsch«, räumte sie ein.

Chloe lächelte strahlend. »Na bitte. Du wirst bei dem bevorstehenden Ball des Duke und der Duchess of Crawford wunderschön aussehen.« Sie ließ das Kleid wieder auf die anderen fallen und drehte sich um.

Der Ball eines Herzogs?

»Natürlich würdest du in allem wunderbar aussehen, was du anziehst«, fuhr Chloe fort, ohne innezuhalten.

»Was für ein Ball?«, rief Jane.

Chloe blieb stehen und drehte sich zu ihr um. »Der des Duke und der Duchess of Crawford. Der Herzog und die Herzogin besuchen nur ganz wenige ausgewählte Gesellschaften und geben sogar selbst noch weniger. Eine Einladung zu ihrem

Ball ist heiß begehrt.« Sie machte eine Pause. »Alle Welt wird dort sein.«

Ja genau, einfach wunderbar.

»Was dennoch der perfekte Anlass sein wird, dich offiziell in die Gesellschaft einzuführen. Alles was du tun musst, ist, dich zu einem Lächeln zu zwingen, ein paar Tänze mit deinem Ehemann, Alex und Lord Waterson als Unterstützung zu absolvieren, und dann können wir auch wieder gehen, und der ganze Klatsch kann sich dem nächsten Opfer zuwenden.«

Ein paar Tänze. Bei der Aussicht, sich nicht nur den Hyänen der guten Gesellschaft stellen zu müssen, sondern auch noch vor ihren Augen zu tanzen, wand Jane sich innerlich. »Aber …« Ihre Gedanken überschlugen sich. Natürlich musste sie der Gesellschaft präsentiert werden. Das entsprach schließlich ihrer Abmachung mit Gabriel.

Chloe schaute sie erwartungsvoll an.

»Aber …« Aber sie hatte nicht damit gerechnet, dass das so bald passieren würde. Montclair drängte sich in ihr Bewusstsein, wie er sich in dem Opernhaus ihr gegenüber verhalten hatte – grausam, mitleidlos. Dann stellte sie sich einen Ballsaal mit lauter Montclairs und jungen Damen vor, wie sie sie bei Mrs Belden kennengelernt hatte. »Ich kann nicht …«

Hingehen. »Ich kann nicht …« *Das tun.* »… tanzen«, beendete Jane den Satz lahm. Sie atmete langsam ein und strich mit den Händen ihre Röcke glatt. »Ich kann immer noch nicht tanzen.«

Es hatte noch nie die Notwendigkeit bestanden, dass sie die Schrittfolgen zu beherrschen lernte, ein Vergnügen, das den vornehmen Herrschaften vorbehalten war, die von einem Ball zum nächsten zogen. Jetzt jedoch musste sie es plötzlich können, aber sie hatte sich bisher beim Lernen äußerst ungeschickt angestellt.

»Ich würde sagen, das ist Mr Wallace' Schuld.«

Der arme Mr Wallace, dem sie in den letzten Tagen viel zu oft auf die Füße getreten war. Wenn er am Ende nicht gebrochene Zehen hätte, wäre das der größte Erfolg seiner Karriere.

»Ich glaube kaum, dass es fair ist, Mr Wallace die Verantwortung für meine Ungeschicklichkeit in die Schuhe zu schieben.«

Chloe lächelte und tätschelte ihr die Hand. »Ehrlich, das ist der Grund, warum ich dich so mag. Du gibst nie anderen die Schuld, obwohl du das viel öfter tun solltest, vor allem bei …« *Meinem Bruder*. Sie räusperte sich. »Ist jetzt auch nicht wichtig. Mr Wallace wartet bestimmt schon, und wir sollten uns beeilen, damit der Unterricht pünktlich beginnen kann.«

Jane seufzte, während eine entschlossene Chloe sie bei der Hand nahm und praktisch zur Tür zog. Diese junge Frau brauchte keine Gesellschafterin, sie hätte die Rolle als Gesellschafterin übernehmen müssen. Während sie über die Flure liefen, kamen sie immer wieder an Bediensteten vorbei, die Jane mitleidige Blicke zuwarfen.

Sie verzog das Gesicht. Offensichtlich hatten die Diener erfahren, wie erbärmlich sich ihre neue Herrin in dieser ganzen Angelegenheit mit der Vorstellung in der guten Gesellschaft schlug.

»Ich habe großes Vertrauen in dich, Jane. Mr Wallace wird dich gut vorbereiten für den Ball.«

Jane war sich nicht sicher, wen Chloe mit dieser hoffnungsvollen Aussage überzeugen wollte, sie oder sich selbst. »Ja, das hast du schon erwähnt«, erwiderte sie schwach. »Vielleicht einen Ball später?«, schlug sie vor. Es musste ja schließlich kein Ball sein, den ein Herzog gab. Schließlich war es auch irgendwie absurd, wenn die uneheliche Tochter eines Herzogs bei dem Ball eines anderen Herzogs der Gesellschaft präsentiert wurde.

Ja, ein paar Tage mehr würden ihr die Zeit geben, sich mit der Idee einer öffentlichen Blamage auszusöhnen. Man sollte eigentlich meinen, dass sie sich nach Jahren, in denen sie von der Gesellschaft verurteilt worden war, an so eine Behandlung gewöhnt hätte. Leider.

»Nein«, entgegnete Chloe entschieden. »Es muss dieses Fest sein«, erklärte sie, als sie an den leeren Ballsaal kamen. »Seine Frau ist nett«, schob sie als Begründung nach. Eine nette Herzogin?

Mr Wallace stand mit finster zusammengezogenen Brauen am Eingang zum Ballsaal. Mit seinem braunen Haar, das er im Nacken zusammengebunden hatte, und seinem schlanken Körperbau hätte er durchaus als schneidig beschrieben werden können, wenn er nicht die lästige Angewohnheit gehabt hätte, ständig die Stirn zu runzeln.

Jane unterdrückte ein Stöhnen, als ihre Schwägerin ihr einen Stoß zwischen die Schulterblätter versetzte. »Ab mit dir.« Dann senkte sie ihre Stimme zu einem Flüstern. »Ich bleibe in der Nähe.«

Mit einem Seufzen trat Jane zu Mr Wallace. Er sagte etwas zu dem Geiger, der die Musik lieferte, dann wandte er sich zu Jane um, und ein gequälter Ausdruck legte sich flüchtig über seine Züge. »Mylady«, begrüßte er sie so ausdruckslos und nüchtern, dass es sogar ihrem Ehemann schwergefallen wäre, diesen Ton nachzuahmen.

»Mr Wallace.« Sie musste zugeben, es war durchaus angenehm, zur Abwechslung einmal nicht wegen ihrer Abstammung verachtet zu werden, sondern wegen ihrer beklagenswerten Neigung, ihm auf die Zehen zu treten.

»Wir haben nur noch zwei Tage«, erinnerte er sie überflüssigerweise, während er ihr die Hände hinhielt. Als ob sie das vergessen würde. Sie wusste ganz genau, wie viel Zeit ihr blieb.

Jane legte ihre Hand auf seine Schulter und er seine an ihre Taille. »Ich kann nicht erkennen, wie das hier in irgendeiner Form als züchtig betrachtet werden kann«, murmelte sie halblaut. Ein Mann sollte wirklich eine Dame so intim berühren dürfen?

Mr Wallace verzog das Gesicht, als ihr Fuß auf seinen Zehen landete. »Es ist ein Walzer, Mylady«, teilte er ihr mit und stützte sie, als sie stolperte.

»Man zählt eins, zwei, drei«, rief Chloe von der Seite.

Es war ihr egal, in welchem Takt man zählte, sie konnte ihn einfach nicht halten.

»Und es ist der letzte Schrei. Er ist erst kürzlich vom Kontinent nach London gelangt.« Ach so, jetzt war es eine Geschichtsstunde.

»Umpf.«

»Tut mir leid«, sagte sie automatisch.

Seine Lippen bewegten sich, und sie glaubte, zu einem stummen Fluch. Aber er hatte natürlich viel zu gute Manieren, um so etwas Unhöfliches zu tun. Jane stolperte – zum wiederholten Male –, und er stützte sie, fasste sie fester um die Mitte und zog sie an sich.

»Ich fürchte, Ihre Bemühungen sind zwecklos.« Sie würde die Schritte dieses vermaledeiten Tanzes oder die eines der anderen, die er ihr gezeigt hatte, nie beherrschen – und ganz bestimmt nicht rechtzeitig zu dem Ball des Herzogs.

»Gabriel!«

Bei Chloes Ausruf blickte Jane jäh auf und trat prompt dem armen Mr Wallace erneut auf die Füße. Ihr Herz machte einen Satz, als ihr Ehemann auf der Türschwelle erschien.

»Gabriel, hast du mich erschreckt«, erklärte seine Schwester, eine Hand an ihrer Brust. »Ich habe gerade mit Jane über den Ball des Duke und der Duchess of Crawford gesprochen.«

Gabriel blieb weiter am Eingang des Ballsaals stehen und betrachtete Jane unverwandt. Die Intensität, mit der sein brennender Blick auf ihr ruhte, presste ihr alle Luft aus den Lungen. Dann richtete er seine Aufmerksamkeit auf die Stelle, wo Mr Wallace' Hände sie berührten. Das Moosgrün in seinen Augen verdunkelte sich, bis es fast schwarz war.

Der Tanzlehrer ließ Jane abrupt los.

Chloe redete unbekümmert weiter in die Stille hinein. »Jane kann nicht tanzen.« Sie schaute sowohl Gabriel als auch den armen Mr Wallace vorwurfsvoll an.

Gabriel blinzelte mehrmals, als käme er gerade wieder zu sich, dann wandte er sich an seine Schwester. »Was ist das hier?«, wollte er mit missbilligend verzogenen Lippen wissen.

Jane verkniff sich ein Stöhnen. »*Das* hier ist nichts.«

»Tanzen«, antwortete Chloe, breitete die Arme aus und zeigte es ihm. Offenbar waren Jane und Chloe unterschiedlicher Meinung bezüglich der Bedeutung der sinnlosen Bewegungen und Gabriels Bedürfnisses, darüber unterrichtet zu sein. »Selbst nach Mr Wallace' Bemühungen kann sie es immer noch nicht.«

Die finster gerunzelte Stirn des Tanzlehrers deutete an, wie wenig es ihm gefiel, wenn seine Fähigkeiten in Anwesenheit seines Auftraggebers angezweifelt wurden.

Jane verlagerte ihr Gewicht. Zu ihrer Verteidigung war noch anzuführen, dass sie wirklich erst eine Woche lang Unterricht bekam. Sicher, sie hatte wenig bis gar keine Fortschritte auf dem Parkett gemacht. »Es stimmt leider. Ich bin wirklich ziemlich furchtbar darin.« Chloes und Mr Wallace' Schweigen bestätigte das beredt.

»Ich bin sicher, das stimmt so nicht«, versuchte Gabriel, ritterlich wie immer, sie zu ermutigen.

Ihr wurde die Brust eng. Niemand hatte sich vorher die Mühe gemacht, sich ihr gegenüber ritterlich zu zeigen.

»Oh, aber es ist wahr«, warf Chloe wenig hilfreich ein. Sie deutete zu dem Geiger. »Sieh selbst. Mr Wallace, bitte.«

»Chloe«, begann Jane. »Ich … uff.« Mr Wallace fasste ihre Hand und zog sie mit sich in die Bewegung.

Während der überaus peinlichen und für Mr Wallace vermutlich auch schmerzhaften Runden stand Gabriel am Rand, die Arme vor der Brust verschränkt und verfolgte alles mit harten Blicken.

Was dachte er?

»Bitte passen Sie auf, Mylady«, ermahnte sie der Tanzlehrer leise.

»Das versuche ich ja«, erwiderte sie angespannt. Es war nur besonders schwierig, solange ihr Ehemann sie auf diese bedrohliche Art und Weise anschaute. Was hatte der arme Mr Wallace getan, um so etwas zu verdienen? »Uff.« Der leidgeprüfte Lehrer stützte sie erneut, fasste sie fester um die Mitte.

»Das reicht«, rief Gabriel barsch. Seine laute Stimme dröhnte durch den Saal, hallte von den Wänden wider.

Mr Wallace blieb abrupt stehen. Er wirkte so erleichtert, als sei er vom König begnadigt worden.

»Chloe, Mr Wallace«, erklärte Gabriel knapp, »wenn ich kurz mit meiner Frau ungestört sein dürfte?«

Chloe lächelte breit und neigte den Kopf. »Natürlich.«

Jane starrte ihr hinterher, und Unbehagen und Aufregung rangen in ihr miteinander angesichts der Aussicht, allein mit ihrem Ehemann zu sein. Oder Bräutigam? Sie konnte sich immer noch nicht entscheiden, ob er jetzt tatsächlich schon ihr Ehemann war oder nicht.

Sie knetete den Stoff ihrer Röcke in ihren Händen, weil es plötzlich anders war, obwohl sie schon zuvor mit Gabriel allein gewesen war. Auch wenn sie beide genau wussten, dass ihre Verbindung nie als echte Ehe gedacht war.

»Gabriel, du möchtest mich sprechen?«

* * *

Gabriel verspürte den heftigen Wunsch, den verdammten Tanzlehrer mit den gierigen Händen zu erwürgen. Das hätte er am liebsten getan. Der Anblick, wie der andere Mann Jane berührt hatte, hatte etwas Primitives tief in ihm geweckt – einen wilden, hässlichen Teil seines Wesens, von dessen Existenz er gar nichts geahnt hatte.

Er verschränkte die Hände hinter dem Rücken, während seine Schwester, Mr Wallace und der Geiger, den er ebenfalls engagiert hatte, den Raum verließen. Nur dass er jetzt, da er den lästigen Lehrer losgeworden war, nicht die geringste Ahnung hatte, was er zu Jane sagen sollte.

Er war ihr den Großteil der Woche aus dem Weg gegangen, hatte sich nur während der Mahlzeiten kurze Zeit mit ihrem Anblick gequält, bevor sie wieder getrennte Wege gegangen waren. Die letzten sieben Tage hatte er damit verbracht, wieder die Wälle zu errichten, die ihm dreißig Jahre lang Schutz geboten hatten. Er brauchte Abstand von Jane und den Sehnsüchten, die sie in ihm weckte. Doch jetzt, eine Woche später hatte er herausgefunden, dass er keinen mehr Abstand wollte, sondern dass er sie sehen musste.

»Gabriel?«, fragte sie nach.

Er versuchte, seine durcheinanderwirbelnden Gedanken zu ordnen und wippte dabei auf den Sohlen auf und ab.

»Kommst du zurecht?« Nie mehr als in diesem Moment hatte er sich wenigstens einen Bruchteil von Alex' Wortgewandtheit gewünscht. Sein Bruder wusste immer genau, was er sagen musste.

Ein Lächeln umspielte ihre Lippen. »Hast du gesehen, wie gut ich inzwischen tanzen kann?«

Nein, alles was er hatte sehen können, waren die Hände eines anderen Mannes auf der Taille seiner Frau. Der Frau, die er so verzweifelt gerne zu der Seinen machen würde, auf jede Weise, in der ein Mann das mit einer Frau tun konnte. Er stieß einen unwilligen Laut aus und überwand rasch den Abstand zwischen ihnen.

»Geht es dir gut … he!« Ihre Worte brachen mit einem Quietschen ab, als er seine Arme um sie schloss. »Was tust du …?«

Gabriel legte sich ihre Hand auf seine Schulter und seine auf ihre Taille. »Ich bringe dir jetzt das Tanzen bei.«

Ich halte dich in meinen Armen, halte dich, auch wenn es dadurch nur noch unmöglicher wird, mich von deinem Bann zu befreien. Dann führte er sie zu einer imaginären Melodie durch die einzelnen Schritte des Walzers.

Jane trat ihm prompt auf die Füße. »Tut mir leid.« Sie nahm ihre Unterlippe zwischen die Zähne.

Er zog sie enger an sich. Sie stolperte über seinen Fuß.

Seine Lippen zuckten. Sie war in der Tat so schrecklich schlecht im Tanzen, wie seine Schwester es behauptet hatte.

»Ach, sei still«, schalt sie ihn und trat ihm auf den Fuß.

Er verzog das Gesicht.

»Das war absichtlich.«

Gabriel würde nicht allzu viel darauf setzen, dass das …

Jane bohrte ihm den Absatz ihres Seidenslippers in den Spann.

Er hob eine Augenbraue. »Und wofür war das?«

»Für die Zweifel daran, ob dieser falsche Schritt von mir gerade eben tatsächlich beabsichtigt war.«

Ein Lachen rumpelte in seiner Brust. Es klang ganz rostig, nachdem es so lange nicht benutzt worden war, und er stolperte.

»Das war nicht meine Schuld«, erklärte sie spitz.

Doch. »Nein.« *Denn du hast meine Welt auf den Kopf gestellt, sodass ich jetzt lache und lächle und andere aufziehe.* Er blieb jäh stehen. Sein Herz klopfte so laut, dass es in seinen Ohren dumpf dröhnte. Er ließ sie so abrupt los, dass sie ausrutschte, sich aber gerade noch rechtzeitig fangen konnte.

Sie zog die Nase kraus. »Du hast schon lange vor Mr Wallace aufgegeben.«

Wie konnte sie so überhaupt nichts von dem Tumult ahnen, den sie in seiner Welt angerichtet hatte? »Du musst der guten Gesellschaft präsentiert werden.«

»Das weiß ich«, entgegnete sie. »Schließlich ist da noch die Sache mit der Anstandsdame für Chloe.«

Richtig. Das war ihre Rolle. Das war der Grund, warum er sie geheiratet hatte. Das, und um sie zu retten. »Je eher Chloe heiratet …«

»Desto eher kann ich mit meiner Schule anfangen.«

Das, was ihm einst so ehrenwert erschienen war, störte nun. Er hasste ihre verdammte Schule. Er nickte einmal.

Jane hob trotzig ihr Kinn. »Ich werde von der guten Gesellschaft nicht mit offenen Armen empfangen, falls es das ist, was du dir erhoffst«, verkündete sie.

Die Falte zwischen seinen Augenbrauen vertiefte sich. »Sei nicht albern. Du bist schließlich meine Ehefrau.« Er würde jeden vernichten, der sie schnitt.

»Bin ich das?«

Er blickte sie an.

»Du hast mich geheiratet, ja. Aber bin ich deine Ehefrau? Nein.« Sie machte einen Schritt auf ihn zu. »Solange … solange unsere Ehe nicht …« Ihre Wangen wurden rot. »… nicht vollzogen ist …«

Gabriel hätte sich beinahe verschluckt angesichts dieser Worte, bei denen eine ganze Flut von Bildern auf ihn eindrang. *Wie er sie nahm. Sie zur Seinen machte. Wie er in ihr zum Höhepunkt kam und sich in ihr verlor.*

An dem Punkt zuckte er zurück.

»Gabriel?« Sie streckte vorsichtig die Hand nach ihm aus.

Er schüttelte nur den Kopf, und sie ließ ihren Arm sinken. »Ich hätte dich nicht allein lassen sollen«, erklärte er mit vor Gefühlen heiserer Stimme. »In unserer Hochzeitsnacht.«

Oder in irgendeiner Nacht.

Gabriel fuhr sich mit gespreizten Fingern durchs Haar. »Ich hätte …«

Eine steile Falte bildete sich zwischen ihren Brauen. »Was ist, Gabriel?«

»Ich möchte, dass du etwas verstehst.« Er richtete seinen Blick auf eine Stelle oberhalb ihrer goldblonden Locken. Vor Scham verknotete sich sein Magen. »Mein Vater hat mich, wie du weißt, geschlagen. Er hat uns alle mit erschreckender Häufigkeit und Brutalität misshandelt. Meine Schwestern, meinen Bruder und mich.« Ein bitteres Lachen kam ihm über die Lippen. »Ich war ein verdammter Feigling. Ich hab mich versteckt, wenn es irgendwie ging, habe mir mehr Sorgen um mein Überleben gemacht als um das meiner Geschwister.«

Er schaute sie an, suchte und fand ihren Blick. Schmerz, Bedauern und eine Reihe anderer Gefühle, die er nicht genauer bestimmen konnte, standen in ihren Augen. Er hielt beide Hände hoch. »Als ihr älterer Bruder hatte ich die Verantwortung, für sie zu sorgen, sie vor Schaden zu bewahren. Weißt du, wer den jahrelangen Misshandlungen ein Ende bereitet hat?«

Sie schüttelte den Kopf.

»Mein jüngerer Bruder.« Er fuhr sich mit der Hand übers Gesicht, als die Erinnerungen an diesen lang zurückliegenden Tag an die Oberfläche drängten. »Mein Bruder ist eingeschritten und hat etwas unternommen, während ich zu feige war. Aber da war der Schaden schon angerichtet, Jane. Philippa, Chloe und Alex, sie hatten alle innere Narben davongetragen. Und in diesem Moment wusste ich, dass ich nie wieder für einen anderen Menschen verantwortlich sein wollte. Ich habe meine Geschwister im Stich gelassen.«

Und das werde ich bei dir nicht tun.

Eine einzelne Träne kullerte ihr über die Wange, gefolgt von einer weiteren, dann noch einer. »O Gabriel, du glaubst, du verdienst die Liebe nicht.« Ihre Worte durchbohrten ihn, so zutreffend waren sie. »Das ist der Grund, warum du alle von dir stößt.« Sie machte einen Schritt auf ihn zu und ergriff seine Hand.

Er versteifte sich unter ihrer Berührung, er sehnte sich danach und wollte gleichzeitig frei davon sein.

»Du hast sie nicht im Stich gelassen. Dein Vater war das.« So wie ihr Vater sie im Stich gelassen hatte.

Er erstarrte, als sie ihm die Arme um die Taille schlang und ihn so festhielt. Seine Hände schwebten unsicher in der Luft, ehe er nachgab, sie auf ihren Rücken legte und die Augen schloss. Er begann zum ersten Mal zu glauben, dass er es vielleicht, nur vielleicht, doch wagen konnte, sich auf ihre Liebe und Zuneigung einzulassen.

Kapitel 26

Fünf Stunden.

Oder dreihundert Minuten.

Und wenn man noch genauer sein wollte, achtzehntausend Sekunden.

Während die Kutsche über die Kopfsteinpflasterstraßen Londons ratterte, zählte Jane im Geiste die Zeit, die sie gezwungen sein würde, zu lächeln und zu tanzen und … nun ja, vielleicht auch nicht zu tanzen, aber immerhin beim Ball des Duke und der Duchess of Crawford anwesend zu sein.

Sie zog den Vorhang zurück und blickte auf die vorbeifahrenden Gefährte. Achtzehntausend Sekunden, hatte sie ausgerechnet, musste sie heute Abend am Rande der glitzernden Pracht der Londoner Gesellschaft ausharren, die sie derart in Angst und Schrecken versetzte. Bei Leuten, in deren Welt sie nicht gehörte.

Von der Sitzbank ihr gegenüber schenkte Chloe ihr ein sonniges Lächeln. »Alex und Imogen werden da sein, so wie auch Lord Waterson. Imogen hatte selbst einen Skandal verursacht, nach dem sie sich auch wieder der Gesellschaft stellen musste. Wenn du nur allen zeigst, dass es dir nichts ausmacht, wenden sie schon bald ihre Aufmerksamkeit etwas anderem zu. Das ist immer so. Nicht wahr, Gabriel?«

Jane blickte zu ihrem Ehemann. Er nickte einmal, trug aber sonst nichts zu dem Gespräch bei. Sie seufzte. Sie hätte sich wesentlich besser gefühlt, wenn diese Lüge von dem ernsten, beherrschten Gentleman an ihrer Seite gekommen wäre.

Ihre Kutsche kam mit einem Ruck vor dem Stadthaus des Herzogs zum Stehen. Von hier aus ging es nur quälend langsam voran, und ihre Angst wurde immer größer, schnürte ihr die Luft ab und drohte sie zu ersticken.

Ein Lakai öffnete schwungvoll die Kutschentür, und Gabriel stieg als Erster aus. Dann drehte er sich zu ihr um. Sie hatte sich ihr Leben lang mit Verurteilung und Missbilligung herumschlagen müssen, was machte da schon ein Abend mehr aus?

Vor Hunderten von Gästen. So gut wie alle Fremde.

Sie atmete einmal tief ein und verließ dann die Kutsche, hielt einen Moment inne, um die beeindruckende stuckverzierte Fassade des Stadthauses in Mayfair zu betrachten. Ihre erste gesellschaftliche Veranstaltung als Marchioness. Sie schluckte hart. Sie hätte lieber Mrs Belden aufgesucht und ihr gestanden, dass sie den Brief des Marquis of Waverly an sich genommen hatte und was sie damit getan hatte, als hier zu sein.

Eine Hand legte sich ihr auf den Rücken, und sie zuckte zusammen.

Gabriel schaute sie an. »Es wird alles gut«, erklärte er mit einer ruhigen Gelassenheit, für die sie ihn in diesem Moment hasste. Natürlich konnte er ruhig sein. Das hier war seine Welt. Er war in sie hineingeboren und in ihr aufgewachsen. Sie hingegen war als Bastard fortgeschafft worden, als ein schmutziges kleines Geheimnis.

»Es wird alles gut werden, wirklich, Jane«, versicherte ihr Chloe. Sie schenkte ihr ein einnehmendes Lächeln. »Du hast schließlich Freunde.«

Freunde. Nach einem Leben allein hatte sie nun Freunde, denen sie wichtig war, die ihr helfen wollten. Jane schaute

Chloe hinterher, die wenige Schritte vor ihr ging, und hasste sich dafür, dass ihr die Kehle unter dem Ansturm der Gefühle eng wurde. Sie wollte nicht in Tränen ausbrechen. Nicht jetzt. Und auch später nicht. Gefühle zu zeigen war gefährlich. Vor allem an diesem Abend.

Gabriel richtete seine Aufmerksamkeit wieder auf sie. »Ich werde nicht zulassen, dass jemand dich schlecht behandelt.«

Armer Gabriel. Sie schüttelte betrübt den Kopf. »Du weißt es einfach noch nicht.«

Er blickte sie fragend an.

»Du kannst nicht verhindern, dass jemandem wehgetan wird, einfach nur, weil du das nicht willst. Man hat mich schon zuvor geschnitten, und ich habe Zweifel daran, dass ich nur wegen meines neuen Rangs als deine Frau unter den gegebenen Umständen nicht mit dem gleichen unfreundlichen Verhalten rechnen muss.«

Er ließ seinen Blick suchend über ihre Züge gleiten, und es schien so, als wollte er mehr sagen, doch dann sah er zu Chloe, die am Eingang zum Stadthaus des Herzogs stand. Gabriel reichte Jane seinen Arm, und sie legte ihre Fingerspitzen darauf.

Ein Butler öffnete ihnen. Lakaien eilten herbei, um ihnen aus ihren Mänteln und Umhängen zu helfen, dann wurden sie durch das prächtig eingerichtete Stadthaus zu der Marmortreppe geführt, von der aus man zum Ballsaal gelangte, aus dem schon Stimmengewirr und Musik drangen. Oben angekommen ließ Jane ihren Blick über das Gedränge im Saal schweifen.

»Du wirst sehen, du machst das großartig«, flüsterte Gabriel ihr ins Ohr. Sein Atem strich über ihre Ohrmuschel, und ein warmer Schauer durchlief sie.

Der Butler räusperte sich und kündigte sie an. »Der Marquis und die Marchioness of Waverly und Lady Chloe.«

Alle Gespräche verstummten jäh. Alle Augen im Ballsaal richteten sich auf sie. Jane verließ aller Mut. Dankbar, dass wenigstens ihr unerschütterlich zuversichtlicher Ehemann neben ihr stand, gestattete sie Gabriel, sie die Stufen zu ihrem Gastgeber und seiner Gattin hinabzuführen.

Der hünenhafte Gentleman mit dem kastanienbraunen Haar verströmte eine Art von Macht, die verriet, dass er ein Herzog war, noch bevor irgendwelche Namen genannt worden waren. Die Frau an seiner Seite, eine vollschlanke junge Dame, die strahlend lächelte, ließ etwas von Janes Anspannung dahinschmelzen.

Jane knickste, während Gabriel sie den Gastgebern vorstellte. Dann begrüßte sie das einflussreiche Paar mit der Höflichkeit, die ihr von früh an beigebracht worden war. »Euer Gnaden.«

»Es ist mir ein Vergnügen«, erklärte die Herzogin, und etwas in ihren freundlichen Augen verriet, dass sie es tatsächlich für ein Vergnügen hielt. Alle anderen Anwesenden schienen in ihr jedoch nur ein billiges Flittchen zu sehen, das seinen Weg direkt aus der Gosse in ihre Mitte gefunden hatte.

Dann war die Vorstellung abgeschlossen, und Lord Alex und Imogen traten vor, um die Gastgeber zu begrüßen. Die Edgertons flankierten Jane und wachten über sie. Ein fremder Gentleman blieb vor ihrer kleinen Gruppe stehen. Er war groß, blond und schlank, aber auf den ersten Blick war wenig Bemerkenswertes an ihm.

»Primly«, rief Lord Alex und klopfte dem Mann freundschaftlich auf den Rücken. »Ist mir ein Vergnügen, wie stets. Darf ich Sie meiner Schwägerin Lady Waverly vorstellen? Jane, der Earl of Primly.«

Jane reckte das Kinn und wappnete sich gegen Ablehnung.

Doch der Earl lächelte sie an, und jemand, der noch vor einem Moment nichts Bemerkenswertes an sich gehabt hatte, wurde plötzlich jemand ganz Außergewöhnliches. Ein Freund. Sie knickste rasch. »Mylord.«

»Ist mir ein Vergnügen, Mylady«, stammelte er, und sie erkannte eine verwandte Seele. Er deutete auf ihre Tanzkarte. »Erweisen S-sie mir d-die Ehre eines Tanzes?«

Vage nahm sie Gabriels misstrauischen Blick wahr, mit dem er sie und den anderen Mann beobachtete, die Verengung seiner Augen, als Lord Primly nach der Karte griff und seinen Namen eintrug. Wenn sie es nicht besser gewusst hätte, so hätte sie glauben können, dass er eifersüchtig war.

Unsinn! Gabriel hätte erst einmal überhaupt etwas an ihr liegen müssen, ehe er eifersüchtig sein konnte. »Ich muss Sie allerdings warnen, ich bin ganz schrecklich im Tanzen.«

Chloe nickte. »Stimmt«, warf sie ein. »Wirklich furchtbar.«

Lord Primly bemächtigte sich Janes Hand und hob sie an seine Lippen. »Ich g-glaube, es wird es wert sein, die Unversehrtheit meiner Zehen zu opfern für das Vergnügen Ihrer Gesellschaft auf der Tanzfläche«, erwiderte er leise, was ein weiteres Stirnrunzeln ihres Ehemannes zur Folge hatte.

»Wenn Sie uns entschuldigen wollen«, erklärte Gabriel knapp. »Ich wollte gerade meine Frau für das nächste Set entführen.«

Lord Primly ließ sie sogleich los. Die Gespräche der anderen verstummten jäh. »Äh, ja, n-natürlich. Nun g-gut.« Er verneigte sich rasch, murmelte eine hastige Verabschiedung zu den übrigen Edgertons und entfernte sich.

Bevor Jane ihren Ehemann wegen seiner Unhöflichkeit gegenüber dem einen freundlichen, zuvorkommenden Gentleman, den sie in ihrem ganzen Leben getroffen hatte, zurechtweisen konnte, zog er sie auf die Tanzfläche, wo die anderen Paare gerade Aufstellung für den ersten Walzer nahmen. »Was sollte das eben?«, erkundigte sie sich, als sie ihre Hand auf seine Schulter legte.

»Was meinst du?« Gabriel berührte sie an der Taille.

»Du warst einfach grässlich zu diesem überaus netten Gentleman, Lord Primly.«

Das Orchester begann mit den ersten Takten des Walzers, und er führte sie in den einfach nur wunderbaren Tanz. Gabriel senkte sein Gesicht dicht vor ihres. Unter ihren Fingern spürte sie, wie sich die Muskeln seines Oberarms anspannten. »Mir hat die Art und Weise nicht gefallen, wie er dich angeschaut hat.«

Sie stolperte, und er richtete sie rasch auf, zog sie dabei näher an sich. Nur dass dieser Schrittfehler nichts mit ihrem zugegebenermaßen nicht vorhandenen tänzerischen Geschick zu tun hatte, sondern auf die verblüffende Erklärung ihres Ehemannes zurückzuführen war. »Warum stört es dich, wie mich irgendjemand anschaut?«, erkundigte sie sich neugierig. »Warum, wenn du mich nicht liebst?« Sie machte eine vage Kopfbewegung in Richtung der anderen Paare auf der Tanzfläche, die sie unverhohlen anschauten und miteinander flüsterten. »Was sollte es dich stören, was die anderen hier über mich sagen? Warum, wenn dir nichts an mir liegt?«

Gabriel beugte sich noch ein wenig näher zu ihr herab, sodass der Abstand zwischen ihnen weiter schrumpfte. »Aber das stimmt nicht, Jane. Mir liegt sogar eine Menge an dir.«

Ihr Herz setzte einen Schlag aus, als sie versuchte, die Bedeutung dieser Worte einzuordnen. »Wegen deiner Schwester?«, forschte sie weiter. Aufgrund seiner Sorge um Chloe und all seine Geschwister war natürlich ihre Aufnahme in der Gesellschaft sehr wohl wichtig.

Er senkte die Stimme. »Es ist deinetwegen.«

* * *

Von all den Geständnissen, die er im Laufe seines Lebens abgelegt hatte, waren diese drei Worte die, die ihm am schwersten fielen. Und doch verspürte er kein Entsetzen.

Gabriel wappnete sich für das Gefühl der Panik, die einsetzen sollte, nachdem er ausgesprochen hatte, dass er mehr für sie empfand. Sie war anders als jeder andere Mensch, dem er je begegnet war. Die Umstände ihrer Geburt zählten nicht. Sie hatten für ihn nie gezählt. Es zählte nur, dass sie so unerschrocken war und die Zügel für ihr eigenes Leben ergriffen hatte. Während andere sich um ihre Behaglichkeit und Sicherheit sorgten, hatte Jane ihre Träume gehütet, in der Hoffnung, anderen jungen Frauen, die in der gleichen Lage waren wie sie, zu helfen.

Ich brauche sie. Ich begehre sie. Ich … liebe sie.

Gabriel blieb abrupt stehen. Ein anderes Paar wich geistesgegenwärtig aus, um einen Zusammenstoß zu vermeiden.

»Gabriel?« Jane drückte seinen Arm. Er schüttelte den Kopf, um seine Gedanken wieder zu klären, und setzte sich erneut in Bewegung. Er fand sogleich wieder in die Schritte des Tanzes zurück.

Jahrelang hatte er dieses Gefühl als Schwäche betrachtet. Es war eine Empfindung, die seine Verbindung zu einem anderen Menschen zementieren und Verantwortung mit sich bringen würde. Und dadurch würde unweigerlich Verletzlichkeit kommen, und das würde er nicht verkraften. Nicht noch einmal. Wegen seines eigenen Versagens nicht. Wie beschämend, jetzt zu begreifen, dass die Warnungen seiner Geschwister, um die er sich sein Leben lang gekümmert und für die er gesorgt hatte, sich vollumfänglich als zutreffend erwiesen. Liebe hatte früher einmal für eine Fessel gestanden, aber doch hatte er die eisernen Bänder zerstört, die er um sein Herz gelegt hatte, und hatte zugegeben – er wollte ihre Liebe. Er wollte geliebt werden. Und noch wichtiger, er liebte sie. »Ich …«

Sie legte den Kopf schief und schaute ihn erwartungsvoll an.

»Ich …« Er konnte es ihr hier nicht sagen, denn er bemerkte die Blicke, die auf sie gerichtet waren. Sie verdiente es, dass er ihr seine Liebe gestand, wenn nicht zahllose Augenpaare neugierig auf sie gerichtet waren. Die Musik verstummte, und sie blieben stehen. Die anderen Paare um sie herum klatschten höflich Beifall für die Musiker, und er schloss den Mund. »Ich bringe dich zurück zu meiner Familie«, erklärte er eher lahm.

Jane nickte. »Selbstverständlich.«

Als Gabriel sich umdrehte, um sie an den Rand der Tanzfläche zu führen, erstarrte er. Er war hier. Der Mann stand auf der gegenüberliegenden Seite des Saales und ließ seinen gelangweilten Blick über die Menge schweifen. Als spürte er Gabriels Musterung, wandte er den Kopf in seine Richtung. Gabriel blickte in vertraute blaue Augen – Janes Augen.

Er hatte immer geglaubt, er könnte niemanden mehr hassen als seinen entsetzlichen Vater. Aber in diesem Moment begriff er, dass es noch einen anderen gab. Mit jeder Faser seines Wesens verabscheute er den Duke of Ravenscourt, der in seiner Blasiertheit und mit seiner Menschenverachtung Jane gezwungen hatte, sich allein in einer Welt zurechtzufinden, in der sie sich nur auf sich selbst verlassen konnte. Und deswegen verspürte er brennenden Hass, sodass er sich nur mit Mühe beherrschen konnte, sich nicht auf den Mann zu stürzen.

»Was ist los, Gabriel?«, fragte Jane mit besorgter Stimme, während sie seinem Blick zu dem Herzog folgte. Sie schaute wieder zu Gabriel. Sie kannte ihren Vater nicht und hatte daher keine Ahnung, dass der Mann, der sie gezeugt hatte, auf der anderen Seite des Ballsaals stand.

Er schob sein Kinn vor und zwang sich wegzusehen. »Es ist nichts. Meine Familie winkt uns«, log er. Wortlos begaben sie sich zurück zu den anderen, und natürlich setzte ihm seine Schwester wie immer erbarmungslos zu. »Du kannst Jane nicht den ganzen Abend für dich beanspruchen«, schalt Chloe ihren Bruder. »Lord Primly ist hier, um sein Set einzufordern.« Sie deutete auf den vermaledeiten Primly, der wartend an der Seite stand.

Jane strahlte, als der Earl eine Verbeugung machte.

Verdammte Hölle. Die Frauen waren ganz hingerissen von Primly. Sicher, er war freundlich und harmlos, ein netter Kerl, aber musste seine Frau ihn wirklich so strahlend anlächeln?

»Mylady«, sagte Primly und streckte den Arm aus.

Mit einem letzten Blick zu Gabriel ließ sich Jane von dem Earl zurück auf die Tanzfläche führen. Gabriel starrte ihnen hinterher, und dann stimmte das Orchester einen weiteren Walzer an. Sein Bruder hielt ihm ein Glas Champagner unter die Nase, und er griff zu. »Gibt es nicht irgendwelche Regeln dagegen, dass zwei Walzer direkt hintereinander gespielt werden dürfen?«, beschwerte er sich und nahm einen Schluck, während er über den Rand des Glases hinweg verfolgte, wie Primly Jane berührte. Und das war viel schlimmer als der verdammte Mr Wallace, den sie nicht gemocht hatte.

»Ich vermute, die gibt es«, antwortete Alex neben ihm. »Aber andererseits, wenn man Herzog ist, kann man die Regeln der Etikette in Bezug auf die Reihenfolge bestimmter Tänze getrost missachten.«

»Ich habe gehört, die Herzogin liebt es zu tanzen, und ganz besonders mag sie Walzer«, bemerkte Imogen sanft. »Und der Herzog trägt dem Orchester auf, mehrere Walzer zu spielen, damit die beiden sie gemeinsam tanzen können.«

Gabriel riss seinen Blick von Jane und dem verdammten Primly mit seinen … seinen Händen … los und richtete ihn auf den Herzog und seine Gemahlin. Er wirkte streng und unerschütterlich, leicht überheblich und auf keinen Fall in irgendeiner Weise herzlich oder sentimental. Niemand hätte ihn für romantisch gehalten. Andererseits hätte auch nie jemand behauptet, dass Gabriel ein besonders herzlicher oder sentimentaler Mann sei … Und doch hatte er sich rettungslos in seine eigene Frau verliebt, die vor drei Wochen noch eine völlig Fremde für ihn gewesen war. Jane war nötig gewesen, um Gabriel zu zeigen, wie sehr er sich in seinem Leben geirrt hatte.

In diesem Moment sagte Lord Primly etwas zu Jane, das ihr ein weiteres strahlendes Lächeln entlockte.

Ein tiefes Knurren steckte Gabriel in der Kehle.

»Hör auf, Lord Primly so anzustarren«, verlangte Chloe.

»Ich starre ihn nicht an«, sagte er aus dem Mundwinkel. Wenn er ihn anstarrte, dann war das auf jeden Fall gerechtfertigt angesichts der Tatsache, dass der Mann seine Hände auf Jane hatte.

»Nein, das ist kein Anstarren«, verkündete Alex viel zu belustigt für Gabriels Geschmack. »Ich würde sagen, es ist mehr ein Durchbohren mit Blicken.«

In genau dem Moment stolperte Jane, und Primly stützte sie, zog sie näher an sich. Er sagte etwas, worauf sie wieder lächelte, ein Lächeln, das allein für Gabriel hätte reserviert sein sollen. Und er vermutete, das wäre es auch gewesen, wenn er ehrlich mit sich und ihr gewesen wäre. Aber jetzt lächelte sie Primly an. Dann lachte sie, und selbst in dem überfüllten Raum mit dem Orchester drang der glockenhelle Klang bis zu ihm. Der dünne Stiel seines Sektglases brach in seinen Fingern. Ein Diener eilte herbei, um die Scherben aufzulesen. »Worüber reden die?«, murmelte Gabriel vor sich hin.

Sein Bruder beugte sich vor und antwortete flüsternd: »Wenn ich Primly richtig kenne, ist es etwas völlig Skandalöses und Unangemessenes …«

Gabriel bedachte ihn mit einem finsteren Stirnrunzeln, und sein Bruder brach in Gelächter aus. Wieder fand Gabriels Blick Jane. Er war wirklich froh, dass alle sich so auf seine Kosten amüsierten, aber er wollte verdammt sein – dieses Verliebtsein war wirklich so anstrengend, wie er es immer vermutet hatte.

Sie lachte wieder, und er ballte die Hände zu Fäusten. Worüber, verdammt noch mal, unterhielten sie sich?

Kapitel 27

Lord Primly mit seinem Stottern und seinem freundlichen Wesen bescherte Jane eine erstaunliche Erkenntnis: Sie hatte mehr mit ihm gemein, als sie es je bei einem Aristokraten für möglich gehalten hätte.

»Man f-fällt hier s-sein Urteil reichlich unfair, nicht w-wahr, Lady W-waverly?« Es war aber mehr eine Aussage als eine Frage.

Sie war auf der Hut und blickte den Earl an, während sie Walzer tanzten. »Äh …«

Er schnaubte. »Haben Sie den Eindruck, dass ich jemand bin, der von der guten Gesellschaft mit offenen Armen aufgenommen wurde?«

»Nein«, sagte sie automatisch.

Seine Lippen verzogen sich.

»Sie sind viel zu nett«, erklärte sie aufrichtig.

Ihre Worte entlockten ihm ein Grinsen. Wie überaus glücklich sich die Edgertons schätzen konnten. Sie besaßen nicht nur Familie, sondern auch echte Freunde. Es war nicht richtig, Leute, die ihr alles gegeben hatten, darum zu beneiden, aber sie würde einen Teil ihrer Seele für ein solches Glück geben. »Danke für Ihre Unterstützung. Ich kann mir vorstellen, dass es nicht leicht ist, jemandem wie mir Aufmerksamkeit schenken zu müssen.«

Er schnaubte. »S-seien Sie n-nicht albern.« Lord Primly deutete mit dem Kinn in den Raum. »Was denken Sie, mit welchem der Anwesenden ich lieber den Abend verbringen würde?«

Sie schaute ihn überrascht an, weil er die letzten Worte ohne Stottern herausgebracht hatte.

»Dort drüben ist Lord Albertsley, dem man nachsagt, er sei grausam zu seinen Bediensteten.« Er deutete diskret zu einem untersetzten Lord mit Knollennase.

Jane runzelte die Stirn. »Das ist ja schrecklich.«

Er fuhr fort. »Oder dort ist Lady McAtwaters, die sich nicht dazu herablassen kann, mit irgendjemandem zu sprechen, der unter einem Baron steht.«

Ein schockiertes Lachen entwich ihr. »Sie scherzen doch sicherlich?«

Er zwinkerte ihr zu. »Nun, vielleicht ein bisschen. Ich werde Ihnen nicht sagen, was man sich über Lady McAtwaters noch erzählt.« Seine heitere Stimmung wich Ernsthaftigkeit. »Diese Leute sind nicht besser als Sie. Sie können sich über Sie lustig machen und Sie behandeln, als wären Sie weniger wert, aber das sind Sie nicht, und daher sollten Sie ihnen auch nicht die Befriedigung geben, selbst zu denken, die anderen seien es.« Jane vermutete, der Earl sprach für sie beide, und sie fühlte sich ihm gleich näher. Er räusperte sich. »Ähm, *m-mehr wert*, meine ich.«

Er schwieg, und Jane schaute hinaus auf die Tanzfläche und dachte über Lord Primlys Worte nach. Sie begriff allmählich, diese Leute waren alle auf irgendeine Weise gebrochen, bewegten sich durchs Leben, nahmen sich das Glück, wann und wo sie konnten. Sie musste schlucken. Und sie wollte sich dieses Glück mit Gabriel nehmen. Jane schob ihr Kinn vor. Ob er es wollte oder nicht. Sie würde um ihn kämpfen.

Ihre Augen fanden Gabriel, und sie sah, dass sein Blick auf einen älteren, vage vertrauten, ihr aber dennoch fremden Mann gerichtet war, der auf der anderen Seite des Ballsaals stand. Derselbe, den er schon vorhin eindringlich gemustert hatte. »Wer ist das?«

Lord Primly folgte ihrem Blick. »Der Mann, der nicht lächelt?« Das traf auf beinahe jeden der Anwesenden zu. »Der Duke of Ravenscourt.«

In ihren Ohren summte es. Sie trat prompt dem Earl auf die Füße. »Der Duke of Ravenscourt«, wiederholte sie dumpf.

Er nickte einmal.

Der Duke of Ravenscourt. Ihr Vater. Ein Mann, den sie zweimal flüchtig während ihrer Kindheit gesehen hatte. Sein blondes Haar war inzwischen stahlgrau, und er hatte an Gewicht zugelegt, aber er war es. Sie biss sich auf die Innenseite ihrer Wange. Wie merkwürdig, dieselbe gesellschaftliche Veranstaltung zu besuchen wie der eigene Vater, ohne zu ahnen, dass der Mann, der einen gezeugt hatte, keine zwanzig Schritte entfernt stand – bis man zufällig den Blick durch den Ballsaal schweifen ließ.

Die Musik endete, und Lord Primly begann, sie zurück zu Gabriel zu geleiten. »Wenn Sie mich bitte entschuldigen«, murmelte Jane. Und wie mit eigenem Willen gesegnet trugen ihre Beine sie diese zwanzig Schritt zu dem Mann, den sie ihr ganzes Leben gehasst hatte. Ein Mann, der ihre Existenz nie zur Kenntnis genommen hatte, ihr aber immerhin eine Geldsumme ausgesetzt hatte. Daher musste er irgendein Interesse an ihr haben, selbst wenn es nur ganz gering war.

Er stand ganz allein, inmitten anderer Gäste, die es wahrscheinlich nicht wagten, ihn anzusprechen, und trank Champagner, während seine Augen gelangweilt seine Umgebung musterten. Jane blieb vor ihm stehen. Er betrachtete sie kühl von oben bis unten.

Sie strich sich mit den Händen ihre Röcke glatt. Natürlich gab es eine ganze Reihe von Vorschriften und Regeln für eine Vorstellung. Doch dieser Mann war ihr Vater. Sicherlich galten doch unter diesen Umständen Ausnahmen.

Er brach das Schweigen. »Kann ich Ihnen helfen?« Eisige Herablassung lag in der Frage.

Ein Schauer lief ihr über den Rücken, und der spontane Einfall, zu ihm zu gehen, erschien ihr mit einem Mal nicht mehr allzu klug. Nur, dass er derjenige war, der ihr unrecht getan hatte. Wie Gabriel und Primly und Chloe ihr versichert hatten, verdiente sie es, hier zu sein. »Ich …«, Jane reckte das Kinn. »Ich heiße Jane Mun… Edgerton«, verbesserte sie sich. »Ich bin die Marchioness of Waverly.«

Er schnippte einen nicht vorhandenen Fussel vom Ärmel seines saphirfarbigen Rockes. »Ich weiß, wer Sie sind«, erwiderte er in gelangweiltem Ton.

Sie rümpfte die Nase. Der Herzog hatte vermutlich die skandalöse Geschichte von ihrer überstürzten Hochzeit gehört. »Nein«, versuchte sie erneut. »Ich bin …« Sie senkte die Stimme und sprach leiser, nur für die Ohren des Herzogs bestimmt. »Ich bin Ihre Tochter.« Der Herzog ließ sich durch nichts anmerken, ob er sie gehört hatte oder ob es ihn interessierte. Kälte breitete sich in ihr aus, und sie legte die Arme um sich und rieb sie, um die Wärme zurückzuholen.

»Wie bereits gesagt, ich weiß, wer Sie sind.«

Jane wippte auf ihren Absätzen. Das war der Mann, den ihre Mutter geliebt hatte? Wegen dieses gefühllosen, distanzierten Widerlings war ihre Mutter an gebrochenem Herzen gestorben? Sie betrachtete ihn einen Augenblick lang und erwartete, mehr von dem beißenden Hass zu spüren, den sie all diese Jahre lang mit sich herumgetragen hatte. Wo war dieses alles verzehrende Gefühl? Die verurteilenden Worte, die sie ihm an den Kopf hatte werfen wollen? Alles fort. Stattdessen verspürte sie

Freiheit – eine Freiheit von ihrer Vergangenheit. Sie brauchte weder seine Anerkennung noch seine Liebe.

Ein zitterndes Lächeln spielte um ihre Lippen. »Ich habe Sie so lange gehasst.« Er verspannte sich bei ihren Worten. »Sie sind kein Vater. Nicht auf die Art und Weise, auf die es ankommt«, sagte sie mehr zu sich selbst. Sie straffte die Schultern. »Aber Sie haben für mich dreitausend Pfund angelegt, und das hat mir Hoffnung und ein Ziel gegeben. Dafür danke ich Ihnen.«

Er sah sie von oben herab an. »Dreitausend Pfund?«

Die ersten Alarmglocken begannen leise zu klingeln. »Ja, zu meinem fünfundzwanzigsten Geburtstag. Dieses Jahr.«

Eine steile Falte erschien zwischen seinen Augenbrauen, und die Glocken läuteten heftiger. »Ich habe kein Geld für Sie angelegt. Das habe ich auch Waverly gesagt, dass ich nicht einfach jedem dahergelaufenen Bastard, der behauptet, meinen Lenden entsprungen zu sein, auch nur ein Pfund geben würde.«

Der Boden unter Janes Füßen öffnete sich, und ihre Welt wurde auf den Kopf gestellt.

Mit dem Klang seiner Worte in den Ohren wirbelte Jane herum und lief aus dem Saal.

Sie schlängelte sich zwischen den dicht stehenden Gästen hindurch, ließ den Ballsaal hinter sich und hastete den Flur entlang. Das Herz dröhnte ihr in der Brust und drohte zu zerspringen.

Lügen. Alles Lügen. Es hatte kein Geld gegeben. Sie beschleunigte ihre Schritte. Ihr Atem ging rau und stoßweise.

Warum sollte Gabriel das tun? Warum …? Mit einem Schluchzer stieß sie eine Tür auf, stolperte in einen schwach beleuchteten Raum und schloss rasch die Tür hinter sich.

Jane lehnte sich mit dem Rücken gegen das Holz und schloss die Augen. Eine Träne lief ihr über die Wange, gefolgt von weiteren. Es hatte nie irgendwelches Geld gegeben. Keine dreitausend Pfund, mit denen sie sich eine Zukunft aufbauen konnte. Und er hatte das gewusst, aber trotzdem war er zu ihr gekommen mit dem Versprechen, dass sie dieses Geld bekommen würde, er hatte seine Freiheit aufgegeben, ebenso wie seinen Schwur, niemals zu heiraten – alles für sie.

»Warum solltest du so etwas tun, du dummer Mann?«, keuchte sie.

Nicht aus Liebe. Sondern aus irgendeinem falsch verstandenen Verantwortungsgefühl, vielleicht auch wegen irgendeiner eingebildeten oder tatsächlichen Schuld. Das Verlangen, für andere zu sorgen, ohne je an sich selbst zu denken – selbst für sie zu sorgen, eine Fremde, die ihn angelogen hatte. Und sie hatte sich das Beste von allem genommen – seinen Namen.

Andererseits sah es ganz so aus, als würde ihre gesamte Beziehung auf Täuschung beruhen. Jane bedeckte ihr Gesicht mit den Händen und versuchte, ruhig einzuatmen, aber alles, wozu sie imstande war, waren gebrochene Schluchzer, bis sie keine Tränen mehr hatte.

Sie rieb sich mit den Händen die Wangen, um die Spuren des nutzlosen Weinens zu beseitigen, und begann geistesabwesend durch die leere Bibliothek zu wandern. Sie lebte in Gedanken alles noch einmal durch, jeden Moment, seit sie aus dem Alkoven im Opernhaus gestolpert war. Gabriels Antrag, ihre Hochzeit, die Bedingungen ihrer Ehe. Alles. Jane starrte blicklos auf den leeren Kaminrost.

Sie hatte eine Welt vorgezogen, in der sie ihn als eingebildeten und arroganten Adeligen betrachten konnte. Das passte zu ihren Ansichten, die sie ihr Leben lang über den Adel gehabt hatte. Seine Mitglieder kümmerten sich um niemanden als sich selbst. Doch Gabriel war anders, und das erschütterte die Grundfesten ihrer Überzeugungen.

Mit seinem Opfer hatte er etwas getan, das weder ihre Mutter, ihr Vater noch irgendjemand sonst für sie getan hatte: Er hatte ihre Sicherheit und ihr Glück an oberste Stelle gesetzt.

Sie lehnte die Stirn an den kühlen Kaminsims und schloss die Augen. Alles hingegen, was er von ihr bekommen würde, waren zwei Monate, die sie weiterhin als Chloes Begleiterin fungieren würde.

Wie konnte sie ihm gegenübertreten, einem Mann, den sie so verzweifelt liebte, nachdem sie dies alles erfahren hatte? Kein Wunder, dass er wollte, dass sie ging. Sie starrte geistesabwesend auf ihre Schuhe.

Ein Glitzern erregte ihre Aufmerksamkeit, und sie freute sich über die vorübergehende Ablenkung von ihren Grübeleien über die Enthüllungen ihres Vaters – nein, des Herzogs. Jane ließ sich aufs Knie nieder und zögerte. Dann schaute sie sich um und hob die Halskette auf. Das Schmuckstück war in keiner Weise bemerkenswert. Es schimmerte nicht besonders und funkelte auch nicht wie einige der Diamanten und anderen Juwelen, die die Damen trugen, bei denen sie angestellt gewesen war. Dennoch … Sie fuhr mit den Fingerspitzen über den zierlichen Herzanhänger. In seiner Schlichtheit hatte er etwas Majestätisches. Sie wollte ihn gerade auf dem Kaminsims ablegen, als ein Klicken zu hören war. Jane schrak zusammen und wirbelte herum, und ihr Herz klopfte besorgt.

Eine junge Frau trat ein. Aller Mut verließ Jane, als sie die vollschlanke junge Dame wiedererkannte, ihre Gastgeberin, die sie heute gemeinsam mit ihrem Ehemann in ihrem Hause begrüßt hatte. *Die Duchess of Crawford.*

Die Frau erstarrte, als sie Jane erblickte. In dem schwach beleuchteten Raum konnte Jane nicht in der Miene der Herzogin lesen. Was auch immer die Herzogin dachte, es war gewiss nichts Freundliches über den Eindringling, ihren skandalösen Gast, der sich für einen ungestörten Moment in der Bibliothek von dem Ball fortgeschlichen hatte.

Jane schluckte und war die Erste, die das Schweigen brach. Sie räusperte sich. »Euer Gnaden.« Sie versank in einen höflichen Knicks, an dem auch Mrs Belden nichts hätte auszusetzen haben können. »Verzeihen Sie …« Sie schloss den Mund. Was konnte sie schon sagen? Dass die soeben erfahrene Wahrheit über ihren Vater beziehungsweise das große Opfer ihres Ehemannes sie hierher geführt hatte, damit sie eine Weile ungestört über alles nachdenken konnte?

Die Herzogin legte den Kopf schräg und trat weiter ins Zimmer hinein. Als sie dicht vor Jane angekommen war, konnte diese erkennen, dass in ihren braunen Augen Neugier und eine für ihre herausgehobene Stellung unerwartete Herzlichkeit aufblitzte.

»Sie?«, fragte die Duchess of Crawford freundlich nach. Der Blick Ihrer Gnaden verweilte einen Moment auf Janes Wangen, und sie dankte im Geiste dem Himmel für die schlechten Lichtverhältnisse hier, die hoffentlich die Spuren der Tränen auf ihrem Gesicht verbergen würden.

Jane verkniff sich ein Seufzen. Natürlich war es zu viel gehofft, dass die Herzogin nicht würde wissen wollen, was sie hergebracht hatte in die Privatbibliothek des Duke of Crawford. Angesichts all der Lügen, die sie bereits erzählt hatte, schuldete sie dieser Frau die Wahrheit. »Ich brauchte einen Moment abseits«, *des Elends meiner gesamten Situation*, »des Festes.«

Das Funkeln in den Augen der Herzogin wurde stärker. »Sie genießen gesellschaftliche Veranstaltungen nicht?«

Vielleicht erinnerte sie sich nicht mehr an sie. Schließlich befand sich ein ganzes Meer aus Gästen in dem überfüllten Ballsaal. Was war da schon eine Frau mehr, selbst wenn es die war, um die sich der meiste Klatsch drehte?

Jane verschränkte ihre Arme vor der Brust, und das kühle Metall des Anhängers drückte sich fest in ihre Handfläche. »Es ist ein wunderschöner Ball.« Sie hoffte nur, der Duchess of Crawford entging die Unwahrheit dieser Bemerkung.

Der Herzogin stieß ein lautes Lachen aus. »Ihr Tonfall und der Ausdruck in Ihren Augen klingen nicht sehr überzeugend, Lady Waverly.«

Also erinnerte sie sich an sie.

»Jane«, verbesserte sie sie, dann stieg ihr die Röte in die Wangen. Alle Welt wusste Bescheid über die skandalöse uneheliche Tochter des Duke of Ravenscourt, die der Marquis geheiratet hatte. »Verzeihung.« Vor Verlegenheit krümmte sie die Zehen. »Es war nicht meine Absicht, Sie zu beleidigen.«

Die Duchess of Crawford winkte ab. »Ich versichere Ihnen, Jane, Ihre Meinung über Veranstaltungen wie diese kann mich gar nicht kränken.«

Die Worte deuteten an, dass diese Frau, die vom Rang her nur eine Stufe unter dem Königshaus stand, dem frivolen Zeitvertreib der guten Gesellschaft ebenfalls wenig Begeisterung entgegenbrachte. Das ließ Jane innehalten. Ein mildes Lächeln umspielte die Lippen der Herzogin. »Manchmal ist man dort ziemlich einsam, nicht wahr? Ich weiß das besser, als Sie vermuten werden.«

Manchmal war das Leben insgesamt eine einsame Angelegenheit. Mit einem leichten Nicken blickte Jane wieder nach unten auf die Spitzen ihrer Tanzschuhe. »Trotzdem sollte ich nicht hier sein. Es war unverzeihlich von mir, einfach durch Ihr Haus zu streifen, Euer Gnaden.«

»Daisy«, schlug die Herzogin vor. »Bitte, sagen Sie einfach Daisy. Diese ganze Sache mit Herzogin hier und Euer Gnaden da ist ziemlich ermüdend.« Sie trat einen Schritt näher und senkte ihre Stimme zu einem vertraulichen Flüstern. »Und ich versichere Ihnen, ich bin selbst durch eine ganze Reihe fremder Häuser gewandert, um während ermüdender Veranstaltungen ein paar Augenblicke für mich selbst zu haben.«

Jane schüttelte verzweifelt den Kopf. »O nein. Ihre Veranstaltung ist nicht ermüdend.« Erschreckend, ja. Ermüdend, nein.

»Und doch sind Sie hier«, stellte die Frau nachdenklich fest.

Und doch war sie hier. Die Worte Ihrer Gnaden boten Jane den erforderlichen Ausweg, über den sie von hier fortkäme.

Nur dass die Herzogin sich im Zimmer umschaute, und ihre frühere Heiterkeit und Unbekümmertheit verschwand. Sorge spiegelte sich in ihren Augen, während sie den Blick durch das Zimmer schweifen ließ. Was hatte die Gastgeberin von ihrem eigenen Ball fortgeholt?

Als ob sie ihre Frage spürte, drehte sich die Duchess of Crawford zu Jane um. »Ich habe etwas verloren.« Sie nahm ihre Unterlippe zwischen die Zähne und nagte daran. »Es war ein Geschenk von meinem Ehemann. Es war …«, sie musste schlucken, »… *ist* überaus kostbar für mich, ein Schatz, den andere vor mir getragen haben, und ich habe ihn verloren.« Ach so, sie suchte etwas.

Die dünne Kette in Janes Hand pulsierte warm, und sie blickte hinab auf ihre geschlossenen Finger. Sie öffnete die Hand und hielt den Anhänger hoch. »Ist es vielleicht das, Euer Gnaden?«

Der Herzogin atmete scharf ein. Erleichterung trat auf ihre Züge, als sie die zierliche Kette entgegennahm. »Vielen herzlichen Dank«, flüsterte sie ergriffen. Ihr Blick glitt liebevoll über das Schmuckstück. »Wie merkwürdig«, murmelte sie mehr zu sich selbst. »Ich wusste, dass die Schließe klemmt, und doch war es heute das erste Mal, dass ich je ohne diese Halskette war.«

In aller Eile, um das unbehagliche Schweigen zu brechen, sagte Jane: »Ich habe es am Kamin gefunden, Euer Gnaden.« Sie räusperte sich und versank in einem weiteren Knicks. »Wenn Sie mich entschuldigen wollen. Ich sollte in den Ballsaal zurückkehren.«

»Warten Sie!« Der halblaute Ruf hielt Jane zurück, sie drehte sich wieder um und grub die Hände in den Stoff ihrer Röcke. Natürlich war es zu viel gehofft, dass die einflussreiche Adelige ihr die Anwesenheit in ihrer Bibliothek so einfach verzeihen würde. »Sie sind frisch verheiratet?«

Schmerz durchzuckte Jane. Ja. Das war sie. Verheiratet. Eine Verpflichtung. »Das bin ich, Euer Gnaden.«

»Daisy«, verbesserte die Herzogin sie erneut, wirkte aber leicht abgelenkt. Sie kam näher zu Jane und ging langsam im Kreis um sie herum, als wollte sie sich ein Bild von ihr machen.

Jane erstarrte unter dieser Musterung.

Dann blieb die Herzogin stehen und richtete ihre Aufmerksamkeit auf die Halskette in ihren Fingern. Sie drehte sie, nahm sie von einer Hand in die andere und gab sie Jane wieder zurück. »Jemand hat mir einmal erzählt, dass der Anhänger seinen Weg zu derjenigen findet, die ihn als Nächstes besitzen soll.«

Vielleicht lag es an dem Gefühlschaos in Jane, aber jetzt musste sie sich bemühen, den Worten der anderen folgen zu können. Sie legte den Kopf schräg. »Euer Gnaden?«

Die Herzogin blinzelte langsam. »Er ist für Sie bestimmt.«

Jane schaute sich verwirrt um. Sie wollte die nette Frau verstehen, die so herzlich mit ihr gesprochen hatte. »Ich fürchte, ich verstehe nicht, Euer Gnaden … Daisy«, verbesserte sie sich, als die Herzogin sie bittend ansah.

Daisy drückte ihr die Kette in die Hand, und die Wärme des Metalls drang durch Janes dünne Handschuhe. Sie schnappte bei der unerklärlichen Wärme, die das Schmuckstück ausstrahlte, nach Luft.

Die Herzogin musterte sie genau. »Es gibt eine Legende zu dieser Halskette. Mehrere Freundinnen haben sie von einer alten Zigeunerin erhalten. Sie hat prophezeit, dass die Trägerin des Anhängers das Herz eines Herzogs gewinnen würde.« In ihren Worten klang eine gewisse Wehmut mit.

Jane biss sich auf die Innenseite ihrer Wange, damit sie nicht einfach aussprach, was sie dachte. Nämlich dass sie schon seit Langem nicht mehr an Träume und Märchen glaubte. »Ich brauche das Herz eines Herzogs nicht«, erklärte sie schärfer als beabsichtigt. »Wie Sie wissen, bin ich ja bereits verheiratet.« *Mit einem Mann, der mich nicht liebt.* »Es wird keine L…« Sie beendete den Satz nicht. Die andere schaute sie forschend an. Jane hielt ihr die Goldkette hin. »Danke für das Angebot, aber Sie haben ja vermutlich schon die Details rund um meine Hochzeit mit dem Marquis gehört.« Jane hätte wetten können, dass es schwergefallen wäre, auch nur einen Diener zu finden, einen Soldaten oder gar irgendjemanden aus der guten Gesellschaft, der darüber nicht im Bilde war.

Daisy schüttelte den Kopf. »Sie müssen ihn nehmen.« Sie schob Janes Hände zurück.

»Nein, ich kann nicht.« *Werde nicht.* »Das ist eine …«, sie hielt inne, »überaus freundliche«, *merkwürdige*, »Geste«.

Da weiteten sich die schokoladenbraunen Augen der anderen Frau, wodurch sie an eine Nachteule, die am Tage von ihrem Schlafplatz aufgeschreckt worden war, erinnerte. »Sie lieben Ihren Ehemann.« Sie sprach mit dem Staunen und der Ehrfurcht eines Menschen, dem man sagt, dass die Welt in der Tat eine Kugel sei.

Von dem verzweifelten Wunsch getrieben, dieser unbehaglichen und viel zu vertraulichen Unterhaltung mit einer Fremden zu entkommen, schaute Jane sich um. Als sie wieder zu der Herzogin blickte, sah sie, dass diese geduldig wartete, ein leises, beinahe kummervolles Lächeln auf den Lippen. Jane schloss ihre Finger fester um die Halskette. »Stimmt.« Dieses eine Wort, das sich ihr entrungen hatte, entsprang der Hoffnung, dass es den bohrenden Fragen ein Ende machen würde.

Die Herzogin lächelte milde. »Ich habe auch einmal geglaubt, mein Ehemann würde mich nicht lieben.«

Bei dieser Enthüllung einer Fremden staunte Jane. Einer Herzogin war so eine Zuversicht und Stärke gestattet. Jane wog die Kette in der Hand. »Es ist ungewöhnlich, einen vornehmen Gentleman zu finden, der an dieses Gefühl glaubt.« Aber der Duchess of Crawford war es offensichtlich gelungen.

Wieder trat dieses Interesse in ihre freundlichen Augen. »Innerhalb der vornehmen Gesellschaft wird nur wegen Beziehungen und Macht geheiratet, meinen Sie, nicht wahr?«

Jane hob die Schultern zu einem kleinen Achselzucken. »Ich weiß nicht, was ein Gentleman oder eine Dame glauben.« Als diese verräterischen Worte über ihre Herkunft ihr über die Lippen gekommen waren, biss sie sich auf die Zunge. »Ich bin lediglich eine Gesellschafterin«, beendete sie den Satz lahm. »Ich wurde nicht in Ihre Welt hineingeboren.« Sie blickte über die Schultern der Herzogin zur Tür. »Ich sollte jetzt wirklich gehen.« Sie hätte gar nicht erst kommen sollen. Nicht nach London. Nicht in Gabriels Haus. Wieder hielt Jane der anderen die Kette hin.

Ihre Gnaden verschränkte die Hände hinter dem Rücken, nun war ihre Körperhaltung nicht misszuverstehen. Sie würde das Schmuckstück nicht wieder nehmen.

»Ihnen bedeutet die Kette doch eine Menge, nicht?«, wollte Jane wissen, in einem letzten Versuch, die andere zur Vernunft zu bringen.

»Ich habe auf den Straßen von Gipsy Hill überall nach diesem Halsband gesucht. Wissen Sie, wer es gefunden hat?«

Jane schüttelte den Kopf.

»Mein Ehemann.«

Natürlich. Das Herz eines Herzogs, aufgespürt und verschenkt von dem Herzog ihres Herzens. Wie überaus passend und … »Das ist nur ein Grund mehr, dass Sie es nicht einfach mir geben können, einer Fremden.«

Daisy hakte sich bei Jane unter und dirigierte sie sanft zur Tür. »Ich habe diesen Anhänger länger behalten, als es richtig war. Es symbolisiert den Talisman, an den ich meine Hoffnungen geknüpft hatte, nachdem …« Trauer trat vorübergehend in ihre Augen, und sie schluckte. »Nach einer überaus schwierigen Zeit.«

Janes Neugier war geweckt, aber sie unterdrückte sie rasch. Es stand ihr nicht zu, sich in die Welt dieser Frau einzumischen.

Die Herzogin nahm Jane geschickt die Halskette aus den Fingern und trat hinter sie. »Wenn Sie mich anschauen, Jane, dann sehen Sie wahrscheinlich eine Herzogin. Vielleicht eine Adelige, die man fürchtet.« Sie legte Jane die kühle Kette um den Hals und kämpfte mit dem Verschluss. »Aber ich bin nicht anders als Sie. Ich bin einfach eine Frau, die sich Liebe gewünscht hat.«

Schmerzliche Gefühle schnürten Jane die Kehle ab. Eine Frau, die sich Liebe wünschte. Sie schloss die Augen. Diese Frau hatte in einem kurzen Gespräch, das nicht länger als ein paar Augenblicke gedauert hatte, tief in ihre Seele gesehen und die Wahrheit erkannt, die Jane sogar vor sich selbst verborgen hatte. Seit sie ein kleines Mädchen gewesen war, hatte sie sich nach der Liebe und der Aufmerksamkeit eines anderen Menschen gesehnt – ihrer Mutter, ihres nichtexistenten Vaters, eines Dienstboten. Und jetzt war sie verheiratet mit einem Mann, der ihr nach eigener Aussage keine Liebe geben konnte. Das leise Geräusch, mit dem die Schließe einrastete, kam ihr überlaut vor, und sie öffnete die Augen.

»So«, murmelte die Herzogin.

Jane berührte das zierliche Herz. »Ich möchte gar nicht das Herz eines Herzogs«, erklärte sie mit flüsterleiser Stimme. Die Worte kamen tief aus ihr. *Ich wünsche mir nur Gabriels Herz.*

Das Lächeln der Herzogin wurde breiter. »Ich auch nicht.«

Jane runzelte die Stirn. »Ich wollte nur das Herz *meines* Herzogs. Meines Ehemanns. Und Ihnen«, sie deutete auf Jane, »soll das Herz *Ihres Mannes* gehören.«

Es gab keinen Mann. Und es würde auch nie einen geben. Keinen Gentleman. Das ging auch gar nicht angesichts der Pläne, die Jane für ihre Schule hatte. »Es wird keinen Mann geben, dem mein Herz gehört«, erklärte sie mit ausdrucksloser Stimme, dann hob sie die Hände, um das Geschenk abzunehmen.

Daisy fasste sie an den Händen und ging mit ihr zur Tür. »Ach, Sie haben es noch nicht begriffen.«

»Was begriffen, Euer Gnaden?«

»Die Halskette hat Sie gefunden. Sie haben jetzt keine andere Wahl, als die Liebe zu finden.« Die Herzogin ging zur Tür, und als sie die Türklinke berührte, rief ihr Jane nach. »Euer Gnaden?«

Die Herzogin drehte sich um und sah sie an. Jane verschränkte die Arme vor der Brust. »Dürfte ich Sie um einen Gefallen bitten?«

Sie neigte den Kopf. »Natürlich.«

»Könnten Sie bitte meine Kutsche rufen lassen? Ich kann unmöglich hierbleiben.«

Kapitel 28

Sie hatte seine verdammte Kutsche genommen.

Gabriel saß in der seines Bruders und starrte blicklos auf die vorüberziehenden Straßen. Sie war fort. Er hatte von der anderen Seite des Ballsaals aus hilflos verfolgt, wie sie sich dem Duke of Ravenscourt genähert hatte, und auch, wie sie dann fortgelaufen war. Es war, als hätte der Erdboden sie verschluckt – etwas, das in dem prächtigen Stadthaus des Duke of Crawford eigentlich nicht möglich sein sollte.

Und wäre nicht die Duchess of Crawford gewesen, würde er immer noch durch die Flure seiner Gastgeber streifen und Jane suchen.

Sie hatte um ihre Kutsche gebeten.

Er ballte die Hände auf seinem Schoß und versuchte kraft seiner Gedanken, die Kutsche zu einem schnelleren Tempo anzutreiben. Was zum Teufel hatte dieser Widerling zu ihr gesagt? Hatte er sie gekränkt? Ihren Charakter geschmäht und angezweifelt, dass sie überhaupt seine Tochter war, wie er es getan hatte, als Gabriel mit ihm vor ein paar Tagen gesprochen hatte? Während er in Gedanken jede entsetzliche Möglichkeit durchlebte, fuhr die Kutsche mit laut ratternden Rädern über die Kopfsteinpflasterstraßen der Stadt.

Jane hatte ihm ihre Liebe geschenkt.

Und er hatte sie abgewiesen. Der Schmerz zerriss ihn innerlich, und er rieb sich die Stelle, an der sein Herz schlug. Er hatte den Großteil seines Lebens damit verbracht, zu glauben, dass er sich für nichts interessierte als die Verpflichtung seinen Geschwistern gegenüber. Aber da hatte er geirrt. Ihm lag vieles am Herzen, und es verhielt sich so, wie sein Bruder es gesagt hatte. Zu behaupten, ihm sei alles egal, und sich selbst für unfähig zur Liebe zu halten oder zu glauben, er verdiene keine Liebe, machte das alles nicht besser.

Die Kutsche rumpelte weiter. Es herrschte reger Verkehr, und die Straßen waren verstopft, was seine Heimkehr verzögerte.

Ich hätte es ihr sagen sollen. Ich hätte sie wissen lassen sollen, wie viel sie mir bedeutet. Er hätte ihr die Worte sagen sollen, die ihr ihr Leben lang verwehrt worden waren, nicht weil er es ihr schuldete, sondern weil es die Worte waren, die sie verdiente, die Worte, die in seinem Herzen waren. Ohne Jane war er nichts. Er war nichts gewesen, bevor sie in sein Leben getreten war. Sie brachte ihn zum Lächeln und zum Lachen, sie zog ihn auf und …

Sein Stadthaus tauchte in Blickweite auf. Gabriel klopfte einmal von innen an das Kutschendach, und das Gefährt kam schaukelnd zum Stehen. Er stützte sich mit den Füßen ab, um nicht über den Sitz zu rutschen, dann warf er die Tür auf.

»Mylord?«, rief der Kutscher ihm nach, als er die letzten Meter zu Fuß zurückzulegen begann. Sein Puls hämmerte wild in seinen Ohren, und sein Atem ging keuchend, was jedoch nichts mit der körperlichen Anstrengung zu tun hatte. Schlitternd kam er am Fuß der Treppe an und nahm immer zwei Stufen auf einmal.

Dem Himmel sei Dank für Joseph. Der alte Butler hatte die Tür schon aufgemacht, bevor Gabriel davor angekommen war. Rasch trat Gabriel ein. Er schlüpfte aus seinem Mantel und warf ihn dem wartenden Lakaien zu. »Meine …«

»Ihre Ladyschaft ist oben, Mylord.«

Die Worte des Butlers waren kaum verklungen, da lief Gabriel auch schon die Marmorstufen empor. In seiner Eile wäre er fast über seine eigenen Füße gestolpert. Oben angekommen eilte er mit hämmerndem Herzen weiter zu Janes Zimmertür und warf sie auf. Er stürmte hinein und entdeckte sie in einer Ecke des Raumes.

Sie stand am Fenster, den Mund überrascht geöffnet. »Gabriel …«

»Warte«, keuchte er, hielt einen Finger in die Höhe. »Warte einfach.«

Eine steile Falte bildete sich zwischen ihren Brauen.

»Bitte«, fügte er hinzu. Er fuhr sich mit der Hand durchs Haar, das vom schnellen Laufen verschwitzt war. »Ich bin schon immer furchtbar darin gewesen, mit Leuten zu reden, Jane.« Gabriel atmete keuchend weiter, er fluchte im Geiste über seine Abgehetztheit, die seine ganze schöne Ansprache ruinierte. Daher stützte er die Hände auf die Knie und atmete mehrmals hintereinander tief ein und aus. »Meine Schwestern, mein Bruder, meine Mutter. Ich habe nur einen einzigen Freund. Und selbst für den bin ich nur ein Mistkerl.« Jane neigte den Kopf, als versuchte sie, sich auf seine Worte einen Reim zu machen, nur dass seine Gedanken wild in seinem Kopf durcheinanderschossen und sich überschlugen, sodass er selbst nicht mehr wusste, was er sagen wollte oder wie er das anstellen sollte.

Er setzte erneut an. »Ich habe nie eine Frau haben wollen. Oder Kinder.«

Sie verschränkte ihre Hände vor sich, und er schaute auf ihre Finger. Die Knöchel schimmerten weiß, so fest hatte sie sie verkrampft. »Bis ich dich getroffen habe. Und selbst das habe ich eigentlich erst heute Abend begriffen. Auf dem Ball des Herzogs und …«

»Es gibt keine dreitausend Pfund.«

Ihre leise geflüsterten Worte unterbrachen sein Geständnis. Gabriel richtete sich auf und starrte seine Frau an. Er schüttelte den Kopf in dem Versuch, das zu verarbeiten. »Wie …?«

»Mein Vater«, antwortete sie leise. »Er hat mir mitgeteilt, dass er niemals auch nur die geringste Summe irgendeinem seiner unehelichen Kinder übertragen würde.«

Gabriel ballte seine Hände zu Fäusten. Er war hin- und hergerissen zwischen dem Wunsch, sie in seine Arme zu ziehen, und dem, ihren Vater aufzuspüren und ihm so wehzutun, wie Jane wehgetan worden war.

Er lockerte seine Hände und nickte knapp. »Ja.« Mit dieser einen Silbe hatte er die Lüge zugegeben, die ihm nun belastend und hässlich wegen der damit verbundenen Täuschung durch den Kopf ging. »Ich wollte dich …«

»Beschützen«, beendete sie seinen Satz für ihn und machte einen Schritt auf ihn zu. »So bist du, nicht wahr?« In ihrer Stimme lag Traurigkeit, und das tat ihm selbst weh. »Du würdest sogar eine Frau, die du gar nicht magst, heiraten …«

»Ich habe dich sogar sehr gemocht.« Als er das gesagt hatte, schnitt er eine Grimasse, weil er selbst gehört hatte, wie unzureichend es klang. »Also, vielleicht nicht gleich am Anfang.« Er presste sich die Fingerspitzen an die Schläfen. Er ruinierte diese Situation hier gerade wieder aufs Neue, und zwar ziemlich gründlich. Er hätte wetten können, dass keine andere Lady je mit so unromantischen Worten umworben worden war. »Du hast mich unfassbar wütend gemacht, und weißt du auch, warum?« Er ließ seine Hände sinken.

Sie schüttelte den Kopf, ganz langsam.

Gabriel überwand den Abstand zwischen ihnen, nahm ihre Hände in seine und zog sie an seine Brust. »Weil du mich dazu gebracht hast, etwas zu fühlen. Ich hatte mein ganzes Leben lang versucht, nichts zu empfinden. Du hast mich mit deinem unerschrockenen Auftreten und deinen Forderungen erschreckt.« Gefühle schnürten ihm die Kehle zu. »Ich habe in den letzten zweiunddreißig Jahren nichts von mir gegeben. Ich habe niemanden in mein Herz eingelassen. Nicht meinen Bruder oder meine Schwestern. Und keine einzige Frau.« Seine Wangen wurden rot. »Auf keine Weise.«

Janes wunderschöne blaue Augen wurden groß, als sie begriff, was er meinte.

In diesem Eingeständnis war nichts, dessen er sich schämen musste. »Ich habe nicht das geringste Stück von mir irgendeiner Frau gegeben, und dafür bin ich dankbar.«

Tränen stiegen ihr in die Augen. »Oh, Gabriel«, flüsterte sie und streichelte ihm die Wange.

»Ich habe auf dich gewartet.« Er bekam ihre Handgelenke zu fassen und zog sie an seine Lippen. »Ich wusste es nur einfach nicht, Jane Edgerton, aber ich liebe alles an dir. Ich liebe dich, weil du dir ein Leben aufgebaut hast. Ich liebe dich dafür, dass du dir Zutritt zu meinem Haus verschafft hast, um zu überleben. Ich liebe dich, weil du eine Schule eröffnen möchtest, weil das bewundernswert und gut ist. Ich liebe dich, weil …« Er hauchte einen Kuss auf ihre Lippen, und der vertraute Funke, der immer schon zwischen ihnen gewesen war, flammte erneut auf. »Ich liebe dich, weil es keinen anderen Grund gibt, als dass ich es einfach tue.«

Die Muskeln an ihrem Hals bewegten sich, als sie schluckte. »Gabriel, du musst nicht …«

Er verschloss ihr den Mund mit seinen Lippen, ehe er erklärte: »Mein ganzes Leben lang habe ich getan, was von mir erwartet wurde.« Es war ein vergeblicher Versuch gewesen, seine Verfehlungen wiedergutzumachen. Und Jane hatte in sein

Leben treten müssen, um ihm zu zeigen, dass all die Verbrechen seinem Vater anzulasten waren, und zwar ihm allein.

»Hier«, er zog ihre Hände an die Stelle, wo sein Herz für sie schlug. »Da ist keine Logik und keine Vernunft drin. Das hier bin ich, ein Mann, der dich liebt, und wenn du mich verlässt, um deine Schule zu gründen, wird es mich zerstören. Bitte verlass mich nicht. Ich …«

Jane stellte sich auf die Zehenspitzen und küsste ihn. Gabriel schloss einen Moment lang die Augen, und zum ersten Mal in seinem Leben überließ er sich vollkommen einem anderen Menschen.

Zögernd fasste er sie um die Taille und zog sie an sich. Dann küsste er sie, wie er es sich seit dem ersten Kuss in seiner Bibliothek gewünscht hatte. Er küsste sie, wie er sich jede Nacht seither erträumt hatte, sie zu küssen. Er liebkoste ihren Mund wieder und wieder, und ihre Zungen umspielten einander in einem Rhythmus, der älter war als die Zeit selbst.

Gabriel hob sie auf die Arme, trug sie zu dem großen Himmelbett und legte sie sanft darauf ab. Er schlüpfte aus seinem Rock und warf ihn beiseite, zog an seinem Halstuch und legte es ab, seine Weste ebenfalls. Und die ganze Zeit blieb sein Blick auf Jane gerichtet, die in ihrem zartrosa Seidenkleid dalag.

Als er zu ihr aufs Bett kam, kniete sie sich hin. Er berührte mit den Lippen den heftig klopfenden Puls an ihrem Hals, und sie legte den Kopf mit einem bebenden Seufzen in den Nacken. Gabriel knabberte zärtlich an ihrer Haut, während er sich mit den Fingern an der lästigen Knopfreihe ihres Kleides zu schaffen machte. Leidenschaft und das Verlangen, sie endlich auf jede denkbare Weise zu kennen, machte seine Finger ungeschickt, und er fluchte.

Jane lächelte und streichelte sein Kinn. »Du bist immer so beherrscht«, erklärte sie leise.

Gabriel riss an der Knopfreihe, und winzige Perlenknöpfe flogen aufs Bett und auf den Boden. »Ich habe keinen Funken Selbstbeherrschung mehr seit dem Augenblick, in dem du in mein Leben getreten bist, Jane.« Damit zerrte er an dem Stoff, auf dem sie halb kniete, und streifte ihr dann das Abendkleid einfach über den Kopf. Das Verlangen nach ihr traf ihn mit solcher Macht, dass ihm alle Luft aus den Lungen wich. »Ich liebe dich, Jane Edgerton.«

* * *

In ihrem Leben war sie Jane Munroe gewesen. Miss Jane Munroe. Mrs Jane Munroe. Aber nie zuvor hatte sie einen echten Namen gehabt. Erst jetzt. Jetzt hatte sie einen, der sie an einen Mann auf eine Art und Weise band, von der sie stets geschworen hätte, sie würde sie nicht wollen, denn sie bedeutete eine Gefahr für ihre Freiheit.

Gabriel befreite sie von ihrem Unterhemd, und jetzt war sie vor ihm nackt. Doch diese wunderbare Vereinigung mit einem anderen Menschen schwächte sie nicht, sie machte sie stärker. Ein Gefühl von Frieden erfüllte sie. Es vertrieb die Feindseligkeit, die sie verzehrt hatte.

»Du solltest mich hassen«, flüsterte er und hauchte ihr einen Kuss auf den einen Mundwinkel. »Ich habe dich wegen deines Geldes angelogen.«

Ja, aber das Leben hatte sie gelehrt, dass man manchmal tun musste, was man tun musste, um zu überleben. Gabriel gab ihr einen Kuss auf den anderen Mundwinkel. Dadurch wurde es nicht richtig. Aber es wurde einfach zu … Leben. »Möchtest du, dass ich dich hasse?«, fragte sie ihn atemlos, als er mit seinen Lippen eine Spur über ihren Hals bis zum Ansatz ihrer Brüste zog.

Er streichelte sie, wog sie zärtlich in seinen Händen. Ein Stöhnen drang aus ihrer Kehle, als er erst die eine Brust, dann die andere an seine Lippen hob. »Ich habe davon geträumt, das hier zu tun, seit dem Augenblick, in dem ich dich zum ersten Mal geküsst habe.« Sein Atem strich über ihre Brustspitze, die sich unter dem Lufthauch zusammenzog.

Jane biss sich auf die Lippe und hielt den Atem an, als er seinen Mund um die Knospe schloss. Ein gequältes Stöhnen entrang sich ihr, und ihre Hände hoben sich wie von selbst, legten sich auf seinen Kopf, fassten seine Haare, wie um ihn dort festzuhalten. Er saugte an ihren Brustspitzen, bis ein wildes Sehnen sich in ihrem Unterleib sammelte. Dann verlagerte er seine Aufmerksamkeit auf ihre andere Brust. »Und du bist dir sicher, du hast das hier nie zuvor getan?«, fragte sie atemlos, als er sie leckte.

»Ganz sicher.« Er fuhr mit einer Hand zwischen ihre Schenkel und streichelte sie dort.

»Du musst mich für ein liederliches Frauenzimmer halten«, stieß sie keuchend hervor und spreizte ihre Beine weiter, ermutigte ihn, seine Erkundung fortzusetzen.

»Ich halte dich für perfekt«, antwortete er und schob dann einen Finger in sie hinein.

Sie keuchte und umklammerte ihn mit ihren Oberschenkeln. Dann nahm er einen weiteren Finger hinzu, und sie hob ihm das Becken entgegen, wollte ihm näher sein. Er setzte seine Liebkosung fort, streichelte und neckte ihre empfindsame Stelle, bis sie zu keinem klaren Gedanken mehr imstande war.

Sie schrie protestierend auf, als er plötzlich aufhörte. »Warum …«

»Ich muss deine Haut auf meiner spüren«, flüsterte er rau. Gabriel entledigte sich rasch seines Hemdes, und die ganze Zeit war der von Leidenschaft verhangene Blick seiner Ehefrau auf ihn gerichtet. Sie verfolgte jede seiner Bewegungen. Nachdem er sich die Stiefel ausgezogen hatte, war die Hose an der Reihe. Dann kehrte er in Janes Arme zurück. Als er sich über ihr aufstützte und sie auf den Mund küsste, breitete sich Hitze wellenförmig in ihrem Unterleib aus und setzte sie mit ihrem Verlangen nach diesem Mann in Flammen.

Es hatte nie eine andere gegeben als sie. Tränen sammelten sich hinter ihren Augenlidern, und sie blinzelte sie fort. Dennoch lief ihr eine einzelne über die Wange. Er wich zurück. »Habe ich dir wehgetan?«

»Nein!« Sie schlang die Arme um ihn und zog ihn auf sich herunter. »Ich bin nur so glücklich«, flüsterte sie und hob den Kopf, um seinen Kuss zu empfangen.

Gabriel stöhnte und spreizte mit seinem Knie ihre Beine, legte sich dazwischen. »Du wirst mich wahnsinnig machen«, vertraute er ihr an, dann drang er langsam in sie ein. Jane strich mit den Fingerspitzen durch sein Haar. Ihr Körper umschloss ihn, passte so perfekt. »Ich liebe …« Ihre Worte endeten in einem Schrei, als er mit einem Stoß ganz in sie drang. Verdammt.

Er versteifte sich über ihr. »Verzeih mir«, bat er mit heiserer Stimme. »Hat das wehgetan?«

Wie die Hölle. »Ein bisschen«, brachte sie heraus, aber dann führte er seine Hand an die bewusste Stelle und streichelte sie. Wieder und wieder, bis von dem Schmerz nichts mehr übrig war und alles, was sie fühlte, die Verbindung zwischen ihnen beiden war. Heiße Flammen loderten unter seinen Bewegungen in ihr auf, drohten sie in Brand zu setzen.

Er steigerte seinen Rhythmus, bewegte sich hinein und hinaus, und sie hob ihre Hüften im Takt seiner Bewegungen. Das Verlangen steigerte sich, das Tempo wurde schneller, und sie streichelte Gabriel mit bebenden Fingern. Er schloss die Augen, und die überwältigende Richtigkeit dessen, was sie hier taten, sandte sie über den Abgrund. Sie zerbarst in einem hinter ihren geschlossenen Lidern aufgleißenden Lichtbogen in eine

Million Splitter. Gabriel folgte ihr sogleich mit einem tiefen Stöhnen, das kein Ende zu nehmen schien, während er tiefer und tiefer in sie stieß, ehe er auf ihr zusammenbrach, erschöpft, aber glücklich.

Jane lag auf dem Seidenlaken unter Gabriels breitschultriger Gestalt, die sie in die Matratze drückte. Ihr Herz klopfte laut und schnell. Oder war das seines? Er rollte sich von ihr herunter, und sie vermisste ihn sogleich, aber er drehte sich nur auf die Seite und zog sie in seine Arme. Sie schmiegte sich an seine breite, verlässliche Brust. All diese Jahre hatte sie alle adligen Männer und die Vorstellung zu heiraten gehasst, nur um herauszufinden, dass sie gerettet war – durch die Liebe.

Epilog

Ein Monat später

Janes Rücken schmerzte. Das war durchaus normal nach einer vierstündigen Kutschfahrt über die alte römische Straße voller Schlaglöcher und Spurrinnen. Sie verzog das Gesicht, als die Kutsche durch ein weiteres holperte.

»Wir sind bald da, Liebste«, erklärte Gabriel.

Sie runzelte die Stirn. »Das hast du bereits achtmal gesagt.«

Er zwinkerte ihr zu. »Nun, dieses Mal sind wir tatsächlich beinahe da.« Die Kutsche rumpelte erneut über eine Rinne in der viel befahrenen Straße, und Schmerz schoss von ihrem verlängerten Rücken nach oben. Sie rümpfte die Nase. Ihr Ehemann hatte ganz geheimnisvoll getan und am Morgen angeordnet, dass ihre Koffer gepackt und in die Kutsche verladen wurden. Aber er hatte ihr einfach nicht verraten wollen, wohin sie unterwegs waren. Oder wann sie ankommen würden. Oder …

»Verflixt und zugenäht«, murmelte sie vor sich hin, als sich die Kutsche nach rechts neigte und dann segensreicherweise endlich stehen blieb.

»Wir sind da«, verkündete ihr Ehemann fröhlich und griff an ihr vorbei, um den Kutschenschlag aufzustoßen. Sie saß auf ihrem Sitz, öffnete und schloss den Mund, ohne dass etwas herauskam. Er steckte seinen Kopf wieder ins Innere. »Also, willst du nicht aussteigen?« Er hielt ihr seine Hand hin, und sie ergriff sie.

»Ich kann immer noch nicht begreifen, was die ganze Geheimnistuerei soll«, beschwerte sie sich. Sie hatte einen wunderbaren Monat hinter sich als frischgebackene Ehefrau des Marquis of Waverly und wäre ganz zufrieden damit gewesen, auf immer in London zu bleiben, in dem Luxus des einzigen Heimes, das sie je gekannt hatte.

Mit den Händen auf ihren Schultern dirigierte er sie vorwärts und dann nach links. »Nur noch ein kleines Stück«, ermutigte er sie, dann blieben sie stehen.

Jane blinzelte mehrere Male, als sie das stuckverzierte Landhaus mit den zerbrochenen Fenstern und der schiefen Eingangstür betrachtete.

Gabriel zog sich seine Handschuhe aus. »Ich …« Er runzelte die Stirn. »Mir hat mein Agent versichert, dass es passend wäre.« Dann richtete er seine Aufmerksamkeit wieder auf das Gebäude, und eine steile Falte erschien zwischen seinen Brauen. »Bedauerlicherweise ist es in einem beklagenswerten Zustand. Aber das lässt sich richten. Wir werden es richten. Du wirst es instand setzen, so wie es dir gefällt …«

Sie schaute von dem alten Landhaus zu ihrem Ehemann, sah ihn verständnislos an. »Werden wir hier leben?« Obwohl sie sich, nachdem sie stundenlang in der Enge der Kutsche gesessen hatte, gar nicht sicher war, wo genau sie sich eigentlich befanden.

»Äh.« Er zerrte an seinem Halstuch. »Ich würde mir eher wünschen, dass du bei mir lebst. Und für mich wäre es nicht angemessen, hier zu leben. Nicht mit dir.«

Jane runzelte verwirrt die Stirn. »Ich glaube, einem Mann und seiner Frau steht es zu, in einem Haus zu leben, Gabriel.«

»Aber es ist eine Schule«, erklärte er und hatte damit ihre Aufmerksamkeit sicher.

Ihr Herz setzte einen Schlag aus, und sie richtete ihren Blick erneut auf das alte Landhaus. Eine Schule. Eine Schule, die junge Frauen besuchen konnten, wo man sie lehren würde, ihren Verstand zu benutzen und Bildung zu erlangen. Eine Schule, dank derer junge Frauen ungewisser Herkunft sich ein Leben aufbauen konnten. Liebe für Gabriel brandete in ihr auf, und sie legte sich die zitternden Finger an die Lippen.

»Oder vielmehr ist es deine Schule. Du kannst sie gründen, führen und leiten, wie es dir angemessen erscheint.« Er hob seine Hände. »Ich …« Sein Blick glitt zu ihren Fingern, dann sah er ihre tränenfeuchten Augen. Er runzelte die Stirn. »Wenn dir das Haus nicht gefällt, dann steht es dir frei … umpf.«

Jane warf sich ihm an den Hals, schlang ihre Arme um ihn, und er stolperte ein paar Schritte rückwärts. »Es ist perfekt«, hauchte sie an seinen Lippen, dann drückte sie ihren Mund auf seinen.

Gabriel erwiderte ihren Kuss zärtlich. »Du bist perfekt.«

Sie wich zurück und nahm sein Gesicht zwischen ihre Hände. »Nein, wir sind nicht perfekt.« Sie waren zwei völlig unvollkommene Menschen, die einander gefunden hatten. Sie zog ihn enger an sich, lehnte ihre Stirn an seine. »Und gemeinsam sind wir es irgendwie doch.«

Er rieb mit seinem Daumen über ihre Unterlippe. »Ich liebe dich, Jane Edgerton.«

»Und ich liebe dich, Gabriel Edgerton.«

Und nach Jahren, in denen sie vergessen, entlassen und abgelehnt worden war, hatte Jane in Gabriel alles gefunden, was sie nie gehabt, sich aber immer gewünscht hatte.

Eine Familie.

Anmerkung der Autorin

Die dramatische Oper *La Cenerentola* von Gioachino Rossini erlebte im Januar 1817 in Roms Teatro Valle ihre Uraufführung. Anfangs wurde das Werk nicht gut aufgenommen, aber dann wurde es binnen kürzester Zeit äußerst populär. *La Cenerentola* hatte 1819 in Lissabon Premiere und in London schließlich 1820, also alles nur verhältnismäßig kurze Zeit nach Gabriels und Janes erster Begegnung in diesem Buch. Da das Libretto von Jacopo Ferretti so wunderbar zu Janes und Gabriels Beziehung passt, habe ich mir die künstlerische Freiheit genommen, das Londoner Premierendatum vorzuverlegen.

Druck:
Customized Business Services GmbH
im Auftrag der
KNV Zeitfracht GmbH
Ein Unternehmen der Zeitfracht - Gruppe
Ferdinand-Jühlke-Str. 7
99095 Erfurt